뱀주인자리

뱀주인자리

신아인 장편소설

차례

프롤로그 … 7

열세번째 별자리 … 11

기억의 조작 … 73

신화의 재림 … 124

달콤한 균열 … 185

얼음의 그림자 … 247

천사 혹은 전사 … 307

하나의 심장, 진실의 두 얼굴 … 353

고목의 환생, 그리고 … 400

에필로그 … 442

작가의 말 … 452

프롤로그

돌아올게. 반드시.

 주인을 잃은 맹세가 칼바람에 흩어졌다. 신우는 굳은 다짐 뒤로 묵혀뒀던 뒷말을 삼켰다. 그는 무심한 눈으로 나무를 올려다봤다. 여문 햇살을 지고 앉은 하얀 꽃이 하늘을 뒤덮었다. 한 세기 전에 죽어버린 고목이 피워낸 꽃이라니. 실로 기이한 일이었다. 마치 100년 전에 죽었어야 할 그가 살아 있는 것만큼이나 말이다.

 기적. 혹은 희망. 신우는 제 눈앞에 펼쳐진 신기루에 대해 어떤 식의 이름을 붙여야 할지 잠시 골몰했다. 그러다 호방하게 뻗어 있는 꽃의 향연을 보며 '천사'라는 단어를 뱉어냈다. 정말이지 소복하게 내려앉은 꽃무리는 깃털처럼 포근하고 담대했다. 신우는 고목의 날개를 펼쳐낸 이름 모를 소녀에게 '천사'라는 이름을 선사했다.

신우는 찬찬히 나무를 살폈다. 나무는 언제나처럼 굳건했다. 한때는 느티나무라 불리던 고목은 죽음이라는 단어와 무관하게 힘찬 동선을 지니고 있었다. 운하를 이곳에 묻어둔 것도 그 때문이었다. 신우는 운하가 영원히 제 마음 속에 살아 꿈틀거리기를 바랐다. 이 나무는 한때 신목이라 추앙받아왔지만 400년 전쯤, 시름시름 앓다 죽어버린 이후로는 사람들의 기억 속에서 잊혀졌다. 그런 나무에 새삼 꽃망울이 터졌다. 그것도 느티나무의 몸뚱이에서 피어난 봉우리는 분명 이팝나무의 꽃이었다. 참으로 범상치 않은 징후였다.

꽃무리로부터 줄기로 더듬어 내려가던 신우의 눈길이 믿음직한 밑동에서 멈추었다. 그러다 땅 밖으로 고개를 내민 뿌리에 이르자 그의 눈시울에 새삼 핏발이 섰다. 아까부터 그의 신경을 자극하던 체취의 주인공이었다.

속절없이 퍼붓던 소낙비에도 뿌리를 잠식하던 피의 자취는 그대로 남아 있었다. 천사의 피. 짐작대로라면 나무를 변화시킨 힘은 거기에 있을 터였다.

신우가 마지막으로 이 나무를 찾은 것은 보름 전쯤이

었다. 운하를 위한 걸음은 아니었다. 그러나 그 의도치 않은 행보로 놀라운 일을 겪었다. 그 자리에서 삽시간에 자신의 이성을 집어삼킨 매혹적인 피의 주인과 조우했던 것이다. 그럼에도 그는 끝내 상대의 피를 훔쳐내지 않았다. 맹세의 무게였다. 운하를 땅에 묻던 날, 신우는 다짐했다. 다시는 인간의 피를 마시지 않겠노라고.

하지만 천사의 피는 그의 다짐을 무력하게 했다. 신우는 고목에 피어난 기적을 보며 그녀의 피를 거둬들이지 않은 제 판단을 후회했다. 그것은 뼈아픈 실수였다.

신우는 인간이 되겠다던 해묵은 다짐을 되새기며 나무를 보듬었다. 이번에는 정말로 가능할 것 같았다. 피의 향기가 준 확신이었다. 죽은 나무도 살려낸 피였다. 그렇다면 죽어버린 그의 영혼도 구제받을 수 있을 터였다. 어쩌면 괴물이 되어버린 그를 사람으로 돌려낼 수 있을지도 모를 일이었다. 처음부터 불가능이란 없었다. 어차피 그에게 100년의 세월을 같은 얼굴로 살아낸 자신보다 더한 초현실은 존재하지 않았으니까.

신우는 힘차게 나무를 끌어안았다. 작별 의식이었다. 앞으로 인간이 되기 전까지는 다시 그녀를 찾지 않을 작정이었다. 대신 그는 끝을 알 수 없는 제 여생을 '천사'를 찾아내는 데 쏟아붓기로 마음먹었다. 정확히는 이 나무의 꽃을 피워낸 피의 주인을 찾는 일이었다. 그러니 괴물의 모습으로 운하를 찾는 것은 이번이 마지막이었다. 그는 몇 번이고 인간이 되겠노라 약속한 뒤에 언덕을 내려갔다. 그래야 죽을 수 있을 테니까, 라는 속말은 묻어둔 채.

열세번째 별자리

 여자의 목은 유난히 길었다. 신우는 곧게 뻗은 속눈썹 사이로 그녀의 목덜미를 더듬었다. 턱에서 시작된 굴곡은 사선으로 하강하며 부드럽게 어깨에 안착했다. 참으로 아슬아슬한 동선이었다.
 신우는 주저함 없이 그녀의 목덜미로 파고들었다. 신우는 혀끝을 덮쳐오는 말캉한 감촉에 몸서리치며 상대의 귓불을 물었다. 정갈한 그의 입술이 그녀의 곡선을 더듬기 시작하자 공간에는 더운 숨소리가 들어찼다. 주인을 가늠할 수 없는 호흡은 이미 자기들끼리 멋대로 엉켜들고 있었다.

투둥, 투둥, 투둥, 투둥…….

갑작스레 달음질치는 심박동에 신우의 몸짓이 일순 굳어졌다. 체온이 오를 모양이었다. 참으로 정직하기 짝이 없는 몸뚱이였다. 신우는 질끈 눈을 감았다. 눈두덩의 뜨거운 열기가 동공에 스며들었다.

그사이 여자는 노련한 손놀림으로 신우의 셔츠 단추를 풀어냈다. 그 미묘한 손길에 신우의 심장은 더욱 긴박하게 요동쳤다. 신우는 부드럽게 여자의 목덜미를 감싸 쥐었다. 파닥파닥 뛰는 맥박이 손끝에 감겨왔다. 그 섬세한 움직임에 신우는 더운 날숨을 내뱉었다. 그의 손가락은 그 거친 호흡에 힘입어 민첩하게 그녀의 블라우스 속을 헤집었다. 말캉한 여자의 속살에서 달콤한 분내가 밀려왔다.

신우는 다시 눈을 감았다. 커튼처럼 드리워진 눈꺼풀의 열기는 아까와는 비할 것이 아니었다. 그는 결심을 굳힌 뒤에 눈을 떴다. 그사이 여자는 나른한 미소와 함께 농염하게 밀착해왔다. 달짝지근한 체취가 코끝을 간질였다.

이번이, 마지막이길.

그의 속내에 스무 해를 반복하던 바람이 들어찼다. 그 짤막한 소망을 품던 순간 신우의 반지가 여자의 목을 할퀴었다. 반지가 지난 자리로 붉은 핏물이 올라왔다. 여자는 뜻하지 않은 기습에 신경질적으로 날을 세웠다.

"미쳤어?"

앙칼진 외침이 공기를 갈랐다. 하지만 여자는 이내 입을 다물었다. 초조함에 휩싸인 신우의 눈동자에 언뜻 푸른빛이 도는 탓이었다. 파리한 입술은 오한을 느끼는지 덜덜 떨고 있었다. 여자는 갑작스러운 그의 변화에 오싹함을 느꼈다. 그녀는 애써 생각을 돌렸다. 흠씬 취기에 젖은 참이니 헛것을 보는 것도 무리는 아니라고 말이다. 그사이 신우는 그녀의 목덜미에 밀착하며 핏물이 뱉어내는 호흡을 맡았다. 여느 때와 다름없는 비릿한 피비린내가 그의 후각을 조여왔다. 신우는 저도 모르게 낮은 탄식을 쏟아냈다. 그러더니 일말의 미련도 없이 여자를 스쳐 지나갔다.

"뭐야, 너?"

여자는 당혹감을 느끼며 그를 가로막았다.

"비켜."

"뭐?"

"안 그러면…… 너 죽어."

서늘한 목소리에 눅눅한 공기가 스며들었다. 그녀는 제 목을 조여오는 얼음장 같은 음성에 새삼스러운 공포를 느꼈다. 여자는 더 이상 그를 막지 않았다.

쏴아…… 쏴아…….

밖에는 느닷없이 겨울비가 쏟아졌다. 야무진 빗방울이 복도에 줄지어 선 유리창을 두드렸다. 신우는 빗소리에 쫓기듯 셔츠를 여미며 바삐 걸었다. 눈가에는 아직까지도 푸른 기운이 역력했다. 신우는 호텔 현관에 서서 먹먹히 하늘을 올려다봤다. 촉촉한 습기가 그의 촉수에 스며들었다. 그제야 심박동이 조금씩 잦아들기 시작했다.
"또 허탕인가 보네."
낯익은 빈정거림에 신우는 다시 걸음을 재촉했다. 그러나 묘하게 뒤틀린 조롱은 집요하게 그의 등 뒤에 따라붙었다. 상대는 이엘. 신우의 이란성쌍둥이였다.
"진짜로 천사를 찾고 싶은 거야? 아니면 그냥 재미를 보고 싶은 거야?"
조소 어린 눈빛이 신우를 가격했다. 이엘이었다. 그는 모퉁이 벽에 기대 서서 자신의 구슬을 허공에 던지고 놀던 참이었다.

"닥쳐!"

신우는 이엘을 무시하며 지나쳤다. 그러자 이엘은 씩 웃으며 신우의 등 뒤로 구슬을 던졌다. 도발이었다. 무관심으로 무장한 신우의 어깨 너머로 구슬이 떨어졌다. 그 질척거리는 장난에 가까스로 잠잠해진 그의 심장이 다시 달음질쳤다.

투둥, 투둥, 투둥, 투둥…….

신우는 곁눈으로 입구를 살폈다. 그의 망막은 카메라 렌즈처럼 조여들며 100미터쯤 떨어진 호텔의 직원에게 초점을 맞췄다. 그는 갑작스레 쏟아진 비를 피해 제 몸을 말리느라 분주해 보였다. 그 틈을 타 신우는 초인적인 속도로 이엘에게 달려들었다. 이엘은 강렬한 파열음과 함께 삽시간에 주차된 차 위로 나가떨어졌다. 1초도 채 지나지 않은 시간에 벌어진 일이었다.

요란한 경보음이 울리자 호텔 직원이 놀라서 달려왔다. 차는 처참하게 부서져 있었다. 그러나 현장은 거짓말처럼 텅 비어 있었다. 이엘이 쥐고 놀던 은빛 구슬만이 자리를 대신할 뿐이었다.

그사이 신우는 빠른 속도로 빗속을 달리고 있었다. 그

의 시야에 숨이 막힐 듯 느릿느릿 흩어지는 빗줄기가 보였다. 사실 빗방울의 속도는 정직했다. 단지 그가 달리는 속도가 인간의 것을 초월했을 뿐이었으니까.

신우는 1킬로미터 남짓한 거리를 달리고서야 멈춰 섰다. 그는 비에 흠뻑 젖은 채로 호흡을 가다듬었다. 눈동자는 여전히 완연한 푸른빛이었다.

신우는 자신의 반지를 코로 가져갔다. 그러자 나른한 숲의 향기가 그의 몸을 감싸왔다. 신우는 그제야 옅은 한숨을 토했다. 서서히 안정을 찾는 그의 눈빛은 보통 사람의 그것과 같았다.

열세번째 별자리라니, 불길하지 않아?

재깔거리는 여자들의 수다에 신우의 입가에 쓴웃음이 돌았다. 뱀주인자리. 그의 탄생 좌를 두고 오가는 이야기였다. 사람들 사이에서 그 이름이 오르내리게 된 것은 신우가 자신의 별자리를 알게 된 지 꼭 100년 만의 일이었다. 신우는 문득 제 귓가에 그 이름을 속삭여주던 운하의 미소를 떠올렸다.

운하는 점성술사였다. 그녀는 언제나 행성의 움직임에 주목했고 우주의 흐름에서 타인의 운명을 읽어내곤 했다. 그러나 애석하게도 그녀 자신에게 닥친 불행만큼은 가늠하지 못했다.

 신우는 새삼스레 하늘을 올려다봤다. 속내에 웅크리고 있던 그리움이 봇물처럼 터져 나왔다. 가당치 않은 일이었다. 그리움은 살인자가 마음에 품을 만한 감정이 아니었으니까. 그랬다. 그녀는 그로 인해 죽었다. 그는, 그녀를, 죽였다.

 돌이켜보면 신우가 자신의 정체성에 대해 받아들이게 된 것도 꼭 한 세기가 지났다. 스페인 독감. 유럽 전역을 휩쓸고 간 이 무서운 열병은 무오년 독감이라는 이름으로 조선 땅에 찾아와 수많은 목숨을 앗아갔다. 이것은 역사의 기록이다. 신우는 그 검은 그림자 뒤에서 준비되지 않은 삶을 살게 된 네 명의 뱀파이어 중 하나였다.

 그 시절, 대부분의 사람들은 위압적으로 덮쳐오는 병마의 소용돌이에서 달아나지 못했다. 그러나 신우는 또 다른 운명에 직면했다. 단절이 아닌 영원한 삶이 주어진 것이었다.

 돌이켜보면 처음에는 자신도, 함께 변이를 맞은 가족들도 그들 스스로가 무엇인지 알지 못했다. 갑작스레 식어버린 심장이나 스쳐가는 피비린내에도 스스럼없이 갈증이 올라오는 징후를 질병 이상으로 받아들이지 못했

열세번째 별자리 17

던 것이다. 하지만 서역에서 넘어온 고서는 그들의 정체성을 뱀파이어라 규정했고, 스스로가 알아내지 못한 많은 능력과 비밀에 대한 훌륭한 스승이 되어줬다.

물론 일부 기록은 사실과 거리를 두기도 했다. 하지만 무엇보다 분명한 사실은, 그들은 영원히 같은 얼굴로 살아야 했고 끊임없이 올라오는 피에 대한 갈증과 싸워야 한다는 것이었다.

그러나 그 시절, 신우는 달라진 자신의 정체성에 신경 쓸 여력이 없었다. 하루하루 생기가 도는 그와 달리 운하는 여느 사람들과 다를 바 없이 시름시름 앓으며 시들어가고 있었다. 발그레하던 그녀의 뺨은 창백하다 못해 푸른빛이 돌았다. 그의 심장을 촉촉하게 달구던 붉은 입술은 생기를 잃고 가물어버린 지 오래였다. 신우는 무슨 수를 써서라도 그녀를 살리고 싶었다.

그런 신우의 선택은 그의 거울이 되어준 서역의 책이었다. 신우는 제 삶의 나침반이 되어준 지침서에 매달려 자신이 뱀파이어가 된 원인을 찾기 시작했다. 혹여 그 자신처럼 운하에게도 재생이라는 축복이 내려지지 않을까 하는 마음에서였다. 그리고 기어이 그 육중한 활자의 틈에서 매혹적인 글귀를 찾아냈다. 그것은 뱀파이어에게 물린 인간 역시 그 자신과 같은 영생을 누릴 수 있다는 사실이었다.

물론 영원한 삶이라는 단어의 무게는 그다지 실감 나지 않았다. 기록은 기록일 뿐이고 증명된 바는 없었으니 말이다. 하지만 적어도 병에서 살아난다는 것만은 진실이었다. 무엇보다도 그 자신이 명백한 증거였다.

책에 의하면 그녀를 살려낼 수 있는 방법은 하나, 그녀의 목덜미를 헤집고 더운 피를 들이마시는 것이었다. 상상만으로도 모골이 송연해지는 섬뜩한 지침이었지만, 그의 입술은 벌써부터 갈증을 느끼며 바싹바싹 마르고 있었다. 짤막한 글귀 한 줄에 머리와 심장이 팽팽하게 맞서는 셈이었다.

신우야, 나 무서워.

그런 그의 고민을 잡아 세운 것은 그녀의 손끝이었다. 마지막 말을 전하겠노라며 그의 손을 거머쥐던 앙상한 손가락은 이미 저승의 것처럼 파리했다. 신우는 봄날의 벚꽃처럼 창백하게 저문 그녀의 입술을 보며 마음을 다 잡았다. 그러고는 날카롭게 세운 송곳니를 가느다란 그녀의 목덜미에 밀어 넣었다.

기억 너머로 야윈 비명 소리가 스러졌다. 그는 애써 귓가를 후벼 파는 절규에서 달아나려 혀끝에 감기는 따뜻한 질감에 집중했다. 그사이 믿기지 않을 만큼 달콤한 향기가 그의 이성을 제압했다. 그는 삽시간에 자신의 임무를 잊고 말았다. 그는 오로지 그녀의 피를 빨아들이는 데 집중했다. 탐욕에 사로잡힌 영혼은 무정했다.

오래지 않아 그녀의 마른 손목이 툭 떨어졌다. 맥없이 뛰던 심장도 단정하게 멎었다. 신우가 기억하는 운하의 마지막 움직임이었다. 거울 속 괴물과의 첫 조우이기도 했다. 결국 그에게 남은 것은 처참한 연인의 주검과 살인자가 되어버린 자신뿐이었다.

어쨌거나 뱀파이어가 인간을 뱀파이어로 만들 수 있다는 것은 거짓이었다. 싸늘하게 식어버린 운하의 주검이 그 증거였다.

*

뱀주인자리는 영원한 삶을 꿈꾸던 의사, 아스클레피오스의 별자리야.

그 별자리의 주인은 죽은 사람까지도 살려내는 뛰어난 의술의 소유자였다고 해.

밤하늘을 가르는 수안의 목소리가 가볍게 날아올랐다. 꿈의 무게였다. 수안은 어린 시절부터 하늘의 별을 올려다보며 지내왔다. 대부분의 시간, 그녀는 맨눈으로 별을 보며 성장했지만 지금은 달랐다. 원하는 시간이면 언제든지 현미경으로 천체를 관측할 수 있었다.

수안이 서 있는 천문대는 세계 3대 향수 회사로 꼽히는 '헤라'의 본관 옥상에 있었다. '헤라'는 자신의 회사에서 출시한 별자리 향수의 홍보를 위해 기꺼이 천문대를 세웠다. 이는 다분히 상징적인 의도였지만 반응은 예상 외로 좋았다. 더군다나 그들은 해마다 크리스마스 때가 되면 이곳에서 파티를 벌였다. 그리고 그 축제에 연인들을 초대해 자사의 가치를 더욱 공고히 했다. 이는 '헤라'에서 브랜드 매니저로 일하는 수안의 아이디어였다.

사실 처음 이 의견을 제시했을 때 수안은 별다른 성과를 기대하지 않았다. 아무리 자사의 마케팅을 위함이라고는 하나 선뜻 들이기에는 지나치게 고가의 장비였던 탓이다. 더군다나 천문대를 관리하는 일에는 별도의 인력이 필요했다. 그럼에도 회사에서는 선뜻 천문대 설치를 위해 예산을 할애했다. 더분에 수인 역시 그녀의 취미를 풍족하게 누릴 수 있게 됐다.

"죽은 사람을 살려?"

민조가 호기심을 보였다.

"응, 뱀이 약초를 물고 와 죽어 있는 다른 뱀을 살려내는 걸 우연히 보고 힌트를 얻었다나 봐."

"그런데?"

"죽음의 신 하데스가 걱정하기 시작한 거지. 이 땅에 죽음이 사라지면 곧 인간의 한계도 사라질 테니까. 그렇다면 신의 영역이라는 것도 의미가 없어질 테고."

"그래서? 죽인 거야?"

"응."

찬찬히 별자리의 비밀을 풀어내던 수안은 새삼 뱀주인자리라는 이름이 어색하게 느껴졌다. 따지고 보면 신화와는 거리가 있는 작명이었다. 정확히 하자면 아스클레피오스자리라고 해야 옳았을 것이다. 하지만 굳이 뱀주인자리라는 우리식 이름으로 변형된 것은 사람이 뱀을 붙잡고 있는 별자리의 모양새 탓일 터였다. 그런 까닭에 혹자는 땅꾼자리라는 이름으로 부르기도 했다.

"그런데 넌 왜 그 별자리를 그렇게 좋아하는 거야?"

민조가 물어왔다.

"여러 가지."

"하나만 풀면?"

"섹시해서?"

"응?"

"꼭 그거 같잖아, 뱀파이어."

"뜬금없이."

"그렇잖아. 뱀파이어에게 물린 사람은 영원히 죽지 않는 몸이 되니까."

"하여간 갖다 붙이긴."

민조의 핀잔에 수안은 머쓱하게 웃었다. 확실히 수안은 말재간이 좋은 편이 아니었다. 하지만 뛰어난 화술의 소유자라 해도 속내에 들어찬 그녀의 감정을 고스란히 전하기는 힘든 일임에 분명했다. 가늠하기조차 힘들 정도로 멀리 있는 별을 향해 뛰는 세찬 심박동을 이해해줄 사람은 분명 많지 않을 테니 말이다.

"근데 지금은 왜 안 보여? 12월 별자리가 뱀주인자리라며?"

"가까이 있으니까. 원래 별자리는 자기 절기가 다가오면 모습을 감춰. 태양이 그 앞을 지나면서 가려버리거든. 그래서 겨울 별자리들은 여름에 가장 잘 보여."

이야기가 오가는 동안 수안은 분주히 짐을 정리하고 있었다.

"벌써 가게?"

민조가 아쉬운 듯 물었다.

"내일이 향수 론칭쇼잖아. 준비해야지."

이번에 출시하는 열세번째 향수는 수안의 기획으로 시작된 거대 프로젝트의 마무리가 되는 작품이었다. 몇 년 전, 수안은 '헤라'의 새로운 향수를 위해 열세 개 별자리의 심상을 담은 향수를 제안했다. 이에 '헤라'는 사수자리를 시작으로 염소자리, 물병자리, 물고기자리, 양자리, 황소자리, 쌍둥이자리, 게자리, 사자자리, 처녀자리, 천칭자리에 이어 전갈자리까지 각각의 전설에 착안한 열두 개의 향수를 출시해왔다. 이번 열세번째 향수는 마지막 별자리, 뱀주인자리를 형상화한 작품이었다. 지난 열두 개의 향수는 그녀가 진정으로 받고 싶어 했던 열세번째 향수를 위한 준비물인 셈이었다.

"아, 왜 이 시점에 비가 오냐?"

건물을 나서던 두 사람 앞을 빗물이 가로막았다. 민조는 막막한 얼굴로 하늘을 쳐다봤다.

"택시로 움직이기엔 애매한 거리인데…… 어쩌지?"

민조는 여전히 답이 안 나오는 눈치였다. 수안은 가만히 하늘을 올려다봤다. 끝이 보이지 않는 장대비가 발끝을 적셔왔다. 12월에 비라니. 달갑지 않은 일이었다. 적어도 민조에게는 그랬다. 그러나 수안은 달랐다. 그녀는 신발로 스며드는 싸늘한 냉기에 까닭 모를 안도감을 느졌다.

"뛰자."

"응?"

"비 한번 흠씬 맞아보자고."

"에……? 야!"

수안은 민조가 막을 새도 없이 빗속으로 뛰어들었다. 수안의 탐스러운 머리카락은 삽시간에 빗물에 젖었다. 그녀는 제 뺨에 닿는 부드러운 질감에 반해 까르륵거리며 웃었다. 결국 민조 역시 철없는 장난에 동참했다. 민조가 가세하자 수안은 기분 좋게 앞서 달렸다. 고요한 새벽 거리를 채우는 두 사람의 웃음소리가 빗소리에 섞여들었다.

휘이잉…….

수안의 달음질을 막은 것은 한 줌의 바람이었다. 기실 그 중심에는 신우가 있었지만 인간의 시력으로 도저히 감지할 수 없는 속도였다. 덕분에 그녀가 느낄 수 있는 것이라고는 살갗을 스치는 서늘한 공기와 낯익은 향기뿐이었다.

"왜?"

뒤따라오던 민조가 이상한 낌새를 채며 물어왔다.
"봤어?"
수안은 멍한 시선으로 주변을 두리번거렸다. 하지만 무심한 거리에는 빗줄기만 가득했다.
"뭐가?"
"지나갔어."
"응?"
"바람에……."
"얘가 뭐라는 거야? 빨리 가자. 이제 춥다."
"풀 냄새가……."
수안의 눈가가 삽시간에 촉촉해졌다.
"너 또 그놈의 향기 타령이야? 네 징글징글한 짝사랑 알았으니까 일단 좀 가자. 나 진짜 추워."
수안은 마지못해 고개를 끄덕였다. 그러나 수안은 쉽게 걸음을 뗄 수 없었다. 아련한 초목의 향기가 발목을 잡고 있었던 까닭이다. 그사이 민조는 다시 빗속으로 뛰어들었다.
수안의 속눈썹이 마지막 미련을 담고 주저앉았다. 그때, 고인 물 위에 떠 있던 꽃잎이 그녀의 시선을 사로잡았다. 수안은 조심스러운 손길로 꽃잎을 집어 들었다. 단아한 체형의 은매화 꽃잎 사이로 빗방울이 흩어졌다.

"산……타?"

수안은 손바닥에서 거둔 시선으로 바람이 스쳐간 자리를 돌아봤다. 그러나 비에 젖은 거리는 말끔한 공백이었다.

수안은 집에 돌아오는 내내 산타에 대해 생각했다. 산타. 분명 서른 해 가까이 살아온 어른의 입에서 나옴직한 단어는 아니었다. 그러나 수안의 삶에 있어서는 결코 놓을 수 없는 존재였다.

수안은 아까 주워 든 꽃잎을 코끝에 대고는 한껏 향을 들이켰다. 그녀의 콧잔등 위로 얼음장 같은 공기가 내려앉았다. 수안은 새삼 자신을 감싸 안던 야생 바람의 향기를 떠올렸다. 그녀의 인생을 송두리째 바꿔놓은 아홉 살의 크리스마스, 그 출발점에 함께 머물던 향기였다.

어릴 적 그녀는 한적한 외곽의 성당에서 자랐다. 지금으로부터 꼭 스무 해 전, 다섯 살을 갓 넘긴 수안은 인적이 드문 바닷가에서 발견됐다. 공교롭게도 그날은 크리스마스였다. 그녀는 새벽 기도를 가던 수녀에 의해 발견되었고, 성당에서는 수안이 자신들에게 위탁된 이유를 신의 뜻이라 여겼다.

"믿지 않아도 믿는 척은 할 수 있는데……."

해마다 성탄은 분주했다. 그녀를 무릎에 올려주던 신

부님은 마주 앉아 식사조차 하기 힘들었고 살갑게 품어주던 수녀님들은 다른 아이들을 얼러주기에도 충분히 바빴다. 그것은 그녀가 아홉 살이 되도록 마찬가지였다.

수안은 갑갑한 마음에 창문을 열었다. 빽빽한 나무숲은 설탕이라도 뿌린 듯 온통 하얗게 빛났다. 아홉 살 수안은 그 동화 같은 풍경에 도취됐다. 하지만 세찬 바람은 그 소박한 시간마저도 허락하지 않았다. 결국 아이는 창문을 닫고 돌아섰다. 그러자 네 평 남짓한 낡은 공간이 그녀와 마주했다. 사람의 온기라고는 느껴지지 않는 삭막한 공간이었다. 아이는 자박자박 걸어 침대에 있는 커다란 곰 인형과 마주 앉았다.

"믿어도…… 믿지 않아도…… 나한텐 산타 같은 건 영원히 오지 않을 거야. 그렇지?"

그녀는 외로움을 가득 담아 인형을 끌어안았다.

"그래도 괜찮아. 있지도 않은 산타 같은 건…… 나도 필요 없어."

아이는 다부지게 스스로에게 위로를 건넸다.

그때였다. 갑작스레 창문이 활짝 열리며 매서운 바람과 함께 눈보라가 쏟아져 들어왔다. 수안은 세찬 바람에 반사적으로 눈살을 찌푸렸다. 그러다 손바닥으로 얼굴을 가리며 가늘게 눈을 떴다. 그러자 낯선 그림자가 보였다. 은빛 가면을 쓴 남자였다. 그는 매서운 바람을 묵묵히 맞으며 창틀에 걸터앉아 있었다. 소녀는 믿을 수 없는 정경에 눈이 동그래졌다.

"누구……세요……?"

"산타."

빛나는 가면 아래로 살짝 말려 올라간 입꼬리가 보였다. 그는 웃고 있는 모양이었다. 수안은 숨이라도 크게 쉬면 달아날세라 조심스레 제 호흡을 가다듬었다. 그러고는 창가를 향해 조심스레 걸음을 옮겼다. 상대와의 간격이 좁아지자 신비한 향기가 그녀를 얼러왔다. 갓 뜯어낸 어린 풀 내음과 바다 바위에 내려앉은 이끼의 체취가 그와 그녀를 감싸 안았다. 수안은 강한 자력에 끌리듯 그에게 다가갔다. 가면 속 눈빛은 그런 소녀를 보며 강하게 흔들리고 있었다. 수안은 가만히 상대를 향해 손을 뻗었다. 꿈인지 생시인지 가늠하기 위해서였다. 그러자 모골이 송연해지는 싸늘한 기운이 그녀의 촉수에 닿았다. 그 찰나의 스침에 수안의 세포 곳곳에는 생전 처음 맞이하는 극한의 냉기가 들어찼다. 수안은 그 생생한 느낌을 놓지 않으려 그의 손목을 덥석 잡았디. 그러나 남자는 화들짝 놀라며 창밖을 향해 몸을 날렸다.

"잠시만요!"

절박한 소녀의 외침이 허공에 흩어졌다. 하지만 상대는 이미 사라진 지 오래였다. 눈으로 보았으나 믿을 수 없는 일이었다. 수안은 목을 길게 빼고 창밖을 살폈다. 그러나 눈앞에 펼쳐진 것은 은빛으로 반짝이는 눈의 숲뿐이었다. 수안은 다시 제 방을 돌아봤다. 공간은 아까보다 더욱 쓸쓸해 보였다.

"거짓말. 선물도 없으면서."

소녀는 먹먹한 심정으로 다시 창가로 향했다. 그러자 창틀에 흩어진 은매화 꽃잎이 그녀의 시선을 사로잡았다. 낡은 나무 상자와 함께였다. 수안은 작고도 작은 꽃잎을 집어 들어 제 손바닥 위에 가만히 올려봤다. 다부지게 다문 입술이 무색하게 눈가에는 눈물이 고였다.

"그래도…… 다시 돌아와주면…… 다시 돌아와주면…… 믿을 수 있는데."

수안은 창문을 닫고 탁자 앞에 앉았다. 아이는 눈물을 닦는 것도 잊고 조심스레 상자를 열었다. 그녀는 열다섯 개의 점이 새겨진 상자 뚜껑을 단정히 제 무릎에 내려놓았다. 그러자 상자 속에서 작은 목걸이가 모습을 드러냈다. 열다섯 개의 은빛 구슬로 이어진 펜던트는 뱀주인자리의 형상을 하고 있었다.

최초의 기억이라는 것은 마치 엄마와도 같았다. 그래

서 수안은 그날의 기억이 흐려질 때마다 추억과 닮아 있는 향기를 찾아 헤맸다. 허기진 오후, 극장 앞에 앉아 팝콘 냄새를 맡는 아이처럼.

그 해묵은 갈증에 그녀는 스스로 향기를 만들어내야겠노라 결심했다. 그것이 수안이 '헤라'에 입사한 유일한 이유였다.

그녀는 무의식이 간직하고 있는 기운을 최대한 끌어모아 자신이 원하는 향기를 발주했다. 덕분에 수안 역시 온갖 종류의 향료에 익숙해지기 시작했다. 특히나 젖은 나무의 향기를 닮은 은매화와 심연의 기억까지 끌어내는 사향노루의 분비물이 그랬다.

그럼에도 불구하고 그녀는 허전함을 느꼈다. 비록 사력을 다해 추억 속의 체취를 더듬어갔으나 기억의 흔적은 온전하지 못했다. 그저 누군가의 마른 손끝에서 흩날리던 체취와 닮아 있을 뿐이었다. 확실히 향기라는 것은 구체화하기 힘든 대상이었다. 더군다나 언제나 곁에 잡아둘 수 있는 것도 아니었다.

집에 도착한 수안은 한동안 침대에서 뒤척였다. 그러나 끝내 잠들지 못하고 일어났다. 그녀는 얕은 한숨을 쉬며 오디오를 켰다. 액정이 밝은 빛을 쏟아내자 공간에는 거침없는 속주가 들어찼다. 이엘의 연주였다.

수안은 예상치 못한 우연에 기뻐하며 책상 위에 올려뒀던 이엘의 음반을 집어 들었다.

"나도 우습죠? 그저 가면 하나 쓰고 있는 것뿐인데 내 멋대로 당신이 그 사람이라고 생각해버리고······. 아마 난 당신이 진짜 그 사람이길 바랐나 봐요."

수안은 소파에 몸을 묻고 음반 재킷을 응시했다. 사진 속 이엘은 가면에 얼굴이 가려져 있었다. 그리움에 젖은 그녀의 눈빛이 촉촉하게 젖어들었다.

오래지 않아 연주는 끝났다. 라디오는 그 격렬한 질주를 뒤로하고 아나운서의 목소리를 내보내고 있었다.

방금 들으신 곡은 피아니스트 이엘이 연주하는 라흐마니노프 〈에튀드 39번〉입니다. 피아니스트 이엘은 연주할 때조차 가면을 벗지 않는 비밀스러운 피아니스트로 유명합니다.

이엘의 방에도 같은 방송이 전해졌다. 샤워를 마치고 나오던 이엘은 라디오에서 흘러나오는 목소리에 동작을 멈췄다.

이엘이 데뷔한 게 작년 크리스마스였죠? 내한 공연을 펼치던 피아노계의 거장, 블라지미르가 쓰러지는 사고가 발생

했습니다. 뒤늦게 협심증 때문이라고 알려졌는데요, 이때 갑작스럽게 무대에 오른 이엘은 마치 마법을 부리듯, 라흐마니노프 〈피아노협주곡 3번〉을 완벽하게 연주하며 대중의 이목을 집중시켰죠. 유난히 비밀이 많은 예술가인 그는 음악을 제외한 일체의 사생활에 대해 철저하게 함구하고 있습니다. 뿐만 아니라 어떤 공식 석상에서도 입을 열지 않고 있죠. 그래서 항간에선 그가 실어증이나 언어장애인이라는 소문까지 돌고 있습니다. 자신의 얼굴을 감추고, 목소리를 숨긴 채, 오직 피아노로만 세상과 소통하는 셈입니다.

라디오는 다시 연주를 시작했다. 이번에는 카랑카랑한 선율의 바이올린 곡이었다. 이엘은 나른해진 제 몸을 침대에 뉘었다. 그러자 등짝 너머로 바스락거리는 소리가 감겨왔다. 자신의 연주회를 알리는 팸플릿이었다.

인간의 언어를 버리고 악마의 음악을 취한 남자, 이엘.

그는 자신을 묘사하는 광고 문구에 쓰게 웃었다. 사진 속 그는 가면으로 얼굴을 가리고 있었다. 이엘은 모든 흔적을 감추며 살아야 하는 스스로의 삶에 새삼스레 서글픔을 느꼈다.

"내가 인간을 버린 게 아니야. 악마가…… 날 택한 거지."

이엘은 속내에 치미는 서글픈 기억을 밀어내려 다시 핏물을 들이켰다. 피로에 절은 몸에 습자지처럼 환각이 스며들었다.

말하지 못했다. 사실 정말 비겁했던 건 자신이라고. 사랑을 받아주면 목숨이라도 던지겠노라 공언했다. 하지만 그는 끝내 쌍둥이 형의 폭주에 죽어가는 운하를 구해 내지 못했다. 정말 무서웠으니까. 절대로 형을 이길 수 없었으니까.

형은 언제나 우월했다. 기억이 존재하는 순간부터 항상 그래 왔다. 처음에는 동경하다가, 이후에는 미워하다가, 결국에는 좌절했다. 결코 하신우라는 존재를 뛰어넘을 수 없던 탓이었다.

진우야.

운하의 목소리가 어제의 것인 양 따뜻하게 감겨왔다. 진우는 이엘의 본명이었다. 정확히 말하면 그들이 뱀파이어로 변하기 전까지 쓰던 이름이었다. 그는 운하의 죽음과 함께 본명을 버리고 '이엘'이라는 이름을 택했다. Evil Laugh. 악마의 이름을 빌려 복수를 완성하겠다는 다짐의 표현이었다. 그때부터 그는 사람됨을 포기하고 뱀파이어의 길을 택했다.

하지만 100년이라는 시간 동안 복수심은 옅어지고 증오만 남았다. 그리고 때로는 후련했다. 적어도 신우가 저지른 죄악을 되새기고 나면 조금은 형보다 우월해진 것 같았으니까. 하지만 그럴 때마다 어김없이 운하의 질책이 귓가에 감겨왔다. 그녀는 언제나 신우 편에 서 있었고, 그에게는 무조건적인 이해를 부탁했다. 쌍둥이 형제이니 응당 그래야 한다는 궁색한 변명도 함께했다.

"쌍둥이가 뭐 어쨌다고! 심장 하나를 나눠 갖기라도 했다는 거야?"

이엘은 시공을 넘어서며 그를 옭아오는 질책에 날카롭게 항변했다. 하지만 대답 대신 돌아온 것은 바람에 들썩이는 유리창 소리뿐이었다.

*

신우는 한기에 움츠러든 발을 이끌고 현관에 들어섰다. 그의 기척에 출입구의 향수가 뽀얗게 신우의 어깨에 쏟아져 내렸다. 그 우윳빛 안개가 사라지자 걱정스레 자신을 올려다보는 천진한 눈망울이 보였다. 영원히 열 살의 몸으로 살아야 하는 조카 유민이었다.

 신우는 지친 기색으로 고개를 끄덕였다. 유민은 휠체어를 몰고 신우에게 다가와 마른 수건을 건넸다. 그는 탈진한 듯 비틀거리며 겉옷을 벗어 던졌다. 각성 이후의 징후였다.

 "찾았어?"

 신우는 대답 대신 고개를 젓고는 수건으로 머리를 털어냈다.

 "이거 먹어."

 유민은 군말 없이 약병을 내밀었다. '이브'가 든 병이었다. 신우는 말없이 알약을 털어 넣고 걸음을 옮겼다.

 '이브'는 뱀파이어의 본능을 조절하기 위해 만든 특수한 알약이었다. 인간과 공존해야 하는 뱀파이어들이 피를 섭취하지 않고 생활할 수 있도록 하는 보조식품인 셈이었다. 신우는 '이브'를 목으로 넘기며 새삼스러운 울렁증을 느꼈다.

 '이브'는 레드하우스의 유일한 인간인 준수에 의해 만들어졌다. 그는 이미 백 살을 훌쩍 넘긴 노인이었지만 머리에 내려앉은 백발마저 멋스럽게 느껴질 만큼 정갈했다. 필사적인 자기 관리 덕분이었다.

 사실 준수는 오랜 시간 동안 스스로의 생명을 유지하

는 일에 골몰해왔다. 자신의 실수로 인해 뱀파이어가 되어버린 딸, 유민을 원래대로 돌려놓기 위함이었다.

다른 가족과 달리 유민은 화학작용에 의해 뱀파이어로 변이됐다. 이는 죽어가는 유민을 살려보려는 준수의 욕심에서 비롯됐다. 준수는 역병에 걸린 딸을 살려내려 신우의 팔을 칼로 베었다. 뱀파이어의 피를 먹이면 그녀 또한 신우처럼 불사의 몸을 갖지 않을까 하는 마음에서였다. 그는 신우의 피에 이런저런 화학작용을 가하여 정체가 모호한 약을 만들었다. 물론 그의 기준에서는 매우 타당한 것이었다.

결론부터 말하자면 준수의 가설은 절반의 성공을 거뒀다. 결국 유민은 영생의 삶을 살게 되었으니 말이다. 하지만 억지로 끌어낸 변이는 부작용을 동반했다. 유민은 그날 이후로 두 다리를 못 쓰게 됐다. 성장이 멈춰버린 것은 물론이다. 그녀의 생체 시계는 자신이 뱀파이어로 변해버린 순간에 멈춰 있다. 그러니 어쩔 수 없이 그녀는 영원히 열 살 어린아이였다.

덕분에 그는 신우와 같은 목적에 골몰했다. 뱀파이어의 몸을 인간으로 바꿔놓는 일이었다. 그는 유민이 이 땅의 누구나 그러하듯, 평범한 성인이 되어 남들처럼 빛나는 삶을 살아가기 바랐다. 이는 어린아이의 몸으로 사랑하는 이의 임종까지 지켜봐야 했던 딸아이에 대한 가책에 닿아 있었다.

그런 까닭에 그는 인간 회귀 실험은 물론, 가족들이 인간과 섞여 사는 데 지장이 없도록 여러 가지 노력을 아끼지 않았다. '이브' 역시 그중 하나였다. '이브'는 뱀파이어들이 필요로 하는 헤모글로빈을 공급하고 체온이 올라 갑작스럽게 각성이 되는 일을 막는다.

반면 신우가 개발한 향수 '아담'은 그들의 후각을 조절해 인간의 체취에 반응하지 않도록 하는 역할을 한다. 뿐만 아니라 자외선에 약한 뱀파이어들의 피부를 보호해주기도 한다. 그런 까닭에 집 안 곳곳에는 센서로 반응하는 자동 분사기를 통해 수시로 '아담'이 공급되고 있다. 또한 이들은 각자의 유리 반지에 '아담'을 휴대하며 수시로 향을 맡아 본능을 조절한다.

그런 이들에게 '아담'과 '이브'를 제외한 또 하나의 밀어가 존재하는데, 그것은 '애플'이었다. 이는 신우가 붙인 이름으로 이들 가족 사이에서는 혈액 팩에 들어 있는 인간의 피를 지칭했다. 신이 금기한 사과를 먹었다는 이유로 형벌을 면치 못한 아담과 이브의 이야기를 빗댄 작명이었다. 신우는 인간과 공존하려면 절대 그들의 피에 손대지 않아야 한다고 주장했고, 누구보다 먼저 그 자신이 모범을 보였다. 이를 어기는 가족에게는 무서운 대가가 따라야 함을 강조한 것은 물론이다. 사실 인간의 피를 마시지 않아야 한다는 강박의 이면에는 운하에 대한 죄책감이 숨어 있었다.

전 채식주의자입니다.

누군가의 자기 고백이라면 참 싱겁기 짝이 없는 말이다. 그것이 자신을 소개하는 말이라 해도 별반 다르지 않다. 하지만 신우는 뱀파이어다. 미칠 것 같은 피에 대한 끌림을 완강히 누르고 풀 쪼가리를 입에 밀어 넣는 가련한 뱀파이어. 그에게 있어 채식이란 스스로에 대한 단죄이자 자기 거부였다.

신우는 마른 옷으로 갈아입고 침대에 몸을 던졌다. 보송보송한 이불이 그의 몸을 감싸 안았다. 그는 그제야 긴장을 풀고 온전히 제 몸을 뉘었다.

푸른 천장에는 하얀 구름이 부드럽게 흩어져 있었다. 그는 지친 눈길로 제 방을 둘러봤다. 신우의 방은 살바도르 달리의 그림을 옮겨놓은 듯 몽환적이었다. 녹아내리는 시계, 구름을 띄운 침대, 공중에 떠 있는 창문까지. 주술은 아니었다. 그저 구조물일 뿐이었다.

굳이 그런 공간을 즐기는 것은 일종의 보상 심리였다. 한 세기 동안 모두에게 초현실이라 불리는 영생의 삶이 그에게는 현실로 자리 잡았다. 하지만 신우는 그것을 자신의 삶이라 인정하고 싶지 않았다. 그런 까닭에 그는 자신이 속한 공간에 초현실주의자의 숨결을 불어넣었다. 지금 살고 있는 모든 삶이 허상이라 여기고 싶은 서글픈 바람의 산물이었다.

"미안한데…… 나도 이젠 네가 밉다."

 신우는 주인 없는 원망을 던지고는 맥없이 침대에 몸을 묻었다. 그 나직한 투정에 오래 묵은 가책이 몸살처럼 뼛속 깊이 스며들었다.

*

 그들의 식탁은 유난히 길었다. 마치 서로의 마음의 거리를 그대로 옮겨놓은 듯한 길이였다. 그 황량한 식탁을 중심으로 신우와 이엘, 유민은 멀찌감치 떨어져 앉아 있었다.

 이엘은 익지 않은 달걀 프라이를 칼로 저몄다. 접시를 긁어대는 소름 끼치는 칼날 소리에 신우는 이맛살을 찌푸렸다. 그러나 이엘은 아랑곳 않고 붉은 소스로 범벅이 된 음식을 탐욕스럽게 입안으로 밀어 넣었다.

"아침부터 공기가 왜 이 모양이야? 둘이 또 붙었어?"

승윤의 등장으로 건조하던 공기에 생기가 돌았다. 신우도, 유민도, 그제야 어깨에 힘을 풀었다.

"적당히 살자. 집에서 이러지 않아도 아주 피곤한 일이 널렸거든?"

승윤은 수선스레 자리에 앉아 제 접시를 챙겼다. 곁에 앉은 이엘은 말없이 스테이크를 저미기 시작했다.

"아, 그 여자 느낌이 좀 왔는데."

승윤은 유흥에 젖은 전날 밤을 떠올리며 구시렁댔다.

"삼촌 느낌이라는 게 믿을 만한 거야?"

유민이 음식을 오물거리며 핀잔을 쳤다.

"넌 항상 말을 얄밉게 하는데, 얼굴이 천진난만이라 구박할 수 없게 만드는 경향이 있다? 속에는 할멈이 들어 앉아가지고 걸핏하면 잔소리는……."

승윤은 구시렁거리며 맞받아쳤다.

"내가 원해서 가진 얼굴은 아니잖아."

유민은 서늘한 눈매로 수저를 내려놓았다. 승윤은 아차 싶은 마음에 머리를 긁적였다.

"중요한 일이 있다더니 놀러 갔던 거야?"

신우는 분위기를 바꾸려 승윤에게 화살을 돌렸다. 그

런 신우의 마음을 읽어낸 승윤은 손짓 발짓 섞어가며 호들갑을 떨기 시작했다.

"아, 그게, 중요한 일인 줄 알았더니 아니더라고. 사실 만날 그랬잖아. 뭐, 그러다 보니 예쁜 애들도 좀 눈에 보이고 해서. 알잖아. 내 일생에 가장 중요한 게 연애 사업인 거."

신우는 피식 웃으며 유민에게 눈짓을 보냈다. 유민은 마지못해 뾰로통한 입술을 집어넣었다.

"일생? 우리한테 일생이라는 게 있나? 영생이라면 모를까."

이엘의 빈정거림에 공간에는 다시 긴장감이 들어찼다. 이엘은 빈 접시에 포크를 내려놓고는 요란하게 일어섰다. 승윤은 행여 불똥이 튈세라 접시에 고개를 묻었다. 그사이 이엘은 저벅저벅 걸어서 신우의 자리를 지나쳤다. 식탁 위에 있던 신우의 과일 접시가 그대로 돌아 엎어졌다.

"가엾기도 하지. 뱀파이어씩이나 돼서 이런 풀 쪼가리나 물고 있다니."

이엘은 손가락으로 식탁 위의 야채 조각을 들어 신우의 입 앞으로 들이밀었다.

"적당히 해."

신우는 애써 감정을 누르며 낮게 위협했다. 그러자 이엘은 어깨를 으쓱하며 접시를 바닥으로 밀쳐 깨뜨렸다. 하지만 신우는 그의 도발에 말려들지 않았다. 꼭 다문 입술 사이로 치솟기 시작한 송곳니가 그의 분노를 드러낼 뿐이었다.

묵묵히 지켜보던 유민은 흥분한 신우의 마음을 돌리려 전에 없던 응석을 부렸다. 신우는 그런 조카의 노력을 외면하지 못하고 그녀의 산책길에 동참했다.

정원으로 나서던 신우는 공격이라도 받은 듯 눈살을 찌푸렸다. 유난히 화사하게 빛나는 태양이 화근이었다. 신우는 손바닥으로 얼굴을 가리고 하늘을 올려다봤다. 초록빛 나뭇잎들 사이로 찬란히 햇살이 부서졌다. 유민 역시 햇빛이 거슬리는지 연신 팔을 비비적거렸다. 태양은 살아 있는 모든 이들을 위한 선물이지만, 그들에게는 언제나 재앙이었다. 뜨거운 자외선은 그들의 동공을 시들게 했고 여린 살갗을 태웠다. 아마 '아담'이 아니었다면 그들은 절대로 햇빛 아래 온전히 서 있을 수 없을 것이었다. 어쨌거나 미물에게조차 허락된 축복에서 소외되었다는 것은 신에게 버림받았다는 증거임이 분명했다.

신우는 다정스레 유민의 눈높이로 앉아 자신의 반지로 향수를 뿌려줬다. 그러자 유민의 천진한 미소가 세월에 농익은 애교와 함께 돌아왔다.
"미안."
유민이 머쓱하게 입을 열었다.
"뭐가?"
"이번 정보는 정말 확신했는데."
전날 밤 호텔에서 만난 여자를 두고 하는 말이었다.
"어차피 쉽지 않은 일이니까."

삼촌이 건넨 멋없는 위로에 유민은 두 팔을 뻗었다. 일종의 응석이었다. 신우는 조심스레 그녀의 가냘픈 몸을 안아 그네에 올려줬다. 유민의 그네와 함께 신우의 서글픈 미소가 날아올랐다.

"난 삼촌이 빨리 천사를 찾았으면 좋겠어."
"왜?"
"그 핑계로 삼촌, 이 여자 저 여자 홀리고 다니는 게 싫어서. 난 한 번도 못 해본 연애를 삼촌만 하고 다니는 거 억울하잖아."

신우는 측은한 눈길로 유민을 바라봤다. 신우는 언제나 유민에게 관대했다. 어린아이의 몸으로 영생의 삶을 감내해야 하는 그녀에 대한 연민 때문이었다. 무럭무럭 자라난 자아를 작은 몸뚱이에 구겨 넣고 산다는 것은 참으로 가련한 일이었다.

더군다나 유민은 다른 뱀파이어와 달리 여러모로 유약했다. 면역력이 약한 그녀는 작은 찰과상도 쉽게 아물지 않아서 고생했다. 어지간한 상처는 몇 분 정도면 거뜬하게 치유하는 다른 뱀파이어들과는 사뭇 달랐다.
"키스는 했어?"
 유민은 갑자기 그네를 멈추고 신우를 빤히 올려다봤다.
"글쎄."
 신우는 싱겁게 입을 닫았다. 그러나 유민은 입을 삐죽 내밀며 다시 두 팔을 벌렸다.
"나 내려줘."
 신우는 유민을 안아서 휠체어에 앉혔다. 그러자 유민은 뭐가 토라졌는지 휠체어를 휙 돌렸다.
"키스 같은 거 하지 마. 내가 인간이 돼서 사랑이라는 거 해보기 전까지는. 괜히 약 오르니까."

*

"다녀올게."
 나무껍질처럼 메마른 목소리가 신우의 귓가에 엉겼다. 준수였다. 그는 실제 향수를 만드는 신우를 대신해 '세계적인 조향사'라는 이름과 '헤라'의 대표직을 얻었다. 평생 변치 않는 얼굴을 지닌 신우가 전면에 나설 수는 없는 노릇이었다. 두 사람은 각자가 맡은 자리에 만족했다. 신우는 대중과 섞이지 않아도 됐고 준수는 부와 명예를 거머쥘 수 있어서 좋았다. 하지만 그것이 그들이 가진 접점의 전부였다. 태생적으로 그들은 성격이 맞지 않았다.

"딴생각 말고 배합이나 제대로 외워. 저번처럼 실수하지 말고."

신우는 소파에 길게 누워 향수병을 뒤집었다. 유리 속에는 아름답게 기포가 흩날렸다. 하지만 이를 바라보는 신우의 눈빛은 싸늘하기 그지없었다.

"꼭두각시면 꼭두각시 노릇이나 제대로 해. 네 머리로, 네 손으로 무언가를 하겠다는 생각은 하지 말고. 혹시라도 그러고 싶은 생각이 들면 그때의 결과가 어땠는지 차분히 생각해보고."

신우는 유민을 뱀파이어로 만들어버린 준수의 실수를 빗대어 빈정거렸다. 사실 신우와 준수는 인간 회귀라는 동일한 목적이 있었지만, 그 방법에 대해서는 대립각을 세웠다. 준수는 언제나 인간으로 돌아가려면 몸속에 그들의 피가 돌아야 한다고 주장했다. 살인을 금하는 신우의 입장과는 정면으로 부딪치는 셈이었다.

더군다나 준수는 유민을 살리겠다는 일념으로 형의 몸에 칼을 꽂아 넣은 인물이었다. 신우의 입장에서는 그런 준수가 사사건건 거슬릴 수밖에 없었다.

 준수는 속에서 끓어오르는 모멸감을 누르느라 입술을 깨물었다. 그사이 신우는 마지막 비웃음을 던지며 밖으로 나섰다.

 보내드린 자료에도 언급한 바와 같이, 이번 향수의 주인공은 뱀주인자리입니다. 죽음이라는 비밀의 정원을 열고 영원한 삶을 구하고자 했던 의술의 신, 아스클레피오스의 순수한 열망을 담고 있죠.

 신전처럼 경건한 공간에 준수의 울림이 들어찼다. 행사장에는 모두 열세 개의 조형물이 있었다. 이는 각각 황도를 지나는 열세 개의 별자리 신화에 착안한 것으로 이 중 열두 개의 석상에는 각각 향수가 하나씩 놓여 있었다. '헤라'의 지난 발자취였다.

 향수병에는 아르누보풍의 펜화가 그려져 있었는데 단아한 사각 병을 장식하는 이들은 좀더 내밀하게 전설의 의미를 함축하고 있었다. 하지만 단순히 별자리의 이야기만 담아낸 것은 아니었다. 자세히 살피면 구석구석에는 향수의 배합을 위해 제 몸을 녹여 낸 꽃의 모습이 묘사되어 있었다. 어찌 보면 열두 개의 향수병들은 이들의 영혼을 담아낸 성전인 셈이었다.

은매화와 레몬, 샌들우드와 머스크로 빚어낸 바람의 향기를 느껴보시겠습니까?

사람들의 시선이 조형물이 빚어낸 아름다움에 취해 있는 사이, 공간에는 신비로운 향기가 들어찼다. 그리고 정갈한 조명과 함께 열세번째 향수가 모습을 드러냈다. 중앙에 설치된 분사기에서 분수처럼 향수가 뿜어져 나오자 하객들의 입가에는 황홀감이 스쳤다. 봇물처럼 터져 나오는 박수와 환호는 그들의 눈과 코를 사로잡은 마법에 감흥을 더했다.

그 시각, 복도에는 가파른 발소리가 들어찼다. 수안은 분주한 걸음으로 행사장을 향했다. 밤새 뒤척이느라 준비가 늦은 탓이었다. 그러나 엉성한 준비와 걸맞지 않게 그녀의 자태는 우아하고 정갈했다. 바쁜 걸음과 함께 찰랑거리는 우윳빛 시폰 원피스는 단아하면서도 앙증맞은 인상을 줬다.

가쁜 호흡으로 모퉁이를 돌자 정갈한 구두 소리와 맞부딪쳤다. 수안은 달라진 운율과 상관없이 목적지와의 거리를 좁혀갔다. 그러나 마주 오던 구둣발의 주인과 스치는 순간 그녀의 진공은 산산조각으로 깨져버렸다.

 무심히 스치는 손가락이 얼음장처럼 차다. 시린 손가락 사이로 젖은 풀 냄새가 흩어진다. 20년 전 그 남자처럼.

 수안은 놀라서 달음질을 멈췄다. 하지만 상대는 처음부터 없었던 사람인 양 모습을 감춰버렸다. 수안은 멍하니 제 손가락을 살폈다. 아직도 지나친 이의 싸늘한 체온이 남아 있는 것 같았다. 순간 누군가가 불쑥 그녀의 손을 잡아챘다.
 "식 시작했는데 안 들어가?"
 고개를 돌리자 민조의 살가운 미소가 수안을 맞이했다. 상대를 확인하기까지 10초 남짓한 시간 동안 수안의 눈가에는 떨림과 실망이 차례로 지나쳤다.
 "향수…… 뿌렸어?"
 "응."
 "그렇구나."
 수안은 무심히 민조와의 간격을 넓혔다. 민조는 그런

수안의 기색을 고스란히 읽었다. 그러나 이유는 묻지 않았다. 대신 그 미묘한 상황의 원인을 상기시키는 것으로 어색함을 지울 뿐이었다.

"안에서 받았어. '헤라'의 열세번째 향수."

"응, 잊고 있었어."

수안은 미련이 남은 듯 향기가 사라진 곳을 돌아봤다. 분명 같은 향기라 여겼다. 그 자취가 그리워 오늘의 향수를 기다려온 그녀였다. 하지만 수안은 자신이 간과하고 있던 사실을 뒤늦게 깨달았다. 새 향수를 뿌리는 사람이 늘면 늘어날수록 같은 향기를 가진 이들도 늘어난다는 사실을 말이다. 어쩌면 오가는 거리에서 숱하게 겪게 될 어처구니없는 상황을 하필이면 지금 마주친 것인지도 모른다.

행사는 두 시간 남짓 이어졌다. 수안은 가능한 평상심을 잃지 않고 하객을 응대했다. 그녀는 이따금 준수와 시선을 마주쳤으나 가벼운 인사를 주고받았을 뿐 일절 대화를 섞지 않았다. 수안에게 준수는 회사의 대표였으나 그에게 그녀는 일개 직원일 뿐이었다. 말하자면 개인적인 안면은 없는 셈이었다.

"그래서, 기분이 어때?"

민조가 물었다. 두 사람은 행사를 마치고 천문대에 오

르는 참이었다.

"뭐가?"

수안은 옥상 철문을 열었다. 손바닥에 닿는 싸늘하고 묵직한 질감이 그녀의 속내를 대변하는 듯했다.

"원하던 향수, 드디어 만들었잖아."

"생각보다 별로네."

수안은 짤막한 대꾸와 함께 망원경으로 걸음을 옮겼다. 딱히 별을 보고 싶어서는 아니었다. 일종의 회피였다.

"왜?"

"모르겠어."

수안은 애꿎은 망원경만 만지작거리다가 풀썩 벽에 기대앉았다. 매운 밤바람이 그녀의 머리칼을 스쳐 지났다. 그녀는 움츠리는 대신 가만히 바람과 맞섰다. 확실히 수안은 추위에 내성이 있었다. 천문학의 힘이었다. 천문학의 투쟁은 대부분 추위를 상대로 이루어진다. 어두운 밤을 지키는 길고 긴 인내를 필요로 하기 때문이다. 그런 면에서 수안은 천문학도로서 좋은 자질을 지녔다. 그녀는 감각을 무뎌지게 하는 추위를 좋아했다. 느끼고 싶지 않은 것들로부터 자연히 둔감하게 해줘서인지도 모를 일이었다.

"향수를 만들면 괜찮아질 줄 알았어. 그런데…… 더

외롭다."

 수안은 답답한 마음에 하늘을 올려다봤다. 그러자 낯선 별 하나가 희미하게 반짝였다. 수안은 반사적으로 벌떡 일어섰다. 그리고 옥상 난간에 몸을 버티고는 목을 길게 빼며 하늘을 올려다봤다. 맨눈으로 먼저 보려는 마음에서였다.

 아!

 서둘러 옥상 가장자리로 달라붙던 수안은 얼굴을 찌푸리며 제 손가락을 쳐다봤다. 난간에 베인 손가락에서 붉은 핏방울이 솟아올랐다. 그사이 난간에 고인 붉은 피가 아래로 뚝뚝 떨어지고 있었다.
 핏방울이 건물 아래로 질주하는 사이, 하늘은 눈송이를 쏟아냈다. 신우는 론칭쇼를 끝까지 살피고 나서 건물을 나왔다. 향수를 만든 이가 그였지만 자신은 행사에 참석하는 대신 슬쩍 밖에서 지켜보는 것으로 대신했다. 물론 아예 걸음 하지 않을 수도 있었지만 그러지는 못했다. 신우 역시 자신이 빚어낸 향수에 대한 사람들의 반응이 궁금했기 때문이다. 창조자로서의 호기심이었다.
 어둠 사이로 하얗게 눈발이 흩날렸다. 신우는 괜한 반

가움에 서둘러 걸음을 옮겼다. 차가운 눈바람이 그의 뺨을 할퀴었다. 신우는 눈송이를 받아내려 가만히 손을 뻗었다. 그러자 따뜻한 무언가가 그의 촉수에 닿았다. 붉고 탐스러운 핏방울이었다.

신우는 당혹감에 손가락에 멍울진 핏물을 바라봤다. 그리고 습관처럼 코끝으로 가져갔다. 오직 한 방울이었음에도, 달콤하고 나른한 향기가 그의 온몸에 스며들었다. 순간, 신우는 완벽하게 그 향에 제압당했다.

투둥, 투둥, 투둥, 투둥…….

신우는 강하게 조여오는 심장의 뜀박질에서 간신히 이성을 끌어올렸다. 그는 저도 모르게 마른침을 삼켰다. 그의 후각은 이성보다 한발 앞서 상대를 가늠하고 있었다. 지금 그의 오감을 잠식하고 있는 피의 향취는 분명 그가 미친 듯이 찾아온 천사의 것이었다.

쌉쌀하게 코끝을 마비시킨 뒤 야릇하게 파고드는 나른한 향기. 미모사의 유약함을 닮은 포근한 내음이 향료병을 한꺼번에 열어젖힌 듯 그의 후각을 헤집었다. 그리고 이내 용연龍涎의 자취를 닮은 신비로운 향기가 그의 이성을 쥐고 흔들었다. 그것은 햇볕에 잘 그을린 바닷물의 비릿함에 가까웠다.

신우는 약간의 환각을 느끼며 비틀거렸다. 그러다 이내 망막을 조여 피가 떨어진 곳을 찾아 두리번거렸다. 그러자 난간에서 사라지는 누군가의 손가락이 보였다. 분명 핏방울의 주인일 터였다. 신우는 다시 자신이 빠져나온 건물을 향해 달렸다.

신우는 삽시간에 옥상에 닿았다. 사람들의 시선을 피해 초인적인 속도를 끌어낸 덕분이었다. 하지만 옥상은 텅 비어 있었다. 그를 맞이하는 것은 하늘로 고개를 쳐들고 있는 망원경뿐이었다.

신우는 낙심한 표정으로 난간에 다가섰다. 그사이 피비린내를 품은 칼바람이 그의 콧잔등을 스쳐 지났다. 신우는 새삼 눈두덩에 열이 오르는 것을 느꼈다. 각성을 하려는 모양이었다. 하지만 아무래도 좋았다. 천사는 가까이에 있었다. 이제 그 아이를 찾으면 그의 영혼도 자유로워질 터였다. 인간의 몸을 지니고 스스로에게 죽음이라는 면죄부를 허할 수 있을 테니 말이다. 만일 허락한다면, 운하의 곁에 빈 몸을 누일 수 있을지도.

*

　준수의 연구실은 채광이 좋았다. 벽면은 온통 하얀색이었다. 하지만 결벽감은 느껴지지 않았다. 천장을 가득 메운 유리관 덕분이었다. 롤러코스터처럼 분주한 움직임을 통제하는 유리관 안에는 붉은 피가 돌고 있었다.
　준수는 주름진 손으로 화초를 돌보고 있었다. 우윳빛 꽃잎을 보듬는 그의 얼굴에 부드러운 미소가 돌았다. 노련한 손놀림으로 화초에 주사액을 꽂아 넣자, 하얀 꽃잎은 삽시간에 선홍빛으로 물들었다. 준수는 여유롭게 일어서 제 작업실을 돌아봤다. 연구실에는 같은 품종의 꽃이 가득했다. 한쪽 벽면에는 붉은 꽃이, 다른 쪽 벽면에는 하얀 꽃이 열을 지어 서 있었다.
　"하신우가 여기를 봐야 하는데. 자기가 매일 먹는 '이브'의 재료가 인간의 피로 피워낸 꽃이라니······. 이 사실을 알면 어떤 표정을 지을지 참 기대되네."
　이엘은 신우를 비웃듯 꽃잎을 하나 따서 입에 넣었다. 그는 화단 옆에 대충 걸터앉아 연신 다리를 앞뒤로 흔들었다.
　"농담이라도 그런 말 하지 마. 섬뜩하니까."
　준수는 이맛살을 찌푸리며 주사기에 들어 있던 혈액

을 헹궈냈다.

"어제는 허탕 쳤나 보지?"

준수의 말끝에 비웃음이 묻어났다. 신우에 대한 적개심의 표현이었다.

"미련한 짓이지. 무슨 수로 찾겠다는 건지."

준수는 붉은 꽃잎을 수거해 바구니에 넣으며 신우에 대한 이야기를 끄집어냈다. 전날 밤 호텔에서의 일을 두고 하는 말이었다. 이엘은 대답 없이 붉은 꽃잎을 따서 입에 넣었다. 그의 혀끝으로 비릿한 피비린내가 감겨왔다.

인간 회귀에 골몰하던 준수는 이제껏 흡혈 화초를 통해 실험을 해왔다. 그는 땅벌박쥐의 혈액을 이용한 화학 물질로 뱀파이어와 똑같은 특징을 갖는 유전자 변형 식물을 만들어냈다. 검증되지 않은 약품을 가족들에게 사용할 수는 없는 까닭이었다.

그는 자신이 개발한 약품들을 화초에 주사하며 실험 결과를 예측해왔다. 그럴 때마다 화초들은 삽시간에 시들어버리거나, 노랗게 바래거나, 화르륵 타올랐다.

하지만 이런 실험들은 필연적으로 인간의 피를 요구했다. 그런 까닭에 준수는 이엘의 초인적인 힘을 이용해 사람들의 혈액을 모아왔다. 참혹한 사고가 빈번해지는 것은 당연한 결과였다. 그날 밤의 공모도 예외는 아니었다.

거센 바람에 이엘의 머리카락이 흩날렸다. 그는 고층 빌딩 옥상에 서서 아래를 내려다보고 있었다. 분주한 도심을 향한 그의 눈길은 마치 창조주의 그것과 같았다.

이엘은 가만히 손을 펼쳤다. 그러자 그의 손바닥 위로 대여섯 개의 은빛 구슬이 반짝이며 빛났다. 그는 다시 주먹을 그러쥐고 도로를 살폈다. 그러다 요란한 음악을 틀고 질주하는 스포츠카를 향해 망막을 조였다. 줌을 당기듯 끌어당겨진 목표물이 사정거리 안에 들어왔다. 이엘은 정확도를 위해 좀더 시점을 당겼다. 유리 너머로 보이는 운전석의 남자는 조수석의 여자에게 은밀한 손길을 건네고 있었다. 수백 미터 남짓한 차장 너머로 앙탈 섞인 여자의 웃음소리가 들려왔다.

억울해하지 마. 그래도 누군가를 위한 숭고한 죽음이 될 테니까.

이엘은 사악한 미소로 손가락을 놀려 은빛 구슬을 던졌다. 그러자 은빛 구슬은 바람처럼 날카롭게 날아가 차로 달려들었다. 구슬이 파고든 자리는 치침했다. 굳건했던 앞 유리창은 점성 없는 모래마냥 속절없이 부서져 흩날렸다. 그 강력한 충격에 달리던 차는 날카로운 굉음을 내며 바닥에 나뒹굴었다. 그 바람에 맞은편의 차 역시 격렬한 브레이크 소리와 함께 뒤집혔다.

사고는 참혹했다. 이엘은 여전히 그 자리에 서서 현장을 주시했다. 그러다 멀리서 들려오는 구급차 소리에 걸음을 옮겼다.

현장은 아수라장이었다. 구급 요원들은 피해자를 싣고 흩어지기에 바빴다. 피해자들이 있던 자리에는 이엘의 은빛 구슬과 함께 흥건하게 피가 고여 있었다.

그사이 이엘은 한 대의 구급차를 따라 몸을 날렸다. 그는 창문을 통해 안을 들여다봤다. 차 안의 환자는 수혈을 받는 모양새로 침대에 누워 있었다. 문득 이엘의 입가에 쓴웃음이 돌았다. 실은 수혈을 하는 것이 아니라 그의 몸에서 피를 빼내고 있는 중이었기 때문이다.

이엘은 질주를 멈추고 차를 가로막았다. 요란한 마찰음과 함께 구급차가 정지했다. 운전석에 있던 사람이 사색이 되어 창문을 열었다. 마스크와 굵은 뿔테 안경으로 변장한 준수였다.

"진짜 놀란 거 알아? 갑자기 차로 뛰어들었다가 사고라도 나면 어쩌려고?"

준수가 불만을 토로하는 사이 이엘이 가볍게 조수석에 올라탔다.

"알잖아, 난 죽고 싶어도 못 죽는 거."

"그건 형 얘기고. 난 아직 죽으면 안 돼. 아직은."

준수는 완고한 표정으로 차를 몰았다. 이엘은 쓴웃음과 함께 등받이에 몸을 기댔다.

오래지 않아 구급차는 병원에 도착했다. 준수는 자연스럽게 응급실 앞에 주차했다. 그러자 황급히 달려 나오는 의료진들이 환자를 안으로 옮겼다. 안경 너머로 빛나는 준수의 눈가에는 긴장감이 배어 있었다. 그러나 모두의 관심은 오로지 환자에게 쏠려 있었다. 준수는 그제야 안도의 한숨을 토했다.

두 사람은 시간 차를 두고 집으로 돌아왔다. 함께 움직여봐야 신우의 이목을 끌 뿐이었다. 이엘은 샤워를 마친 후 곧장 제 방에 틀어박혔다.

음습한 공간, 웅장한 파이프 오르간, 낡은 서재. 신우의 방이 달리의 재현이라면 이엘의 공간은 전설에서 봄 직한 드라큘라의 그것과 같았다. 가능하다면 그의 잔혹함을 닮고 싶은 마음에서였다. 아니, 할 수만 있다면 그의 강한 힘을 모두 훔쳐오고 싶었다. 그토록 증오하는 쌍둥이 형 신우를 단 한 번이라도 이겨보고 싶었기 때문이다.

이엘은 뱀파이어로 살아온 세월만큼의 깊이로 신우를

증오해왔다. 오랜 시간 홀로 마음에 품어온 운하가 신우에 의해 참담한 죽음을 맞이했기 때문이다. 미움을 키워왔던 시간만큼 힘도 키워왔다. 강해지겠다는 열망에 사로잡혀 탐닉한 붉은 피는 아무리 마셔도 갈증을 해소해주지 않았다. 아니, 점점 더 목이 말랐다.

그렇게 인간과 멀어지는 삶. 그래도 괜찮았다. 처음부터 돌아갈 수 있는 길 같은 것은 없었으니까. 어차피 사람답게 살 수 없다면 철저하게 복수라도 하고 싶었다.

복수의 시작은 운하의 목걸이였다. 이엘은 운하의 유품인 뱀주인자리의 목걸이를 영원히 신우에게서 빼앗는 것으로 그녀의 부재에 대한 앙갚음을 시작했다.

그 목걸이는 그들 형제에게 있어서 매우 특별한 의미였다. 펜던트의 존재 자체가 그녀의 사랑을 의미하는 탓이었다. 그녀는 그 목걸이를 만들며 자신의 반쪽을 향한 영원한 사랑의 맹세라 공언해왔다. 물론 이엘은 그것의 주인이 신우일 것이라 생각해왔지만 언제나 '혹시'라는 희망을 품어왔던 터다.

어쨌거나 피에 대한 광기 어린 이엘의 집착은 운하의 죽음에 출발점을 뒀다. 그는 스스로를 악마로 만들어 신우를 제거하겠노라 결심했다. 그런 이엘의 감정을 부추기는 것은 언제나 준수였다. 그 자신 또한 인간의 피가 필요했던 까닭이다.

그렇게 이어져오던 살육의 나날, 그 잔혹한 세월의 어느 날 낯선 감정이 끼어들었다. 20여 년 전, 다섯 살배기 꼬마였던 수안의 눈망울을 통해 자각하게 된 가책이었다. 아이의 어머니를 참살한 이엘은 사랑하는 이의 무참한 죽음을 목격한 수안에게서 그 자신을 봤다. 수안과 맺어진 인연의 시작이었다.

이후 이엘은 아이의 산타를 자처하며 자신의 실체를 숨긴 채 수안의 성장을 지켜왔다. 막대한 금전적 후원은 물론이었다. 수안에게 건넨 운하의 목걸이는 스스로에 대한 약속이자 그녀를 향한 속죄의 증표였다.

이런저런 상념에 빠진 이엘은 비썩 마른 몸을 일으켜 투명한 와인 잔을 집어 들었다. 고통을 잊기 위해서였다. 그는 서랍 속에 숨겨둔 '애플'을 끄집어내 잔에 따랐다. 그리고 가만히 잔을 코끝에 가져갔다. 후각을 파고드는 비릿한 향은 삽시간에 그를 매혹시켰다. 그는 천천히 잔을 비웠다. 그러자 그의 눈빛에 서서히 붉은빛이 차올랐다.

이엘은 힌둥인 벽에 기대 몽롱한 기분을 만끽했다. 그러다 홀린 사람처럼 파이프오르간 앞에 앉아 광기 어린 연주를 쏟아냈다. 아슬아슬한 선율의 라흐마니노프였다.

쨍그랑!

건반의 질주를 멈춘 것은 요란한 파열음이었다. 이엘이 비워낸 유리잔은 산산조각으로 바닥에 흩어져 있었다. 신우는 분노로 이엘을 쏘아봤다. 손에는 와인 잔 옆에 두었던 혈액 팩을 거머쥐고 있었다.

"준수야?"

신우는 위압적으로 다가와 이엘의 멱살을 움켜쥐었다. 인간의 피를 들인 이가 준수냐는 의미였다. 이엘은 대꾸 없이 신우와 마주 섰다. 취기에 젖은 눈가에는 비웃음이 돌았다.

"하준수냐고 묻잖아!"

이엘은 도발하듯 어깨를 으쓱했다. 결국 신우는 인내심을 잃고 이엘을 거칠게 벽으로 밀어붙였다. 하지만 이엘의 얼굴에는 여전히 조소가 가득했다. 신우는 말려들지 않으려고 입술을 깨물었다. 하지만 눈가에는 이미 푸른빛이 올라오고 있었다.

"네가 멋대로 굴면 유민이도! 승윤이도! 전부 다 위험해지는 거 몰라?"

신우는 인내심을 잃고 고함을 질렀다. 그러자 이엘은 미소를 거두고 경멸의 시선을 던졌다.

"그리고…… 너도?"

이엘은 도전적으로 신우의 눈을 쏘아봤다.

"결국 네가 불안해서 그런 거잖아. 안 그래? 언제 네 진짜 본성이 튀어나올지 몰라 무서운 거 아니냐고."

"닥쳐!"

"왜, 자신 없어?"

이엘은 싸늘하게 웃으며 신우의 손에서 혈액 팩을 잡아채 뚜껑을 열었다. 그러자 비릿한 피비린내가 두 사람 사이의 냉기를 타고 감돌았다. 자욱한 피비린내에 신우의 눈동자는 더욱 활활 타올랐다.

이엘은 그런 신우의 변화를 즐기며 신우의 코끝으로 '애플'을 들이밀었다. 신우는 지지 않으려고 굳게 입술을 깨물었다. 하지만 그의 입술은 피에 대한 열망을 감추지 못하고 바들바들 떨고 있었다.

이엘은 천천히 '애플'이 든 팩을 기울였다. 그러자 신우의 입술 위로 한 방울의 피가 떨어졌다. 신우는 더 이상 유혹을 이겨내지 못하고 제 입술의 피를 거둬들였다. 그를 지켜보던 이엘의 얼굴에는 잔인한 미소가 돌았다.

우우욱……!

신우는 구역감을 느끼며 입술에 묻은 핏물을 닦아냈다. 실낱같은 이성의 끝자락이 본능의 힘을 누른 덕분이었다. 헛구역질을 쏟아내던 신우는 스르륵 주저앉았다. 한순간이나마 '애플'을 탐한 스스로를 향해 꾸역꾸역 자책감이 밀려왔다.

"대단하네. 뱀파이어가 피를 보고 구역질을 하다니. 가면도 100년이나 쓰고 나면 제 얼굴같이 되는 건가?"

이엘은 실소하며 신우를 내려다봤다.

"…… 죽여버릴 거야."

신우는 살기 어린 눈빛으로 몸을 일으키며 이엘을 몰아붙였다. 이엘 역시 빨랐지만 각성한 신우를 당해낼 수는 없었다. 완전히 푸른 기운에 사로잡힌 신우의 눈동자 아래로 날카로운 송곳니가 빛났다.

"네 말이 맞아. 내 본성은 이쪽이 맞는 거 같아. 피에 굶주린 괴물."

신우는 짐승처럼 으르렁거리며 입을 열었다. 이미 이성이 날아간 모양이었다.

"생각해본 적 있어? 뱀파이어가 뱀파이어의 피를 마시면 어떻게 될지."

나른한 신우의 목소리가 이엘의 숨통을 조여왔다.

"나도 궁금했는데…… 지금 해볼 참이야. 인간의 피는

마시지 않겠다고 맹세했으니까 그 맹세는 지켜야겠지. 하지만, 넌 괴물이니까. 괴물을 죽이는 건 괜찮겠지?"

신우는 살기 어린 눈빛으로 이엘의 목덜미를 그러쥐며 파고들었다. 이엘은 날카로운 송곳니의 감촉을 느끼며 저도 모르게 어깨를 떨었다.

"형! 미쳤어?"

날카로운 비명과 함께 승윤이 달려왔다. 승윤은 신우를 말리려고 그의 어깨를 잡아챘다. 하지만 신우는 여전히 이엘을 제압하고 승윤을 탁자 위로 던져버렸다. 승윤은 비참하게 부서진 탁자 사이로 간신히 몸을 일으켰다. 승윤의 하얀 셔츠 위로 핏물이 올라왔다. 어깨를 심하게 다친 모양이었다.

승윤은 셔츠를 벗고 자신의 상처를 살폈다. 상처는 벌써 재생되고 있었다. 하지만 신우나 이엘처럼 빠르게 회복하지는 못했다. 능력치의 차이였다.

뒤늦게 달려온 준수는 사색이 되어 굳어버렸다. 준수와 눈이 마주친 신우는 헛웃음을 쏟아냈다.

"잘 봐, 하준수. 규칙을 어긴 대가가 어떤 건지. 아마 네가 인간이라는 사실을 …… 신께 감사하게 될 거야."

그사이 신우는 이엘을 바닥에 내동댕이치고 날카로운 이빨을 드러냈다. 최후의 일격이었다.

"그만!"

혼란을 잠재운 것은 유민이었다. 그녀는 신우를 말리려고 휠체어를 밀고 들어왔다. 준수는 그런 유민의 팔을 잡아 만류했다. 행여나 다칠까 하는 마음에서였다. 하지만 유민은 야멸치게 준수의 손을 뿌리쳤다.

"이거 놔. 당신이 벌인 짓 내가 수습하려는 거니까."

유민은 싸늘히 신우를 향해 바퀴를 놀렸다. 준수는 차마 그런 유민을 잡지 못하고 먹먹히 서 있었다.

"그만해, 삼촌."

유민의 작은 손이 신우의 팔을 당겼다.

"놔."

신우는 폭발할 것 같은 감정을 억누르며 으르렁거렸다.

"이러면 삼촌이 지는 거잖아. 그러니까 그만해."

유민은 가만히 신우의 뺨을 감싸 쥐었다. 세월의 때가 묻지 않은 그녀의 검은 눈동자에는 슬픔이 가득했다.

"절대로 지지 마. 삼촌이 지면 난…… 난…… 다시는 사람으로 돌아갈 수 없잖아. 난 하준수를…… 하준수를 믿을 수 없단 말이야. 그러니까 삼촌이…… 삼촌이……."

목멘 호소는 결국 흐느낌으로 이어졌다. 결국 유민은 북받치는 감정을 누르지 못하고 엉엉 울었다. 그 서러운 통곡에 신우의 눈빛이 서서히 식어갔다. 승윤과 준수는 그제야 안도의 숨을 내쉬었다.

*

이엘은 강변에 걸터앉아 피를 마시고 있었다. 그는 술병처럼 쌓아둔 '애플'을 차례차례 비워내고는 바닥에 내던졌다. 그의 눈동자는 취기가 오른 듯 붉은빛이 가득했다.

빈 혈액 팩이 바람을 타고 바닥을 나뒹굴었다. 그러자 날렵한 손길이 혈액 팩을 주워들었다. 신우였다. 이엘은 그런 신우를 보며 비웃음을 던졌다.

"왜? 떨어진 피 쪼가리라도 핥아 먹을 참이야?"

이엘은 나른한 웃음으로 다시 핏물을 들이켰다.

"넌 우리 가족을 위험에 빠뜨렸어."

신우는 싸늘한 눈으로 이엘을 쏘아보며 손에 쥔 혈액 팩을 잡아챘다.

"헛소리!"

"그런 식으로 사람들을 해치고도…… 네가 무사할 것 같아?"

"고고한 척하지 마. 그냥…… 그냥 피를 좀 나눠 먹자는 것뿐이잖아. 그게 나빠?"

"궤변 늘어놓지 마! 네가 이러면 이럴수록…… 우리 존재가 위협받는다는 거 몰라? 매번 이런 문제 터질 때마다 흔적을 지워왔지만 이제 더 이상은 못 해! 아니, 안 해!"

신우는 바람처럼 달려들어 이엘의 목덜미를 잡아챘다. 순간 이엘의 몸이 후끈 달아오르며 반사적인 각성이 시작됐다. 이엘은 칼날 같은 발동작으로 신우의 복부를 걷어찼다. 뜻하지 않은 기습에 신우는 바닥을 나뒹굴었다. 이엘은 그런 신우의 목을 발로 짓눌렀다. 신우는 불규칙한 호흡을 토해내며 고통스러워했다.

"네가 잊고 있는 게 있어. 그게 뭔지 알아? 넌 피에 굶주렸고, 난 아주 충만한 상태라는 거지."

이엘의 말은 사실이었다. 인간의 피를 거부해온 신우의 능력치는 '이브'에 의지해 겨우 명맥을 이어왔다. 하지만 이엘은 달랐다. 그는 암암리에 피를 구해 마셔온 탓에 나날이 능력이 강해지고 있었다. 특히 혈액을 잔뜩 들이켠 지금의 힘은 신우의 그것에 비할 바가 아니었다.

"그렇다고, 내가 너한테 질 것 같아?"

신우는 독기로 쏘아봤다.

"재주가 있으면 이겨보시든가."

이엘은 살며시 제 발을 치웠다. 제대로 붙어보자는 심산이었다. 그 틈을 타 신우는 잽싸게 방어 태세에 들어섰다. 하지만 이엘은 강했다. 그는 먹이를 몰아가는 맹수처럼 맹렬하게 신우를 몰아붙였다. 이엘은 완전히 이성을 잃은 듯했다. 그는 본능을 옭아매던 고삐를 풀어헤치며 마음껏 신우를 향해 발톱을 세웠다. 신우는 가까스로 그의 공격을 피했지만 점점 수세에 몰렸다. 한계에 달한 신우의 호흡이 점점 가빠지고 있었다. 이제 마지막 일격이면 신우는 그대로 정신을 잃을 판이었다.

하지만 두 남자의 주먹은 동시에 멈췄다. 그들은 자신들을 감싸는 달콤한 체취에 얼음처럼 굳어버렸다. 그것은 단순한 향이 아니었다. 결벽증으로 무장한 신우의 이성조차 감당하기 힘들 만큼 매혹적인 기운이었다.

신우의 각막은 삽시간에 푸른빛으로 물들었다. 신우는 향의 뿌리를 찾아 두리번거리기 시작했다. 그리고 오래지 않아 그의 시선은 한곳에 고정됐다. 신우의 눈동자는 조리개처럼 동공을 조여 목표물에 밀착했다.

그사이 이엘 역시 상대의 확인에 나섰다. 순간 이엘의 얼굴이 굳어졌다. 향기의 주인은 수안이었다.

신우는 본능적으로 그녀가 천문대에 서 있던 사람임을 짐작했다. 그러나 확인이 필요했다. 신우는 주저함 없이 바닥에 떨어진 이엘의 구슬을 집어 들어 수안을 향해 던졌다. 가공할 만한 속도로 내던져진 은빛 구슬이 그녀의 팔을 스쳤다. 수안은 반사적으로 제 팔을 감싸며 얕은 비명을 질렀다. 그 바람에 그녀가 쥐고 있던 목걸이가 허공으로 날았다.

뱀주인자리…….

강물 위로 떨어지는 핏방울에 신우의 눈동자는 더욱 강하게 타올랐다. 그러나 정작 그의 걸음을 잡아끈 것은 수안이 쥐고 있던 목걸이였다. 신우는 믿을 수 없다는 표정으로 중얼댔다. 신우는 몇 번이고 펜던트를 확인했다. 분명 운하의 목걸이였다.
"가지 마."
이엘은 필사적으로 신우를 막아섰다. 하지만 신우의 귀에는 아무 소리도 들리지 않았다. 신우는 본능적으로 자신을 막아서는 장애물을 공격했다. 거칠게 날아드는 신우의 주먹에 이엘은 맥없이 쓰러졌다.
"가지 말라고!"
이엘은 포기하지 않고 악으로 매달렸다. 하지만 각성이 시작된 신우를 이기기에는 역부족이었다. 신우는 무엇엔가 홀린 사람처럼 앞서 걸으며 한 팔로 이엘을 내던졌다. 이엘은 요란한 마찰음과 함께 바닥에 나뒹굴었다.

신우는 그런 이엘을 뒤로하고 무서운 속도로 달렸다.

그거 알아? 뱀이 영원한 사랑을 상징한다는 거. 뱀들은 제 허물을 벗으면서 새로 태어나잖아. 그래서 서양에서는 뱀이 영원한 삶과 사랑을 의미한대.

신우의 귓가에 운하의 목소리가 맴돌았다. 그녀의 음성은 피부에 맞닿은 양 포근했다. 신우는 그리운 온기를 쫓아 무서운 속도로 질주했다. 그 매서운 질주에 그가 지나는 자리마다 여물지 않은 은매화 꽃잎이 쏟아져 내렸다.

그사이 수안은 망연한 눈길로 아래를 내려다봤다. 잠깐 풀어냈을 뿐인데 분신처럼 품고 다니던 목걸이가 삽시간에 허공을 날아올랐다. 수안은 갈등했다. 어쩌면 잡을 수 있을 것 같은 찰나의 공간을 사이에 두고. 그때였다. 습기를 머금은 강바람을 타고 아련한 향취가 날아올랐다. 순간 바람을 타고 날아든 하얀 꽃잎이 그녀의 시선을 사로잡았다. 향기의 흔적을 쫓아가는 그녀의 눈가에는 삽시간에 눈물이 고여 들었다.

"여기…… 있어요?"

수안은 저도 모르게 손을 뻗었다. 그러자 그녀의 손가

락 사이로 청량한 금속이 닿았다. 수안은 부드러운 미소로 목걸이를 거머쥐었다. 하지만 중심을 잃은 수안은 이내 차가운 강으로 곤두박질쳤다.

 수안은 조용히 눈을 감았다. 두려움이 아니었다. 믿음이었다. 그녀는 숲의 향을 품은 바람에 자신의 몸을 맡겼다. 그러자 얼음장처럼 차가운 손길이 그녀의 몸을 감싸 안았다. 수안은 그 싸늘한 감촉에 몸을 맡기고 칠흑 같은 물속으로 가라앉았다.

기억의 조작

 수안은 오한을 느끼며 눈을 떴다. 젖은 몸을 감싸 안은 싸늘한 기운에 그녀의 입술은 의지와 상관없이 덜덜 떨렸다. 수안은 가늘게 흔들리는 제 어깨를 마른 손가락으로 감싸 안았다. 그러다 자신을 조여오는 싸늘한 시선에 고개를 들었다. 그제야 자신을 바라보고 있는 신우의 시선을 감지했다. 수안은 무방비 상태로 그의 시선을 받아냈다. 그러나 일방적으로 관찰당하는 입장은 아니었다. 신우의 시선이 수안을 옭아매는 동안 그녀 역시 그를 가늠하고 있었으니 말이다.

 어둠을 밝히는 존재라고는 오로지 달빛뿐이었지만 그의 얼굴은 이상스러우리만큼 뚜렷하게 그녀의 동공에 각인됐다. 드물게 창백하고 가냘픈 선을 지닌 남자였다. 그러나 부드럽게 일렁이는 머리칼 아래로 빛나는 눈매는 매섭고 강인했다. 일생 동안 감정의 온기라고는 담아본 적 없는 것 같은 극한의 냉기가 그의 눈망울을 잠식하고 있었다.

그러나 그것은 착각이었다. 신우의 마음속은 참혹한 전쟁터였다. 그는 100년간 봉인해온 감정의 균열 때문에 극한의 공포를 느끼고 있었다.

신우는 담담한 눈길로 수안의 손을 더듬었다. 그녀의 손은 마치 제 생명줄을 거머쥐듯 목걸이를 꼭 잡고 있었다. 하늘에 자리해야 할 뱀주인자리가 그녀의 손가락 안에서 고요히 빛나고 있었다.

신우는 그 청아한 빛을 보며 참담한 기억을 더듬었다. 단지 옛일을 떠올리는 것만으로도 그의 입안에는 달짝지근한 침이 고였다. 운하의 피를 맛본 이후, 신우는 단 한순간도 그 체액의 향취를 잊어본 적이 없었다. 한순간, 믿을 수 없을 만큼 달콤했던 연인의 피. 자신이 뱀파이어임을 자각한 이후 맛본 최초이자 최후의 만찬. 하지만 그 뒤에 남은 믿을 수 없을 만큼 참혹한 현실. 그것은 인간의 심장을 지닌 채 뱀파이어의 몸뚱이를 한 그 자신이었다.

"너…… 누구야?"

신우의 입에서 메마른 분노가 새어 나왔다. 수안은 당혹감에 상대의 눈을 마주 봤다. 그녀는 그 눈동자에서 바닥을 알 수 없는 슬픔을 읽었다.

"너 뭐 하는 애냐고 묻잖아!"

신우는 악을 썼다. 수안의 눈에는 저도 모르게 눈물이 고였다. 누르지 못한 무안함은 울음이 되어 꾸역꾸역 올라왔다. 신우는 그 습기 어린 눈동자에 새삼스레 가책을 느꼈다. 사실 그녀에게 쏟아낼 분노는 아니었다. 죄를 받아야 할 이는 언제나 자신이었으니까.

신우는 스스로에게 자책을 돌리며 돌아섰다. 그러자 물기 어린 수안의 손가락이 그의 팔목을 잡았다.

"당신…… 누구예요?"

수안의 몸은 애처로울 만큼 바들바들 떨고 있었다. 흠뻑 젖은 머리카락에서는 쉼 없이 물방울이 떨어졌다. 송골송골 맺힌 물방울은 속내가 보일 듯 투명한 두 뺨을 지나 탐스러운 입술 위에 안착했다. 신우는 저도 모르게 물방울의 여정에 몸을 실었다. 입술의 습기를 품었던 그의 시선은 부드럽게 그녀의 턱을 더듬었다. 그러자 얄궂은 그의 본능이 어느새 수안의 목덜미로 미끄러져 내려갔다. 미세하게 움직이는 매끈한 근육이 신우의 심장을 조여왔다. 신우는 가속이 붙은 심박동을 느끼며 거칠게 수안의 손을 뿌리쳤다. 그 야멸친 태도에 수안은 더 이상 그를 막아서지 못했다. 그렇게 그녀는 그를 어둠 속으로 보냈다.

내가 쥐고 있는 그 사람에 대한 기억은 오직 한 줌. 어쩌면 그 바람 같은 기억에 뿌리를 둔 채 제멋대로 자라버린 상상의 나무가 독이 되었는지도 모른다.

수안은 비척거리는 몸을 일으켜 걸음을 옮겼다. 그러나 손가락 하나도 그녀의 말을 듣지 않았다. 그녀는 결국 다리 난간에 등을 기대 스르륵 주저앉았다.

그래서 묻지 못했다. 당신이…… 진짜 산타냐고. 20년간 내 멋대로 만들어온 나의 사랑이…… 산산이 부서질까 봐.

수안은 부여잡고 있던 눈물을 모두 쏟아냈다. 서운함과 불안함, 두려움과 원망이 애달픈 울음 속에 녹아내렸다. 그녀는 그렇게 한참이나 제 설움에 취해 엉엉 울었다. 하지만 시야에 들어온 누군가의 걸음에 수안은 이내 울음을 삼켰다. 수안은 반사적으로 상대를 올려다봤다. 그 바람에 미처 닦아내지 못한 눈물이 볼을 타고 흘러내렸다.

그녀에게 다가온 이는 이엘이었다. 그녀가 그토록 그리워 마지않던 '산타'와의 조우였다. 하지만 수안에게 이엘은 그저 타인일 뿐이었다. 생전 처음으로 그의 민얼굴을 마주하는 까닭이었다.

수안은 낯선 시선이 주는 당혹감에 재빨리 제 볼의 눈물을 닦아냈다. 측은한 눈길로 수안을 살피던 이엘은 말없이 손수건을 건넸다. 하지만 수안은 그 손길을 외면하고 싸늘히 스쳐 지났다.

"가져가."

이엘은 거칠게 그녀의 팔을 잡아챘다.

"놔요!"

수안은 앙칼지게 그의 손길을 뿌리쳤다.

"바보같이 울고 다니지 말고 가져가라고!"

이엘은 저도 모르게 버럭 소리를 질렀다.

"나한테 소리치지 마요!"

수안은 지지 않고 맞섰다. 그 야무진 외침에 이엘은 입을 다물었다.

"당신이 뭔데요? 당신이 누군데! 나한테 뭔데! 나한테 왜 이러는데요?"

수안은 매섭게 쏘아붙였다. 실은 신우에게 쏟아냈어야 할 물음들이었다.

"당신까지 나한테 함부로 하지 마요. 왜…… 왜 나한테 화내는 거죠?"

수안은 야멸치게 그 자리를 떠났다. 이엘은 그런 수안을 잡지 못하고 먹먹한 눈길로 바라봤다.

*

"확실히 이상하긴 해. 분명 사고 현장에는 출혈 흔적이 거의 없잖아. 그런데 어떻게 사망 원인이 과다 출혈이냐고."

병원에 들어서던 민조는 젊은 인턴의 목소리에 걸음을 멈췄다. 그녀는 수안의 연락을 받고 응급실로 향하던 참이었다.

"네가 과민한 거야. 현장에 가본 것도 아니잖아? 게다가 요즘 비도 많이 왔으니까 혈흔이 씻겼을 수도 있지."

그의 동료가 반론을 제기했다.

"그 환자, 정말 현장에서 바로 우리 병원으로 넘어온 거 맞아?"

"바쁘다더니 그거 다 헛소리지? 가만 보면 영화를 너무 많이 봤어."

의구심을 보이던 인턴은 여전히 납득이 가지 않는다는 표정이었다. 하지만 동료는 고개를 절레절레 흔들며 커피를 홀짝였다.

"과다 출혈 사망자가 분명한데 현장에는 흔적이 없다, 이 말씀이에요?"

민조는 슬며시 끼어들며 고개를 쑥 내밀었다.

"깜짝이야. 또 김민조 경사님 출동하셨구나. 하여간 피 냄새는 기막히게 잘 맡아요."

"그래서 계속 말해봐요. 사망자 상태가 어떤데요?"

민조는 호기심 가득한 눈빛으로 바짝 다가와 앉았다.

"아무리 생각해도 이상해요. 꼭 누가 피를 빼내기라도 한 것처럼 체내에 남아 있는 혈액량이 턱 없이 부족하다니까요. 무슨 미라 만드는 것도 아니고······."

"그래서, 부검은 해보셨어요?"

"부검은 아무 때나 합니까? 이유가 있고 동의가 있어야 하는 거지? 아마 오늘이 발인일걸?"

그녀의 등장이 못마땅했던지 다른 인턴이 볼멘소리를 했다. 그러나 민조는 대수롭게 여기지 않았다. 이미 정신이 다른 세계로 이동한 지 오래였다.

민조는 서울경찰청 현장감식반 소속 경사였다. 어렸을 때부터 이상하리만치 피에 대해 관심이 많았던 그녀는 붉은 핏빛이 섹시하다는 이상한 취향을 이유로 혈흔 전문가의 길을 택했다. 덕분에 지나는 사람마다 한 번씩은 돌아볼 만큼 매력적인 외모를 지녔음에도 입만 열면 피 비린내 나는 이야기들을 거침없이 쏟아내서 상대를 놀라게 하곤 했다.

민조는 찜찜한 얼굴을 하고 응급실로 향했다. 인턴의 말대로라면 단순한 사고사가 아닐 것이라는 생각에서였다. 하지만 생각은 거기까지였다. 응급실에서 만난 수안의 상태가 생각보다 심각해 보였기 때문이다.

"괜찮아?"

민조는 조금 전까지의 고민을 지우고 심각하게 물었다.

"아니."

수안은 짧게 응수했다.

"어디 봐. 많이 다쳤대?"

"아니."

민조는 살갑게 수안을 살폈다. 물에 빠졌다고는 하지만 외상은 없었다. 그럼에도 수안은 상황 이상으로 멍해 보였다. 민조는 심상치 않은 눈길로 그런 수안을 바라봤다.

"너 왜 그래?"

"나…… 그 사람 찾은 것 같아."

수안은 담백하게 결론을 전했다.

"그 사람?"

"산타."

"에……?"

수안은 차분히 그간의 일을 털어놓았다. 그녀를 스쳐 지나던 야생의 바람, 같은 체취로 스쳐간 론칭쇼의 남자, 그리고 칠흑 같은 물속에서 자신을 건져낸 이가 모두 '산타'와 같은 향을 품고 있었다고 말이다.

"그냥 향수 아니야? 뱀주인자리 아니냐고."

민조는 상식적인 의문을 제기했다.

"절대로 아니야. 게다가……"

"게다가?"

"차."

"차? 뭐가?"

"손이…… 얼음장처럼 차가웠어. 그 사람도, 아까 그 남자도."

수안은 확신에 차 보였다. 극히 비현실적인 일을 한 치의 흔들림도 없이 받아들이는 모습은 참으로 기이한 느낌을 주었다.

"난 모르겠다. 어릴 때는 그렇다고 쳐. 그런데 너 이제

어른이잖아."

"환상 같은 거 아니야."

"하아…… 미치겠네."

답답한 마음에 언성을 높이던 민조는 설득을 포기하고 한숨을 내쉬었다.

"…… 항상 날 지켜줬어."

"지켜주긴 뭘 지켜줘?"

"후원인, 그 사람일 거야."

'산타'가 다녀간 뒤로 성당에는 수안의 몫으로 지정된 후원금이 입금됐다. 부모 없이 자라난 수안이 여염집 아이 부럽지 않게 풍족한 생활을 해온 것도 모두 그 덕분이었다.

"그런데 넌 왜 그렇게 그 남자한테 집착하는 거야?"

"믿고 싶으니까."

어쨌거나 수안의 믿음은 고딕 건축의 기둥처럼 굳건해 보였다. 민조는 더 이상 그녀의 믿음을 흔들지 않겠노라 결심했다.

"그 사람이 만들어낸 모든 것이 환상이라고 해도 상관없어. 난 빠져나가고 싶지 않으니까. 그편이 훨씬 행복하니까."

수안의 검은 눈동자가 가만히 제 손등을 더듬었다. 가

느다란 손가락 마디마디가 수줍게 젖은 나무의 향기를 품고 있었다.

*

 키보드 위 유민의 손가락이 가뿟하게 날아올랐다. 자유롭지 않은 두 발을 대신하려는 듯 활기찬 움직임이었다.
 "이름은 이수안. 천문학 전공. 신기하게 지금은 브랜드 매니저네. 그것도 '헤라'의."
 유민은 노트북을 마주하고 검색에 골몰했다. 그녀는 가벼운 자판놀음만으로도 상대의 컴퓨터를 자유자재로 드나들 수 있는 탁월한 해커였다. 그녀는 삶이 싫증날 때면 이런저런 기관의 시스템에 침입했다. 사람들이 우왕좌왕하는 모습은 꽤나 흥미로웠다. 학교의 성적표를 조작하는 간단한 작업부터 정부의 기밀을 빼내는 담대한 작업까지 유민의 장난은 거침이 없었다. 대개의 경우 그녀가 저지르는 사건의 크기는 자신의 기분에 따라 각을 달리했다. 갑자기 전화 회선이 불통되거나 백만장자의 신용카드 번호가 해킹되는 날에는 어김없이 그녀의 심기가 뒤틀려 있었다. 그러나 대개의 경우 유민은 빠른 시간 내에 뒤죽박죽된 사건을 원상태로 돌려뒀다. 악의 없는 장난인 셈이었다.

"가족 관계는?"

"어디 보자…… 다섯 살 때부터 수녀원에서 컸네. 가족은 없어."

유민은 손가락으로 모니터를 톡톡 건드렸다. 신우는 감정 없는 눈길로 화면을 살폈다. 사진 속 수안이 그를 향해 웃고 있었다.

"생일은?"

"9월 13일. 처녀자리."

신우는 반사적으로 생일을 물었다. 운하로 인해 붙은 습관이었다. 점성술사였던 운하는 모든 사람의 생일을 중시했다. 타고난 별자리를 알아내기 위함이었다.

"그래……."

생각에 잠긴 신우의 말끝이 흐려졌다.

"왜? 이 여자도 후보야?"

"아니, 그런 거 아니야. 그냥 개인적으로 알아볼 게 있어서."

신우는 적당히 얼버무렸다. 사실 유민에게 굳이 비밀로 할 필요는 없었다. 두 사람은 삼촌과 조카 사이였지만 누구보다 의지가 되는 친구이기도 했다. 하지만 이번

일만은 모든 것을 확실히 해두고 싶었다. 그러기 위해서는 사건의 내막을 그 자신이 먼저 알아야 했다.

"오! 설마?"

그사이 유민은 신우의 개인적인 호기심을 슬쩍 놀려댔다.

"그런 것도 아니야."

신우는 그런 유민의 의중을 눈치채고 멋쩍게 웃었다.

"하여간 무언가 있네. 삼촌이 다른 목적으로 여자에 대해 알아보는 건 처음이잖아."

유민의 말은 사실이었다. 뱀파이어가 된 이후로는 이성은커녕 사람 자체에 관심을 두지 않던 신우였다. 그가 집착을 보이는 것은 오로지 천사뿐이었다.

"그런데 신기한 건, 후원인이 있대."

"후원인?"

"응, 아홉 살 때부터 대학 졸업할 때까지 누군가 금전적 지원을 했나 봐."

"누군지는 알 수 없고?"

"좀 더 파고들어야 할 것 같은데. 해줘?"

유민이 빤히 올려다봤다. 신우는 가만히 고개를 끄덕였다. 이미 심증으로는 이엘이 수안과 인연이 있다는 결론을 내린 상태였다. 그렇지 않고서야 수안에게 가는 길을 막아선 이엘의 행동을 설명할 수가 없었다. 더군다나 그녀의 손에 운하의 목걸이가 있었다. 이엘이 아니면 그녀에게 그것을 건네줄 수 있는 이가 없었다.

하지만 증거를 거머쥐어서 손해 볼 일은 없었다. 더군다나 그에게는 수안이 목걸이를 갖게 된 정황이 필요했다.

"그럼 나 뭐 해줄 건데?"

"뭐 해줄까?"

유민은 무언가를 부탁하려다가 입을 닫았다. 때마침 문을 열고 들어오는 승윤 때문이었다.

"어째 나만 보이면 다들 입을 다무냐?"

승윤은 자신으로 인해 어색해진 공기에 서운함을 느꼈다.

"마음껏 작당들 하셔. 나도 치사해서 안 낄 테니까."

승윤은 등을 돌려 밖으로 나섰다. 신우는 착잡한 얼굴로 그런 승윤을 따라나섰다.

승윤이 향한 곳은 자신의 방이었다. 그는 방에 들어서자마자 제 침대에 벌렁 누웠다. 신우는 낯선 눈길로 그의 공간을 둘러봤다. 그사이 승윤의 방은 분위기가 바뀌어 있었다.

승윤의 공간은 늘 그 시대에서 가장 앞서가는 스물일곱 청년의 취향을 반영했다. 그의 나이가 항상 스물일곱이라는 인생의 가장 찬란한 순간에 멈춰 있는 탓이었다.

인간으로 돌아가겠다는 열망, 이미 죽어버린 여인을 위한 복수. 승윤의 시각에서 보는 두 형의 일상은 지극히 소모적인 것이었다. 일상의 기쁨을 누릴 권리는 인간이건 뱀파이어건 동일하게 주어지는 것이었으니 말이다.

물론 100년간 반복되는 젊음은 공허하기도 했다. 하지만 괜찮았다. 감정이라는 것은 깊어지면 반드시 마음에 상처를 내고 마니까. 평생 고통받지 않을 수 있다면 영생이라는 것도 나쁘지 않았다.

"할 말 있었어?"

신우는 친근하게 침대에 걸터앉았다.

"꼭 할 말 있어야 볼 수 있는 거야?"

신우가 전에 없이 다정스레 굴자 승윤은 괜히 더 뾰로통해졌다. 어리광이었다.

"왜 말꼬리 잡고 그래. 너답지 않게."

신우는 조용히 승윤을 얼렀다.

"형은 그런 거 잘 모르지? 괜히 겉도는 기분."

승윤은 모처럼 어두운 속내를 드러냈다.

"이 집 사람들 전부 그렇지 않나? 새삼스럽게."

신우는 멋쩍게 그의 투정을 받았다.

"유민이랑 형도 그렇고, 이엘이랑 준수도 그렇고……

그래도 모여서 무언가 작당질이라도 하잖아. 그러다 보면 비밀도 털어놓고 뭐 그러는 거 같던데."

신우는 흘깃 승윤의 얼굴을 바라봤다. 언제나 밝던 그의 표정에서 외로움이 묻어났다.

"털어놔봐. 내가 들어줄게. 네 비밀은 뭔데?"

신우가 돌연 정색을 했다. 진심으로 측은해진 모양이었다.

"갑자기 그렇게 정색을 하고 물어보면 말이 나오냐? 그렇다고 자기 얘길 하는 것도 아니면서."

신우는 머쓱함에 실소를 보였다. 승윤은 몸을 일으켜 신우의 얼굴을 마주 보고 앉았다.

"그냥…… 좀 행복해지면 안 돼?"

승윤은 진심을 담아 신우의 눈을 응시했다.

"옛날에 형들 말이야. 사실 정말 부러웠거든. 쌍둥이 아니랄까 봐 둘이 진짜 찰떡같았잖아. 난 그거 질투 나서 준수 녀석한테 엉겨 붙었는데, 그 자식은 잔정 같은 거 없어서 잘 붙여주지도 않고."

신우는 새삼스레 서글픔을 느꼈다. 결코 돌이킬 수 없는 시간, 다시는 다다를 수 없는 과거가 불현듯 아련하게 다가왔다.

"우리, 그때처럼 다들 잘 지낼 수는 없는 거야?"

"나도 돌아가고 싶어."

신우가 무겁게 입을 달싹였다.

"그때랑은 너무 다르잖아, 우리. 모든 게. 너무나."

*

세찬 바람에 꼬마의 모자가 허공을 날았다. 엄마가 모자를 주워 드는 동안 아이는 멀어져가는 하얀 옷자락을 바라봤다. 바람의 진원지는 신우였다.

신우는 다급한 마음에 도심에서는 좀처럼 쓰지 않는 초능력을 썼다. 신우는 그답지 않게 조바심치고 있었다. 목표물의 위치를 알게 되니 좀처럼 가만히 있을 수가 없었다. 어쨌거나 움직여야 했다. 생각은 그다음에 해도 늦지 않았다. 그의 목적지는 하나였다. 천사가 내려올 자리, 천문대였다.

우연한 걸음이었던 탓인지 옥상은 텅 비어 있었다. 덩그러니 놓인 망원경만이 허무한 그의 마음을 대변하듯 꼿꼿하게 서 있었다. 신우는 허전함을 달래려 망원경을 들여다봤다. 렌즈 안에 있는 별은 사물에 가까웠다. 운하와 맨눈으로 보던 별의 운치와는 거리가 먼 것이었다. 신우는 낮은 한숨으로 망원경에서 눈을 떼고는 무심히 하늘을 올려다봤다. 별 하나가 등대처럼 가만히 반짝이고 있었다.

"악마의 별이에요. 이름은 알골."

등 뒤에서 살가운 음성이 다가왔다. 수안이었다. 신우는 당혹감에 굳어 섰다. 충동적인 걸음이었기에 기대 또한 없었다. 그런데 그녀가 서 있었다. 천사의 피를 가졌을지도 모를, 어쩌면 그의 손에 숨을 거두게 될지도 모를 여자가.

"페르세우스의 손에 쥐여진 메두사의 눈이죠. 잘 보이는 날도 있는데, 오늘은 빛이 약해요. 변광성이라 계속 빛이 달라지거든요."

신우의 반응과는 상관없이 수안은 자연스레 다가와 망원경을 들여다보고 있었다. 망원경을 어루만지는 그녀의 손은 친구를 어르듯 살가웠다. 수안은 이따금 손을 비벼가며 관측에 몰두했다. 그는 생경한 눈으로 그런 그녀를 바라봤다.

"별 보는 거 쉽지 않아요. 이렇게 추운 날에도 요 녀석 다칠까 봐 난방도 안 되는 밖에서 덜덜 떨고 서 있어야 하니까요. 혹시, 별 좋아하세요?"

수안은 식어가는 제 손에 연신 입김을 불어넣었다. 더운 공기가 맞닿는 자리마다 쓰라려왔다.

"네."

신우는 대답을 망설이다 입을 열었다.

"언제부터요?"

"누군가 별을 좋아한다는 걸 알게 되면서부터요."

실제로 그랬다. 머나먼 과거, 그는 자신이 사랑한 점성술사의 세계관을 고스란히 이어받았으니까.

수안은 그제야 신우를 돌아봤다. 짧은 순간 수안은 신우의 눈가에서 슬픔을 읽었다. 그리움을 품고 자란 이들만이 볼 수 있는 거울 같은 잔상이었다.

"나는요. 사람보다 별을 먼저 알게 됐어요."

까닭 모를 친근함에 수안은 망원경에게서 떨어져 신우에게로 걸음을 옮겼다. 소통의 시작이었다.

"뱀주인자리라고 아세요?"

주저함 없는 맑은 눈동자가 신우를 빤히 올려다봤다. 신우는 저도 모르게 시선을 피했다. 속내를 읽힐 것 같은 불안감의 반증이었다.

"행성은 평생 하나의 별만 따르잖아요? 내가 그래요. 그 별 하나 보자고 어릴 때부터 하늘만 쳐다보고 살았어요. 지금도 이러고 있고."

신우의 동요와 상관없이 수안은 천진하게 그를 마주 보고 웃었다. 순간 거센 바람이 신우의 등 뒤에서 몰아쳐왔다. 풀밭을 헤집은 듯 싱그러운 향기도 함께였다. 수안은 그 바람의 끝자락에서 신우의 체취를 읽어냈다. 수안은 홀린 듯 신우에게 다가섰다. 그 얘기치 않은 걸음에 그도 그녀와 시선을 맞췄다. 두 사람, 그렇게 마주 섰다. 까만 밤공기로 날아오르는 뽀얀 날숨을 사이에 두고.

"이거, 향수 아니죠?"

거침없는 물음이 신우에게 날아들었다. 그녀는 당장이라도 그를 집어삼킬 것 같은 눈빛이었다.

"당신…… 누구예요?"

신우의 침묵에 수안의 채근이 이어졌다. 신우는 그제야 입을 열었다.

"질문이 틀렸네요. 천문학도 아니었나요?"

수안은 행간의 의미를 몰라 굳게 입을 다물었다.

"누군가 그러더군요. 철학의 시작은 나는 누구인가지만, 천문학의 시작은 나는 어디에 있나…… 라고."

신우는 그답지 않게 의도치 않은 말을 뱉고 있었다. 그 순간 사실 신우는 운하를 떠올렸다. 이상한 일이었다. 마주하고 있는 것은 수안인데 그의 심장은 운하를 만날 때처럼 세차게 뛰고 있었다. 아니, 기억이 온전하다면 그 이상의 강렬함이었다.

"나는, 지금 당신 앞에 있어요. 당신은 누구죠?"

짧은 순간, 신우는 침묵했다. 조금의 거짓이라도 리트머스종이처럼 걸러낼 것 같은 갈색 눈동자 때문이었다. 결국 그는 대답 대신 등을 돌렸다. 하지만 손목을 잡아채는 그녀의 온기가 옴짝달싹 못하게 그를 멈춰 세웠다. 무엇이라도 내놓지 않으면 놓아주지 않을 기세였다.
 "신우."
 그는 가감 없이 제 이름을 전했다.
 "하신우예요. 여름 하, 새벽 신, 비 우."
 신우는 강조하듯 제 이름을 꼭꼭 씹어 뱉었다.
 "하신우……."
 수안은 수긍하듯 홀로 그 이름을 되뇌었다. 그리고 밀려 있는 물음을 던지려고 고개를 들었다. 그러나 그녀 앞에는 아무도 없었다. 바람과 함께 날아오르는 향기만이 그가 있던 자리를 증명해줄 뿐이었다.

 *

 하신우.

 집에 돌아온 수안은 모니터 속 검색 창에 그의 이름을 밀어 넣었다. 하지만 특별한 결과와는 마주하지 못했다.

골똘하던 수안의 시선은 문득 책상 위에 놓인 향수와 맞닿았다. 수안은 반사적으로 향수를 집어 들고는 주저 없이 공중에 분사했다. 햇빛을 잔뜩 머금은 여름 잔디의 냄새가 그녀의 감은 눈 위로 내려앉았다. 순간 수안에게는 새로운 생각이 스쳤다. 어쩌면 향수를 만들어낸 이가 그일지도 모른다는. 그렇지 않고서야 자신이 품고 있던 향기를 그처럼 고스란히 만들어낼 수는 없는 노릇이었다.

결국 수안은 호기심을 누르지 못하고 준수와의 면담을 청했다. 일개 사원이 한 회사의 대표를 만난다는 것은 쉽지 않은 일이었다. 그러나 그녀에게는 '뱀주인자리' 향수의 담당자라는 명분과 열두 개의 향수라는 실적이 있었다.

"갑작스레 뵙자고 해서 죄송합니다. 사적으로 확인하고 싶은 게 있어서요."

수안은 정중히 자신이 찾아온 목적을 밝혔다.

"사적인 확인이라…… 그래, 묻고 싶은 게 무언가요?"

준수는 미심쩍은 눈길로 수안을 살폈다.

"뱀주인자리요."

수안은 가감 없이 목적어를 도마 위에 올렸다.

"뱀주인자리라면……?"

준수의 눈가에 주름이 깊어졌다. 수안의 의도를 파악

하기 위함이었다.

"이번에 만드신 열세번째 향수를 말씀드리는 겁니다."

"그 향수에 무슨 문제라도 있습니까?"

"굉장히 실례되는 질문이지만, 회장님께서 만드신 작품, 맞나요?"

수안은 찰나의 망설임을 뒤로 밀어두고 진심으로 궁금해하던 물음을 던졌다. 그녀다운 정공법이었다. 일반적인 경우라면 상대의 도덕성에 대한 정면 공격이 될 수 있는 상황이었다. 그러나 그녀의 입장에서는 순수하게 자신의 호기심을 채우기 위한 물음표에 불과했다. 준수 또한 마찬가지였다. 다른 이들 같으면 불쾌감부터 표현했겠지만 준수는 달랐다. 실상 그 자신이 만들어낸 향수가 아닌 탓도 있었지만, 그보다는 수안에 대한 호기심이 먼저 일었다.

"상당히 당돌한 아가씨군요. 굳이 내가 그걸 설명해야 할 이유라도 있나요?"

준수는 흥미로운 눈길로 수안을 살폈다. 사려 깊은 눈매를 지녔지만 강단이 느껴지는 여자였다.

"제 생각에 뱀주인자리의 향기를 구현할 수 있는 사람은 이 세상에 단 한 명뿐이거든요."

수안은 확신에 찬 표정으로 자신이 열세 개의 향수를

기획한 개인적인 배경을 전했다. 다소 도전적이었지만 예의를 갖춘 말투였다. 깊이 있는 사연은 거르고, 사라진 기억 속에 남아 있는 향기를 구현했다는 핵심은 분명히 설명했다.

수안의 이야기를 듣고 있던 준수는 골똘히 생각에 잠겼다. 사실 향수가 만들어졌을 당시 준수 그 자신도 적잖이 놀랐다. 완성된 향기가 자신의 집에 항상 고여 있는 '아담'의 향기를 빼어 닮은 탓이었다. 그런데 이 아이가 그 향기를 기억하고 있다고 했다. 더군다나 묘령의 후원자라니. 실로 흥미로운 이야기였다.

"유감스럽지만 이쯤에서 고백해야겠군요."

준수는 입가에 능청맞은 미소를 머금은 채 다소 위험할지도 모를 주사위를 던졌다.

"향수를 만든 건 내가 아닙니다."

준수는 승부수와 함께 수안의 안색을 살폈다. 그녀의 눈에는 그에 대한 질책이 섞여 있지 않았다. 그저 자신이 품고 있던 호기심의 실타래를 끌어안고 있을 뿐이었다.

"그러면 누가……?"

수안은 긴장감에 마른침을 삼켰다.

"내 아들 녀석이죠."

준수는 야릇한 미소로 미끼를 던졌다. 예상대로 수안

은 그의 '아들'에 대해 이것저것 캐물었다. 그러나 준수는 적당히 화제를 돌리며 말을 아꼈다. 어쨌거나 명확하게 상황이 파악되지 않은 상태에서 쉽게 먹이를 던져줄 수는 없는 노릇이었다.

준수는 모든 일이 흥미로웠다. 수안의 이야기를 종합해보면, 누군가 그녀를 어린 시절부터 살피고 있었다. 그리고 그 후원인은 그의 집 안에 있었다. 준수는 수안의 후원인을 신우로 낙점했다. 그렇다면 모든 것이 아귀가 맞았다. 수안이 '헤라'에 입성하게 된 배경과 고가의 천문대를 선뜻 들이자고 한 신우의 결정까지도. 기실 그 모든 일들이 '우연'과 '운명', '추억'이 점철된 결과였지만, 준수에게는 오로지 신우의 '의도'로만 각인되었다. 이제 준수에게 남은 것은 "왜?"라는 물음에 대한 답을 구하는 일뿐이었다.

*

야심한 도시는 어울리지 않게 한산했다. 참혹한 사고 현장은 말끔하게 치워져 있었다. 영혼이 사라진 공간이라 하기에는 지나치게 정갈했다.

민조는 한 손에 커피를 들고 현장을 배회했다. 그녀는

보도블록에 쪼그려 앉아 무언가를 찾고 있었다. 이따금씩 루미놀 용액을 뿌려대며 반응을 살피기도 했다.

"뭐 해요?"

반대편에서 걸어오던 승윤은 그런 민조가 신기하다는 듯 말을 걸었다.

"피 봐요."

민조는 눈길도 주지 않고 심드렁하게 대꾸했다.

"진짜요? 어디요?"

승윤은 피라는 말에 호기심을 보였다.

"여기요."

민조는 손가락으로 갈색 흔적을 가리켰다. 승윤은 민조 곁에 쪼그려 앉았다. 본격적으로 이야기를 나눠볼 심산이었다.

"진짜네."

"근데 그쪽은 왜 봐요?"

"나 피 진짜 좋아하거든요."

"진짜?"

승윤은 선선히 고개를 끄덕였다. 민조는 그제야 승윤에게 눈길을 줬다.

"여기도 있네요."

이번에는 승윤이 혈흔을 찾아냈다. 하지만 손가락이

가리킨 쪽에는 아무것도 보이지 않았다. 민조는 미심쩍은 눈으로 루미놀 용액을 분사했다. 그러자 육안으로 보이지 않던 자국이 희미하게 드러났다.

"오……! 대단한데요?"

"기본이죠."

민조의 감탄에 승윤은 괜히 어깨를 으쓱했다. 두 사람은 어느 틈에 바짝 붙어 앉아 핏자국 찾기에 몰두했다.

"그런데 그쪽 되게 이상해 보이는 거 알죠?"

한참 동안 혈흔을 쫓던 승윤이 먼저 침묵을 깼다.

"뭐가요?"

민조는 여전히 승윤의 말에는 무신경했다.

"그렇잖아요. 야심한 시각에 여자 혼자 길에 쪼그려 앉아서는 무언가에 홀린 듯 이러고 있는 거."

"그냥 간단하게 섹시하다고 해요."

"네?"

"그렇잖아요. 피를 사랑하는 여자, 섹시하지 않아요?"

"글쎄요, 뭐. 그다지 내 취향은……."

승윤은 말끝을 흐리며 민조를 살폈다. 듣고 보니 매력적인 여자였다. 고양이처럼 시원스레 뺀은 눈매와 웃을 때면 양끝으로 올라붙는 입술이 특히 그랬다.

"이분이 또 낭만을 모르시네. 생각해봐요. 백설공주.

백설공주 첫 장면 기억나요?"

승윤이 자신을 살피는 동안 민조는 주절주절 제 논리를 폈다.

"글쎄요. 읽어본 지가 몇십 년이 돼서 그만······."

그 말은 사실이었다. 정확히 말하면 82년하고도 3개월 전의 일이었다.

"들어봐요. 백설공주가 태어나기 전에 왕비님은 눈이 하얗게 내리는 창밖을 보며 바느질을 하고 있었죠."

민조는 느닷없이 작업 도구를 팽개치고는 이야기에 골몰했다.

"그런데요?"

"기억 안 나요? 그때 바늘이 왕비님 손가락을 콕 찔러 하얗게 눈이 쌓인 창틀 위로 붉은 피가 떨어졌잖아요."

민조는 자신의 이야기에 심취해서 눈을 반짝였다. 승윤은 마지못해 동조했다.

"듣고 보니 기억이 나네요."

"그래서 왕비님이 말하죠. 이 창틀처럼 검은 머릿결과 눈처럼 하얀 피부와 피처럼 붉은 입술을 가진 아이가 태어나면 좋겠다고."

"아, 맞아요. 그래서 이름도 백설공주!"

"딩동댕!"

민조는 흥에 겨워 목소리를 높였다.

"그래서요?"

승윤은 심드렁한 어조로 단숨에 흥을 깼다.

"그래서라뇨? 이렇게 설명했는데도 모르겠어요? 본래 피라는 게 그렇게 매혹적인 구석이 있다는 거죠."

민조는 괜한 억울함을 느끼며 항변했다.

"듣고 보니 뭐 그런 것 같기도 하고……."

"생각해보면 잠자는 숲 속의 공주도 100년 동안이나 잠들기 전에 물레 바늘에 찔려 피가 뚝뚝……."

승윤은 황당함에 피식 웃고 말았다. 어이없는 궤변이었지만 이상하게 설득되고 마는 논리였다.

두 사람은 이런저런 농담을 주고받다가 각자의 목적지로 향했다. 거리를 떠난 민조는 호텔로 향했다. 신우와 이엘의 싸움으로 난장판이 된 곳이었다. 두 사람의 싸움으로 인해 파손된 차량은 불가사의한 사건으로 취급되며 언론의 가십난에 오르내렸다. 단발성 호기심을 드러내는 소모적인 기사가 대부분이었다. 그러다 민조는 달랐다. 그녀는 초현실적인 가능성을 염두에 두고 사건을 조사하기로 결심했다.

그녀는 초현실주의적 현상에 집착하는 몽상가였다. 정확히 말하면 뱀파이어 마니아였다. 일하는 시간을 제외한 대부분의 시간을 뱀파이어와 관련된 영상물이나 책에 빠져 살고 있는 그녀는 온라인상에서 '블러드 메리'라는 닉네임으로 유명한 파워 블로거이기도 했다.

 호텔 입구에 도착한 민조는 범상치 않은 눈빛으로 현장을 살폈다. 그러자 오래지 않아 은빛 구슬이 그의 눈에 들어왔다. 민조는 면장갑을 끼고 조심스럽게 은빛 구슬을 집어 들었다. 구슬에는 열다섯 개의 점으로 된 무늬가 정교하게 새겨져 있었다. 수안의 나무 상자와 같은 문양이었다. 민조는 비닐을 열어 조심스레 구슬을 집어 넣었다.

*

 조향사라는 직업이 갖는 신비로운 느낌에 걸맞게 하준수의 사생활은 비밀에 싸여 있다. 알려진 사실이라고는 어린 시절 그가 한국에 있었을 당시에는 술을 빚는 부모 곁에서 누룩 향을 맡고 자랐으며, 오랜 세월을 조향사들의 고향이라 할 수 있는 그리스에 머물렀다는 것뿐이다.

수안은 책상 위에 쌓인 준수에 대한 자료를 검토하며 나지막이 한숨을 내쉬었다. 기사의 대부분은 일반적인 선을 넘지 않았다. 하지만 한 가지는 분명했다. 그는 자신의 모든 과거는 물론, 현재의 사생활까지도 철저히 함구하고 있었다.

수안은 잠시 골똘하다가 결심이 굳은 듯 컴퓨터를 켰다. 오래지 않아 화면에는 이엘의 공연 정보가 가득 찼다. 수안의 눈가에는 잠시 망설임이 스쳤다. 하지만 잠시뿐이었다. 그녀는 이내 그의 공연 티켓을 두 장 예매했다.

수안이 준수를 다시 만나게 된 것은 그로부터 이틀 뒤였다. 수안은 이른 시간부터 준수에게 전화를 해서 사무실로 찾아가겠노라 양해를 구했다. 그 시각 준수는 신우와 수안의 관계에 대해 홀로 골몰하던 참이었다.

"이게 뭡니까?"

준수를 만난 수안은 다소 긴장한 모습으로 봉투를 내밀었다. 준수는 손끝으로 봉투를 거머쥐고 의구심에 찬 눈길을 보냈다.

"지난번에 어려운 말씀해주셨잖아요. 그래서 작지만 제 마음을 전하고 싶어서요."

준수는 무표정한 얼굴로 내용물을 끄집어냈다. 그는 탁자 위에 올려둔 물건을 보고는 내심 실소했다. 그의 앞에는 이엘의 공연 티켓 두 장이 가지런히 놓여 있었다. 준수는 속내를 드러내지 않으려고 가식적인 미소를 보였다.

"제가 좋아하는 피아니스트라서요. 아드님과 함께 좋은 시간 되셨으면 해서 준비했습니다."

그의 뜻을 알 리 없는 수안은 정중히 자신의 성의를 전했다.

"아주 좋은 선물이네요. 아마 그 애도 좋아할 겁니다. 감수성이 예민한 편이거든요."

"다행이네요."

"그런데 제가 이날 선약이 있어서요."

준수는 야릇한 웃음을 보이며 상대의 반응을 살폈다. 투명한 수안의 두 뺨에는 삽시간에 붉은빛이 올라왔다. 무안함의 표시였다.

"아, 그래요? 날짜를 먼저 여쭤봤어야 했는데 제가 결례를 했네요."

수안은 난감함에 소매 끝을 잡아 뜯었다.

"아니에요. 그렇게 생각하지 말아요. 어차피 늙은이라 같이 가자고 하면 아들 녀석이 싫어할 겁니다."

준수의 말투는 사뭇 다정했다. 그러나 그 상냥함은 상대를 더욱 조바심치게 했다. 계산된 행동이었다. 그는 제 의도대로 수안의 감정을 몰아간 뒤 뜻밖의 제안을 했다.

"차라리 이수안 씨가 같이 가면 어떻겠어요?"

"네?"

"어차피 한번 소개시켜주고 싶던 차에 잘됐네요. 이건 수안 씨가 받아요. 이건 내가 그 녀석한테 전해줄게요."

준수는 수안에게 표를 한 장 건넸다.

"하지만……."

"늙은이 손 부끄럽게 하지 말고 얼른 받아요. 수안 씨 마음은 내가 감사히 받았으니까."

수안은 가만히 상대의 안색을 살폈다. 온화하기 짝이 없는 인상이었다. 그 부드러운 온기에 수안은 단번에 긴장을 풀었다. 결국 수안은 준수의 제안을 받아들였다.

집으로 돌아온 준수는 신우가 오기만을 기다렸다. 그는 즐거웠다. 신우의 약점을 잡아낼 수 있다는 생각에서였다.

"이제 들어와?"

준수는 반나절을 기다린 끝에 신우의 얼굴을 볼 수 있었다. 그러나 신우는 언제나처럼 그를 무시하고 지나치려 했다.

"재미있는 이야기 안 들을 거야?"

준수는 전에 없이 말꼬리를 올렸다. 그 야릇한 기운에

신우는 걸음을 멈췄다.

"오늘 이수안이라는 친구를 만났는데 아주 재밌는 걸 주더라고. 볼래?"

신우는 흘깃 준수에게로 고개를 돌렸다. 그러자 준수는 득의에 찬 웃음과 함께 이엘의 공연 표를 흔들었다.

"형하고 보라고 이걸 줬어."

준수는 승부수를 던지고는 찬찬히 신우의 기색을 살폈다. 신우의 얼굴은 굳어 있었다. 준수는 그 반응에서 까닭 모를 희열감을 느꼈다.

"그래서 내가 형하고 둘이 보라고 했어."

"…… 뭐?"

"싫으면 거절하든가."

준수는 본격적으로 신우를 떠보기 시작했다.

"다시는 이딴 짓 하지 마."

신우는 동생의 주름진 손에서 표를 잡아채고는 방으로 들어가버렸다. 준수의 미소를 뒤로한 채였다.

*

이엘의 방은 언제나처럼 캄캄했다. 고요하게 스민 달빛만이 겨우 제자리를 허락받을 뿐이었다. 그 청아한 공간을 메우고 있는 것은 웅장한 파이프오르간이 빚어내는 라흐마니노프의 곡이었다. 가파르게 치고 올라가는 건반의 울림, 그 아슬아슬한 질주만큼 격렬한 손놀림, 호흡이 가빠질 정도로 매섭게 몰아치는 연주가 정점에 무르익었다.

"뭐야?"

날 선 연주가 돌연 멈췄다. 어둠의 균형이 흐트러진 탓이었다. 이엘은 경멸 어린 시선으로 신우를 쏘아봤다.

"부탁 좀 하자."

신우는 가볍게 용건을 밝혔다. 이엘은 낯선 눈길로 신우를 올려다봤다.

"싫어?"

"뜻밖이라. 천하의 하신우가 나 같은 놈에게 부탁을 다 하다니."

이엘은 담백하게 제 감상을 전했다. 그의 말은 사실이었다. 신우가 누군가에게 아쉬운 소리를 하는 경우는 극히 이례적인 일이었다. 상대가 이엘이라면 더더욱 그랬다.

"그래, 들어나 보자. 뭔데?"

이엘은 발톱을 세우며 제 궁금증을 드러냈다. 신우는 그런 이엘의 귓가에 뭐라고 속삭였다. 순간 이엘의 낯에서 핏기가 가셨다.

"미쳤어? 내가 왜 그걸 도와줘야 하는데? 그리고 가능하기나 할 것 같아?"

흥분한 이엘이 핏대를 세웠다.

"알잖아, 가능하다는 거. 물론 인정하고 싶지 않겠지만."

신우는 일부러 말끝에 힘을 줬다. 이엘을 자극하고 싶은 마음에서였다.

"내키지 않으면 그만두던가. 다른 방법도 있으니까."

신우는 여유로운 미소를 띠며 등을 돌렸다. 그 담담한 뒷모습에 이엘은 까닭 모를 불안감을 느꼈다.

"무슨 꿍꿍이야?"

"꿍꿍이는 없어. 귀찮은 일을 피하고 싶을 뿐이야."

신우는 느긋했다. 부탁을 하고 있는 이는 신우임에도 전전긍긍하고 있는 쪽은 오히려 이엘이었다.

"이수안이라는 여자…… 나한테 꽤나 관심이 많은 모양이야. 그런데 알다시피 난 쓸데없는 일에 얽히는 건 딱 질색이라……."

신우는 은근히 수안의 존재를 입에 올렸다. 이엘이 수안의 후원자라는 사실을 확인하고 싶은 마음에서였다. 예상대로 이엘은 초조함을 감추지 못했다. 그는 반복적으로 건반을 까딱거리며 불안감을 표했다.

"왜, 자신 없어?"

신우는 미묘한 웃음으로 승부수를 띄웠다.

"겁나? 네 자리 뺏기기라도 할까 봐?"

이엘의 망설임 사이로 신우의 도발이 스며들었다. 혀끝에서 새어 나온 야릇한 조롱에 이엘의 열등감이 고개를 쳐들었다.

시작은 그랬다. 쌍둥이라는 기묘한 인연, 그 운명적인 접점 자체가 끝없는 경쟁의 시작이었다. 하지만 두 맞수의 승패는 언제나 신우의 승리로 귀결됐다. 태내에 있던 순간부터 신우는 이엘의 모든 것을 빼앗아왔다. 월등한 체력, 우월한 외모, 타고난 두뇌, 이엘이 가진 빛나는 재능까지 하나도 남기지 않고.

덕분에 이엘의 몫으로 정해진 사랑은 늘 신우의 몫으로 돌아갔다. 부모님의 사랑도, 가족의 신뢰도, 또래의 인기도. 심지어는 동시에 품었던 여인의 마음까지도.

"싫으면 관두고. 상대가 자신 없는 게임, 나도 흥미 없어."

신우는 가볍게 이엘을 재촉했다. 그 참을 수 없는 여유가 이엘을 더욱 조바심치게 했다.

"할게."

이엘은 무겁게 입을 열었다. 신우는 어깨를 으쓱하며 이엘의 얼굴을 빤히 쳐다봤다. 다짐을 받기 위함이었다.

"한다고!"

이엘은 제 다짐을 확인하듯 대답을 꼭꼭 씹어 뱉었다. 신우는 얄궂은 미소로 창밖을 내다봤다. 정원에는 휠체어에 앉아 그네를 바라보고 있는 유민이 보였다. 신우는 골똘해진 이엘을 뒤로하고 밖으로 나갔다.

"나, 그네."

유민은 신우를 보자마자 어리광을 부렸다. 신우는 피식 웃으며 그녀를 안았다. 가뿟한 마른 몸이 묵직하게 심장을 짓눌렀다.

"가만 보면 너 여우 같아."

"왜?"

"꼭 이럴 때만 어린애같이 굴잖아."

"남들처럼 못 하는 것도 많으니까 누릴 수 있는 건 누려야지."

유민은 애교스럽게 웃었다. 그 능청스러움에 신우도 옅은 미소를 보이며 그네를 밀었다.

"정말 할 거야?"

유민이 물었다. 코끝에 닿는 바람 탓인지 그녀의 목소리는 가벼웠다.

"응."

"뭐가 알고 싶은 건데?"

"별거 아니야. 그냥…… 옛날 얘기."

신우는 쓰게 웃었다. 틀린 말은 아니었다. 물론 기본적으로 그의 관심은 수안이 천사인지 여부에 대해 있었다. 그러나 그것이 전부는 아니었다. 그는 수안과 맞물린 과거의 실타래를 풀고 싶었다. 왜 이엘이 수안을 배회하는지, 어째서 운하의 목걸이를 그녀가 쥐고 있는지를 말이다.

 정원에서 시간을 보낸 두 사람은 신우의 방으로 자리를 옮겼다. 신우가 제 매무새를 확인하는 사이 유민은 그의 드레스 룸을 구경했다. 백화점 부럽지 않은 구색을 갖춘 공간에는 종류와 색깔별로 정리된 옷가지는 물론 셀 수 없이 많은 구두와 각종 소품이 가득했다.

 "하여간 하신우 완벽주의, 알아줘야 한다니까."

 유민의 감탄사에 신우는 쓰게 웃었다. 그는 거울을 마주 봤다. 신우는 사각거리는 하얀 면 셔츠에서 결벽증 같은 것을 느꼈다. 그는 그 느낌을 잊지 않으려고 빈틈없이 단추를 채웠다. '아담'이 든 반지도 잊지 않았다. 그는 제 다짐을 확인하듯 반지를 돌렸다. 향수가 그와 거울 사이에 뽀얗게 내려앉았다. 나른한 초목의 향기가 그의 몸에 감겨왔다.

 "살림 차려도 되겠네."

 유민의 입에서 다시 탄성이 나왔다. 신우가 열어놓은 벽장 안에 대한 감탄사였다. 그곳에는 화려한 여자 옷과

장신구가 가득했다.

"이렇게 철저하게 준비하는데 안 넘어갈 여자가 있겠어?"

"놀리지 마. 좋아서 하는 짓 아니니까."

신우는 머쓱한 시선을 옷가지에 돌렸다. 광택이 도는 초록빛 드레스가 그의 눈길을 사로잡았다. 그는 망설임 없이 옷을 꺼내 들고는 정성스레 상자 안에 넣었다.

"글쎄, 지금은 좀 즐기는 것 같은데?"

유민은 집요하게 놀려댔다. 일종의 심통이기도 했다.

"이번에는 네가 헛다리 짚는 거야."

신우는 가볍게 유민의 머리를 쓰다듬었다. 일종의 위로였다.

"이거 다 쓰기 전에 그 아이…… 찾을 수 있을까?"

유민은 쓸쓸한 눈빛으로 벽장 안을 살폈다. 그 안에 있는 모든 물건들은 천사를 찾기 위해 준비된 것들이었다.

"좀 늦어서, 마무리 좀 부탁할게."

신우는 꼼꼼하게 목걸이와 구두까지 밀어 넣고는 상자를 닫았다.

"걱정 마."

신우는 상자와 함께 방을 나섰다. 유민은 야무지게 드레스 룸을 닫는 듯하더니 다시 문을 열었다. 우아한 살

구빛 원피스가 그녀의 눈길을 잡아끈 탓이었다. 유민은 조용히 손을 뻗어 옷을 꺼내고는 제 몸에 가져가 거울을 마주 봤다. 어른의 옷을 걸친 아이의 모습은 우스꽝스럽기 짝이 없었다. 유민은 가만히 원피스를 쓰다듬었다. 손끝에 닿는 매끈한 촉감에 새삼스레 서글펐다.

"예쁘네."

*

"이수안 씨죠?"

상대는 다짜고짜 커다란 상자를 들이밀었다. 수안은 무방비 상태로 택배 기사가 건네는 물건을 받아들었다. 수안은 발신인이 궁금했으나 한마디도 묻지 못했다. 남자가 몹시 바빠 보인 탓이었다. 수안은 내용물을 뜯어보고 호기심을 해소하기로 마음먹었다.

바깥 공기를 품고 온 상자에서는 황금빛 햇살이 묻어났다. 수안은 그 살가운 기운에 힘입어 상자를 열었다. 그러자 매혹적인 초록빛 미니드레스와 상큼한 연둣빛 에나멜 구두가 수줍게 그녀를 마주했다.

수안은 무엇엔가 홀린 기분으로 옷을 꺼내 들었다. 그러자 그녀의 발치로 무언가가 툭 떨어졌다. 손바닥에 쏙

들어오는 빨간색 봉투였다. 수안은 허리를 굽혀 그것을 집어 들었다. 봉투를 열자 은은한 광택이 도는 진주색 카드가 모습을 드러냈다. 수안은 조심스레 카드를 열었다.

 보내주신 티켓에 대한 답례입니다. 오늘 꼭 입고 와주셨으면 좋겠습니다.

 발신인의 이름조차 없는 짤막한 내용이었다. 그러나 그 무성의한 공백은 도리어 설렘으로 다가왔다. 수안은 입을 오물거리며 한 글자 한 글자를 되뇌었다. 부드럽게 미끄러지는 필체가 그녀의 세포 곳곳에 감겨왔다. 그 나른한 행복감에 그녀의 눈가에는 미소가 돌았다.
 선물은 근사했다. 유려하게 미끄러져 내려가는 도도한 초록빛 물결은 우아한 어깨선과 곧게 뻗은 다리와 완벽한 조화를 이루었다. 그녀는 단아한 진주 목걸이로 멋을 내고 거울 앞에 섰다. 거울 속에는 팽팽한 긴장감이 들어찼다. 질식감이 느껴질 만큼 매혹적인 자태였다. 수안은 그런 자신의 모습이 낯설면서도 흡족했다.
 수안은 그런 제 생각에 동의를 구하듯 이엘의 CD 재킷을 집어 들었다. 언제나처럼 가면에 그늘진 눈빛이 그녀를 마주했다.

어쩌면 당신이 진짜 산타인지도 몰라요. 날 여기까지 이끌고 온 걸 보면.

산타. 어쩌면 세상에 존재하지 않을지도 모를 이름. 어쩌면이라는 가설조차 조롱거리가 될지도 모를 상대.
생각해보면 아홉 살 소녀에게 찾아든 산타의 환상은 그저 하룻밤의 꿈이었을지도 모른다. 그러나 설령 산타의 존재가 손에 닿지 않는 것이라 해도 달라질 것은 없었다. 환상과 현실의 경계라는 것은 상상 이상으로 헐거운 법이니까.

공연장은 관객과 취재진으로 북적였다. 이엘의 인기를 반영하듯 활기찬 풍경이었다. 칠흑 같은 어둠이 객석을 집어삼키자 무대 옆 쪽문으로 한줄기 빛이 쏟아져 내렸다. 폭포수 같은 박수 소리와 함께 공연이 시작되었다.
그러나 수안의 시선은 무대가 아닌 비어 있는 옆자리에 있었다. 수안은 알 수 없는 박탈감에 손가락을 잡아뜯었다.
그사이 낭만적인 선율이 그녀의 불안감에 스며들었다. 라흐마니노프 에튀드 39-6번, 〈빨간 모자와 늑대 이야기〉였다. 연주가 시작되자 수안은 잠시 옆자리의 공백을

기억의 조작 115

잊었다.

긴장감 넘치는 음색은 삽시간에 공간을 집어삼켰다. 조바심치는 건반은 옛 연인을 향해 달리기 시작했다. 묵직하게 심장을 파고드는 선율은 자꾸만 과거의 잔상을 불러왔다. 건반을 두드리는 손가락은 그 기억을 놓칠세라 점점 숨 가쁘게 질주했다. 빠르고 격정적인 손가락의 움직임에 연주는 절정에 달했다. 그의 무의식 또한 운하에게 닿았다.

투둥, 투둥, 투둥, 투둥.

피아노의 메트로놈처럼 가쁘게 울리는 심박동. 그 비장한 울림과 함께 건반 위로 뚝뚝 눈물이 떨어졌다. 격렬한 화음으로 빚어진 열정적인 마무리였다.

조명은 무대 위의 주인공을 비췄다. 그러자 은빛 가면 아래로 무언가 반짝였다. 턱 선을 타고 흘러내리는 눈물이었다. 객석의 수안은 완벽하게 도취된 기색이었다. 장내에는 열렬한 박수가 터졌다.

그때였다. 둔탁한 마찰음과 함께 무대 아래로 은빛 가면이 떨어졌다. 그 스스로 벗어 던진 것이었다. 뜻하지 않은 상황에 객석에는 일순 정적이 흘렀다. 신비에 쌓여 있던 천재 피아니스트의 민얼굴이 드러나는 순간이었다.
"당신이…… 이엘……?"
 수안은 저도 모르게 자리에서 벌떡 일어섰다. 놀라움에 커진 그녀의 동공이 가만히 떨려왔다. 그사이 무대 위의 남자는 우아한 몸짓으로 객석을 향해 인사를 전했다. 가면 속의 얼굴은 신우였다.

 하루만 네 무대를 빌려줘. 딱 하루만. 내가 이엘이 될 수 있게.

 객석에 섞여 있던 이엘은 분노로 파르르 떨었다. 그는 제 귓가에 맴도는 신우의 속삭임을 떠올리며 주먹을 불끈 쥐었다. 그는 그제야 자신이 이용당했다는 사실을 깨달았다.
 신우는 수안을 따돌리고 싶다며 이엘의 공연 티켓을 건넸다. 자신을 대신해 수안의 옆자리를 맡아달라는 것이었다. 무대는 자신이 대신하겠노라는 첨언과 함께 말이다. 가면을 썼으니 누구도 알아볼 수 없을 것이라는 속삭임도 잊지 않았다. 내키지는 않았지만 이엘의 입장에서는 거절할 수 없는 부탁이었다. 이미 스무 해 전부터 이엘은 알고 있었다. 신우가 찾는 천사가 수안이라는 사실을. 신우가 좀처럼 수안을 찾아낼 수 없었던 것은 이엘의 처세 덕분이었다. 그는 그녀의 피를 노리는 신우로부터 철저하게 그녀를 숨기고 보호해왔다. 그런 상황이었으니 이엘은 어쩔 수 없었다. 신우를 대신해 '준수의 아들' 역할을 수행해야겠다고 마음먹었다. 적어도 수안이 신우와 연을 맺는 일보다는 나을 것이라 여겼다. 비록 결과는 참담했지만.

"죽여버릴 거야."

이엘은 솟아오르는 송곳니를 앙다물며 신우를 쏘아봤다. 신우는 그의 눈길을 받아내며 도전적으로 웃고 있었다. 이엘은 분노를 누르지 못하고 자리를 떠났다. 신우 역시 그런 이엘을 보며 무대 뒤로 사라졌다.

신우는 다시 가면을 쓰고 뒷문으로 나섰다. 정문과 이어진 복도는 사람들로 아수라장이었다. 현장에 있던 기자들 역시 뒤늦은 취재 열기로 웅성거렸다. 그들은 이엘의 민얼굴을 찍지 못했다는 사실에 아쉬움을 표했다. 촬영이 금지된 현장에서 순식간에 벌어진 사건은 어떤 증거도 남기지 못했다.

대기실에 들어선 신우는 거울 속 제 얼굴과 마주했다. 가면 아래 드러난 입가는 비죽 웃고 있었지만 속내에는 어쩐지 한기가 들어찼다. 신우는 오한을 느끼며 스르르 눈을 감았다. 그러나 침묵은 오래가지 못했다.
"무슨 짓이야!"
신우가 다시 눈을 뜬 것은 이엘이 멱살을 잡아챈 직후였다.
"뭐 하는 짓이냐고 묻잖아!"
분노 가득한 이엘의 시선이 신우를 채근했다. 그의 목소리는 흥분으로 둔탁하게 갈라져 있었다.

내가 여기서 입 열어도 괜찮겠어?

신우는 느닷없이 초음파로 말을 걸었다. 인간의 귀에 닿지 않는 초음파 언어는 뱀파이어들끼리의 비밀스러운 소통을 위한 수단이었다.
"…… 뭐?"
이엘의 입에서 맥없는 반문이 새어 나왔다. 물음은 아니었다. 어처구니없는 탄식이었다.

피아니스트 이엘은…… 사람들 앞에서 말하지 않잖아? 언어……장애라고 했던가?

신우는 도발적인 미소로 이엘을 자극했다. 이엘은 더 이상 감정을 제어하지 못했다.
"네가…… 날 갖고 놀아?"
이엘은 각성을 시작하려 스스로 제 체온을 올렸다. 그러나 신우를 공격하지는 못했다. 등 뒤에서 들려오는 인기척 때문이었다.

또각, 또각, 또각, 또각.

갑작스레 끼어든 발소리에 두 남자의 시선이 한곳으로 모여들었다. 상대는 수안이었다. 그녀는 자석에 끌리듯 신우를 향해 다가왔다. 가면 속 신우는 말없이 그런 수안을 바라봤다. 수안은 떨리는 손길로 신우의 손을 거머쥐었다. 그러자 그녀의 세포 구석구석에 얼음장 같은 냉기가 스며들었다. 아홉 살 소녀의 마음을 훔쳐간 아련한 향기와 함께.
"꺼져."
그녀의 환상에 이엘이 끼어들었다. 그는 감정을 주체하지 못하고 거칠게 수안의 손을 잡아챘다.
"아니요! 안 가요."
수안은 다부지게 맞섰다.

"확인할 게 있어요. 그걸 확인하기 전까지는…… 아무 데도 못 가요."

이엘은 쓸쓸한 눈길로 수안을 마주 봤다. 제 앞의 소녀는 여자의 눈빛으로 자신을 쏘아봤다. 그리고 그 여인은 그가 아닌 형에게로 달려가려고 조바심치고 있었다.

"가고 안 가고는 내가 결정해."

이엘은 억지로 수안을 끌어내리려고 완력을 사용했다. 수안은 완강히 저항했다.

그만두고 넌 빠져. 내가 알아서 할게.

신우는 초음파로 이엘의 움직임을 저지했다.

"뭘 알아서 한다는 거죠?"

수안은 고개를 돌려 신우의 말에 답했다. 순간 신우의 얼굴이 굳어졌다. 그녀가 자신들의 언어에 섞여든 탓이었다. 신우는 믿을 수가 없었다. 이제껏 자신들의 언어에 끼어든 사람은 아무도 없었다.

내 말이…… 들려요?

가면 너머의 신우는 확인을 위해 다시 한 번 초음파를

사용했다.

"똑똑히요."

수안은 흔들림에 못을 박듯 또박또박 대답했다. 그리고 부드러운 손길로 그의 가면을 걷어냈다. 그러자 불안하게 흔들리는 검은 눈동자가 그녀를 빤히 응시했다.

투둥, 투둥, 투둥, 투둥······.

이엘은 제 심장을 거머쥐었다. 제어할 수 없는 분노에 각성이 시작된 모양이었다. 이엘은 그런 제 모습을 들키지 않으려고 도망치듯 밖으로 나왔다. 그러나 누구도 이엘의 뒤를 따르지 않았다. 수안도, 신우도, 서로를 향한 놀라움에 혼란스러웠던 탓이다. 그러나 하나는 분명했다. 그도 그녀도 서로에게 바라고 있었다. 그가, 그이기를. 그녀가, 그녀이기를.

"정말로······ 들렸어요?"

신우는 여전히 믿기지 않는 듯 공허한 물음을 던졌다. 수안은 조용히 고개를 끄덕였다.

"당신······이었어요?"

이번에는 수안이 물었다. 신우의 혼란스러운 머릿속에 그녀의 질문이 파고들었다. 이해할 수 없었다. 그녀가 어째서 자신들의 언어에 끼어들 수 있는지를. 그녀의 진짜 정체가 무엇인지를.

"당신이…… 정말로……?"

메아리처럼 반복되는 물음에 신우는 애써 마음을 다잡았다. 그녀는 천사였다. 그리고 모든 것은 이제 겨우 시작일 뿐이었다.

신우는 혼란스러운 제 마음을 다잡으려 싸늘한 미소를 보였다.

"적어도, 오늘은."

신화의 재림

"너야?"

집에 도착한 이엘은 다짜고짜 유민의 방에 들이닥쳤다. 유민은 노트북에 시선을 고정하고 피식 웃었다. 유민은 제 뒤통수를 가격하는 냉기에 서린 이엘의 분노를 읽었다.

"하신우한테 이것저것 고자질한 게 너냐고!"

이엘은 쳇소리를 내며 소리를 질렀다.

"왜? 안 돼?"

유민의 입가에 싸늘한 미소가 돌았다.

"뭐?"

"어차피 삼촌은 하준수하고 편먹었잖아. 난 그게 싫어

서 신우 삼촌하고 편먹은 거야. 그게 뭐 잘못됐어?"

"그래서, 하신우한테 뭘 말한 건데? 도대체 무슨 말을 한 거야?"

"나한테 소리 지르지 마! 이 집에서 나한테 소리 지를 자격 있는 사람 아무도 없어!"

카랑카랑한 두 사람의 외침 때문에 천장 조명에 균열이 생겼다. 덕분에 요란한 소리와 함께 유리 조각이 바닥으로 떨어졌다. 그 극적인 연출에 이엘은 입을 다물었다. 그녀가 옳았다. 이 집에서 유민에게 화낼 수 있는 이는 아무도 없었다. 더군다나 이 일은 유민에게 화살을 돌릴 일이 아니었다. 맞서야 할 이는 응당 신우였다.

"하준수를 돕는 한, 삼촌도 내 적이야."

유민이 당차게 이엘과 맞섰다. 이엘은 잠시 유민을 쏘아봤다. 만일 이엘의 인내심이 조금 더 바닥을 보였다면 분명 그는 그녀의 뺨을 후려쳤을 것이다. 그러나 이엘은 애써 분노를 거두고는 거칠게 방을 나섰다.

유민은 새삼 이엘이 측은해졌다. 그녀가 조사한 바에 의하면 이엘은 수안에게 꽤 오랫동안 깊은 관심을 보여왔다. 관심이라는 단어는 실로 무심하지만 유빈이 아는 한 이엘에게 있어서는 꽤 이례적인 일이었다. 아마 그녀의 추측대로라면 연민을 넘어서는 감정임이 분명했다.

그럼에도 유민은 수안을 중심으로 이엘의 지난 행적을 고스란히 신우에게 일러바쳤다. 신우를 좋아하는 마음이 더 큰 탓도 있었지만, 준수에 대한 반발심도 한몫했다. 유민은 준수와 뜻을 같이하는 이엘이 싫었다.

어쨌거나 이엘은 유민을 등지고 준수의 실험실로 향했다. 지금의 그에게는 '애플'이 절실했다. 맨 정신으로는 도저히 버틸 수가 없었다.

오래지 않아 준수의 실험실에 불청객이 들이닥쳤다. 이엘은 다짜고짜 집기를 내던졌다. 그 바람에 실험을 위해 유리관을 흐르던 피가 산산조각 난 유리와 함께 사방으로 흩어졌다. 벽에 걸린 흑백사진 속, 여자의 목덜미에 핏방울이 선연했다.

"이러다 들키면 하신우가 가만둘 것 같아? 내 실험실이고 뭐고 죄 뒤집어놓을 거라고!"

준수는 초조함에 이엘을 만류했다. 하지만 이엘은 거칠게 뿌리쳤다.

"그러니까 달라는 거야. 내가 오늘 그 자식, 죽여버릴 생각이니까."

"제발 진정해! 더 이상 마시면 안 돼!"

준수는 애원했다. 그러나 그 쇠약한 목소리는 이엘의 살기를 더욱 부추길 뿐이었다.

"못 내놓겠다? 이깟 것들한테 줄 건 있고 나한테 줄 건 없다는 거야?"

이엘은 붉은 꽃이 피어 있는 화분을 주먹으로 쳤다. 화분은 폭발하듯 흩날렸다. 하얀 바닥 위로 핏물에 절은 붉은 꽃잎이 흩어졌다.

"정말, 안 줄 거야?"

이엘은 어느새 준수를 밀착해오며 그를 쏘아봤다. 일종의 협박이었다. 이는 꽤나 유효한 전략이었다. 준수는 극도의 공포에 부들부들 몸을 떨었다.

"나 지금 진짜 피가 고프거든. 이러다가 네 걸 마실지도 몰라. 그래도 안 줄 거야?"

결국 준수는 냉동실을 열어 '애플'을 내줬다. 이엘은 전리품을 거머쥐고 홀연히 사라졌다.

이엘이 '애플'을 쓸어간 뒤, 준수는 승윤에게 도움을 청했다. 승윤은 모처럼 유행가를 틀어놓고 잡지를 뒤적이며 설렁설렁 시간을 보내고 있었다.

승윤 역시 두 형과 다름없이 한 세기를 살아왔지만 그의 행보는 사뭇 달랐다. 신우나 이엘에게 있어 무한한 삶이 고통의 징표였다면 그에게는 축복이었나. 승윤은 영원히 이어지는 젊음을 사랑했다. 덕분에 그는 매 시대가 변할 때마다 당대의 트렌드에 골몰하며 자신에게 주어진 행운을 만끽해왔다. 지금도 별반 다르지 않았다. 그는 유행을 반영한 패션 잡지를 통해 또래의 문화를 향유하던 참이었다.

그러나 여가는 오래가지 못했다. 다급하게 울리는 핸드폰이 그를 방해했다. 승윤은 무심한 눈으로 발신인을 확인했다. 상대는 준수였다.

"집에 안 와? 이 시간에 웬 전화야?"

"큰일 났어. 형이……."

"형? 이엘?"

"지금 제정신이 아니야. 당장 가서 잡아야 돼."

"진정하고 제대로 말해봐. 이엘이 뭘 어쨌다고?"

"여기 다 때려 부수고 실험용 혈액 팩을 전부 털어갔어."

"뭐?"

승윤은 놀라 벌떡 일어났다. 그때 열린 문틈으로 빠끔히 유민이 얼굴을 내밀었다. 일단 일을 크게 만들지는 말아야 했다.

"아, 나 미치겠네. 아무튼 끊어. 다시 연락할게."

승윤은 유민을 의식하며 서둘러 전화를 끊었다.

"무슨 얘기야?"

유민은 야릇한 미소를 지으며 휠체어를 밀고 방으로 들어왔다.

"별일 아니야."

승윤은 겉옷을 입으며 심드렁하게 말을 돌렸다.

"작은삼촌이 사고를 쳤다는데 별일이 아니다?"

"야! 넌 다 알면서 치사하게 사람을 떠보냐?"

"제대로 말해. 안 그러면 신우 삼촌한테 다 이를 거니까."

유민의 으름장에 승윤은 사색이 됐다. 기본적으로 승윤은 신우와 사이가 좋았지만 그렇다고 예외는 없었다. 승윤은 신우가 분노했을 때의 파장을 누구보다 잘 알고 있었다.

"난 진짜 전화받은 죄밖에 없어. 피를 뺏긴 건 준수고 먹은 건 작은형인데 왜 나한테 그래?"

승윤은 반사적으로 항변에 나섰다.

"하준수가 피를 갖고 있었어? 큰삼촌 몰래?"

유민은 예상 밖의 수확에 회심의 미소를 보였다. 크고 작은 준수의 약점은 언제나 그녀에게 소소한 기쁨을 줬다. 유민은 신우를 통해 그를 압박하기를 즐겨했다. 속내에 찬 분노를 흩어놓는 방식 중 하나였다.

유민은 휠체어조차 혼자 타지 못하는 두 다리를 볼 때마다 준수를 원망했다. 미끈한 나리를 내놓고 활기차게 걸어가는 젊은 여자를 마주할 때면 그에 대한 증오심은 더욱 배가됐다. 누군가를 마음에 품고도 고백 한번 못

해본 채 상대의 관혼상제를 지켜봐야만 했던 자신의 인생을 돌이켜볼 때마다 유민은 준수에 대한 복수를 꿈꿨다.

그러나 그녀는 그의 딸이었다. 그런 이유로 유민은 준수를 향한 증오의 칼자루를 언제나 신우의 손이 거머쥐게 했다. 가책 없는 응징인 셈이었다.

어쨌거나 승윤은 이엘을 찾아 나섰다. 공범 취급까지야 아니겠지만 불벼락을 피하려면 이엘의 행방부터 챙기는 것이 우선이었다.

이엘은 집에서 다소 떨어진 숲 속에 있었다. 승윤은 조심스레 그에게 다가갔다. 이엘은 예상과 달리 고요했다. 그는 승윤을 보고도 별다른 반응을 보이지 않았다. 이미 한차례 난동을 부리고 맥이 빠진 모양새였다.

"같이 가자, 형."

승윤은 조심스레 설득에 나섰다. 물론 돌아온 것은 철저한 무시였다.

"부탁이야. 지금 같이 가자."

"…… 부탁이라. 꽤나 절박하게 들리네. 왜? 하신우가 날 잡아오기라도 하래?"

이엘이 피식 웃었다.

"나 형이랑 싸우기 싫어. 그러니까 일단은 가자."

"거절한다면?"

"형······."

"미안하지만, 다시는 돌아가지 않을 거야."

이엘은 나무 위를 살피다 불현듯 일어섰다. 뛰어오를 심산이었다. 다급해진 승윤은 눈을 감고 기운을 끌어모았다. 고의적인 각성이었다. 고도의 집중력 덕분에 승윤의 눈은 삽시간에 푸른빛으로 물들었다. 승윤은 잽싸게 몸을 날려 이엘의 앞을 막아섰다. 하지만 이엘은 가볍게 승윤의 멱살을 쥐었다. 그러고는 바닥에 그를 내동댕이 쳤다. 나뭇잎이 우수수 쏟아져 내렸다.

"다치게 하기 싫으니까 꺼져."

이엘은 무겁게 엄포를 놓고는 몸을 날렸다.

"아, 미치겠네."

승윤은 입가의 피를 닦아낼 새도 없이 함께 뛰어올라 이엘의 어깨를 잡아챘다. 하지만 결과는 참담했다. 이엘은 아까보다 더 강한 힘으로 승윤을 내동댕이쳤다. 거친 파열음과 함께 승윤의 몸은 안개 속으로 사라졌다.

승윤은 고통에 찡그리며 사방을 두리번거렸다. 순간 승윤은 자신을 향해 날아오는 무인가를 삽아챘다. 그것은 '애플'이었다.

"시작해."

이엘은 등 뒤에서 들려오는 낮은 음성에 고개를 돌렸다. 명령의 발원지는 신우였다.
"형……."
승윤은 망설이면서 혈액 팩을 만지작거렸다.
"시간 없어. 빨리!"
신우는 전에 없이 승윤을 채근했다. 승윤은 착잡한 눈길로 혈액 팩을 바라보다가 결심이 선 듯 핏물을 들이켰다.

꿀꺽, 꿀꺽, 꿀꺽.

탐스럽게 핏물을 들이켠 승윤은 술기운이 오르듯 나른한 기분을 느꼈다. 그의 눈에 돌던 푸른빛이 더욱 강한 기운으로 타올랐다.

투둥, 투둥, 투둥…….

빛이 더해진 동공에 파도가 일렁였다. 상처 입은 승윤의 몸도 빠른 속도로 재생되었다. 승윤은 제 몸을 감싼 열기에 자신감을 느꼈다.
"기분, 끝내주네."
승윤은 충만한 기운을 실어 이엘을 향해 발걸음을 옮

겼다. 반대편에 있던 신우도 이엘 쪽으로 점점 포위망을 좁혀왔다. 이엘은 그런 두 사람을 번갈아 보며 냉소를 날렸다.

"하신우가 어지간히 급했나 보네. 피를 다 동원하시고."

이엘은 신우를 쏘아보며 빈정거렸다.

"악마를 잡으려면 같이 악마가 돼야 하니까."

신우는 싸늘하게 대꾸하며 이엘과의 거리를 더욱 좁혔다.

"하여간 넌 끝까지 이기적이야. 악마가 되려면 네가 직접 돼야 하는 거 아닌가?"

"난 이미…… 악마니까."

신우는 독을 품은 냉소와 함께 거칠게 선제공격을 했다. 이엘은 자신 있게 발을 뻗어 반격에 나섰다. 하지만 신우는 가볍게 이를 피했다. 이엘은 큰 원을 그리며 휘청거렸다.

"이번엔 내가 가르쳐줄게. 네가 잊고 있는걸."

신우는 쉴 새 없이 이엘을 향해 주먹을 날렸다. 이엘은 분주하게 몸을 놀려 그의 공격을 피했다.

"네가 마셔버린 피를 믿기엔 시간이 너무 많이 지나버렸어. 능력치를 다 쓰고 나면 완전히 방전되는 건 시간문제니까."

신화의 재림 133

신우는 싸늘히 웃으며 이엘의 턱을 가격했다. 이엘은 초점을 가다듬고 날아드는 주먹에 대비했다. 그러나 그의 몸은 주인의 의지와 상관없이 허공을 날아다녔다. 신우의 발이 그의 복부를 가격한 직후였다. 정통으로 공격당한 이엘이 앞으로 고꾸라졌다. 신우는 그 순간을 놓치지 않고 여세를 몰아갔다.

"그리고 넌 애플의 힘을 빌리지 않고서는…… 절대로 날 이길 수 없어."

 이엘은 조용히 신우의 말을 되뇌었다. '절대로 이길 수 없어.' 그것은 일종의 세뇌였다. 어린 시절부터 쉬지 않고 이어진 주문이었다. 신우는 언제나 이엘의 귓가에 자신을 절대 이길 수 없다고 속삭여왔다. 그 사악한 속삭임은 언제나 이엘을 무력하게 했다. 그 낯익은 도돌이표는 이엘을 순식간에 무너지게 했다.

 그사이 신우는 이엘의 턱을 향해 주먹을 날렸다. 이엘은 비틀거리는 몸을 간신히 잡아 세운 뒤 훌쩍 뛰어올랐다. 도망칠 심산이었다. 그러나 거침없는 승윤의 발차기가 그의 앞을 가로막았다. 연속으로 공격받은 이엘은 결국 바닥에 쓰러졌다.

 그는 탈진한 채 하늘을 올려다봤다. 승윤은 야릇한 미소로 그런 이엘을 내려다봤다. 흥분이 가라앉지 않은 모양이었다.

"미안해, 형. 꼭 한 번은…… 나도 이래 보고 싶었어."

*

밀실의 한쪽 벽은 온통 유리였다. 남쪽으로 낸 유리 너머로 햇살이 쏟아져 들어왔다. 이엘이 감은 눈을 파르르 떨었다. 황량한 빈방에 누워 있던 이엘은 반사적으로 몸을 웅크렸다. 그러다 이내 공격이라도 받은 듯 비척거리며 구석진 자리로 걸음을 옮겼다. 햇빛을 피하기 위해서였다. 이엘은 협소한 그늘에 의지해 몸을 웅크렸다. 처연한 맨발이 자꾸만 안으로 파고들었다.

"…… 이젠 날 말려 죽이시겠다?"

독기를 품은 이엘의 독백이 쓸쓸한 공간에 흩어졌다.

이엘이 밀실에 갇혀 있었음에도 집 안 풍경은 여느 날과 다르지 않았다. 식탁은 여전히 싸늘했고 신우의 표정은 언제나처럼 무표정했다. 그는 담담한 기색으로 가볍게 식사를 했다. 곁에 앉은 유민 역시 같은 표정으로 음식을 오물거렸다. 아직 피의 향취에서 놓여나지 못한 승윤만이 이따금씩 힘든 기색을 보일 뿐이었다. 그는 머리가 지끈거리는지 시종일관 이마에 손을 가져가며 물을 들이켰다. 준수는 그런 세 사람 틈에서 눈치를 살피기에 여념이 없었다.

"어쩔 생각이야?"

서서히 정신이 맑아진 승윤이 이엘의 안부부터 챙겼다. 신우는 대답 없이 채소를 입안에 밀어 넣었다.

"진짜 작은형 저대로 둘 거야? '아담'도 없이 저렇게 가둬두면 진짜 타 죽을지도 모른다고."

"자업자득이야."

"형!"

승윤은 강하게 불만을 표했다. 평소 자신의 의견을 드러내지 않던 승윤이지만 이번만은 달랐다. 가족이 고통받는 것을 두고볼 수 없는 노릇이었다.

"그럼 멋대로 사람들 죽이고 돌아다니는 걸 가만히 두고 보란 말이야? 살인자의 죄를 덮어주는 건…… 하준수 하나로 족해."

신우는 수저를 내려놓으며 신경질적으로 쏘아붙였다. 유민은 곁눈으로 준수를 살폈다. 준수는 긴장한 기색이 역력했다.

"어떤 경우에도 인간의 피를 입에 대는 건 안 돼. 절대로…… 용서 못 해."

신우는 마지막 말끝에 힘을 실었다. 스스로를 향한 다

짐이었다.

"그럼, 난? 어제 이엘 잡겠다고 형이 나한테 먹였잖아. 그럼 나도 같이 가둬야 하는 거 아니야?"

"하승윤!"

"어떤 경우에도 용서 못 한다며?"

승윤은 자리에서 벌떡 일어났다. 정말로 화가 난 모양이었다. 신우 역시 그런 그의 마음을 이해했다. 그리고 이엘을 감싸고 돌 수 있는 승윤이 진심으로 부러웠다. 그것은 그에게 불가능한 일이었다.

"그럼, 다른 답이 있어? 이엘이 제멋대로 사람을 죽이고 다니는데 그냥 보고 있어야 할까? 그래? 정말 그래?"

신우는 차분하게 반문했다. 승윤은 선뜻 그 물음에 답하지 못했다. 언제나 대안은 없었다. 그 대안 없는 일들에 악역을 자처하고 나서는 것은 늘 신우였다. 사실 이번 일도 그랬다. 그럼에도 이번 일은 어쩐지 부당하게 느껴졌다. 그러나 승윤은 선뜻 제 의견을 입에 올리지 못했다.

"나…… 너까지 잃긴 싫다."

신우는 담담히 속내를 털어놓고는 식탁을 나섰다. 누구도 그의 걸음을 잡지 않았다.

"이엘 삼촌 어쩔 셈이야?"

신우를 따라붙던 유민이 물었다.

"아직은…… 모르겠어."

신우의 말은 진심이었다. 그는 제 안에 움트는 감정을 정확히 읽어내지 못했다. 이엘에 대한 감정 또한 마찬가지였다. 미움인지, 연민인지, 질투인지, 혹은 미안함인지. 언제나 이엘에 대한 속내는 미로처럼 복잡하기 짝이 없었다.

"나도 모르겠어. 삼촌은 이엘 삼촌이 그냥 싫은 거야?"

"그거랑은 상관없어."

"그럼 순전히 피에 손댔다고 잡아들였다는 거야?"

"아마도…… 그게 다는 아니겠지."

신우의 쓸쓸한 고백에 유민은 피식 웃었다.

"내가 이래서 삼촌을 좋아한다니까."

"뭐가?"

"적어도 거짓말을 하지는 않잖아. 순전히 이곳을 지키기 위해서라고 했으면, 아마 삼촌한테 실망했을 거야."

유민은 신우의 솔직함에 대한 감상을 전하고는 창밖을 바라봤다. 12월의 한파에 걸맞지 않은 청명한 날씨였다. 유민은 하늘을 달구는 태양의 뜨거움에 진심으로 안타까움을 느꼈다.

한낮이 되자 밀실의 그늘은 더 좁아졌다. 덕분에 이엘은 아까보다 더 몸을 웅크려야 했다. 그러다 이엘은 돌연 벌떡 일어섰다. 이대로 처분만 기다리고 있는 것은 그의 자존심이 허락하지 않았다. 어떻게 해서든 당당히 맞서야 했다. 생각이 거기에 이르자 그는 한시도 그 자리에 머물 수 없었다.

 이엘은 입구를 향해 걸음을 옮겼다. 햇빛의 공격을 받은 이엘은 고통에 눈살을 찌푸렸다. '아담'으로 보호받지 못한 피부는 자외선에 속수무책이었다. 그 짧은 순간에도 그의 표피는 습기를 잃고 바싹 마르기 시작했다.

 이엘은 자신을 가로막은 육중한 문과 마주 섰다. 그는 고의적인 각성을 끌어내리려 눈을 감았다. 하지만 체온은 좀처럼 오르지 않았다. 탈진한 상태니 당연한 결과였다. 어쩔 수 없이 그는 사력을 다해 문을 걷어찼다. 물론 결과는 참담했다. 이엘은 비명을 지르며 물러섰다. 화상을 입은 발가락이 벌겋게 부풀어 올랐다.

"소용없다는 거 알잖아."

 문밖에서 메마른 목소리가 들려왔다. 준수였다. 이엘은 싸늘한 눈길로 보이지 않는 상대를 쏘아봤다.

"기억 안 나? 40년쯤 전이었나? 승윤이 형. 여기 갇혀 있었을 때."

창살 너머 준수의 상념이 전해졌다. 그 찰나의 진심에 이엘의 날 선 기운도 잠시 무뎌졌다.

"그 자식 볼만했지. 울고불고. 10분 정도 있었나……."

"그랬었지."

이엘은 헛웃음과 함께 화상 입은 자리를 살폈다. 급격히 떨어진 체력 탓에 상처는 아물지 않고 그대로 있었다. 걸음을 옮기자 발바닥에서 진물이 나왔다. 그는 벽에 기대앉았다. 갑자기 모든 것이 공허했다. 한 세기 만에 느껴보는 육신의 고통에 분노도, 집착도 잠시나마 무뎌졌다.

"약속해줘. 날 도와준다고 약속하면…… 무슨 수를 써서라도 내가 설득해볼게."

준수는 사뭇 비장했다.

"미친놈, 네가 하신우를 설득해? 무슨 수로? 잊었어? 너도 나랑 공범으로 찍힌 거."

이엘은 가차 없이 그의 말을 비웃었다.

"지금 나 말고 믿을 사람 있어? 지금은 승윤이 형까지 다 한편이라고."

틀린 말은 아니었다. 하지만 준수에게는 힘이 없었다. 이 집은 그들에게 있어서 작은 세계였다. 비록 가족의 군집을 이루는 다섯 명의 구성원이 전부였지만 이들은 서로를 증오하면서도 맞물려 살 수밖에 없는 운명을 지니고 있었다. 그런 까닭에 이들은 질서가 필요했고, 그에 대한 책임은 신우가 지고 있었다. 말하자면 서글픈 소왕국의 왕좌를 거머쥔 셈이었다. 그 자리에서 준수의 위치는 역적에 다름없었다. 유민을 뱀파이어로 전락시켰다는 점과 그 실수를 만회하기 위해 인간의 피를 탐하고 있다는 측면에서 그랬다.

"네가 그렇게 내 생각을 끔찍이 한다면 지금 열어. 넌 열 수 있잖아. 그 문. 그저 은으로 된 것일 뿐이니까."

이엘은 일부러 준수의 약점을 끄집어냈다. 어쭙잖은 말을 막아보려는 심산도 있었지만 미미하나마 그에게거는 실낱같은 기대도 있었다. 그러나 기적은 일어나지 않았다.

"하지만 열면 신우 형 손에 죽겠지."

두려움에 젖은 노인의 목소리에 이엘은 코웃음을 쳤다. 한순간이나마 준수에게 기대를 걸었던 스스로에 대한 조소였다.

"헛소리 집어치우고 하신우 불러."

이엘은 싸늘히 화제를 돌렸다.

"소용없어. 알잖아."

"그럼 나보고 그 자식 마음 바뀔 때까지 버티다 이 안에서 말라 죽으라는 거야?"

"그런 게 아니라……."

이엘이 언성을 높이자 준수는 어쩔 줄 몰라 하며 머뭇거렸다. 사실 그가 할 수 있는 일은 아무것도 없었다. 그러나 돕고 싶은 마음만큼은 진심이었다. 자신에게 털끝만큼이라도 해가 되지 않는 선에서 말이다.

"필요 없어. 시끄러우니까 꺼져."

"형……."

준수는 무언가 말을 건네려고 문에 바짝 붙었다. 그러다가 유민의 기척에 입을 다물었다.

"이럴 줄 알았어. 남이야 죽거나 말거나 구질구질하게 빌붙어서 어떻게 하면 자기한테 더 득이 될까 궁리만 하고 있지, 당신이란 사람은."

유민은 적개심을 드러내며 준수를 몰아세웠다.

"유민아!"

준수는 저도 모르게 언성을 높였다. 그의 얼굴은 자제심을 잃고 벌겋게 달아올라 있었다.

"진짜 이상해. 왜 사람들은 진실을 말하면 화를 내는 걸까?"

준수는 지그시 마른 입술을 깨물었다. 더 이상 이야기를 끌어봐야 득이 될 것이 없었다. 딸과의 싸움에 있어서 준수는 언제나 패자일 수밖에 없었다. 그는 감정을 억누르려고 주먹을 꼭 쥐었다. 거칠거칠한 손등 위로 창백한 핏발이 섰다.

"당분간은 숨죽이고 있는 게 좋을 거야. 큰삼촌이 당신을 건드리지 않는 건 운이 좋게도 당신이 인간이기 때문이니까."

유민은 모멸감에 돌아서는 준수의 등 뒤로 조롱을 던졌다. 그러나 준수는 더 이상의 대응 없이 모습을 감췄다. 준수가 사라지자 유민은 창살 틈으로 약병을 밀어넣었다. '이브'가 든 병이었다.

"틀어박혀서 이거나 열심히 먹어봐. 혹시 알아? 곰도 마늘을 먹으면 사람이 된다던데, 삼촌도 그렇게 될지."

그녀는 비웃음과 함께 휠체어를 돌렸다. 그러자 그녀의 등 뒤로 둔탁한 마찰음이 돌려왔다. 이엘이 약병을 집어 던진 것이었다.

*

"하아, 머리야. 많이 마시면 후유증 남는 건 피나 술이나 똑같네."

승윤은 심란함을 떨치지 못해 터벅터벅 걸었다. 그는

언제나 같은 동선으로 산책을 하곤 했다. 화려한 조명이 반짝이는 도심의 한복판이 주된 경로였다.

신우나 이엘이 인적이 드문 숲길을 이용하는 데 반해 승윤은 도심의 거리를 좋아했다. 동시대 젊은이들이 누리는 문화를 공유하고 싶은 까닭이었다. 그런 이유로 그는 틈나는 대로 번화가를 돌며 유행하는 옷이나 인기 있는 영화를 골라 보며 여가를 즐기곤 했다.

승윤은 언제나처럼 유흥가를 가로질러 빌딩숲에 들어섰다. 그러자 길 건너편으로 낯익은 그림자가 쪼그려 앉아 있는 것이 보였다. 그는 무심히 동공을 조여 상대를 확인했다. 민조였다. 그녀는 여전히 이엘과 준수가 벌인 사고에 대해 조사하는 모양이었다. 승윤은 불안함과 반가움을 동시에 품으며 그녀에게 다가갔다.

"별거 못 건졌다면서 왜 또 여기 있어요?"

승윤은 친근하게 그녀의 곁에 쪼그려 앉았다. 민조는 사진 한 장을 손에 쥔 채 골똘했다.

"건진 건 없는데 찜찜해서요."

"뭐가요?"

"이 사진 좀 봐요."

민조는 경계심 없이 승윤에게 사진을 건넸다. 지난번에 발견한 혈흔 자국을 촬영한 것이었다. 승윤은 사진을 받아 들고는 이리저리 살펴봤다.

"뭐가 보이긴 보여요? 이건 뭐 밤에 찍어서는…… 핀지 뭔지……."

"안 보여요? 이상하다? 이거 그쪽이 찾아낸 건데. 몰라요?"

"그런가? 난 사실 냄새로 찾는 거라."

승윤은 겸연쩍게 웃으며 코를 킁킁거렸다.

"냄새요?"

"피비린내 말이에요."

"호오, 대단하네. 빗물에 다 씻겨서는 흔적도 찾기 힘든 걸 냄새로 찾았단 말이에요?"

민조는 그제야 승윤을 제대로 마주 봤다. 호기심 어린 그녀의 눈이 새삼스레 승윤의 얼굴을 훑었다.

"내가 좀 디테일에 강해요. 특히 이 코! 내가 코팩 광고 모델도 했다니까요?"

승윤의 현재 직업은 부분 모델이었다. 실제 그의 꿈은 배우였지만 변치 않는 얼굴로 대중의 앞에 서는 것은 자살 행위나 다름없었다. 이에 승윤은 꿈과 현실의 접점으로 부분 모델을 택했다. 얼굴을 제외한 살난 육체를 드러낼 수 있다는 점에서는 꽤나 적절한 선택이었다.

"모델이었어요?"

신화의 재림 145

민조의 호기심에 승윤은 괜히 뻐기며 세차게 고개를 끄덕였다. 하지만 그녀의 감탄사는 그런 상황에서 뻔히 나옴직한 일반적인 추임새에 불과했다. 애석한 일이었다.

"암튼 좀 봐요. 이거 모양이 좀 이상하지 않아요?"

"뭐가요?"

승윤은 다시 사진으로 눈길을 돌렸다. 민조는 꼼꼼하게 사진을 짚어가며 설명을 시작했다.

"여기 비말흔…… 그러니까 피가 떨어지는 속도 때문에 생긴 모양인데…… 아무리 교통사고라지만 이런 모양 쉽지 않거든요."

"모양을 보면 뭘 알 수 있는데요?"

"속도요."

"속도?"

"피가 날리는 속도요."

"아!"

"이 정도로 피가 튀려면 차가 시속 300킬로미터 이상은 달리다가 10초 이내에 완벽하게 정지해야 가능한 상황이랄까?"

"한마디로 초현실적이라는 거네요?"

"응, 뭐…… 모양만 보면 그런데…… 이건 뭐, 루미놀 검사해봤자 반응도 안 나오고."

민조는 답답함에 애꿎은 사진만 만지작거렸다. 거리의 핏자국은 이미 사라진 지 오래였다.

"…… 이 사진, 나 가져가도 돼요?"

혼자 골똘하던 승윤이 입을 열었다.

"사진을요? 왜요?"

"이상하다면서요. 연구해봐야지."

승윤은 속내를 감추고 민조의 성향에 보조를 맞췄다.

"뭐, 그래요. 어차피 난 또 뽑으면 되니까. 대신 무언가 꼭 알아내야 해요."

민조는 선선히 수락했다. 야무진 다짐과 함께였다. 승윤은 민조의 연락처까지 건네받고 다음을 기약했다.

민조와 헤어진 승윤은 곧바로 밀실로 향했다. 보나 마나 민조가 쫓는 사건의 주범은 이엘이었다. 그러니 어떤 식으로든 주의를 줄 필요가 있었다. 신우의 말이 옳았다. 감당해야 할 식습관과는 별개의 문제였다. 어쨌거나 그들 역시 인간과 공생해야 할 운명이었다. 그렇다면 주목받을 만한 행동은 하지 않아야 했다.

밀실은 온통 황금빛이었다. 이엘은 길어진 그림자에도 여전히 미동이 없었다. 승윤은 창살 니머로 그런 이엘을 안타깝게 바라봤다.

"나야, 형."

승윤은 무겁게 말을 걸었다. 하지만 이엘은 입을 열지 않았다.

"미안해."

담백한 사과였다. 그 잔잔한 울림에 이엘의 진공이 깨졌다.

"신우 형은 내가 설득해볼게."

승윤은 차분했다. 구질구질하게 제 심정을 털어놓고 싶지는 않았다. 변명이라는 것은 언제나 따분하니까.

"같이 잡아넣을 땐 언제고."

이엘은 피식 웃으며 마른 입술을 달싹였다.

"알잖아. 신우 형이 하는 말은…… 거부할 수 없다는 거."

승윤의 대답에서 옅은 한숨이 묻어났다. 이엘은 내심 그의 말을 납득했다. 하지만 가슴 한구석에서 반발심이 치미는 것만은 어쩔 수 없었다.

"너는 왜…… 하신우를 거부하지 못하는 거야?"

이엘이 맥없이 물었다. 그는 탈진한 몸을 벽에 의지해 겨우 버티고 있었다. 그림자에 묻힌 회벽의 냉기가 그의 세포에 스며들었다.

"그야…… 버팀목이니까."

창살 너머 승윤의 목소리는 늦은 오후의 햇살처럼 나른했다. 이엘은 그 따뜻한 기운에 새삼 노곤해졌다. 이상하리만치 경계심을 누그러뜨리는 목소리였다.

"신우 형이 틀릴 때도 있지만 대부분 옳았잖아. 믿을 만한 버팀목이라면 설령 가끔 실수할 때가 있더라도 따르는 게 맞다고 생각해. 그래야…… 모두가 흔들리지 않을 테니까."

이엘은 쓰게 웃었다. 내키지는 않았지만 자신도 모르게 무의식적으로 동의하던 이야기였다.

"똑똑하네. 그래서? 이번에 날 잡아넣은 건 어떻게 생각해? 하신우의 오판인가……? 아니면 신뢰할 만한 지도자의 결정인가?"

"나도 가끔 애플을 얻어먹은 입장에서…… 미안한 얘기긴 하지만, 어쨌거나 사람들을 직접 헤쳐가며 피를 얻는 건 위험하다고 봐."

승윤은 말을 맺으며 창살 너머로 무언가를 건넸다. 민조에게 받은 사진이었다. 이엘은 물끄러미 바닥에 떨어진 사진을 응시했다. 바짝 당겨진 그의 망막으로 참극의 자취가 비쳤다. 이엘은 저도 모르게 사진을 외면했다. 새삼스러운 가책의 증거였다.

"여자애 하나가 형이 낸 사고…… 뒤를 캐고 있어. 엉뚱한 애긴 하지만 멍청한 애는 아니거든. 이번 건은 내가 보기엔 밝혀내기 어려운 일이지만 앞으로는 조심하는 게 좋을 거야."

이엘은 멍한 눈길로 다시 사진을 봤다. 메마른 회색 땅에 스며든 누군가의 차가운 피가 그의 심장을 조여오고 있었다.

"그런 측면에서 보면, 신우 형 입장에서는 당연한 결정이었어."

"당연……하다."

승윤의 말은 일종의 선고처럼 이엘의 가슴속에 내려앉았다. 이번에도 다르지 않았다. 신우는 언제나 옳았다. 하지만 종종 옳지 않았다. 특히 이엘에게는.

*

모퉁이를 도는지 버스가 유난히 덜컹거렸다. 수안은 그 움직임에 따라 맥없이 흔들렸다. 그녀는 복잡한 머릿속을 정리하기 위해 천문대로 향하는 중이었다. 하지만 이어폰 너머로 들려오는 이엘의 연주는 수안의 속내를 더욱 혼란스럽게 헤집었다.

가면을 벗은 피아니스트 이엘은 하준수의 아들이었다. 적어도 수안에게는 그랬다. 그리고 그는 20년 전 산타와 같은 향기와 냉기를 품고 있었다. 그런데 자꾸만 불안했다. 어쩌면 이 모든 일이 착각일지도 모른다는 불안감이 그녀를 엄습했다. 그러다 수안은 저 홀로 도리질했다. 분명 모든 것을 눈으로 보고 손으로 느꼈다. 그러니 가짜일 리 없었다. 절대로.

맥없이 눈길을 돌리던 수안은 문득 옆자리의 남자가 읽고 있는 신문에 시선을 빼앗겼다.

> 무대를 장악한 '악마의 미소', 피아니스트 '이엘' 가면을 벗다.

같은 시각, 신우 역시 신문을 보고 있었다. 그는 꼼꼼한 눈길로 기사를 읽어 내려갔다. 예상대로 언론은 이엘의 정체를 두고 설왕설래했다. 그러나 공연 중 일어난 돌발 상황에 대해서는 누구도 증거를 쥐고 있지 못했다. 자신들의 눈으로 확인한 천재 피아니스트의 빛나는 외모에 대해 각자의 수식어로 찬사를 늘어놓을 뿐이었다. 눈앞에 쌓아둔 신문을 모조리 확인한 신우는 이엘이 갇힌 밀실로 향했다.

밀실은 햇살이 잘 드는 별채에 있었다. 난정한 회벽으로 이루어진 공간은 채광을 고려한 설계로 안락한 느낌을 주었다. 물론 뱀파이어들에게 그 포근함은 독이었다.

신우는 정원을 가로질러 밀실 입구에 마주 섰다. 은으로 만든 육중한 문이 서늘하게 빛나고 있었다. 일반적인 철제문은 뱀파이어의 힘으로 능히 부숴버릴 수 있는 탓에 특별히 고안된 것이었다. 신우는 위협적인 은의 광채에서 새삼스러운 위협감을 느꼈다.
 "구경이라도 하러 온 건가, 내 꼴이 궁금해서?"
 먼저 말을 건넨 쪽은 이엘이었다.
 "이수안…… 정체가 뭐야?"
 신우는 단도직입적으로 물었다. 그러자 창살 너머로 발작적인 웃음이 터져 나왔다.
 "누군지도 모르는 여자한테 왜 접근하는 건데?"
 이엘은 비척거리며 걸음을 옮겼다. 황금빛 햇살이 그의 등 뒤로 쏟아졌지만 그는 인상을 찡그리면서도 굳이 신우 앞에 마주 섰다. 창살을 사이에 둔 이엘의 눈에는 살기가 일렁이고 있었다.
 "그 여자…… 초음파를 들었어. 공연장에서 내가 너한테 초음파로 말했을 때, 내 소리를 들었다고!"
 이엘은 일순 얼굴이 굳었지만 이내 그 흔적을 지웠다. 그러나 신우는 그 찰나의 흔들림을 놓치지 않았다.
 "이수안이 누군지, 그 목걸이를 왜 가지고 있는지 넌 알고 있잖아!"

"글쎄."

"말해. 지금까지 이수안을 보살펴온 이유가 뭐야?"

"넌 뭐든지 이유가 있어야 하지? 돕는 일도, 그리고 사랑하는 일도. 이유가 있고, 목적이 있고, 얻는 게 있어야 하지?"

순간 이엘의 입가에 비웃음이 스쳤다. 신우는 그 뒤틀린 표정에서 다음에 튀어나올 말을 읽어냈다. 그리고 그의 예상은 적중했다.

"운하한테도…… 그랬잖아?"

"닥쳐."

"운하한테 바랐던 건 뭐야? 네가 미친 듯이 마셔대던…… 그 아이의 피였나?"

이엘은 노골적으로 신우를 조롱했다.

"닥치라고 했지!"

신우는 고성과 함께 요란하게 문을 열어젖혔다. 당장이라도 이엘을 끝장낼 기세였다. 이엘은 그때를 놓치지 않고 날렵하게 몸을 날렸다. 사실 애초부터 신우를 도발해서 탈출할 심산이었다.

그러나 장시간 햇빛에 노출된 몸은 종잇장처럼 휘청거렸다. 신우는 그런 이엘을 인정사정없이 유리창으로 던져버렸다. 분노를 실은 초인적인 힘에 강철 같던 유리

벽이 가루처럼 부서져 내렸다.

  이엘은 바닥에 나뒹굴며 쏟아져 내리는 유리 비를 맞았다. 매정한 유리 조각이 스치는 자리마다 붉은 피가 배어났다. 그러나 이엘의 눈가에 어린 조롱은 지워내지 못했다. 신우는 거침없이 날을 세우며 그런 이엘을 향해 주먹을 날렸다.

  "형…… 제발…… 제발 이러지 마, 형……."

  요란한 파열음에 달려온 승윤이 신우를 만류했다. 하지만 신우는 진공상태였다. 그는 제 가슴에 바람이 들어찰 즈음에야 폭주를 멈췄다. 이엘은 맥없이 맞고 늘어진 채 제 입술의 피를 닦았다.

  한바탕 소란을 뒤로하고 신우는 거리로 나섰다. 그에게는 그것이 최선이었다. 그렇게 자리를 비우면 이엘을 끌어내서 위로하는 몫은 남은 가족들이었다.

  겨울의 쇼윈도는 너 나 할 것 없이 화려한 자태를 뽐냈다. 신우가 서 있는 곳도 그중 하나였다. 신우는 초승달 모양의 목걸이에 시선을 빼앗겼다. 그는 그 청아한 자태에서 운하의 목소리를 끄집어냈다.

  난 내가 꼭 달 같아. 달의 얼굴은 태양과의 거리에 따

라 달라지잖아. 네가 움직일 때마다 내 일상이 달라지는 것처럼.

  한참을 주저하던 신우는 결국 매장으로 들어섰다. 문을 열자 따뜻한 공기가 훅 끼쳐왔다. 돌덩이처럼 얼어 있던 뺨이 후끈거렸다.
  "밖에 있는 달 목걸이 좀 볼 수 있을까요?"
  "그럼요, 잘 안 나오는 디자인이라 선물하면 후회 안 하실 거예요."
  점원은 상냥한 미소로 목걸이를 건넸다. 순간 무심히 목걸이를 건네받은 신우는 얼굴을 찡그리며 그것을 떨어뜨렸다. 신우는 애써 당혹감을 감추며 점원을 안심시켰다. 그는 포장을 부탁했고 상대는 민첩하게 상자를 끄집어냈다.
  그사이 신우는 제 손바닥을 들여다봤다. 목걸이가 닿은 자리마다 가늘고 길게 화상 자국이 올라왔다. 은 때문이었다. 신우는 그 흔적이 보기 싫어서 손을 꼭 그러쥐었다.

  그가 매장에 머문 사이, 거리는 은빛으로 옷을 갈아입었다. 갑작스러운 폭설이었다. 그는 저문 걸음으로 길게 발자국을 남겼다. 목적지 없는 동선이었다.

그러나 무의식이라는 놈은 성능 좋은 나침반이 되어 그를 '헤라'로 이끌었다. 신우는 옥상을 올려다보며 망막을 조였다. 그러자 뽀얗게 올라오는 입김 사이로 수안의 모습이 보였다. 그는 주저함 없이 옥상으로 올라갔다.

"여긴 어쩐 일이에요?"

수안이 밝은 미소로 맞았다. 반가움이 깃든 목소리는 청량했다.

"보기보다 고지식하네요. 그런 걸 궁금해할 줄은 몰랐는데."

신우는 계산하지 않은 말을 쏟아냈다. 목적을 갖고 그녀에게 접근하는 것은 분명 사실이었다. 그러나 방법에 대해서는 아무것도 정한 바가 없었다. 확실한 것은 일단 그녀의 믿음을 얻어야 한다는 것뿐이었다.

"이게 뭐예요?"

신우가 건넨 상자를 받아든 수안이 물었다.

"열어봐요."

수안은 조심스레 상자를 열었다. 그러자 초승달 모양의 목걸이가 그녀를 마주했다. 손가락 한 마디 정도 되는 크기의 펜던트는 가감 없이 담백한 자태로 수안의 마음을 사로잡았다.

"나 때문에 샀어요?"

수안은 의아한 눈으로 신우를 바라봤다. 하지만 말끝에는 설렘이 묻어났다.

"고백하자면 그건 아니에요. 그런데 사고 보니 주인이 그쪽인 것 같아요."

"솔직해서 좋네요."

수안은 피식 웃었다.

"어릴 때 신부님께 그랬어요. 하늘에 있는 달이 갖고 싶다고. 그랬더니 신부님은 달을 따달라고 졸라댄 꼬마 공주 이야기를 들려주셨어요."

수안이 이야기를 늘어놓는 사이 신우는 가만히 그녀를 살폈다. 그녀는 마치 꿈이라도 꾸듯 제 말을 이어가고 있었다.

"왕은 공주의 소원을 들어주려고 수학자도 부르고, 마법사도 부르고, 천문학자도 불렀지만 아무도 공주가 원하는 달을 따줄 수 없었대요."

"하지만 결국 공주는 원하는 걸 얻었겠죠?"

"그럼요, 동화니까요."

수안은 초승달 같은 눈으로 웃었다.

"공주가 원하는 달은 수학자가 말하는 것처럼 엄청난 크기의 달도 아니었고, 천문학자가 말하는 것같이 차가운 돌덩이도 아니었어요. 그저 제 손톱만 한 달 모양이었죠."

신우는 싱거운 웃음으로 맞장구를 쳤다. 그러나 가식은 없었다. 신우는 이야기 속 공주에게서 그녀를 봤다.

"달이 뜨는 날 엄지손가락을 하늘에 올리면, 달의 크기가 공주의 손톱하고 꼭 같은 크기로 빛났거든요. 결국 공주는 꼭 엄지만 한 달 모양 펜던트를 갖고서야 만족했데요. 그런데 난 그 공주만큼 순진하진 않았던 것 같아요. 진짜 달이 갖고 싶었거든요."

"그 소원은 아직 못 이뤘겠군요."

"아니요, 전 가졌어요."

수안은 당돌한 웃음으로 신우를 마주 봤다.

"진짜 달을 갖고 싶어요?"

"글쎄요."

거침없이 밀고 들어오는 그녀의 정공법에 신우는 잠시 주저했다. 지금 멈추지 않으면 헤어날 수 없을 것 같았다.

"원한다면, 줄게요."

수안은 달을 향해 망원경을 조준하고 아이피스 앞에 손을 펼쳤다. 그러자 하늘의 달이 망원경의 반사거울에 부딪쳤다가 다시 부경에 반사되어 수안의 손바닥 위로 모습을 드러냈다. 수안은 그때를 놓치지 않고 잽싸게 손을 그러쥐었다. 그러자 달은 옴짝달싹하지 못하고 그녀의 주먹 안에 갇혀버렸다. 수안은 제 손에 있는 달을 가만히 신우의 가슴팍에 밀어 넣었다. 그러자 그녀의 손에 있던 달이 고스란히 그의 심장 속으로 녹아들었다. 마법보다 더욱 신비로운 과학의 주술이었다.

 투둥, 투둥, 투둥, 투둥······.

 찰나의 스침에 신우의 심장이 달음질쳤다. 신우는 저도 모르게 얼굴이 굳었다. 수안 역시 놀라서 제 손을 움츠렸다.
 "손이······ 엄청 차가워요."
 수안이 어색하게 입을 열었다.
 "체질이 원래 그래요."
 "이거 받아요."
 수안은 살갑게 손난로를 건넸다. 천문대에 오를 때면 언제나 지니고 있는 물건이었다. 신우는 순간 멈칫했다. 체온이 오를까 하는 염려에서였다.
 흡혈귀의 몸을 갖게 된 후로 가장 큰 변화는 체온이었다. 그들은 인간들과 달리 30도의 체온을 유지했다. 어

신화의 재림 159

쩌다 외부의 조건에 의해 36.5도를 넘어서면 어김없이 각성을 경험해야 했다. 다른 원인에 의해서 각성이 되는 경우에도 어김없이 체온은 올랐다. 그런 이유로 그들은 언제나 평소의 냉기를 유지하는 데 신경을 곤두세웠다.

"오늘 새로 찾은 별이 있는데 볼래요?"

수안은 그런 신우의 기색을 느끼지 못한 채 손난로를 건네고는 현미경 속 별을 바라봤다. 신우는 맨눈으로 하늘을 봤다. 그녀의 말대로 유난히 반짝이는 별 하나가 있었다. 신우는 그 아름다움을 온전히 느끼지 못하는 제 신세가 새삼 서글펐다. 그러나 그 감정 또한 잠시였다. 그는 서서히 몸에 스며드는 손난로의 열기에 극심한 공포를 느꼈다. 신우는 애써 본능을 누르려고 주먹을 꼭 움켜쥐었다. 파르르 떨리는 그의 손등에 핏발이 섰다. 파랗게 달아오른 눈동자에는 절망감이 스쳤다.

신우는 바닥에 손난로를 떨어뜨리고는 서둘러 자리를 떠났다. 더 이상 버티다가는 그녀에게 정체를 들킬 것 같았다. 아니, 어쩌면 그녀의 목덜미를 물고 그 안에 도는 더운 피를 삽시간에 들이마실지도 모를 일이었다.

신우는 문득 혼란을 느꼈다. 그녀가 천사가 맞는다면 이제 무얼 해야 하는 걸까? 결국은 그녀의 피를 마셔야 하는 걸까? 그랬는데 변화가 없다면 어찌해야 하는 걸까? 그녀가 천사가 아니라면? 혹은 천사라 할지라도 그를 인간으로 돌려놓을 수 없다면?

 투둥, 투둥, 투둥, 투둥…….

 신우는 초조한 마음으로 거리를 질주했다. 그는 마치 사냥꾼에게 쫓기는 날짐승 같았다. 어쨌거나 일단은 체온을 내려야 했다. 다시는, 사람의 피 같은 것은, 맛보고 싶지 않았다. 또다시 살인자가 되는 자책감을 반복할 자신이 없었다.
 신우는 다시 한 줌 바람이 되어 달렸다. 그는 오래지 않아 강변에 다다랐다. 한껏 숨을 몰아쉰 뒤에 다리 위 난간에 섰다. 이어 두 팔을 활짝 벌리고는 몰아치는 바람에 맞섰다. 허공에 몸을 내던진 순간, 그는 새삼 혀끝에 달라붙던 운하의 피를 떠올렸다. 시작은 분명 그녀를 살리기 위함이었다. 그러나 운하의 손이 맥없이 떨어질 때도 그는 탐욕스럽게 그녀의 피를 빨아들였다. 마시면 마실수록 더욱 갈증이 느껴지는 까닭이었다.

 달아, 내가 기억하는 네 피는.

아슬아슬하게 버티고 섰던 신우는 허공에 몸을 맡겼다. 그러자 얼음처럼 시린 강물이 그의 향기를 품었다. 물속으로 가라앉은 신우는 서서히 몸이 식어갔다. 그는 그제야 안도감을 느꼈다.

그런데 그 맛을 떠올리면, 자꾸만 쓴 물이 올라와.

신우는 다시 물 위로 헤엄쳐 올라왔다. 그는 흠뻑 젖은 몸을 이끌고 강둑에 주저앉았다. 완전히 탈진한 그는 지친 기색이 역력했다. 그는 그 상태 그대로 땅과 등을 맞댔다. 하늘에는 별이 가득했다.

*

이엘은 벽에 기댄 채 미동도 하지 않았다. 기력이 없는 탓이었다.
"기쁘지 않은가 봐? 이제 자유인데."
유민은 휠체어에 앉아서 냉소 어린 시선을 보냈다. 이엘은 고요했다. 창백하게 굳어 앉은 그의 모습은 처연하고 아름다웠다.
"재미없어."

유민은 신경질적으로 휠체어 방향을 돌렸다. 그러다가 무언가 생각났는지 가던 길을 멈춰 섰다.

"참, 신우 삼촌은 아마 '헤라'에 갔을 거야. 이수안인가 누군가…… 삼촌이 호호 불어가며 키우던 그 여자애, 거기 있을 테니까."

유민은 일부러 수안의 이름을 말끝에 묻었다. 예상대로 이엘은 격한 반응을 보였다.

"내 앞에서 이수안 이름, 입에 올리지 마."

"왜? 안 돼? 나한테 말한 적 없잖아, 말하지 말라고."

이엘은 빈정대듯 말하는 유민을 뒤로한 채 비척거리며 밀실을 나섰다. 그리고 그 길로 준수의 연구실에 들이닥쳤다. 실수는 있을지언정 어쨌거나 한결같이 그의 편이 되어주는 것은 어쨌거나 준수뿐이었다.

"형 나왔네."

이엘이 난동을 부린 뒤끝이라 연구실은 엉망이었다. 아니, 상황은 그때보다 더 심각했다. 신우가 다녀간 탓이었다. 신우는 실험실의 집기를 전부 부숴버리고 약품을 소진했다. 더 이상의 실험은 꿈도 꾸지 말라는 경고였다.

준수는 이엘의 안부를 챙기면서도 연구실을 정리하는 손길을 멈추지 않았다. 그에게 있어 인간 회귀 실험이란 목숨과도 같은 것이었다. 무슨 일이 있어도 절대 포기할 수 없었다.

"지켜볼 거야. 이수안이 신우 형한테 뭔지."

깨진 시험관을 집어 드는 준수의 손가락에 피가 맺혔다. 순간 준수의 눈가에 분노가 올라왔다. 신우의 몫이었다.

"지켜보면……?"

"이수안이 신우 형의 아킬레스건이라는 게 밝혀지면, 그땐 철저하게 이용해야겠지."

준수는 싸늘히 웃었다. 이엘은 불안했다. 이대로 가다가는 집안 식구 모두가 수안을 둘러싸고 전쟁을 치를 판이었다.

"절대 이대로 끝내지 않을 거야, 절대로. 무슨 수를 써서든 전부 다 돌려놓을 거야. 악착같이 다시 피를 모아서, 어떻게 해서든 실험에 성공할 거라고."

"이수안…… 건드리지 마."

이엘은 오랜 망설임 끝에 입을 열었다.

"뭐?"

"이수안, 건드리지 말라고."

준수는 그제야 분주한 손길을 멈췄다. 이엘에게서 심상치 않은 기색을 읽은 탓이었다.

"그 여자는…… 내 아킬레스건이야."

이엘의 돌발 발언에 준수는 이맛살을 찌푸렸다. 준수는 세월과 함께 연륜을 먹은 노인이었다. 같은 세월을 살았지만 그에게는 농익은 해안이 있었다. 젊은이의 몸에 여물지 않은 치기를 담아 살던 형들과는 다른 대목이었다. 준수는 그제야 수안이 말한 후원인이 신우가 아닌 이엘이라는 사실을 깨달았다.

"어? 와 있었네? 형도 애플 궁해서 온 거야?"

팽팽한 긴장감을 깨고 승윤이 들어섰다. 그의 예상치 않은 등장에 이엘과 준수는 동시에 입을 다물었다. 승윤은 단번에 심상치 않은 기운을 읽어냈다.

"또 하준수랑 둘이만 작당질 하는 거야?"

승윤은 자신의 등장과 함께 침묵하는 두 사람에게 불만을 토로했다. 이엘은 대꾸 없이 문을 나섰다.

"또 저러지 또. 내가 무슨 그림자도 아니고. 허구한 날 저래요."

승윤이 구시렁거리는 사이에 준수는 바닥에 산산조각 흩어진 시험관을 정리했다.

"이게 다 뭐야?"

승윤이 준수 옆에 쪼그리고 앉아 파편을 집어 들었다. 준수는 묵묵히 청소에 열중했다.

"비켜, 내가 치울게."

승윤은 준수를 잡아 일으켰다. 하지만 준수는 고집스레 주저앉았다.

"형이 말을 하면 좀 들어라. 노인네가 쭈그리고 앉아서 그러고 있는 거 진짜 신경 쓰인다고."

승윤의 채근에 준수는 마지못해 의자에 앉았다. 승윤은 바지런한 손놀림으로 정리했다.

"이엘이 성질 부렸어?"

"응."

맥없는 입술에서 한숨 섞인 대답이 새어 나왔다. 승윤은 그럴 줄 알았다는 듯 혀를 끌끌 찼다.

"형치고는 참 못돼먹지 않았냐?"

"그러게."

새삼스러운 서글픔에 준수의 주름이 깊어졌다.

"너 뭐 걱정 있어?"

"그냥, 뭘 위해서 이렇게 사나 싶어서."

"……."

"유민이 그거, 사람 한번 만들어보겠다고 모진 목숨 이어가며 살아왔던 건데……."

준수는 모처럼 진심을 토로하며 흐느꼈다. 승윤은 가만히 노인의 마른 어깨를 토닥였다.

"조금 더 기다려봐. 그 녀석도 괴로울 거야. 그래도 우리는 하고 싶은 거 다 해보면서 사는데 유민이 그 녀석은 그 어린 나이에 뱀파이어가 돼버렸으니……."

"내가 그때 그런 실수만 하지 않았어도…… 차라리…… 그 녀석이 아니라 내가 뱀파이어가 됐어야 했는데."

결국 목멘 한탄은 자책으로 이어졌다.

"자식아, 잊어버려. 네가 그러고 싶어 그랬냐? 그래서 지금 이렇게 노력하고 있잖아. 유민이 사람 만들겠다고, 우리 모두 인간으로 되돌려놓겠다고 이렇게 애쓰고 있는 거 아니냐고."

승윤은 자신이 할 수 있는 최대한으로 늦은 동생을 다독였다. 그러자 100년 전 그때처럼 준수가 승윤의 어깨에 파고들었다. 승윤은 새삼스레 가슴이 먹먹해졌다.

"형……."

준수가 묵직하게 입을 열었다.

"나 꼭 방법을 찾아낼 거야. 모두가 인간으로 돌아갈 방법…… 반드시 찾아낼 거라고."

"그래, 너라면 반드시 해낼 거야."

"그러니까, 무슨 일이 있더라도…… 형은 반드시, 반드시 날 도와줘야 해. 알았지?"

준수는 승윤을 올려다보며 다짐을 받았다.

신화의 재림

"당연하지. 형만 믿어. 이 형이 한번 약속한 건 무슨 일이 있어도 지키는 거 알지?"

승윤은 선선히 고개를 끄덕였다.

"그래, 믿을게."

*

노트북 앞에 앉은 승윤은 심드렁한 얼굴이었다. 이엘과 관련된 사건이 있는지 확인해두라는 신우의 부탁 때문이었다. 승윤은 화면을 주시하며 내내 구시렁거렸다.

"하여간 귀찮은 건 꼭 날 시켜요. 사고는 자기들이 다 치고는 왜 사고 터지면 나보고 수습하래? 어차피 내버려둬도 다들 밝혀내지도 못할 텐데……. 어?"

승윤은 갑작스레 손가락을 분주하게 움직였다.

"피에 미친 남자 이담필이라…… 진짜 별 미친놈의 자식을 다 봤네. 요즘 왜 이렇게 이상한 애들이 많아? 이 자식아, 이 형님이야 말로 그놈의 피 때문에 미치겠거든?"

승윤은 자세를 고쳐 앉으며 내용에 집중했다. 그가 발견한 것은 담필의 기사였다. 매체는 그를 집 안에 틀어박혀 영화나 드라마를 보는 '은둔형 폐인'이라고 소개했다. 그런 그의 성격 탓에 가족들 사이에서도 흡혈귀라 불린다는 첨언도 함께였다. 외출을 안 해서 햇빛을 쪼일 일이 없으니 하얀 얼굴이 어찌 보면 뱀파이어 같기도 하다는 것이 기자의 설명이었다. 덕분에 토마토 주스를 들이켜던 그의 얼굴이 본의 아니게 공포감을 조성했다는 웃지 못할 이야기도 덧붙였다.

담필은 기사를 통해 자신은 '은둔형 폐인'이 아니라 독특한 취미를 가지고 있음을 밝히며 최근 조사에 착수한 사건을 소개했다. 그는 호텔 앞 자동차 파손 사건에 이어 공연장 부근에 가로등이 연쇄적으로 폭발한 일이 있다며 이는 초현실적인 현상 중 하나라고 주장했다. 승윤은 대번에 그것이 이엘의 흔적임을 알아챘다.

승윤은 조바심에 손톱을 자근자근 깨물었다. 승윤에게서는 좀처럼 볼 수 없는 행동이기도 했다. 결국 그는 고심 끝에 전문가의 도움을 받기로 결정했다. 그의 선택은 민조였다.

"갑자기 불쑥 찾아오고 어쩐 일이에요? 뭐 좀 알아냈어요?"

"뭐 딱히 그런 건 아닌데 솔깃할 만힌 얘기가 있어서요."

"그래요? 뭔데요?"

"피를 사랑하는 사람 어쩌고 하는 모임이 있는데, 이

름은 '블러드 홀릭'이라고······."

민조는 승윤이 말을 맺기도 전에 푸웁, 웃었다.

"왜요?"

"이담필 씨 이야기하려고 온 거예요?"

"알아요?"

"당연하죠. 나도 그 모임 운영진 중 하나예요."

승윤은 어처구니가 없었다. 기대한 바는 있지만 이렇게 제대로 맞아떨어질 줄 몰랐던 탓이다. 확실히 피에 대한 민조의 사랑은 상상을 넘어섰다.

"하아······ 어련하시겠습니까. 그럼 그 사람 나 만나게 해줄 수 있어요?"

"흐음······ 여기저기 보여주기 싫은데."

"왜요?"

"내가 좋아하거든요."

"헉······."

"왜요?"

"원래 그런 줄 알았지만 남자 취향도 참 독특하네."

"우리는 정신세계가 통하거든요."

"물론 그러시겠죠. 그런데 난 왜 보여주기 싫다는 건데요? 난 남자잖아요."

"승윤 씨는 너무 예쁘게 생겼어. 뭐랄까? 하여간 사람

같지가 않아."

 민조는 솔직한 감상을 전했다. 승윤은 그런 민조의 평가에 금세 우쭐해졌다.

 "뭐…… 그건 그럴 수도 있겠네요. 그럼 이렇게 하죠."
 "어떻게요?"
 "나한테 이담필을 소개해주면 내가 그 사람 꼬실 수 있는 비법을 전수해줄게요."
 "진짜?"
 "당연하죠. 나 못 믿어요?"
 "믿어요."
 "그럼 계약 성립?"
 "좋아요!"

 동맹은 삽시간에 성사됐다. 두 사람은 십년지기 친구처럼 정답게 마주 보며 웃었다.

*

 신우가 떠난 뒤에도 수안은 하릴없이 천문대를 서성였다. 혹여 말없이 자리를 떠난 그가 다시 돌아와주지 않을까 하는 마음에서였다. 그러나 두 시간을 훌쩍 넘기고도 그는 나타나지 않았다.

이상한 일이었다. 기다리는 것이라면 누구보다 자신 있던 수안이었다. 영원히 나타나지 않을 것 같던 산타를 기다릴 때도 그랬다. 그런데 이번에는 자신이 없었다. 숨을 한 번 들이쉬고 내쉴 때마다 심장이 조여왔다. 째깍거리며 초침이 움직일 때마다 가슴이 미어져 견딜 수가 없었다. 이해할 수 없는 일이었다. 20년이나 꾹 참고 기다려온 사람인데 왜 갑자기 1초도 기다릴 수 없게 된 것인지.

손에 잡힐 것 같으니까.

수안은 저도 모르게 중얼거렸다. 과연 그랬다. 한 걸음만 더 걸으면 잡힐 것 같은데 자꾸만 달아나는 인연이 그녀를 안달하게 했다. 그녀는 새삼스러운 깨달음과 함께 돌아섰다. 더 이상 그를 기다리는 것은 속절없는 일이었다.

순간 그녀의 발아래로 종이비행기가 툭 떨어졌다. 수안은 무심결에 그것을 집어 들었다. 그러자 화사한 프리지아 꽃다발이 그녀의 품으로 날아들었다. 수안은 그 찰나의 순간 설렘을 품었다. 그러나 꽃을 건넨 이는 이엘이었다.

수안은 그를 기억하고 있었다. 그녀에게 그는 한강 다리 위에서 울고 있을 때 수건을 건네준 이였다. 산타의 곁에서는 이유 없이 자신에게 악을 쓴 남자이기도 했다. 하지만 그것이 전부였다. 그녀는 그때도 지금도 이해할 수 없었다. 까닭 없는 그의 관심이.

"너무 티 나네, 달갑지 않다는 거."

이엘은 무표정한 얼굴로 입을 열었다. 화난 것은 아니었다. 그저 꽃을 주고 싶을 뿐이었다. 그것으로 족했다. 이엘은 말없이 돌아섰다.

"저기요."

수안은 괜한 먹먹함에 이엘을 불러 세웠다. 이엘은 조용히 걸음을 멈췄다.

"지난번에, 화내서 미안해요."

수안은 담백한 사과를 건넸다. 그 짤막한 진심에 이엘의 심장이 흔들렸다.

"그만 기다리고 같이 내려가지그래?"

이엘은 결국 참았던 본심을 끄집어냈다.

"기다리는 거 아니에요."

"일부러 널 끌어들여놓고 내팽개쳐두는 거, 이상하다는 생각 안 들어?"

이엘은 망설임 없이 정곡을 찔렀다. 가혹한 기습이었

다. 예상치 못한 급습에 수안은 묘한 반발심이 일었다. 그사이 이엘은 잔인하게 그녀의 상처를 헤집었다.

"이용당한다는 생각…… 안 해봤어?"

"당신이 뭘 안다고 그런 말을 하죠?"

신우를 기다리며 핏발을 세우던 불편한 감정들이 이엘을 향해 날을 세웠다.

"네가 기다리는 사람, 내 형이니까."

이엘은 주저 않고 정공법으로 그녀의 공격에 맞섰다.

"내가 아는 형이라는 사람은 항상 그래왔으니까."

"…… 그런 거였군요."

수안은 다리에 힘이 풀리는지 스르륵 주저앉았다. 이엘은 반사적으로 다가가 그녀를 일으키려 했다. 하지만 수안은 한사코 손을 내저었다.

수안은 모든 일이 혼란스러웠다. 산타와 이엘, 거기에 더해진 신우도 모자라 이제는 그의 동생이라 했다. 어디서부터 꼬였는지 모를 실타래가 그녀의 숨통을 얽매고 있었다. 그러나 한 가지는 분명했다. 진실이 무엇이건, 그 많은 사람들 중에 누가 누구건, 수안이 원하는 이는 단 한 명이라는 사실 말이다.

"그런데요, 난 말이에요. 겁이 나요. 내가…… 이용당할 가치조차 없을까 봐, 그게 무섭다고요."

수안은 스스로도 끄집어낸 고백이 낯설었다. 그러나 진심이었다. 단지 자각하고 있지 못했을 뿐이었으니까.
"그러니까, 당신이 그 사람의 동생이건 누구건 더 이상 내 일에 상관하지 말아줬으면 해요."
 수안은 몸을 추스르며 비상구로 빠져나갔다. 이엘은 절망에 찬 눈길로 멀어지는 발자국을 따라붙었다. 그러나 바닥에 들러붙은 그의 걸음은 차마 그녀를 따라가지 못했다.

 또각, 또각, 또각, 또각.

 수안의 정갈한 걸음은 어린 날 그녀의 것과 같았다. 성장기의 그녀, 심심할 때면 야무진 발걸음으로 숲길을 걸었다. 이엘은 종종 제 모습을 감추고 그녀의 뒤를 쫓곤 했다.
 빨간 케이프코트를 입은 어린 소녀는 연신 주머니에 손을 넣고 바스락거렸다. 그러다 갑자기 걸음을 멈추고는 주먹을 꺼내 펼쳤다. 손바닥 안에는 한 웅큼의 은매화 꽃잎이 있었다.

 이 꽃잎으로 길을 만들어둘게요. 그러니까 꼭 찾아와

신화의 재림 175

야 해요. 알았죠?

 소녀는 소복이 쌓인 꽃잎을 보며 몇 번이고 다짐을 받았다. 산타를 향한 바람이었다. 그녀는 주먹을 헐겁게 쥐고는 사부작거리며 걸었다. 그 다부진 종종걸음에 꽃잎이 따라붙었다. 이엘은 엷은 미소를 지으며 우윳빛 길을 따라 걸었다.

 절대로 나한테 오는 길 잃어버리면 안 돼요.

 소녀는 꽃길이 끝나는 곳에서 멈춰 무심히 돌아섰다. 그러자 알록달록한 초콜릿 상자가 그녀를 기다리고 있었다. 산타의 선물이었다. 수안은 발치에 놓인 상자를 집어 들고 초콜릿을 입에 넣었다. 그녀의 입가에 달콤한 웃음이 녹았다. 이엘의 눈가에도 미소가 고였다.

 너 바보구나. 난 항상 네 곁에 있었는데.

 수안은 오던 방향을 돌렸다. 이엘은 멀어지는 소녀의 뒷모습을 보며 서 있었다. 그리고 바닥에 흩어진 은매화 꽃잎을 하나 주워 들었다.

길을 잃어버린 건 내가 아니라 너야.

 그사이 그녀는 자취를 감췄다. 수안이 있던 숲길에는 황량한 바람이 불었다. 바닥에 있던 꽃길도 허무하게 바람에 날려 사라졌다.

*

 수안은 묵직한 마음으로 건물을 나섰다. 야근이라는 핑계도 더 이상은 통하지 않았다. 이미 자정이 가까워진 시간이었다.
 텅 빈 광장에는 계절에 걸맞지 않은 분수의 물줄기가 반짝거렸다. 수안은 낙심한 얼굴로 광장을 걸었다. 세찬 바람이 옷깃을 파고들자 그녀는 어깨를 움츠렸다. 쓸쓸하게 메아리치는 발소리가 새삼스레 서러웠다. 결국 수안은 치미는 설움을 억누르지 못하고 울음을 떠트렸다.

 뚜벅, 뚜벅, 뚜벅, 뚜벅.

 그녀의 구둣발에 낯익은 발자국이 섞여들었다. 신우였

다. 수안은 눈물을 닦는 것도 잊은 채 빤히 그를 봤다.
"징징대다니. 어린애 같군."
그의 목소리는 얄미우리만치 차분했다. 그 냉정함에 수안은 갑작스레 오기가 치밀었다.
"당신이…… 산타예요?"
수안은 망설이던 물음을 꺼냈다. 순간 신우의 얼굴에 미묘한 동요가 일었다.
"아홉 살 때 날 찾아왔던…… 그 사람 맞냐고요."
수안은 재차 물었다. 그러나 신우는 그녀를 빤히 바라볼 뿐 여전히 입을 열지 않았다.
"20년이나 날 지켜주던 그 사람이 맞냐고 묻잖아요!"
수안은 결국 감정이 폭발했다.
"아니요."
신우는 냉정히 잘라 말했다.
"아니……라고요?"
예상 밖의 대답이었다. 수안은 믿을 수가 없었다.
"네."
"그럼…… 당신은 누구죠?"
수안이 물었다.
"말했잖아요. 하신우라고."
신우가 대답했다. 일말의 자비심도 섞이지 않은 말투

였다.

"그럼…… 당신이 산타가 아니면…… 당신은 그저 이엘일 뿐인가요?"

"난 이엘도 아니에요."

"하지만 그날 무대에서 당신은……."

"자리를 하루 빌렸을 뿐이에요."

신우는 시종일관 당당했다.

"그러면 왜 제가 이엘이냐고 물었을 때 그렇다고 거짓말한 거죠?"

"난 거짓말한 적 없어요. 기억 안 나요? 공연장에서 나한테 이엘이냐고 물었을 때 대답했을 텐데요. 적어도 오늘은……이라고."

그런 식의 얄궂은 말장난이라니. 수안의 뺨이 발갛게 달아올랐다. 분노와 모멸감의 반증이었다. 수안은 정신이 아득해졌다. 하얗게 질려버린 머릿속은 뒤죽박죽이었다. 결국 수안은 되는대로 따져 물었다.

"도대체 왜…… 왜 그런 짓을 한 거예요? 왜 이엘인 척하면서 나한테 장난친 거냐고요!"

이토록 바보스럽다니. 수안은 자신이 원망스러웠다. 종잇장처럼 얄팍한 속임수에 조금의 의심도 품지 않았다니. 한심하기 짝이 없었다.

"당신 마음이, 갖고 싶었으니까."

언어의 무게에 비해 믿을 수 없을 만큼 담백한 말투였다. 분명 진심이었다. 그러나 진심이 아니기도 했다. 신우는 미묘하게 진실의 각을 바꾸었다. 수안은 혼란스러웠다. 그가 털어놓는 감정의 실체는 뫼비우스의 띠처럼 미묘하게 뒤틀려 있었다.

"당신은 내가 누군지도 몰랐어요! 그런데 내 마음이…… 왜 당신에게 필요하죠?"

수안은 속내에 움튼 불안을 잠재우고 싶었다.

"불공평하군요. 알고 있었던 거 아닌가요? 당신이 원하던 향수를 만들어온 게 나라는 걸."

그의 말은 사실이었다. 수안은 분명 별자리의 심상을 담아낸 향수를 원했고, 신우는 그녀가 원하던 열세 개의 향수를 만들어냈다. 더군다나 수안이 그토록 바라 마지않던 '뱀주인자리' 향수 또한 그의 창조물이었다.

"향수를 만드는 동안 생각했어요. 나만 알고 있는 향기를 끄집어내려 하는 이 사람은 누굴까. 어떤 연이 있기에 그런 일이 가능할까."

흠잡을 데 없는 언변이었다. 게다가 그것은 분명 진실이었다. '헤라'의 발주에 의해 향수를 만드는 동안 신우는 자신에게 당도한 발주서를 보며 종종 의문을 품곤 했었다. 특히나 '아담'의 조합과 거의 흡사한 향을 원하던 '뱀주인자리'에 이르러서는 그 호기심이 극을 더했다.

"스무 해라는 긴 세월이 아니라서 실망했나요? 당신이 기다려온 산타가 아니라서? 아니면⋯⋯ 이엘이 아니라서?"

수안은 선뜻 대답하지 못했다. 그녀 스스로도 답을 모르는 까닭이었다.

"난 아홉 살 때의 당신을 본 적도 없고, 20년 동안이나 당신을 지켜주지도 않았어요. 아마 나라면⋯⋯ 절대로 당신 주변을 서성이는 짓 같은 건 하지 않았을 거예요."

신우는 정통으로 수안의 약점을 후벼 팠다. 그 날렵한 공격에 수안의 눈가가 촉촉하게 젖어들었다.

"왜냐하면, 항상 곁에서 지켜줬을 테니까. 절대로, 당신을 혼자 두는 바보 같은 짓은 하지 않았을 테니까."

신우는 기어이 마지막 일갈을 날렸다. 결국 수안은 고였던 눈물을 주르륵 쏟아냈다.

"절대로⋯⋯ 외롭게 두지 않았을 테니까."

신우는 그런 그녀에게 다가가 부드럽게 뺨의 눈물을 닦아줬다. 순간 팽팽하게 날을 세웠던 수안의 마음이 허물어졌다.

신화의 재림 181

"그런데 이제 보니 당신이 기다리던 사람은 따로 있었던 것 같군요. 그 자리의 주인이 내가 아니라면 깔끔하게 포기하는 게 낫겠죠."

그는 일말의 미련도 없다는 듯 절도 있게 고개를 숙였다. 그는 악마였다. 방어할 틈도 없이 상대의 마음을 열어젖히고는 손을 내미려는 찰나, 야멸치게 등을 보였다. 싸늘한 그의 뒷모습이 점점 작아졌다.

"잠시만요!"

가냘픈 외침이 신우를 잡아 세웠다. 그 절박한 승전보에 신우의 눈가에 냉소가 스쳤다. 신우는 웃음을 거두고 그녀를 향해 고개를 돌렸다. 그때였다. 그녀가 지나는 자리로 갑작스레 바닥 분수가 치솟았다. 그러나 수안은 피하지 않았다. 덕분에 그녀의 몸이 흠뻑 젖었다. 그러나 그녀는 안도했다. 시야를 가리는 물줄기라면 눈물만큼은 가려줄 수 있을 터였다.

"나는 당신이 산타이기를…… 정말로, 진심으로, 바랐어요. 내가 아는 산타라면…… 적어도 내 주위를 계속 떠나지 않았을 테니까. 당신이 산타라면…… 내가 그런 것처럼…… 당신도 나와 함께 있고 싶을 거라고 믿었으니까."

그녀는 분수에 묻힌 제 음성을 끄집어내려고 목소리

를 높였다. 신우는 저벅저벅 걸어서 수안 앞에 섰다. 세차게 쏟아지는 물줄기가 두 사람을 감쌌다.
"다시는…… 혼자 있고 싶지 않았으니까."
 수안은 목이 메어 말을 잇지 못했다. 신우는 가만히 그런 수안의 어깨를 감싸 안았다. 얄팍한 옷자락 너머로 식어가는 그녀의 온기가 애처로웠다. 품 안에 들어오는 작은 몸집이 가여웠다. 신우는 가느다란 손가락으로 그녀의 뺨을 보듬었다. 그러고는 부드러운 입술로 한기에 떨고 있는 수안의 숨결을 달궜다.

 심장이란 놈은 영악하다. 언제나 제 주인의 머리를 앞서 달음질치고 있으니.

 물결은 더욱 거세졌다. 서로를 향한 입맞춤 또한 그랬다. 애틋하게 오가던 입술은 점점 밀도를 더했다. 신우는 그 생경한 설렘에 가볍게 몸을 떨었다. 혀끝에 감겨오는 달콤한 잔상이 그의 심장에 가책이라는 이름으로 스며들었다.

 항상 그렇다. 사랑에 관한한 머리와 심장은 언제나 각기 다른 답을 내놓는다. 그러나 이번만큼은 심장의 선택

이 잘못된 것이어야 한다. 적어도 이 땅에 신이 존재한다면 말이다.

달콤한 균열

 뽀얗게 쏟아지던 분수는 거짓말처럼 멈췄다. 신우와 수안은 머쓱한 얼굴로 서로를 마주 봤다. 저려오던 수안의 손가락에는 급기야 쥐가 났다. 뼛속까지 스며드는 추위 때문이었는지, 입술을 덮쳐온 열기 때문이었는지 스스로도 몰랐다. 수안은 힘껏 손가락 기지개를 켰다. 정신을 바짝 차려야 했다.
 "이상하죠? 당신이 자꾸만, 마음에 남았어요."
 새까만 정적 속에 수줍은 고백이 서걱거렸다. 신우는 가만히 그녀를 끌어안았다. 극한의 냉기가 그녀를 감싸왔다. 수안은 심장을 파고드는 서늘한 냉기에 새삼 눈물이 고였다.

"그래서 어쩌면 나, 당신이 그 사람이 아닌 거 알면서도 자꾸만, 당신이 산타일 거라고 주문을 걸었던 것 같아요. 당신이 그 사람이라면 욕심껏 마음에 담아둬도 되니까."

"그 사람이 아니면 당신 마음에 남을 자격, 없는 건가?"

신우는 계획적인 손놀림으로 귓가를 어루만졌다. 그러나 그것이 전부는 아니었다. 실은 스스로가 내뱉은 난데없는 말에 당황하고 있었다. 의도되지 않은 떨림 또한 당혹감에 몫을 더했다.

"그럴 거라고 생각했어요. 미안했으니까. 어쩐지……배신하는 거 같아서."

수안은 솔직하게 속내를 전했다. 어처구니없을 만큼 감정에 솔직한 여자였다. 신우는 쓰게 웃으며 수안의 머리칼을 매만졌다. 촉촉하게 젖은 머리카락이 까닭 없이 그의 속내를 달궜다.

설렘. 신우는 촉수를 잠식해오는 전율에 그렇게 정의를 내렸다. 그래서는 안 될 일이었다.

확인은 필요했지만 그의 심증대로라면 수안은 천사였다. 그리고 그는 그녀의 피가 필요했다. 만일 수안의 피가 그를 인간으로 되돌리는 열쇠가 된다면 한갓 다른 여자들처럼 반지에 혈흔을 묻히는 정도로 끝나지는 않을 터였다.

 그녀는 죽어야 했다. 무조건. 그렇지 않고서는 그녀의 피를 취할 방법이 없었다. 그 잔혹한 생각에 이르자 묘하게 떨려오던 심장의 흔들림이 멈췄다. 대신 그 자리에는 묵직한 가책이 돌덩이처럼 내려앉았다.

"그런데 내 마음대로 그쪽을 향해 달리는 마음을, 이젠 나도 막을 수 없을 것 같아요."

 서툰 고백을 전하는 수안의 속눈썹에 언뜻 물기가 올랐다. 순간 신우는 얄궂은 감정의 동요를 느끼며 홀로 두려워했다. 신우는 그 감정을 지워내려 걸음을 옮겼다.

 두 사람은 나란히 신우의 차에 올랐다. 수안은 젖은 코트를 벗어 들고 보조석에 앉았다. 그러다가 문득 신우의 시선을 느끼며 제 어깨를 감쌌다. 흠뻑 젖은 블라우스 사이로 언뜻 맨살이 비친 탓이었다. 그러나 그 정숙한 동선은 뜻하지 않은 결과를 초래했다. 블라우스 단추가 풀어지고 만 것이었다. 덕분에 수줍게 벌어진 옷자락 너머로 농익은 굴곡이 드러났다. 여인의 몸을 빌려 태어난 성스러운 열매가 보일 듯 말 듯 애태우며 그를 안달하게 했다.

 신우는 잠시 그 탐스러운 열매를 맛보고 싶다는 충동에 휩싸였다. 신우는 본능대로 그 열매를 향해 손을 뻗었다. 그러나 그는 주저했다. 지금 그의 모습은 선악과를 탐하는 아담의 그것과 다르지 않다는 생각에서였다. 금기. 날렵한 두 글자가 그의 욕망을 가격했다. 결국 그는 그녀의 옷깃을 여며주는 것으로 치밀어 오르는 본능을 감추었다.

신우는 조용히 뒷좌석에 있던 담요를 펼쳐 수안의 어깨에 둘러줬다. 일종의 방어였다. 그러고는 급히 차 열쇠를 꽂고 시동을 걸었다. 곧 차는 출발했다. 충동에서 달아나려는 듯 엔진 소리가 거칠었다.

"신기해요?"

10여 분 만에 나타난 정지 신호에 신우가 입을 열었다. 수안은 물끄러미 신우의 옆얼굴을 보던 참이었다.

"네?"

"외계 생물체라도 보는 것 같은 표정이라."

신우가 짓궂게 웃었다. 그는 곁눈으로 그녀를 살피고 있었다.

"그냥, 그쪽 눈을 보니 누군가를 아주 오랫동안 그리워한 것 같은 느낌이 들어서요."

수안은 담담히 감상을 전했다. 신우는 새삼스러운 눈길로 찬찬히 수안을 바라봤다. 그저 운하와의 약속을 지키려고 접근한 여자였다. 쥐고 있는 과거의 봉인을 풀어내려고 다가선 여자였다. 그런데 이 여자, 도저히 알 수 없다. 나지막이 심장을 파고들며 뿌리를 내려오는 그녀의 정체를.

"이건 빌려갈게요."

그녀의 음성에 그의 진공이 깨졌다. 수안은 어깨에 두른 담요를 가리키며 으쓱했다. 신우가 생각에 잠긴 사이 두 사람은 그녀의 집 앞에 도착해 있었다. 신우는 무안함을 미뤄두고 시동을 껐다.

"아니, 가질래요."

수안의 도톰한 입꼬리에 다부지게 힘이 들어갔다. 긴장한 모양이었다.

"그러세요. 그런데 표정이 너무 비장하네요."

신우는 고개를 끄덕이며 피식 웃었다.

"좋은 냄새가 나서요. 내가 그리워하던 향기가 여기 배어 있거든요."

수안은 천진한 웃음으로 담요에 코를 묻었다. 그 살가운 교감으로 그녀의 눈빛은 삽시간에 깊어졌다.

"제가 처음에 당신이 산타가 아닐까 하고 생각했던 이유가 바로 이 향기 때문이었어요. 20년 전 삽시 스쳤던 그 사람에게서도 이것과 꼭 같은 향이 났거든요."

"아주 어렸을 때라면서 용케 향기를 기억하는군요."

신우는 의례적인 감상을 던졌다. 소녀의 미소에 걸맞지 않은 여인의 눈매라니. 그는 대략의 처세를 화술에 의존한 채 수안을 뜯어봤다. 과거를 더듬어가던 수안의 눈가에는 아련함이 똬리를 틀고 있었다.

"세상의 모든 향기는 제 주인의 기억을 품고 있으니까요. 이 향기는 항상 날 안심시켜줬어요. 내가 보호받고 있다고 느끼도록."

문득 신우의 속내에 칼바람이 스몄다. 지독했던 어린 소녀의 외로움이 생생하게 와 닿은 까닭이었다. 신우는 조곤조곤 싹트는 연민의 씨앗을 경계했다. 이는 얄궂은 귀결로 꽃을 피우고 열매를 맺을 터였다.

"이수안! 너 꼴이 이게 뭐야?"

다행스레 아슬아슬한 감정의 질곡에 민조가 끼어들었다. 그녀는 운동을 하려고 밖으로 나온 참이었다. 민조는 자신의 목적을 까맣게 잊은 채 두 사람을 번갈아봤다. 그러다가 호기심 어린 시선을 신우에게로 집중했다. 찬찬히 신우를 살피던 매서운 눈길에 웃음이 돌았다. 저 혼자 합격점이라도 준 모양이었다.

"오늘은 그만 들어가볼게요."

수안은 민조를 의식하며 작별 인사를 건넸다.

"따뜻한 거 마시고 자요. 감기 들지도 모르니까."

수안은 서둘러 신우를 보내려 했다. 하지만 민조는 순순히 신우를 놓아주지 않았다. 민조는 쾌활하게 악수를 건넸고, 신우는 흔쾌히 응했다. 민조는 드물게 손이 찬 신우에게 의심을 보였다. 하지만 신우는 분수에 젖은 몸을 핑계로 노련하게 빠져나갔다. 그렇게 그들의 통성명은 끝났다.

"그 녀석을 불러야 하나."

 신우가 돌아간 뒤에 수안과 민조는 코코아를 나눠 마셨다. 민조는 내심 찜찜한 눈으로 잔을 홀짝였다.

"그 녀석?"

 민조는 대꾸 없이 코코아를 호호 불었다. 민조가 말한 이는 승윤이었다.

"냄새가 난단 말이야……."

"냄새? 그 풀 냄새를 말하는 거야?"

"응, 그런데 그게 보통 향이 아니란 말이지."

"말했잖아. 다른 데서 맡을 수 있는 향이 아니라고."

"무언가…… 무언가 말이지. 피비린내 같은 게 난다고 해야 하나?"

"에……?"

"내가 하도 피 냄새만 맡아서 코가 마비된 건가?"

 민조는 장난스럽게 코를 킁킁댔다. 그러고 보니 승윤

에게서도 비슷한 냄새가 났다. 향수와 뒤엉킨 피비린내. 민조는 새삼 골똘해졌다. 그러나 그에 대한 궁금증은 다음 차례였다. 지금은 신우가 우선이었다.

"그나저나 물어봤어?"

민조가 화제를 돌렸다.

"뭘?"

"그 사람이 산타 맞대?"

"아니래."

"진짜? 그럼 뭐야. 새드 엔드네?"

"아니, 이제야 알았어."

"뭘?"

"그동안 내가 그리워하던 산타는…… 내가 만들어낸 환상이라는걸."

"어렵다, 어려워. 그나저나 진도 좀 뺐나 보네? 아까는 다 죽어가더니 요거 얼굴에 홍조 도는 거 봐라."

민조는 수안의 볼을 콕콕 찔러가며 놀려댔다. 그러자 수안의 두 뺨이 발갛게 상기됐다.

"아이고, 넌 사기 치고 살기는 글렀다. 어쩜 그렇게 숨기지를 못하냐. 뭐야, 그럼 이제 둘이 사귀는 거야?"

"그런 거 아니야."

"왜? 산타가 아니라서?"

"아니, 설명하긴 힘들지만, 그 사람에게서 무언가 벽이 느껴져."

"뭐가 문제인데?"

수안은 민조의 말에 대꾸하지 않았다. 대신 그녀는 묵직하게 눌러오는 가슴속 걸림돌에 집중했다. 수안은 새삼스레 제 입술을 매만졌다. 서릿발이 내려앉은 양 싸늘했다. 물에 젖은 탓이라 생각할 수도 있었다. 그의 체온이 싸늘하다고 여길 수도 있었다. 그러나 그녀는 본능적으로 제 안에 움튼 불안감을 감지하고 있었다.

신우는 완벽했다. 그녀에 대한 오랜 관심을 보여줬고, 자신의 정체에 대해서도 당당히 밝혔다. 그리고 수안의 마음을 온전히 받아들여줬다. 그런데 이상했다. 감당할 수 없는 냉기가 그녀의 심장을 옥죄었다. 온전히 내 것으로 쥐지 못한 감정이 불안의 싹을 틔우고 있었다.

*

"좋아해?"

유민은 허깨비처럼 들어서는 이엘을 잡아 세웠다.

"이수안이라는 여자 좋아하냐고."

이엘은 흔들리는 표정을 애써 감췄다. 그러나 유민은

도발을 멈추지 않았다.

"아니면…… 사랑하나?"

결국 이엘은 감정을 억누르지 못하고 유민을 쏘아봤다. 신우를 향한 적개심이 유민을 향해 똬리를 틀었다.

"삼촌 표정 보니 딩동댕인가 보네."

"건방 떨지 마."

이엘은 삽시간에 날카로운 송곳니를 드러냈다. 당장이라도 유민을 물어뜯을 기세였다. 그러나 그녀는 동요하지 않았다.

"이수안의 존재에 대해 처음 알게 됐을 때 이상하다고 생각했어. 삼촌같이 남한테 무관심한 사람이 그렇게 오랜 시간, 누군가를 보살펴왔다는 게 말이야."

"그래서 하신우는…… 나 때문에 이수안한테 장난을 치는 건가?"

이엘의 말끝에 망설임이 묻어났다. 그도 알고 있었다. 그런 물음이야말로 열등감의 증거라는 것을.

"역시 삼촌은 신우 삼촌한테는 안 되는구나? 삼촌은 항상 그렇게 생각하잖아. 뭐든지 원래는 삼촌 거였는데 큰삼촌이 빼앗아간 거라고."

유민은 야릇한 미소로 이엘의 치부를 건드렸다. 이엘은 저도 모르게 유민의 멱살을 움켜쥐었다. 그러나 촉수에 닿은 어린아이의 살결은 여지없이 그의 마음속에 가책을 불러왔다. 이엘은 짜증스레 유민을 밀쳐냈다.

"그거 알아? 사랑은 가질 수 없는 것에 대한 열망이라는 거."

유민은 독기 어린 눈으로 이엘을 올려다봤다.

"내가 보기에 삼촌은 신우 삼촌이 쥐고 있는 거라면 뭐든지 탐내는 것 같아. 손에 닿지 않는 걸 올려다보며 안달하는 어린애 같다고나 할까?"

용서 없이 약점을 쑤셔대는 유민의 독설에 이엘은 새삼 얼굴이 달아올랐다. 그러나 일면에는 그녀를 향한 연민도 있었다. 물론 그것을 드러내는 그의 방식은 언제나 뒤틀려 있었지만 말이다.

"건방진 소리긴 한데, 마음이 좀 아프네. 그런 기분, 느껴본 사람만 아는 거거든."

이엘의 입에서 헛웃음이 새어 나왔다. 예상치 못한 급습에 유민의 얼굴이 굳었다.

"가질 수 없는 것에 대한 열망이라…… 그래, 너라면 느꼈을 거 같다. 매일매일. 절실하게."

유민은 분노를 담아 이엘을 쏘아봤다. 무릎에 얹어진 가냘픈 손가락이 파르르 떨렸다. 그가 옳았다. 그녀는 누구도 가질 수 없었다. 봄날의 꽃망울처럼 무르익던 연심은 누구에게도 다다를 수 없었다. 탐나는 상대를 마주할 수 있을지언정 손을 뻗지는 못했다. 언제까지나 소녀의 몸에서 놓여날 수 없었으니 말이다.
"넌 사랑을 가질 수 없잖아. 절대로! 영원히!"
이엘은 독설에 쐐기를 박고 그녀의 방을 등졌다. 패악이 사라지고 난 유민의 방에는 한기가 들어찼다.

난 말이에요. 겁이 나요. 내가…… 이용당할 가치조차 없을까 봐. 그게 무섭다고요.

제 방에 틀어박힌 이엘은 수안의 말을 곱씹으며 연주에 골몰했다. 신경질적인 손가락이 아슬아슬하게 건반을 오갔다. 거침없이 쏟아내는 파이프오르간의 음색은 장엄하고 처연했다. 이엘은 치미는 감정을 손가락에 풀어냈다. 하지만 가파르게 올라가던 음은 결국 한계를 견디지 못한 채 엉켜버렸다. 이엘은 화를 참지 못하고 주먹으로 건반을 내리쳤다.
"그런 거였어?"
그의 등 뒤에서 야릇한 음성이 들렸다. 준수였다. 그는 이엘과 유민의 대화를 듣고 상황을 가늠했다.
"이수안이 말하던 후원자가 형이었어?"

준수는 은연중에 말끝을 세웠다. 이엘은 본능적으로 그의 언중에 담긴 음험한 기운을 읽어냈다.

"이수안, 건드리지 마."

"건드려? 내가 왜 이수안을 건드릴 거라 생각해? 난 형을 도우려는 거야."

준수는 능청맞은 미소로 이엘의 곁에 앉았다. 마치 장성한 아들을 둔 아버지와 같은 여유였다.

"무언가 오해하는 것 같은데 난 이수안한테는 감정 없어. 다만 신우 형 꿍꿍이를 알고 싶은 것뿐이니까. 그런데 형이 이수안을 돕고 있었다면 좀더 서둘러야겠어."

"무슨 소리를 하고 싶은 거야?"

"뺏어야지."

깔끔한 결론이었다. 이엘의 속내를 대신 끄집어내준 셈이었다.

"어쨌거나 하신우가 무언가 의도를 가지고 이수안에게 접근하는 건 사실이야. 유민이 말대로라면 하신우도 형이 이수안을 후원해온 걸 알고 있다는 얘긴데…… 알면서도 굳이 그 애 곁에 맴돈다는 건 무언가 속셈이 있다는 거지."

"속셈이라……."

"설마 하신우가 이수안을 사랑하기라도 한다고 생각

달콤한 균열 197

하는 건 아니겠지?"

 준수는 묘하게 이엘의 심기를 건드렸다. 그의 치기를 자극해 자신의 쓰임에 맞게 이용하려는 심산이었다. 준수의 도발은 적중했다. 이엘은 잠시나마 흔들렸던 제 자신을 질책했다. 그랬다. 하신우는 그런 놈이었다. 그런 놈 곁에 그 아이를 둔다는 것은 위험천만한 일이었다.

"이유가 뭐가 됐든 하신우는 이수안을 이용할 거야. 그것도 아주 철저하고 잔인하게."

 순간 이엘의 눈두덩이 떨려왔다. 준수는 그런 이엘의 기색을 살피며 회심의 미소를 지었다.

"그러니까 이수안을 지켜줄 사람, 형밖에 없다는 거야. 내 말 알아들어?"

*

"이수안, 혹시 천사야?"

 신우를 찾은 준수는 대뜸 용건부터 꺼냈다.

"헛소리 집어치워. 이수안이 천사라면 내가 이런 식으로 내버려둘 것 같아?"

 말이 떨어지기 무섭게 날카로운 질책이 돌아왔다. 전에 없이 날을 세우는 그의 반응에 준수는 야릇한 미소를 지었다. 좀처럼 감정을 드러내지 않는 신우였다. 말하자면 신우의 동요야말로 의심할 나위 없는 명백한 증거인 셈이었다. 설령 수안이 천사가 아닐지라도 언젠가는 신우의 약점으로 작용할 것이 분명했다.

"그렇겠지? 하긴, 형도 인간으로 돌아가는 일만큼은 필사적이니까."

신우는 대꾸하지 않았다. 지금의 감정 상태라면 무의식중에 준수에게 말려들지도 모른다는 생각에서였다. 그러나 신우의 방어막과 상관없이 준수는 모종의 계획을 실행했다. 그는 온종일 '헤라'의 직원들에게 이런저런 지시를 늘어놓으며 분주한 하루를 보냈다. 유민은 그런 준수를 괴이쩍게 여겼지만 딱히 무게를 두지 않았다. 어쨌거나 준수의 꿍꿍이가 드러난 것은 다음 날 아침이었다.

시작은 평화로웠다. 크게 포물선을 그리며 흔들리는 유민의 그네가 상쾌함의 몫을 더했다. 하지만 그 활기찬 공기에도 유민의 표정은 싸늘했다. 이엘과의 일이 아직까지도 상처로 남은 모양이었다.

유민은 한파에 맞서며 그네에 속도를 더했다. 그러다 둔탁한 마찰음에 그네를 멈췄다. 정원에 떨어진 신문 소리였다. 유민은 그네에 앉은 채 입김을 세게 불었다. 일종의 화풀이였다. 장난으로 빚어낸 작은 태풍에 얄팍하게 쌓인 눈송이가 흩어졌다. 얄팍한 종잇장도 맥없이 넘어갔다. 유민은 심술 맞은 표정으로 연신 입을 후후 불어댔다. 그러다가 안색을 바꾸며 장난을 멈췄다. '헤라'와 관련한 신문 기사 때문이었다.

'헤라' 하준수 대표, 장남 내세워 후계 구도 본격화.

유민의 초음파를 듣고 내려간 신우는 신문을 움켜쥔 채 파르르 떨었다. 기사를 훑어 내리는 신우의 눈길은 싸늘하기 짝이 없었다.

"새롭게 '헤라'를 맡게 될 하신우는 세계적인 조향사이자 '헤라'의 대표인 하준수의 장남. 이에 그동안 가족의 노출을 극도로 꺼려온 그가 돌연 장남인 하신우를 내세워 '헤라'를 재정비하게 된 배경에 어떤 의도가 있는지 여부에 대해 이목이 집중되고 있다."

담담하게 신문을 읽어가던 신우는 인내심을 잃고 신문을 구겨쥔 채 준수의 방으로 향했다.

책을 읽고 있던 준수는 자신을 향해 다가오는 거친 발소리에 잠시 움찔했다. 그러나 이내 마음을 다잡았다. 그는 움츠러드는 대신 심호흡을 택했다. 덕분에 요란하게 들어서는 신우의 기척에도 침착함을 유지할 수 있었다.

"분명히 눈에 띄고 싶지 않다고 말했을 텐데?"

신우는 애써 평정심을 유지했다. 하지만 미세하게 떨리는 목소리는 그의 분노를 더욱 도드라지게 했다.

"처음부터 형이 만든 회사였잖아. 그래서 격에 맞는 자리를 준비한 것뿐이야. 뭐 잘못됐어?"

준수의 시선은 여전히 읽고 있던 책에 고정되어 있었다. 심지어는 안경을 고쳐 쓰는 여유를 부리기도 했다.

"말장난하지 마."

신우는 준수의 책을 뺏어 바닥에 내동댕이쳤다. 그 거친 행동에서 준수는 새삼스러운 모멸감을 느꼈다. 존중받지 못한 노인의 분노였다. 결국 준수도 자리에서 일어서서 맞섰다.

"언제까지나 형이 원하는 대로만 살 수는 없어."

"사는 게 피곤해지기라도 한 거야? 하루라도 빨리 죽고 싶어?"

뜻하지 않은 도발에 신우는 더욱 약이 오른 듯했다. 하지만 균형을 잃은 그의 모습은 준수에게 오히려 약이 됐다.

"이제 협박은 안 통해. 미안하지만 형힌데는 결성적인 약점이 있으니까."

힘으로는 신우에게 밀릴지언정 지략으로는 뒤지지 않

는 그였다. 인간사에 부딪치며 100여 년을 살아온 덕분이었다. 한 세기를 묵은 노인의 처세라는 것은 악마의 술수에 비할 만한 것이었다.

"형은 절대로 날 죽이지 못하잖아. 안 그래?"

그의 말이 옳았다. 준수가 무슨 짓을 한다 해도 그 사실은 변하지 않았다. 운하의 시신을 끌어안고 맹세했다. 다시는 사람을 죽이지 않겠다고, 인간의 피를 마시지 않겠다고.

"그런데 생각해보니 약점이 또 있더라고. 유감스럽게도 형이 가장 무서워하는 걸 알아버렸지 뭐야? 나도 참 바보 같지? 그렇게 쉬운 걸 이제야 깨달았다니."

"무슨 속셈이야?"

신우는 인내심을 바닥에 내던졌다. 그는 준수의 멱살을 움켜쥐고는 거세게 구석으로 몰아세웠다. 준수는 왈칵 두려워졌다. 시퍼렇게 날을 세운 신우의 눈동자가 그의 용기를 소진시켰다. 그러나 끝까지 꿋꿋이 맞섰다.

"이젠 이런 거 무섭지 않아. 형은…… 절대로 날 못 죽여."

준수는 공포를 이기려고 최면을 걸었다. 그리고 신기하게도 그 주문은 통했다. 활활 깃을 치던 신우의 눈빛이 무기력하게 잦아들었다. 그는 너무나 잘 알고 있었다. 지금 폭주해버리면 자신을 제어할 수 있는 이는 아무도 없음을 말이다.

"이런 식으로 우리 존재를 드러내는 거, 유민이한테 위험할 거라는 생각은 안 해봤어?"

신우는 분을 누르지 못하고 쥐고 있던 신문을 책상 위에 내동댕이쳤다.

"유민이는 안전할 거야. 위험해지기 전에 내가 완전한 인간으로 돌려놓을 테니까."

*

유민의 휠체어가 부드럽게 대문을 넘었다. 신우는 자신의 차 앞으로 다가가 보조석의 문을 열었다. 유민을 앉히기 위해서였다. 그러자 운전석에 앉아 있던 이엘이 냉소를 띠며 그를 쳐다봤다. 그는 진작부터 신우를 기다리고 있었다.

"내려."

신우는 무표정한 얼굴로 차갑게 쏘아붙였다.

"첫인사가 고작 그건가? 아무리 미워도 명색이 동생인데 그렇게 며칠씩 방치해놨으면 뭐 그럴듯한 위로라도 해야 하는 거 아니야?"

이엘이 빈정거리며 내리자 신우는 유민의 휠체어를

몰고 왔다. 그러고는 그녀를 안아서 보조석에 앉힌 뒤에 차 문을 닫았다. 유민은 신우가 문을 닫자 창문을 열어 두 사람 사이로 끼어들었다.

"좀 있다가 출발하자."

신우는 조용히 유민을 얼렀다.

"나도 들을래."

"말 들어."

유민은 입을 삐죽거리며 창문을 닫았다. 신우는 곧바로 휠체어를 접어 트렁크에 넣었다.

"둘이 아주 좋아 보이네. 누구는 며칠 동안 죽을 고생을 시키더니. 나들이라도 갈 참인가?"

이엘은 언제나처럼 빈정거렸다.

"다시는…… 사람 다치게 하지 마라."

무뚝뚝하지만 애정이 깃든 말투였다. 그 새삼스러운 살가움에 이엘은 실소했다. 그러나 신우는 그의 비웃음 따위는 상관하지 않았다.

"그리고, 준수 믿지 마."

"뭐 하자는 거야? 갑자기 낯간지럽게?"

"너도 알잖아. 준수 실험…… 가당치도 않다는 거."

"세상에 너 말고는 잘난 인간이 하나도 없는 것 같지? 네가 못하는 거, 하준수가 하면 안 된다는 거야?"

"우리 몸속에 있는 피를 죄다 빼내서 인간의 피로 갈아버려야 한다는 녀석이야! 너는 그게 말이 된다고 생각해?"

"안 된다는 법도 없잖아. 해본 것도 아니고."

이엘은 여전히 삐딱했다.

"하진우!"

"그 이름 입에 올리지 마!"

"더 이상 준수에게 말려들지 마! 이미…… 너도 괴롭잖아. 아니야?"

신우는 이엘의 빤히 쳐다봤다. 이엘은 저도 모르게 고개를 외로 꼬았다. 계속 얼굴을 마주하고 있으면 어쩐지 설득될 것 같은 마음에서였다.

"후회할 짓 하지 마. 영원히 스스로를 저주하며 사는 거, 그건 나 하나로 족하니까."

신우는 제 말만 쏟아놓고는 돌아섰다. 이엘은 그런 신우를 막아섰다.

"이수안, 어쩔 셈이야?"

"다치게 하지 않아."

"아니, 넌 이미 그 애를 다치게 하고 있어."

신우는 석연치 않은 눈길로 이엘을 쳐다봤다.

"벌써 상처 주고 있다고! 못 알아들어?"

"그런 적 없어."

이엘은 말없이 신우를 쏘아봤다.

"혹시라도 상처를 받고 있다면 그건 그 여자 스스로 자초한 거야. 그 책임까지 내가 져야 하나?"

신우는 어쩐 일인지 비죽 웃었다. 고의적인 조소였다.

"너라는 인간은 좀처럼 변하지 않는구나?"

신우는 쓰게 웃으며 차에 올랐다. 오래지 않아 둔탁한 엔진 소리가 들려왔다.

"경고하는데 그 애한테서 떨어져."

이엘은 열린 문을 막아서며 끝까지 신우의 다짐을 받으려 했다. 그러나 신우는 대꾸 없이 차를 몰고 그 자리를 떠났다.

신우는 그 길로 차를 몰아 한 시간 거리의 숲으로 향했다. 이미 한 달 전부터 계획된 유민과의 산책 시간이었다. 유민은 나무를 좋아했다. 신우 또한 그랬다. 그런 면에서도 두 사람은 썩 잘 맞았다. 한 세기를 넘어선 그들의 유대 관계는 대부분 공통의 관심사에서 비롯됐다.

"이수안이 우리가 찾는 그 여자일 확률은?"

고요한 산책길의 침묵을 깬 쪽은 유민이었다.

"없어."

신우의 대답은 단호했다.

"어째서?"

"충동의 무게가 달라. 어쨌거나 이수안과 있을 때는 각성하지 않았으니까."

"그건 '아담' 때문 아니야? 어쨌거나 '아담'이 본능을 제어해주는 거니까."

"그럴지도 모르지만……."

신우는 그답지 않게 말끝을 흐렸다.

"뭐가 더 있구나?"

"키스까지 했는데…… 반응이 없었어."

신우는 어쭙잖은 변명으로 수안을 방어했다. 그러나 말을 뱉고 보니 분명 이상했다. 그녀가 만일 천사였다면 그런 강렬한 화학반응에 각성하지 않을 수가 없을 터였다. 물론 확실히 수안은 남달랐다. 강변에서 맡았던 피의 향은 분명 여느 인간들의 그것과 달랐다. 더군다나 그녀는 초음파를 들을 수 있었다. 만일 천사가 아니라 할지라도 평범한 사람이라고 하기에는 여러모로 석연치 않았다. 결국 모든 것은 부딪쳐봐야 결론이 나는 일이었다.

신우는 저도 모르게 마른침을 삼켰다. 마지막은 어쩔 수 없이 그녀의 죽음으로 귀결될 일이었다.

"그런 이야기는 미성년자 청취 불가 아니야?"

유민은 입을 삐죽거리며 신우를 놀려댔다. 계집아이다운 반응이었다. 신우는 익숙해진 조롱에 싱겁게 웃고 말았다.

"어쨌거나 그렇다면 이수안은 정말 아닌가 보네. 아무리 '아담'이 제어를 해도 이수안이 그 여자라면 무언가 반응이 왔어야 정상이니까 말이야."

신우는 고개를 끄덕였다. 유민도 깔끔하게 동의하는 눈치였다.

"느낌은?"

"뭐가?"

"키스."

"글쎄."

"그게 뭐야? 기껏 궁금하게 해놓고."

"별거 없었어."

"삼촌 이상해."

"뭐가?"

"이번에는 달라."

"또 뭐가?"

"비밀이 많아졌어."

"할 말이 없는 거겠지."

"진짜로 그런 거면 좋겠다. …… 진짜로 그래야 하고."

"뭐가 걱정인데?"

"어린애같이 보인다고 무시하지 마. 이래 봬도 나도 여자니까. 한 세기를 살아온 여자로서의 직감…… 그거 꽤 무서운 거거든. 그런데 이수안은 느낌이 영 별로네."

"그런 거 아니야."

신우는 야멸치게 유민의 말을 잘랐다.

"사랑에는 빠지지 마."

유민은 신우의 부정을 긍정으로 받아쳤다. 그녀의 말대로 여자의 직감이란 무시할 수 없는 모양이었다.

"사랑……? 제정신이야?"

신우는 전에 없이 핏발을 세웠다.

"발끈할 거 없어. 사람을 좋아하는 건…… 잘못이 아니니까."

"그런 거 아니라고."

"난 삼촌이 더 이상은 상처받지 않았으면 좋겠어."

"내가 알고 싶은 건…… 이수안이 왜 운하의 목걸이를 갖고 있는가 하는 것뿐이야."

신우는 강박적으로 같은 말을 반복했다. 유민은 연민으로 그런 그를 봤다.

"걱정 마. 정말로 아무 느낌 없으니까. 정말로."

신우는 강한 어조로 제 결심을 강요했다. 그 고집스러

운 반응에 유민도 더 이상은 캐묻지 않았다.

*

 텅 빈 혈액 창고를 바라보는 준수의 표정에는 씁쓸함이 감돌았다. 하지만 그는 착잡함을 누르고 고집스레 실험실을 정리했다.
"더 이상 예전 같은 방법은 안 돼. 시간도 시간이지만 감시가 더 심해질 테니까."
 준수는 등 뒤의 이엘에게 잔소리를 늘어놓았다.
"결국은 혈액 운송 차량을 털어야 한다는 건데…… 그러려면 일단 하신우의 관심부터 돌려야 해. 우릴 감시하지 못하도록. 뭐, 그 부분은 나한테 맡겨두고. …… 내 말 듣고 있는 거야?"
 한참을 떠들던 준수는 침묵을 지키는 이엘을 돌아봤다. 이엘은 저 홀로 골똘해 있었다.
"내 말 듣고 있는 거냐고."
 이엘은 그제야 준수에게로 시선을 돌렸다.
"진짜로 믿는 거야? 아니면 믿는 척하는 거야?"
 이엘은 착잡한 눈길로 준수를 바라봤다. 준수는 이엘의 뜻을 몰라 빤히 눈을 맞췄다.

"진짜로…… 우리가 인간으로 돌아갈 수 있을 거라고 생각해?"

"갑자기 무슨 소리야?"

"너나 하신우나…… 정말 그렇게 믿는 거야?"

"믿고 안 믿고의 문제가 아니야. 반드시 해야 하는 일이지."

준수는 고집스레 결론을 내렸다. 그러나 혼자만의 다짐일 뿐 이엘의 공감을 얻지는 못했다.

"유민이가 사람으로 돌아가면, 그때 가서 넌……? 넌 행복한가?"

준수는 이맛살을 찌푸렸다. 그는 갑작스레 와 닿지 않는 철학을 늘어놓는 이엘이 못마땅했다. 그러나 이엘은 그런 그의 의중과 상관없이 계속 쓴소리를 뱉어내고 있었다.

"너희들 다 착각하고 사는 거야. 아님 착각하는 척하는 거든가. 그러지 않고서는 견딜 수 없을 테니까."

이엘은 더 이상 말을 섞기 싫었는지 훌쩍 실험실을 나섰다. 밖에는 어느새 어둠이 깔렸다. 이엘은 무심히 달을 올려다보다가 무슨 생각에서인지 훌쩍 건물 위로 뛰어올랐다. 그는 고층 빌딩의 옥상을 넘나들며 정처 없이 제 몸을 날렸다.

뱀파이어가 된 후로 그들이 얻은 능력은 인간이 지닌 한계의 극대화였다. 쉽게 말해서 인간이 가지지 못한 능력, 예컨대 하늘을 날거나 숨을 쉬지 않고 물속에 사는 것 같은 일들은 그들 역시 곤란했다. 하지만 보통 사람들이 가지고 있는 능력은 언제나 최대치로 끌어올릴 수 있었다. 덕분에 그들은 사람들의 시야에 잡히지 않을 정도로 빠르게 달릴 수 있었을 뿐 아니라 상상을 초월하는 높이로 뛰어오르는 것도 가능했다.

그러나 그 역시 취향을 타는 것인지 쌍둥이 형제는 제 모습을 숨기며 이동하는 방법 또한 달랐다. 신우는 언제나 달렸고 이엘은 언제나 뛰어올랐다. 덕분에 두 사람의 동선은 겹치는 경우가 거의 없었다. 누군가 의도적으로 상대를 만나기 위해 움직이지 않는 한은 말이다.

어쨌거나 이엘은 빌딩 숲을 발아래 둔 채 풀쩍 몸을 날렸다. 건물마다 밝힌 조명 탓에 그의 발걸음이 닿는 곳마다 별이 뜨고 지는 듯했다. 그는 그렇게 10여 분 남짓을 홀로 헤맸다. 그러다 어느 순간 돌처럼 굳어서 섰다. 강바람을 맞으며 다리 위에 서 있는 수안의 모습을 발견한 까닭이었다. 이엘은 분주히 걸음을 돌려 수안에게로 향했다.

"미안해요……. 이제 그만…… 보내줄게요."

수안은 움켜쥔 양손에 힘을 풀었다. 그러자 습기를 머금은 밤바람을 타고 앙증맞은 은매화 꽃잎이 사방으로 흩어졌다. 수안은 아련하게 날리는 제 추억을 먹먹한 눈길로 바라봤다.

"냉정하군."

냉소를 던지는 이엘의 입안에 쓴침이 고였다. 그녀가 보내려는 이가 누구인지 알고 있는 까닭이었다.

갑작스러운 그의 접근에 수안은 깜짝 놀라서 몸을 돌렸다. 이엘은 물끄러미 수안을 살폈다. 바람에 일렁이는 그녀의 머리카락이 묘하게 그를 자극해왔다. 그녀의 결벽과는 어울리지 않는 모습이었다.

"…… 여기는 어떻게 알고 왔어요?"

"산타를 믿는 사람의 질문치고는 낭만적이지 않은 것 같은데."

이엘은 서글픈 미소를 보이며 그녀에게 바짝 다가섰다. 산타라는 두 글자에 수안의 눈두덩이 파르르 떨려왔다.

"당신이…… 산타를 어떻게 알죠?"

수안은 놀라움을 감추지 못한 채 빤히 이엘을 올려다봤다.

"어떻게 알까?"

이엘은 수안에게로 답을 돌렸다. 그러나 수안은 지그

시 제 입술을 깨물 뿐 어떤 말도 꺼내지 않았다. 아니, 입을 열 수 없었다.

"뜻밖이네. 혹시 내가 산타냐고 다그치면서 물어볼 줄 알았는데."

이엘은 수안의 흔들리는 눈동자를 놓치지 않았다. 분명 그녀도 깨달았을 터였다. 진짜 산타가 누구인지를.

"내가…… 산타일까 봐 겁나나? 아니면…… 영원히 나타나지 않기를 바라는 건가?"

"당신은 산타가 아니에요."

한참의 침묵을 깬 수안이 잘라 말했다. 필요 이상으로 단호한 말투였다.

"이유를 물어봐도 되나?"

"당신은 너무…… 젊으니까요."

수안은 고민 끝에 최선의 답을 내놓았다. 그럴듯한 이야기였다. 이엘은 난감해하는 그녀의 얼굴을 보며 실소를 터뜨렸다. 강변을 가득 메운 공허한 웃음에서 바람 소리가 새어 나왔다.

"재미있네. 그래, 일리가 있어."

"비웃지 마요."

수안은 무안함에 정색했다. 이엘은 이내 웃음을 거뒀다.

"하지만 네가 간과하고 있는 게 있어. 그때 산타는 분명히 가면을 쓰고 있지 않았나? 게다가 당시의 넌 겨우 아홉 살이었어."

"그만……."

"세상에 홀로 남은 어린 여자아이한테 가면을 쓴 묘령의 남자아이란 그 어떤 어른보다 커 보였을 테지."

"그만해요."

"게다가 그 사람이 남긴 말은 딱 두 글자뿐이었지. 산타……라고."

"그만하라고 했잖아요!"

"알고 있잖아! 내가 누구라는걸!"

"그래서! 이제 와서 뭘 어쩌라는 거죠? 그동안 보살펴 줬으니 감사하다고 큰절이라도 할까요? 아니면 알아보지 못해 미안하다고 해야 하나요?"

이엘은 새삼스레 수안의 얼굴이 낯설게 느껴졌다. 그녀는 더 이상 산타를 기다리는 어린 소녀가 아니었다. 사랑에 마음을 빼앗긴 농익은 여인이었다. 그 돌이킬 수 없는 감정의 거리가 이엘의 숨통을 조여왔다.

그토록 오래 지켜보았으면서도 바보같이 깨닫지 못했다. 20여 년 전, 차미 죽이지 못한 어린아이의 눈동자가 죽어 있던 심장의 굳은살을 헤집고 잔인하게 파고들게 될 줄은. 길고 긴 수안의 성장기, 그 시간 동안 아이와 함께 자란 것이 자신도 모르게 움튼 사랑의 감정이었음을. 수안이 웃을 때 저도 웃고, 수안이 울 때 같이 울었음을. 하지만 깨달음은 늦었다. 수안의 마음은 이미 쌍둥이 형을 향해 뻗어 있었으니 말이다.

"왜 이제 왔어요? 왜? 20년이나 날 묶어놓고선 왜 이제 나타나서 이러는 거예요?"

"원망……하는 건가?"

이엘은 문득 허탈함을 느꼈다.

"그래요. 원망해요! 미워해요! 증오한다고요! 그러니까 이제 내 인생에서 사라져요! 더 이상 날 가지고 장난치지 말라고요!"

수안은 거침없이 속말을 쏟아내고는 이엘의 앞을 스쳐 지났다. 이엘은 그런 수안의 어깨를 잡아채며 고래고래 소리를 질렀다.

"내 얘기 안 끝났어!"

"듣고 싶지 않아요!"

"하신우 만나지 마!"

"나 이제 아홉 살이 아니에요! 순진하게 당신 말에 속아 넘어가는 어린애가 아니라고요!"

수안의 앙칼지게 맞섰다. 이엘은 그런 수안의 허리를 끌어당겨 자신과의 거리를 좁혔다. 그러자 우아하게 솟은 그녀의 콧날이 그의 입술에 맞닿았다. 그는 거부할 수 없는 끌림을 느끼며 그녀의 탐스러운 입술을 더듬어 갔다.

부드럽게 섞여드는 호흡에 이엘의 체온이 급박하게 올라갔다. 순간 갑작스레 치솟은 그의 송곳니가 그녀의 입술을 할퀴었다. 이엘은 저도 모르게 그녀의 입술에 배어나온 핏방울을 훔쳐냈다. 순간 그의 눈동자에 화르륵 불꽃이 타올랐다.

혀끝에 닿은 핏물은 믿을 수 없을 만큼 달콤했다. 그리고 한순간 그의 세포에 스민 달콤함은 견디기 힘든 갈증을 몰고 왔다. 그는 그 갈증을 채우려고 거칠게 그녀의 입술을 탐했다. 그 바람에 벌어진 상처 사이로 서서히 핏물이 새어 나왔다. 이엘은 그 마약 같은 향을 쫓아 더욱 집요하게 그녀에게로 파고들었다.

그때였다. 삽시간에 그와 그녀의 물리적 거리가 떨어졌다. 수안이 세차게 밀어젖힌 탓이었다. 수안은 망설임 없이 그의 뺨을 올려붙였다. 그 매서운 마찰에 이엘의 이성이 돌아왔다.

문득 이엘은 제 자신이 혐오스러웠다. 고작 한 방울의 피였다. 그 유혹을 이겨내지 못해서 이성을 잃었다. 분명 운하의 피를 탐하던 신우도 그랬을 터였다.

"당신이…… 이엘……이에요?"

풀 죽은 이엘의 모습에 수안이 부드럽게 입을 열었다. 이엘은 조용히 고개를 끄덕였다. 수안은 심장이 뻐근해졌다. 자신의 눈앞에 이엘이 있었다. 심지어 그는 산타이기도 했다. 그토록 오랜 시간, 두 번이나 마음에 품었던 이가 그녀의 눈앞에 있었다. 하지만 두 개의 마음은 이미 사라지고 없었다. 미묘한 시간 차를 두고 신우가 훔쳐가버린 탓이었다. 수안은 스스로도 어쩔 수 없는 마음이 원망스러워서 고인 눈물을 쏟아냈다.

"좀더 일찍…… 조금만 더 일찍 와주지 그랬어요. 그랬으면…… 나 당신한테 기댔을지도 모르는데."

수안은 가책의 무게를 이기지 못해 엉엉 울었다. 이엘은 망연히 듣다가 수안을 향해 손을 뻗었다. 그러나 그의 손길은 끝내 그녀에게 닿지 못했다. 그녀의 완강한 뿌리침 때문이었다.

"그동안 그렇게 외롭게 팽개쳐두고서는 그것도 모자랐어요? 더 괴롭히고 싶었어요? 왜 이제 날 미안하게까지 만들어요. 왜……?"

인내심을 잃은 눈물이 주르륵 쏟아졌다.

"어떻게 해야 그만둘래?"

이엘은 측은한 눈길로 수안을 바라봤다.

"이유가 뭐예요?"

수안이 되물었다.

"이토록 오랜 시간 동안 내 인생을 조종하는 이유가 뭐죠?"

"네 인생을 어쩌겠다고 생각한 적은 없어. 그냥 지켜봤을 뿐이야."

"과연 그럴까요? 당신은 계속 당신 형과 날 떼어놓으려 하고 있어요."

"난 단지 네가 잘못되는 걸 원치 않을 뿐이야."

"그러니까 이유를 말하라고요! 잘못되고 안 되고는 내가 판단해요!"

수안은 앙칼지게 소리쳤다. 이엘은 입을 꾹 다물었다. 더 이상 언쟁이 격해지는 것은 원치 않았다.

"…… 하신우라는 사람은 왜 안 된다는 거죠?"

수안의 목소리 역시 나직이 잦아들었다. 하지만 그 음성에는 절박함이 배어 있었다. 이엘에게 있어서는 어떤 고성보다 더한 고통인 셈이었다.

"그 사람이 안 된다고 하는 당신을…… 나는 왜 믿어야 하죠?"

수안은 진심으로 답을 구하듯 빤히 이엘을 올려다봤다. 이엘은 먹먹한 눈길로 그런 그녀의 시선을 받아냈다.

어느 쪽이면 네가 덜 아플까? 어떻게 해야…… 네가 덜 다칠까?

이엘은 목구멍까지 치미는 말을 끄집어내지 못하고 저 혼자 되뇌었다. 그러나 심장을 울리는 초음파 소리는 수안의 귀에도 고스란히 전해졌다. 그러나 수안은 애써 그 마음을 외면한 채 돌아섰다.

*

민조는 탁자에 턱을 괴고 승윤을 바라봤다. 승윤은 전화를 받느라 분주했다. 그는 손짓 발짓을 해가며 상대방의 말에 황당함을 표하고 있었다.

"대한적십자요? 그건 좀……."

승윤은 난감함에 말끝을 흐렸다. 순간 무심하던 민조의 눈가에 호기심이 일었다.

"그럼 할 수 없죠 뭐. 알겠습니다. 그때 볼게요."

승윤은 전화를 끊으며 저 혼자 구시렁거렸다.

"하필이면 대한적십자사야."

승윤은 골치가 아픈지 한 손으로 연신 이마를 두드려 댔다.

"무슨 전화인데 그래요?"

민조는 은근슬쩍 궁금증을 풀어냈다.

"일이에요. 대한적십자사 홍보 광고 찍는데 모델 서달라고."

"우와, 진짜요?"

"어차피 부분 모델인데요, 뭐."

"승윤 씨는 얼굴도 잘났는데 왜 부분 모델을 해요? 그만하면 진짜 훌륭한데?"

민조는 찬찬히 승윤의 몸을 훑어봤다. 그녀의 말대로 승윤은 어디에 가도 한눈에 들어올 만큼 충분히 매력적이었다.

"내 말이 그 말이에요! 아, 진짜 아까워."

승윤은 저도 모르게 푸념을 늘어놓았다.

"은근히 사람들 감이 안 좋은가? 이만하면 괜찮은데?"

민조는 고개를 갸우뚱했다.

"그게 아니라. 집에서 반대해요."

"부모님이?"

"아니요, 큰형이."

"왜요?"

"얼굴 알려지면 안 된다, 뭐 그런 거죠."

"그래도 다 큰 성인인데 좀 그렇다. 형이 반대한다고

자기 꿈을 접어요?"

"그렇죠? 그건 좀 억울하죠?"

"당연하죠. 그나저나 대한적십자사라고요?"

"네."

"피 많은 곳이네."

"그러니까요."

승윤은 저도 모르게 입맛을 다셨다.

"딱히 상관도 없는데 괜히 거기라니까 엄청 관심이 가네요."

민조 역시 개인적인 관심사로 눈빛을 빛냈다.

"촬영할 때 구경 올래요?"

"그래도 돼요?"

"당연하죠. 그런데 그 사람 올 때 되지 않았어요?"

승윤은 손목시계로 눈길을 돌렸다. 두 사람은 담필이 오기를 기다리고 있었다.

"땡 치면 올 거예요."

"땡 치면?"

"그 사람 결벽증 있어요. 그래서 항상 약속 장소에는 시계 초침이 정각에 땡 치면 들어와요. 멋지지 않아요?"

"가지가지 하네요."

승윤은 어쩐지 담필이 못마땅하게 여겨졌다. 하지만 민

조는 그런 승윤의 반응에는 아랑곳 않고 배시시 웃었다.

"56, 57, 58, 59, 땡!"

민조는 요란스레 초침의 방향을 알렸다. 승윤은 저도 모르게 입구를 바라봤다. 그러자 음습한 기운의 사내가 문을 열고 들어섰다. 창백한 얼굴 가운데 자리 잡은 퀭한 눈매와 파리한 입술은 보기만 해도 스산한 기운이 돌았다. 어둑하게 드리워진 눈 밑의 그림자도 한몫했다.

"무언가…… 오싹하네요."

승윤은 담필을 흘끔거리며 나직하게 속삭였다.

"그냥 멋있다고 해도 돼요."

민조도 조용히 귀엣말을 건넸다. 승윤은 예상치 못한 반응에 어이가 없는 눈치였다.

"이런 말 또 해도 되나?"

"뭐요?"

민조는 담필을 향해 눈인사를 건네며 입을 오물거렸다.

"민조 씨 취향 진짜 독특하네요."

"남 얘기 할 건 아닌 것 같은데."

승윤은 반박하지 못했다. 따지고 보면 틀린 말은 아니었다. 그사이 남뷔이 다가와 인사를 건넸다. 민조는 발갛게 달아오른 얼굴을 감추려고 양 볼을 감싸 쥐었다.

"메리 님은 항상 먼저 와 계시네요."

"같이 정각에 들어오면 웃기잖아요. 앉으세요."
담필은 격의 없이 민조 곁에 앉았다.
"메리 님?"
담필과 눈인사를 주고받은 승윤이 궁금증을 토로했다.
"블러디 메리. 닉네임이에요."
민조에게서 명쾌한 대답이 돌아왔다.
"하아…… 살벌하네. 왜 하필 그 여자예요?"
승윤은 이해할 수 없다는 듯 고개를 갸우뚱거렸다.
 블러디 메리. 그녀는 1516년부터 1558년까지 재위한 영국의 여왕이다. 잔혹한 성정 탓에 '피의 메리'라고 불렸던 그녀는 자신의 아름다움을 유지하기 위해 젊은 여인들의 피로 목욕을 했다는 섬뜩한 구설을 남기기도 했다.
"메리랑 민조 씨는 공통점이 많으니까요. 안 그래요?"
담필이 끼어들어 설명을 보탰다.
"막 사람 죽이고 그래요?"
승윤은 흠칫 놀라 정색을 했다.
"에이, 설마요. 이래 봬도 나도 경찰인데. 그냥 젊고, 예쁘고, 피를 좋아한다. 뭐, 그 정도죠."
 민조는 전에 없는 애교를 말끝에 묻히며 담필을 향해 눈웃음을 쳤다. 그러자 담필의 마른 입술이 비대칭 형태로 씰룩거렸다. 일종의 화답인 모양이었다. 승윤은 어처구니가 없어 헛웃음을 흘렸다.

 그들은 좀처럼 섞이지 못해 서걱거렸다. 그러나 술이 들어가자 삽시간에 흥이 올랐다. 친밀해진 감정만큼이나 가까운 거리를 사이에 두고 머리를 맞대며 설왕설래했다.

 "그러니까 그쪽은 이 사건들을 초현실주의적인 관점에서 본다 이거예요?"

 승윤이 물었다.

 "당연하죠, 생각해봐요. 이 호텔 주차장 사건만 해도 그래요. 목격자인 호텔 직원의 증언에 의하면 정말 말 그대로 눈 깜박할 사이에 차가 이 꼴이 났다고 하잖아요. 현실적으로 그게 말이 돼요?"

 담필은 자신이 조사한 자료들을 설명하며 열을 올렸다.

 "뭐, 사이드가 풀려 서로 박기라도 했나 보죠."

 승윤은 괜히 흠집을 잡았다. 이엘에 대한 변호였으나 상당히 어설픈 변명이었다.

 "사람 불러놓고 장난치는 것도 아니고……. 메리 님, 이 사람 정말 감이 좋은 거 맞아요?"

 "그렇다니까요? 내가 현장 감식하고 그럴 때 막…… 정말 거의 보이지도 않는 핏자국까지 다 찾아내고 그랬다니까요."

민조는 승윤을 위해 이런저런 변명을 늘어놓았다. 담필은 의심에 찬 눈으로 승윤을 훑어봤다. 승윤은 그런 담필을 보며 헤벌쭉 웃었다.

"아무튼 이런저런 정황상 평범한 사건들은 아니에요."

담필은 내키지 않는 기색으로 결론을 내렸다.

"그래서 뭐 단서가 될 만한 건 찾아냈어요?"

승윤은 은근슬쩍 증거물에 대해 캐물었다.

"네, 이거 좀 봐요."

담필은 비닐에서 조심스럽게 은빛 구슬을 꺼냈다. 승윤은 저도 모르게 낯빛이 변했다. 그것은 분명 이엘의 구슬이었다. 이엘은 언제나 주머니 속에 손톱만 한 크기의 은빛 구슬을 넣고 다녔다. 일종의 장난감이었다. 하지만 대부분의 경우 그의 장난감은 사람들의 숨을 거둬들이는 데 사용됐다.

"우와, 이게 뭐예요?"

구슬을 돌려보던 민조가 물었다. 그녀의 호들갑에 누구도 승윤의 흔들림을 눈치채지 못했다.

"잘 봐요. 여기 문양 보여요?"

담필은 돋보기를 꺼내 구슬에 새겨진 문양을 보여줬다.

"보이기는 보이는데…… 이게 무슨 그림이에요?"

민조는 알 수 없는 점들의 나열을 보며 갸우뚱했다.

"뱀주인자리, 열세번째 별자리지."

뜻밖에도 승윤의 입에서 대답이 튀어나왔다. 순간 담필의 눈매가 서늘해졌다. 그는 돋보기도 없이 단번에 문양을 확인하는 승윤을 수상쩍게 여겼다. 그러나 담필은 굳이 그 사실을 입에 올리지 않았다. 기본적으로 담필은 타인의 삶에 관심을 두지 않는 성격이었다.

"제법이네."

담필은 승윤을 보며 의미심장한 미소를 보였다. 민조는 괜히 제가 자랑스러워 어깨를 쭉 폈다.

"지난 3천 년 동안 꿈쩍도 안 하던 별자리가 지구와 태양의 위치 변화 때문에 열두 개에서 열세 개로 늘어났죠."

승윤은 간단한 첨언을 덧붙였다. 뱀주인자리는 이엘의 별자리였다. 신우의 별자리이기도 했다.

"뱀주인자리는 의술의 신을 지칭한다는 설이 있어요. 의술을 관장하던 신이 한 마리의 뱀이 다른 뱀에게 치료용 약초를 가져다주는 걸 보고 죽음이 다가오지 못하게 하는 비밀을 얻었다고 하더라고요."

승윤에게 밀린다는 생각 때문이었는지 이번에는 민조가 끼어들었다. 수안에게 들어온 풍월 덕분에 민조는 담필 앞에서 한껏 자랑스러울 수 있었다.

"죽지 않는다……."

담필이 홀로 골똘해졌다. 순간 승윤은 괜히 얼굴이 붉어졌다. 영생이라는 단어가 주는 찔림이었다.
"그래서, 그게 뭐 어쨌다는 건데요?"
승윤은 어쩐지 퉁명스러워졌다.
"난 이 문양이 범상치 않은 의미를 갖고 있다고 봐요."
"예를 들면?"
"인간이 아닌 불사의 존재를 상징한다고나 할까요. 예를 들면…… 뱀파이어 같은?"

*

수안은 캄캄한 밤하늘을 향해 향수를 분사했다. 뽀얗게 뿜어진 향수가 캄캄한 하늘 위로 흩어졌다. 수안은 가만히 눈을 감고 습기를 머금은 반짝임에 몸을 맡겼다.

이수안, 넌…… 배신자야.

수안은 이엘에 대한 자책으로 중얼대며 고요히 눈을 떴다. 순간 그녀의 동공이 커졌다. 코끝이 닿을 듯 가까이 마주 선 신우 때문이었다.
"당신…… 도대체 뭐예요?"

놀란 수안의 초점이 신우에게 고정됐다. 신우는 어깨를 으쓱했다.

"반갑지 않은 얼굴이네요."

신우는 우연한 걸음으로 수안을 발견했다. 물론 그가 그녀를 발견한 지점은 인간의 눈으로는 식별할 수 없는 거리였다.

"여기 왜 있는 거죠?"

"그냥 지나는 길에 수안 씨가 보이기에 와봤어요."

"난 왜 그쪽이 오는 걸 못 봤죠?"

"곤란하군요. 그쪽이 날 못 본 것까지 책임지게 생겼으니."

신우의 처세는 능숙했다. 수안은 어쩐지 억울했다. 그러나 언제나 그렇듯 설명할 길은 없었다.

"무슨 생각을 그렇게 해요?"

신우가 친근하게 물었다. 수안은 대답 대신 제 질문을 끄집어냈다.

"이엘이랑은 어떤 사이예요?"

"동생이에요."

신우는 높낮이 없는 어조로 수안의 물음에 대꾸했다.

"알고 있었어요? 그 사람이 내가 찾던 산타라는 거."

"네."

담백한 어투였다. 그는 조금의 불순물도 섞이지 않은 정갈한 눈매로 수안을 마주 봤다. 그 담담함에 수안은 화가 치밀었다.

"왜 말해주지 않았어요?"

"말하고 싶지 않았으니까."

"당신…… 날 갖고 놀았어."

문득 수안의 눈가에 독기가 일었다. 심장의 뿌리부터 분노의 잔가지가 뻗는 기분이었다. 그러나 신우는 그런 그녀를 보며 피식 웃을 뿐이었다.

"웃어……요?"

"어리광 부리지 마. 누구도 너한테 강요한 적 없어. 모든 선택은 네가 한 거야."

차가운 밤공기에 서릿발 같은 그의 목소리가 내려앉았다. 그 싸늘한 일갈에 수안의 분노가 얼어붙었다.

"지금 이 순간에도 넌 얼마든지 선택할 수 있어. 이대로 네가 말하는 산타에게 달려갈 수도 있고, 내 뺨을 후려칠 수도 있어. 그러니까 더 이상 남한테 핑계 대지 말고 네가 원하는 대로 해."

신우는 제 말만 뱉고는 싸늘히 그녀를 스쳐 지났다. 그 칼날 같은 공기에 수안이 거머쥔 향수병 속에는 세찬 파도가 일렁였다.

*

 신우는 마지못해 '헤라'에 발을 들였다. 언론에 그의 이름이 나간 직후 잡힌 일정 때문이었다. 물론 거절할 수도 있었다. 그러나 그의 결벽이 그것을 허락하지 않았다. 외피야 어찌되었건 '헤라'는 신우가 키워낸 회사였다. 그는 사람들에게 주지 못하는 정을 회사와 향수에 쏟아부었다. 말하자면 '헤라'는 그에게 자식 같은 존재였다. 그런 까닭에 신우는 '헤라'의 이름으로 나간 보도에 대해 책임을 지겠다고 마음먹었다. 회사의 이름에 조금의 흠집이라도 남기고 싶지 않았.

 준수는 의도적으로 신우에게 세인의 이목을 집중시켰다. 그를 압박하기 위해서였다. 준수는 다시 인간의 피를 모아야 했고 그러기 위해서는 신우의 정신을 흐트려 놓을 필요가 있었다. 더군다나 수안에 대한 의구심도 풀어야 했다. 만일 수안이 신우가 그토록 찾아오던 천사라면 그녀의 피는 준수에게도 꽤나 유용한 선물이었다. 기본적으로 인간으로 돌아가는 방법은 신우만큼이나 준수도 촉각을 곤두세우고 있는 주제였으니 말이다.

 신우는 짤막한 망설임으로 광장을 돌아봤다. 그러자 먼발치에서 걸어오는 수안의 모습이 보였다. 파티를 위해 갖춰 입은 우윳빛 미니 원피스 차림의 수안은 어울리지 않는 옷짐을 짊어지고 있었다.

그날 아침 수안은 준수로부터 특별한 부탁을 받았다. 반드시 신우가 행사장 밖으로 빠져나가지 않도록 지켜달라는 것이었다. 이는 방황하는 아들을 둔 아비의 일반적인 모습을 차용한 청으로, 순진한 수안의 마음을 흔들어놓기에 충분했다.

신우는 그런 내막을 모른 채 골똘히 수안을 바라봤다. 천천히 걸어오던 수안은 그와 시선이 마주치자 걸음을 서둘렀다. 그가 달아날까 봐 걱정되었기 때문이다. 그 바람에 짊어진 옷가지가 바닥에 나뒹굴었다. 떨어진 짐을 챙기는 수안의 손놀림이 분주했다. 하지만 그녀는 이내 엉성하게 정리된 옷가지를 거머쥐고는 다시 그를 향해 뛰어왔다.

그 아이가 온다. 심장이…… 뛴다.

신우는 돌연 심장이 당겨왔다. 그는 제 가슴을 싸쥐며 간신히 버티고 섰다.
"30분 남았어요."
수안은 가쁜 숨을 몰아쉬며 그를 잡아끌었다.

"그래서?"

"같이 들어가요."

"싫다면?"

신우는 예정에도 없던 말을 했다.

"왜요? 이제 재미없어졌어요? 나 가지고 노는 거 재미없어졌냐고요."

"그래, 이제는 재미없어."

"재미없어도 오늘은 해요."

"저거나 좀 챙기지? 보아하니 내가 입을 옷 같은데…… 설마 저대로 굴려둘 건 아니지?"

신우는 미묘한 빈정거림으로 허락을 대신했다. 수안은 그제야 뒤를 돌아봤다. 정성껏 손질한 신우의 턱시도가 바닥에 흩어져 있었다. 수안은 황급히 옷가지를 챙기고는 신우를 안으로 몰아갔다.

신우는 홀로 자신의 몫으로 정해진 사무실에 들었다. 수안에게 몇 번이고 도망치지 않겠다는 다짐을 전한 뒤였다. 그녀는 금세 돌아올 것이라는 약속과 함께 옷짐을 들고 다른 방으로 향했다. 엉망이 된 파티복을 손질하기 위해서였다.

신우는 셔츠를 갈아입으려고 거울을 마주 봤다. 열린 단추를 잠그려던 그는 새삼스러운 설렘에 손길을 멈췄다. 옷깃에 밴 그녀의 체취는 은근한 감흥을 줬다. 하지만 애써 그 감정을 누르며 다시 단추로 손을 가져갔다. 단순한 행동은 어울리지 않게 결연했다.

그가 제 안의 동요와 싸우는 순간 수안이 들어왔다. 파티복을 챙겨 온 그녀는 반쯤 열린 그의 셔츠를 보고는 이내 얼굴을 붉혔다. 하지만 수안은 애써 내색하지 않고 당당히 신우에게 다가왔다.

수안은 선뜻 할 말을 찾지 못해 묵묵히 타이를 건넸다. 신우는 타이를 받아 들고는 야릇한 웃음을 보였다.

"손이 없네."

"…… 네?"

"이걸 받고 나니 손이 없다고."

신우는 어깨를 으쓱하며 손에 쥔 타이를 흔들었다. 신우는 수안의 황당한 눈길을 받으며 제 셔츠를 가리켰다.

"채워줘."

신우는 수안을 향해 어깨를 곧게 폈다. 수안은 망설임에 그 자리에 굳어버렸다. 그러다가 결심이 선 듯 입술을 깨물고는 차곡차곡 그의 단추를 채웠다.

"생각보다는 당돌하네."

신우는 호기로운 눈으로 수안을 바라봤다.

"사람은 상대에 따라 변해요. 날 당돌하게 만들고 있

는 건 당신이라고요."

수안은 야무진 손놀림으로 마지막 단추를 채우고는 그의 손에서 타이를 잡아챘다.

"시키지 않는 일은 하지 마."

신우는 수안의 손목을 잡아챘다. 하지만 수안은 그의 손을 뿌리친 뒤 고집스레 타이를 묶어줬다. 신우는 거친 손길로 타이를 잡아 뺐다.

"뭐 하자는 거야?"

"지키려는 거예요. 상처받은 내 자존심…… 지키는 거라고요."

앙다문 그녀의 입술 사이로 미묘한 떨림이 새어 나왔다. 속에서 치미는 무언가를 꾸역꾸역 누르는 소리였다.

"처음에는 그렇게 믿었어요. 당신 마음속에도 내가 있다고. 그런데 당신이 자꾸 확인시켜줬어요. 그 믿음이 망상이라는걸. 한 발, 두 발, 꼭꼭 짓밟아가면서."

맥없는 한탄을 쏟아내는 그녀의 눈가에 삽시간에 눈물이 고였다.

"그런데요, 진짜 미안한데요. 나 이제 와서 그쪽 지워내지는 못하겠어요. 당신이 날 원치 않는 거 알면서도, 어쩌면 이용하는 건지도 모른다는 거 알면서도 놓지 못하겠다고요."

수안의 눈빛에는 일말의 흔들림도 없었다. 참으로 당찬 여자였다. 그러나 무엇보다도 아름다운 여자였다. 신우는 문득 매끈하게 뻗은 그녀의 머리칼을 멋대로 헝클어놓고 싶은 충동에 휩싸였다. 그 굽이치는 물결 속에 손가락을 밀어 넣고 마음껏 그녀의 체취를 훔쳐내고 싶었다. 아니면 조곤조곤 들려오는 그녀의 목소리를 자신의 입술로 가둬버릴 수도 있었다. 혀끝에 닿는 그녀의 숨결은 분명 부드럽고 따뜻할 터였다.

"그래서 결심했어요. 무슨 일이 있어도 당신 마음을 가져야겠다고. 적어도 단 1분, 아니 30초라도……. 그 순간만큼은 내가 당신이 갖고 싶은 유일한 여자가 되겠다고. 반드시 그렇게 만들고야 말겠다고."

참으로 당찬 여자였다. 하지만 신우는 그 다부진 얼굴 뒤에 숨겨진 연약한 속내를 읽을 수 있었다. 그 이질적인 공존이 묘한 매력으로 그를 사로잡았다. 탐스러운 머릿결이, 매끈한 이마가, 다부진 콧날이, 수줍은 입술이, 그의 심장을 조여왔다.

"그게 소원이라면 이뤄줄게."

신우는 급작스레 그녀를 두 팔 안에 가둬버렸다. 수안은 애써 당당하게 맞섰다. 그 순간만큼은 절대로 지고 싶지 않았다. 하지만 신우의 농염한 손놀림에 수안의 오기는 서서히 무너졌다. 가늘고 매끈한 그의 손가락은 그녀의 귓불을 스치고는 턱을 훑어갔다. 그 야릇한 동선에 수안은 굳은 몸을 떨었다. 그사이 담대한 입술이 그녀의 목덜미를 훑어 내렸다. 빳빳하게 몸을 세운 솜털에 수안은 얕은 한숨을 토해냈다. 그리고 주저함 없는 손길은 그녀의 옷깃을 향했다.

"10초."

신우는 야릇한 웃음과 함께 그녀의 단추 하나를 풀어냈다. 수안은 까닭 모를 모멸감에 입술을 깨물었다.

"20초."

그는 두번째 단추를 풀어내며 그녀에게 밀착했다. 그러자 수안의 더운 체취가 신우를 덮쳐왔다. 신우는 강렬한 충동에 휩싸여 세번째 단추를 풀었다. 그러고는 삽시간에 수안의 아랫입술을 집어삼켰다. 성마른 혀끝으로 그녀의 윗입술을 간질였다. 바지런한 손가락은 거침없이 그녀의 옷자락을 끌어내렸다. 오래지 않아 그의 손바닥 안에 말캉한 속살이 들어왔다. 신우는 굶주린 어린아이처럼 그녀의 젖무덤을 탐닉했다. 그는 짓궂은 레이스 조각의 방해를 물리치고 정상에 핀 꽃송이를 먹어치웠다. 그는 능숙한 사냥꾼이었다.

신우의 입술이 집요하게 먹잇감을 쫓는 사이 그의 손

은 그녀의 몸 구석구석을 자극하고 있었다. 그의 손가락은 악마였다. 여인의 몸이 주는 울림에 대해 해박한 요물이었다. 그의 손끝은 얄궂은 높낮이로 그녀를 연주하며 다음 사냥감을 물색했다. 매끄럽게 감겨오는 실크 치마도 그의 행보에 방해가 되지 못했다. 최후의 방어막을 펼치던 얄팍한 속옷은 그 집요한 손길에 여지없이 함락됐다. 신우는 흠씬 젖은 마지막 옷가지를 끌어내렸다. 손가락에 감겨오는 끈끈한 체액과 함께였다. 순간 감당할 수 없는 체취가 그의 이성을 잠식해왔다. 그는 그녀를 더럽히고 싶었다. 참을 수 없는 결벽을 깨뜨리고 싶었다.

그러나 아슬아슬하던 그의 질주는 거기서 멈췄다. 갑작스레 치미는 각성의 징후 때문이었다. 그는 그제야 체온이 올랐음을 알아챘다. 이성이 날아간 그의 입술은 어느새 그녀의 하얀 목덜미에 집착하고 있었다. 신우는 달아나야 한다고 생각했다. 그러나 정염에 얼룩진 수안의 옆모습은 다분히 요염했다. 그녀의 정갈함에 걸맞지 않는 농염한 기운이었다. 신우는 갑작스레 밀려드는 갈증에 입술을 달싹였다. 그는 새삼 그녀의 살점을 물어뜯고 싶었다. 날카로운 송곳니로 그녀의 목덜미를 헤집고 성스러운 피로 입술을 축이고 싶었다. 그러나 지금은 아니었다.

"30초."

그는 간신히 폭주하는 본능을 눌렀다. 그러고는 사력을 다해 반지를 코에 가져갔다. 오래지 않아 나른한 향기가 달뜬 숨결을 보듬었다. 욕망이 지난 자리는 싸늘했다. 새삼 신우의 눈에 분기가 일었다. 이제까지 이토록 그를 흔든 이는 없었다. 이처럼 그의 인내심을 갈기갈기 찢어놓고 처참하게 짓이긴 여자는 존재하지 않았다. 더군다나 조금의 불순물도 섞이지 않은 검은 눈동자라니. 그의 금기를 난도질한 여자의 얼굴치고는 너무나 천연스러웠다. 게다가 지금의 그녀에게는 가당치도 않은 퇴폐적인 기운이 스며 있었다. 땀에 젖은 머리칼과 상기된 두 뺨, 게다가 타액에 반짝이는 붉은 입술이라니.

"꼭 30초네. 이제 만족해?"

신우는 특유의 냉소와 함께 그녀와의 거리를 넓혔다. 그러나 목소리는 냉정을 잃어 가늘게 떨고 있었다. 수안은 그의 미묘한 흔들림을 알아채지 못했다. 그만큼의 여유가 그녀에게는 없었다. 수안은 한순간에 자신을 덮치고 사라진 그의 흔적에 갈증을 느꼈다. 세포 구석구석이 신우의 사취를 살방했다. 그러나 지금의 신우는 어느 때보다 정갈했다. 사내의 살갗이란 이처럼 무정한 걸까? 수안은 문득 모멸감을 느꼈다.

"비참해."

습기를 머금은 수안의 눈동자가 신우를 질책했다. 신우는 그 짤막한 책망에 새삼스러운 가책을 느꼈다. 그사이 수안은 옷깃을 여몄다. 차곡차곡 옷을 갖춰 입는 그녀의 모습은 결연하고 단호했다. 그녀는 조금 전까지의 열기를 지워내고는 문밖으로 나섰다. 신우는 저도 모르게 수안을 따라 발걸음을 옮겼다. 까닭 모를 가책 때문이었다.

복도에서 그와 그녀의 발소리가 묘하게 엇갈렸다. 두 사람은 정적을 가르며 어색하게 걸었다. 하지만 창밖에서 들려오는 요란한 폭음에 그들의 고요는 이내 깨져버렸다.

"저거…… 뭐야?"

무심히 고개를 돌리던 신우는 돌연 얼굴이 굳어졌다. 밤하늘을 수놓은 형형색색의 불꽃이었다. 신우는 저도 모르게 마른 신음을 뱉어냈다.

"불꽃 축제예요."

"뭐……?"

"하준수 회장님께서 기획하신 거예요."

"불꽃……이라고……?"

신우는 주먹을 꼭 쥐었다. 굳은 얼굴에는 송골송골 식

은땀이 맺혔다. 수안은 그런 신우를 심상치 않은 눈길로 바라봤다. 그러나 그녀는 애써 자신이 본 것을 외면했다. 그를 보듬어주기에는 조금 전의 상처가 너무 컸던 탓이다.

"나가요."

"못 가."

"끝까지 날 괴롭히겠다는 거예요?"

"아니, …… 무서워."

"네?"

"못 나가."

뜻밖의 고백에 수안은 당혹감을 감추지 못했다. 그러나 그녀는 곧 파르르 떨리는 마른 입술에서 그의 공포를 읽어냈다.

수안은 무심히 창밖으로 시선을 던졌다. 무지갯빛 불꽃의 향연은 사람의 혼을 쏙 빼놓을 만큼 아름다웠다. 수안은 다시 신우에게로 고개를 돌렸다. 공포에 사로잡힌 그는 무심결에 뒷걸음치고 있었다.

"불꽃이…… 무서워요?"

수안은 연민으로 그를 얼렀다. 신우는 아이처럼 고개를 끄덕였다.

"무섭지 않아요. 날 믿어요."

신우는 고집스레 고개를 저었다. 수안은 그런 신우의 손을 가만히 그러쥐었다. 그의 손은 언제나처럼 차가웠다. 수안은 얼음장 같은 그의 손을 품은 채 밖으로 나섰다. 신우는 마지못해 수안을 따라나섰다.

 두 사람이 모습을 드러내자 불꽃은 강렬한 몸짓으로 그들을 환영했다. 야외 행사장에는 신우를 기다리는 하객들이 가득했다. 거침없이 쏟아져 내리는 불꽃과 수많은 인파라니. 끔찍한 일이었다.

"얼음."

 신우는 제 앞에 놓인 상황에 멍해진 채 가까스로 입을 열었다. 행여 체온이 오를세라 염려가 된 까닭이었다.

"네?"

"얼음 좀 가져다줘. 부탁이야."

 수안은 낯선 눈길로 신우를 바라봤다. 그의 절박함이라는 것은 참으로 생경하게 다가왔다. 수안은 조용히 고개를 끄덕이고는 홀로 안으로 들어섰다.

 신우는 여전히 그 자리에 굳은 채로 서서 하객들을 살폈다. 100명은 족히 되어 보였다. 신우는 긴장감에 반지를 코끝으로 가져갔다. 하객들 틈에 있던 준수는 그런 신우를 능청스러운 미소로 바라봤다.

 준수는 옆자리의 비서에게 뭐라고 속삭였다. 그러자

비서가 신우를 향해 걸음을 옮겼다. 신우는 불안함으로 이맛살을 찌푸렸다. 신우에게 다가온 비서는 와인 잔을 건넸다. 하객에게 축배를 건네라는 첨언도 함께였다.

 신우는 마지못해 잔을 들었다. 군중은 자신들의 잔을 비워내고는 신우를 향해 박수를 보냈다. 메마른 갈채 소리가 어지럽게 얽혀들었다. 신우는 현기증을 달래려 와인을 들이켰다. 입안으로 스며드는 붉은 와인은 핏물처럼 나른했다.

 신우가 잔을 비우자 비서는 채근했다. 하객들 틈으로 밀어 넣을 심산이었다. 물론 그것도 준수의 계획이었다.

 신우는 구원을 청하듯 현관을 돌아봤다. 하지만 수안은 없었다. 신우는 마지못해 걸음을 내디뎠다. 그러나 그 이상은 힘들었다. 불가능한 일이었다. 신우는 완벽하게 공황 상태에 빠졌다.

 신우는 그럴듯한 변명을 늘어놓고는 황급히 걸음을 돌렸다. 하객들 틈에서 신우를 지켜보던 준수는 의미심장한 미소를 던졌다.

 투둥, 투둥, 투둥, 투둥…….

 신우는 초조한 걸음으로 복도에 들어섰다. 각성이 시

작되었는지 또다시 심박동이 달음질치기 시작했다. 신우는 가슴팍의 통증을 느끼며 서둘러 모퉁이를 돌았다. 그러자 맞은편에서 달려오는 수안의 모습이 보였다.

그 아이가 온다. 심장이…… 뛴다.

신우를 발견한 수안은 더욱 바삐 그를 향해 달려왔다. 그러나 그녀는 이내 중심을 잃고 넘어졌다. 높은 구두에 뜀박질은 무리였던 것이다. 결국 그녀는 요란한 소리와 함께 얼음을 바닥을 쏟고 말았다.
"미안해요. 다시 가져올게요."
그녀는 무릎을 톡톡 털고는 분주히 그에게서 등을 돌렸다. 그의 다급함을 느낀 까닭이었다.
"가지 마."
담담한 호소가 그녀의 걸음을 잡아챘다. 수안은 돌처럼 그 자리에 굳었다.
"여기…… 그냥 있어줘."
신우의 애달픈 부탁에 수안의 눈가가 떨려왔다. 그의 진심을 읽은 까닭이었다. 그는 분명 그녀를 원하고 있었다. 수안은 망설임 없는 걸음으로 그를 향해 다가갔다.

그 아이가 온다. 심장이…… 뛴다.

 점점 가까워지는 그녀의 모습에 그의 심장이 미친 듯이 뛰기 시작했다. 통증은 조금 전의 것과 비할 바가 아니었다. 신우는 감당할 수 없는 고통에 입술을 깨물었다. 이성을 찾기 위함이었다.
 "난 내가 원하는 걸 얻게 되면…… 널 버릴 거야. …… 넌 다시 혼자가 되는 거야. 그래도…… 괜찮아?"
 신우는 거침없는 독설로 수안을 밀어내려 했다. 실낱같은 이성의 힘이었다. 그러나 수안은 그의 말끝에 묻어난 미련의 흔적을 놓치지 않았다.
 "이 이야기의 끝이 뭐가 됐든…… 날 막을 순 없어요. 그런 것 때문에 달리는 마음을 멈출 만큼 나 비겁하지 않아요."
 수안은 다부지게 제 진심을 고백했다.
 "바보 같군."
 "진짜 바보는 내가 아니에요. 돌아올 상처가 두려워서 어둠 속에 꽁꽁 숨어버리는 당신이죠."
 수안은 가만히 신우를 끌어안았다. 그의 품속에 그녀의 온기가 스며들었다.
 "난 정말 모르겠어요. 왜 당신은 아무리 꼭 안아줘도

따뜻해지지 않아요?"

그녀의 눈물이 그의 가슴팍을 적셔왔다. 신우는 돌연 심장이 뻐근해졌다.

이 아이가 운다. 심장이…… 아프다.

얼음의 그림자

"아직도 무서워요?"

"응."

신우는 짤막한 긍정과 함께 수안의 손을 꼭 쥐었다. 수안은 제 손을 감싸는 손가락 마디에서 그의 불안을 읽었다.

"그 녀석이 왜 무대에서 가면을 선택했는지 알 것 같네."

신우가 중얼댔다. 실제로 이엘의 무대에서는 가면이 큰 힘을 줬다. 관객과의 사이에 끼어들어 방어막 노릇을 톡톡히 했던 것이다. 그러나 지금은 달랐다. 그는 민얼굴도 군중과 맞서야 했다. 더군다나 하늘에서는 불꽃이 쏟아져 내렸다. 모든 것이 엉망이었다.

수안은 신우의 말을 대수롭지 않게 여겼다. 그가 북적

거리는 것을 꺼린다는 사실은 알고 있었다. 준수의 귀띔 덕분이었다. 하지만 실상은 그리 간단한 것이 아니었다. 그는 자신을 조여오고 있는 수많은 인간들의 체취에 맞서 싸워야 했다. 손가락에 낀 '아담'이 어느 정도의 힘을 발휘할지는 누구도 장담할 수 없었다.

"가면보다는 내가 나을 거예요."

그녀는 그의 손을 잡으며 가볍게 웃었다. 뜻밖에도 미소의 마력은 강했다. 신우는 자그마한 그녀의 손에 의지해 평정을 되찾았다. 두 사람은 광장으로 찬찬히 발을 내딛었다. 함께하는 발걸음은 가벼웠다.

그들은 물살처럼 군중 속으로 스며들었다. 신우는 도도한 미소로 하객들과 눈인사를 주고받았다. 손님들과 담소를 나누고 있던 준수는 매끄러운 신우의 처세에 슬쩍 얼굴이 굳었다. 준수는 지인에게 양해를 구한 뒤 신우에게로 다가갔다. 그사이 신우는 습관처럼 코로 '아담'을 가져갔다. 역시 한꺼번에 밀려오는 체취가 부담스러운 모양이었다.

"수안 씨가 수고가 많네요. 이 녀석 안 오겠다고 버틸 줄 알았는데."

준수는 수안에게 의례적인 인사를 건넸다.

"아니에요, 오히려 제가 덤벙대느라 늦었는데요."

수안은 야무지게 신우를 변호하고 나섰다. 내막은 모르지만 신우와 준수의 사이가 껄끄럽다는 것쯤은 본능적으로 알 수 있었다.

"생각지도 않게 자리가 커졌네요."

 신우는 여유로운 미소로 준수를 쏘아봤다. 일종의 경고였다.

"너보다는 '헤라'의 격에 맞춘 자리니까."

 준수의 목소리는 사뭇 느긋했다. 제법 아버지다운 기색이었다.

"물론 그러셔야겠죠. 항상 저보다는 '헤라'가 먼저셨으니까요."

 두 사람은 팽팽한 기운으로 맞섰다. 수안은 그들의 대립을 단순한 부자간의 갈등이라 여겼다. 사실 상식적인 경우라면 그 이상을 생각할 수도 없는 노릇이었다.

"수안 씨한테 미안하네요. 이 녀석 사람이 많은 걸 워낙 싫어하다 보니 오늘은 특히 예민한 것 같네요."

"괜찮습니다."

 준수는 능청스러운 처세로 수안을 대했다. 영락없는 아버지의 태도였다. 신우는 그런 준수를 보며 쓴웃음을 흘렸다.

"싫어하는 걸 알면서도 굳이 감행한 진짜 뜻이 궁금해

지네요. 어차피 시간은 충분할 것 같으니 설명은 나중에 듣죠."

신우는 마지막 말에 뼈를 묻고는 수안의 팔을 잡아끌었다. 수안은 가벼운 목례와 함께 신우의 뒤를 따랐다. 두 사람은 오래지 않아 다시 인파 속으로 섞여들었다. 준수는 매서운 눈으로 그들을 관찰했다.

"갈라놓자더니 마음이 바뀐 거야? 저 두 사람…… 어째 더 좋아 보이네?"

익숙한 빈정거림이 끼어들었다. 이엘이었다.

"여기는 어떻게 왔어?"

"왜? 난 오면 안 돼? 나도 네 아들이잖아. 하신우처럼."

이엘은 주머니에 손을 찔러 넣은 채 주위를 둘러봤다. 요란한 차림새의 하객들은 너 나 할 것 없이 새로운 '헤라'의 후계자에게 호기심을 보이며 웃고 떠들었다.

"꽤 성대한 파티네."

이엘은 마뜩치 않은 눈길로 신우와 수안을 주시했다. 수안은 뭐가 그리 즐거운지 연신 재깔거리며 까르르 웃었다.

"괜찮은 거야? 불꽃놀이는 이제 시작이야."

준수가 걱정스레 물었다. 이엘에 대한 염려였다.

"난 하신우가 아니야. 불꽃 같은 건 신경 안 써. 사람들 냄새는 좀 거슬리지만."

 그 말은 사실이었다. 불에 대한 공포는 뱀파이어들 중 신우에게 한한 것이었다. 운하의 죽음과 관련된 탓이었다. 신우가 죽어가는 운하를 살리겠노라며 그녀의 피를 탐하던 그 밤, 그의 각성을 더욱 부채질한 것은 두 사람 곁을 지키던 모닥불이었다. 싸늘한 그의 몸뚱이에 열기를 더한 것이 화근이었다. 신우는 자신의 영혼을 집어삼키던 화마의 존재감을 또렷이 기억했다. 그것은 일종의 사주였다.

 그러나 불꽃놀이는 별개의 문제였다. 물론 실제로 외부 조건에 의해 체온이 오를 경우 여지없이 각성되었다. 하지만 불꽃놀이처럼 열기와 상관없는 시각적 자극에도 신우가 민감하게 반응하는 것은 오로지 자신의 뼈아픈 기억 때문이었다.

 "불꽃이라…… 재미있는 선택이야."

 하늘을 올려다보던 이엘은 반지를 코에 가져갔다. 사람들의 체취는 그에게도 버거웠다.

 그사이 파티는 더욱 무르익었다. 진행 요원들은 하객들에게 불꽃놀이를 위한 작은 소품을 나눠줬다. 신우의 손에도 영락없이 불꽃이 쥐여졌다. 신우는 그 가냘픈 막대를 손에 들고는 바들바들 떨었다. 그러자 수안이 신우의 손에서 불꽃을 낚아챘다. 직원은 어이없다는 듯 그녀를 바라봤지만 수안은 야무지게 나머지 불꽃까지 거머쥐고는 어깨를 으쓱했다.

"예쁘지 않아요?"

행사 요원이 멀어지자 수안은 장난스럽게 불꽃을 흔들었다.

"치워."

"불꽃이 왜 무서운지 물어봐도 돼요?"

"그냥…… 안 좋은 기억이 있어서."

신우는 운하와의 일을 떠올리며 자분자분 입술을 뜯었다.

"머리를 비워요."

수안은 가볍게 신우의 손목을 잡았다. 그 살가운 촉감에 신우는 까닭 모를 안도감을 느꼈다.

"이 친구랑은 처음 만난 거잖아요. 이 아이는 그때 그 불꽃이 아니에요. 기회도 안 주고 무조건 싫다고 하면 불공평한 거 아니에요?"

수안은 사뭇 진지했다. 하지만 신우는 피식 웃고 말았다. 어린아이를 다루듯 자신을 어르는 그녀의 태도가 귀여웠던 것이다.

"머리 비웠어요?"

"응."

신우가 고개를 끄덕였다. 그러자 수안은 신우에게 불꽃을 건넸다.

"뜨거워요?"

"아니."

신우는 한층 용기를 얻은 눈치였다. 창백하던 그의 얼굴에 핏기가 돌자 수안은 신우의 손목을 다시 잡았다.

"그쪽은 좀 뜨거워져도 되겠어요. 이렇게 얼음장처럼 차가우니."

"뭘 하려는 거야?"

"글쎄요."

수안은 짓궂은 웃음과 함께 그가 쥔 불꽃으로 허공에 그림을 그렸다. 그러자 수안의 손길을 따라 아름다운 불꽃이 흩날렸다. 그는 완벽하게 매료된 눈길로 그녀의 조형물을 바라봤다.

"어때요?"

한층 온화해진 신우의 기운에 수안은 뿌듯함을 느꼈다.

"예쁘네."

"겨우?"

"아름다워."

신우는 담백하게 제 감상을 전했다. 그 건조한 대답에

수안은 까르륵 웃음을 터뜨렸다. 어린아이처럼 맑은 웃음소리 때문에 그의 가슴속에는 고요한 파도가 일렁였다.

"…… 너처럼."

수안의 자태는 거부할 수 없을 만큼 아름다웠다. 애써 삼켰던 말을 끄집어낼 정도로 말이다. 뜻하지 않은 그의 고백에 두 사람 사이에는 정적이 일었다. 그러나 오래지 않아 침묵은 웃음으로 변했다. 자신감을 얻은 신우가 불꽃을 흔들며 수안에게 장난을 걸었기 때문이다. 그녀 역시 그런 그의 장난에 화답하며 축제를 즐겼다. 두 사람의 즐거운 시간은 이엘의 차가운 시선 속에 아름답게 무르익어갔다.

곧 광장에는 매끄러운 바이올린 선율이 가득 들어찼다. 우아한 왈츠곡의 무수한 발자국이 가볍게 날아올랐다. 신우와 수안 역시 음악의 흐름에 부드럽게 몸을 맡겼다.

신우의 발길은 새털처럼 가벼웠다. 그런 신우의 자취를 따라 수안의 몸이 유연하게 나부꼈다. 오직 음악과 두 사람만의 교류가 시작됐다.

하지만 음악이 고조되자 신우의 눈가에는 돌연 슬픔이 차올랐다. 기억 속에 묻어둔 낯익은 바이올린 선율 때문이었다. 신우는 가만히 상처를 더듬었다. 그러자 운하가 사랑하던 가냘픈 음색이 그의 목을 조여왔다. 시벨리우스의 〈왈츠 트리스테〉였다.

 깊어지는 음률에 동공에 밴 슬픔도 짙어졌다. 그의 심장은 어느새 운하에게 잠식됐다. 그는 서글픈 음의 질주에서 운하의 까만 눈동자를 떠올렸다. 그 선명한 기억에 신우의 눈가에도 언뜻 푸른 기운이 스쳤다.

 "날 봐요."

 아득한 곳에서 들려오는 포근한 음성이 그의 이성을 붙들었다. 순간 신우의 눈동자도 제 색으로 돌아왔다. 그는 정신을 가다듬으려고 눈을 깜박였다. 그러자 자신을 질책하는 갈색 눈동자가 또렷한 울림을 품고 다가왔다.

 "나 보라고요."

 생생한 수안의 음성에 신우는 가볍게 몸을 떨었다. 갑작스레 오한이 밀려왔다.

 "지금 당신 앞에 있는 건 나예요. 그러니까 그 눈 속에 다른 사람 두지 마요."

 수안은 직감적으로 그의 눈을 잠식하고 있는 이가 다른 여인임을 깨달았다. 그리고 이내 그 자리에서 그녀를 몰아내야겠다는 깜찍한 결론에 도달했다. 지금이라면 자신 있었다. 그의 시선을, 그의 걸음을, 그의 마음을, 오로지 자신의 몫으로 돌려놓을 자신 말이다.

얼음의 그림자 255

신우는 맥없는 눈길로 수안을 바라봤다. 참으로 다부진 아이였다. 알면 알수록 기이한 여자였다. 실상 아무것도 모르지만 언제나 상대의 심상을 고스란히 읽어냈다. 꽁꽁 숨겨둔 속내라 할지라도 여지없이 무장 해제시켰다. 그림자 속에 품은 비밀을 환히, 투명하게, 마치 마술처럼.

"네가 알아둬야 할 게 있어."

신우가 무겁게 입을 열었다.

"너하고 나, 이 이상은 갈 수 없어. 그러니까 허튼 기대 같은 건 하지도 마."

신우는 순간 수안이 천사일지도 모른다는 가설을 배제했다. 다만 한 사람의 남자로서 자신이 그녀의 상대에 적합한지 여부에 골몰했다. 결과는 참담했다. 그는 괴물이었다. 종착역을 알 수 없는 삶의 끝까지 입안에 피비린내를 품고 살아야 하는 존재였다. 어쩌면 뜻하지 않은 상황에 직면해 그녀의 목덜미를 물어뜯고 또 하나의 주검을 마주하게 될지도 모른다. 상상만 해도 가슴이 서늘해지는 일이었다.

"생각보다 비겁하네요."

"아마 그보다 더 나쁠 거야."

신우는 쓰게 웃었다.

"도대체 걱정하는 게 뭐예요? 뭘 겁내는 거죠?"

"네가 잘못되는 거. …… 정확히 말하면 또다시 누군가를 망쳐버릴 나를 보는 거."

"당신은 절대로 날 망칠 수 없어요. 내게 상처 줄 수 없다고요. 왜냐하면…… 난 당신한테 아무것도 바라지 않을 거니까."

"이수안."

"말하지 마요. 내 말 들어요."

신우는 다부진 수안의 말끝에서 강인함을 느꼈다. 하지만 그 단단한 언어 속에는 상처받기 싫은 어린아이의 치기도 고스란히 녹아 있었다.

"나 그쪽에게 아무것도 기대하지 않을 거예요. 그러니까 당신은 절대 날 아프게 할 수 없어요."

"너…… 정말 어린애구나."

신우는 저도 모르게 손을 뻗어 수안의 뺨을 어루만졌다.

"그냥 이 순간만큼은 마음이 움직이는 대로 날 봐주면 안 돼요?"

그녀는 살갗에 닿는 엄지의 감촉에 콧잔등이 시큰해졌다. 신우의 흔들림이 전해온 까닭이었다. 물론 수안은 신우가 마음을 걸어 잠근 이유를 몰랐다. 그저 그의 눈을 그리움 속에 가두던 한 여자가 원인이 되었노라 조용히 짐작해볼 뿐이었다.

"…… 그거 알아? 사랑의 절반쯤은 기억에 의존한다는 거."

신우는 가볍게 수안의 허리를 감싸 안으며 몸을 돌렸다. 그사이 음악은 빠른 발돋움으로 절정을 향해 치닫고 있었다.

"쥐고 있을 기억이 한 줌이라도 남아 있으면, 그거 하나만으로 영원할 수 있는 게 사랑이야. 그렇게 너도…… 산타를 품어온 거 아니었나? 그게 지금 내가 널 밀어내는 이유야."

그는 차분하게 그녀 자신도 깨닫지 못한 진심을 끄집어냈다.

"겁쟁이."

"미안해."

신우는 짤막한 사과를 건넸다. 수안은 신우가 안쓰러웠다. 군더더기 없는 말투에 배인 진심의 깊이를 읽은 탓이었다.

그사이 음악이 멈췄다. 신우는 능숙하게 춤을 마무리했다. 두 사람은 다시 사람들의 갈채 사이로 스며들었다.

"이쯤 되니 궁금해지네."

주름진 눈두덩 아래로 준수의 회색 눈동자가 분주히

움직였다. 그는 시종일관 신우와 수안의 행보에 주목하고 있었다.

"뭐가?"

"이수안의 정체 말이야."

"무슨 소리야?"

"그동안은 궁금해도 형 생각해서 꾹 참아왔거든. 형이 왜 저 아이를 지켜왔는지 말이야."

이엘은 굳게 입을 다문 채 짐짓 태연한 척 굴었다. 속은 시커멓게 타들어갈지언정 준수 앞에서 조바심치는 모습을 보여서는 안 될 것이었다. 평소 냉혹한 준수의 성격상 수안이 이용 가치가 있다고 판단되면 거침없이 해를 가할지도 모를 일이었다.

"그런데 지금 신우 형 봐. 완전히 다른 사람 같잖아? 솔직히 그 일이 있고 나서는 저런 얼굴 처음 보는 것 같아."

"이수안하고는 상관없어."

이엘은 애써 눈에 보이는 그림을 부정했다. 준수는 그런 이엘에게서 조바심을 읽었다.

"나보고 그 말을 믿으라는 거야?"

"안 믿으면 뭘 어쩌겠다는 건데?"

이엘은 버럭 소리를 질렀다. 그러나 그에 아랑곳없이 준수는 이엘의 속내를 떠봤다.

얼음의 그림자 259

"형 하나도 모자라 신우 형 마음까지 사로잡은 여자야. 분명…… 무언가 있어."
"우연일 뿐이야."
"그럴지도 모르겠군. 아니면 운명이거나."

준수는 실소를 뿜으며 이엘을 자극했다. 이엘은 싸늘히 먼발치의 신우를 쏘아봤다. 그는 나긋나긋한 미소로 수안을 향해 뭐라 속삭이고 있었다. 이엘은 저도 모르게 주먹을 움켜쥐었다. 준수는 그런 이엘을 보며 미처 맺지 못한 말을 나직이 중얼댔다.

"같은 사람에게 끌리는 쌍둥이의 운명."

*

민조는 승윤을 따라 졸래졸래 걸었다. 살짝 머리를 흔들며 따라붙는 모양새가 흡사 주인을 따르는 강아지 같았다. 두 사람은 다소 간격을 두고 있었지만 제법 친근해 보였다.
"약속 언제 지킬 거예요?"
발치에 걸린 돌을 걷어차며 민조가 물었다.
"무슨 약속요?"
승윤은 주머니에 손을 찔러 넣은 채 시큰둥하게 답했다.

"와, 시치미 봐라? 지금 자기 목적 달성했다고 발뺌하는 거예요?"

민조는 걸음을 멈추고 씩씩거렸다.

"아, 연애 강습요?"

승윤은 그제야 기억났는지 가던 걸음을 잡아 세웠다. 민조는 세차게 고개를 끄덕였다.

"그런데 꼭 해야 돼요?"

"뭐예요? 이제 와서 오리발이에요?"

"그게 아니라. 도와줄 수는 있는데……."

"그런데 뭐요?"

"진짜로 그 사람이 좋아요?"

"네."

"사귀고 싶고?"

"응."

민조의 고갯짓이 더욱 분주해졌다.

"손도 잡고 싶고, 팔짱도 끼고 싶고……."

"뽀뽀도! 뽀뽀 강력 추천!"

민조는 손까지 번쩍 들며 승윤의 말을 가로챘다.

"하……."

승윤은 한숨을 쉬며 혀를 끌끌 찼다.

"왜요? 그건 힘들어요?"

민조는 입을 삐죽 내밀며 실망을 표했다. 진심으로 낙심한 눈치였다.

"이해 불가야."

"뭐가요?"

"이담필이 왜 좋아요?"

"멋있잖아요."

"어디가?"

"전부."

"그래요, 뭐. 취향은 존중해요."

승윤은 다시 한 번 한숨을 내쉬었다. 포기의 의미였다.

"그래서, 가르쳐줄 거예요?"

"뭐…… 그래요. 내가 도와주는 건지 구렁텅이로 미는 건진 모르겠지만 알려줄게요. 연애의 비기."

승윤은 코를 찡긋했다.

"진짜? 언제부터요?"

"글쎄요, 뭐…… 당장?"

승윤은 은근히 뻐기며 어깨를 으쓱했다. 그러자 민조는 헤벌쭉 웃으며 다시 걸음을 옮겼다.

두 사람은 그대로 버스에 올랐다. 승윤은 조금 전의 이야기는 잊은 듯 창밖을 보며 사방을 두리번거렸다.

"뭐부터 가르쳐줄 거예요?"

"응?"

다급한 민조와는 달리 승윤은 시큰둥했다.

"손잡기? 포옹하기? 뽀뽀하기?"

민조는 승윤에게 바싹 붙어 계속 채근하기 시작했다.

"이래서 안 되던 거구나."

승윤은 한숨을 푹 쉬었다.

"뭐가요?"

"연애 말이에요. 이렇게 결과만 생각하고 덤비니까 안 돼지."

"결과도 없는 일에 뭐 하러 매달려요? 시간 아깝게."

"과정을 즐겨야죠, 과정을."

승윤은 답답해하는 눈치였다.

"손잡고, 뽀뽀하고. 뭐 그런 게 연애의 과정 아니에요?"

민조는 억울함을 담아 반론을 제기했다. 그러자 승윤은 돌연 민조의 손을 덥석 잡았다.

"어때요?"

"와! 손 되게 차다. 뭐 손이 이래요?"

민조는 뜻하지 않은 냉기가 생경했던지 빤히 승윤의 손을 들여다봤다. 증거물이라도 살피는 기색이었다.

"설레요? 아니면 떨려요?"

승윤은 스승의 자세에 충실했다.

"아니요, 신기해요. 내가 잡아본 손 중에 최고네. 진짜 차가워."

민조는 어느새 관찰자의 시점으로 자리 잡았다. 연애 강습 같은 것은 까맣게 잊은 모양이었다.

"그러니까 손잡고 뽀뽀하는 게 다가 아니라니까요. 이렇게 잡고 있어도 아무 감흥이 없잖아요."

"그럼 뭘 해야 하는데요?"

"감정의 교류."

"감정의 교류?"

"손을 잡기는 잡아야죠. 그런데 그냥 잡으면 안 돼요."

"그럼 어떻게 해요?"

"상황에 따라 다르긴 한데. 흐음…… 사실 손잡는 법도 진짜 여러 가지거든요. 어떻게 접근하느냐가 관건이에요. 예를 들면 이런 거."

승윤은 자연스레 자신의 손등을 손잡이를 거머쥔 민조의 손등에 스쳤다. 닿을 듯 말듯 아슬아슬한 스침에 손등의 솜털이 오소소하게 섰다.

"이번에는 어때요?"

"오! 설레! 이번에는 좀 설레요. 나 전기 왔어! 천재야, 천재!"

민조는 진심으로 감탄해 마지않았다. 그녀는 흥분이

가라앉지 않은 눈길로 제 손등을 요리조리 살폈다.

"나 전기 왔어! 와, 하승윤 천재야, 천재!"

민조는 온갖 감탄사를 쏟아내며 승윤을 추켜세웠다.

"별걸 다 가지고 천재래."

승윤은 마음에도 없는 말을 던지고는 공연히 뻐겼다.

"하여간 손이라는 게 진짜 미묘하거든요. 살짝 스치거나, 닿기만 해도 무한 상상의 세계가 열린다고나 할까요?"

"상상?"

"다음 진도에 대한 상상이죠. 언제쯤이면 저 손을 제대로 잡아볼까…… 뭐 그런?"

"아, 아……."

민조는 어느새 성실한 학생으로 돌아가 고개를 끄덕였다.

"그쯤 되면 마주 앉아 밥만 먹어도 심장이 쿵쾅대고 뛰는 거예요. 젓가락질하다 손가락이라도 엇갈리면, 아주 미치죠."

"오…… 그렇구나."

민조는 생경한 눈길로 제 손등을 바라봤다. 신기한 보양이었다.

"오늘 수업은 여기까지."

얼음의 그림자

"에에? 뭐가 이렇게 짧아요?"
"짧고 굵게. 몰라요?"
"나 무언가 속은 거 같아."
민조는 금세 뾰로통해졌다.
"속기는? 아까는 천재라더니?"
"그랬나?"
민조는 다시 헤벌쭉 웃었다. 그사이 두 사람은 목적지에 도착했다. 버스가 서자 민조는 흥에 겨웠는지 아이처럼 폴짝 뛰어내렸다. 그러더니 돌연 승윤의 손에 깍지를 껴왔다.
"이런 건 안 떨리는 거니까 마음껏 잡읍시다."
승윤은 어이가 없어 웃었다. 그러자 민조는 애교스럽게 웃으며 승윤의 손을 잡은 채 앞뒤로 팔을 흔들었다. 승윤은 까닭 모를 뿌듯함을 느끼며 민조와 함께 걸었다.

*

"너, 인간으로 돌아가고 싶지?"
유민의 방에 들어간 이엘은 앞도 뒤도 없는 말을 끄집어냈다. 컴퓨터에 열중하던 유민은 무심한 눈길로 그런 그를 돌아봤다.

"평생 죽지도 못하고, 자라지도 못한 채 살고 싶지 않잖아."

"그래서?"

"내가 해줄게."

"…… 뭐?"

"내가 만들어줄게."

"삼촌 또 애플 마셨어? 부작용이야?"

"약속할게. 내가 무슨 수를 써서라도 만들어줄게."

"무슨 말이 하고 싶은 거야?"

"하신우 네가 막아. …… 하신우만 막아줘."

감정만 내동댕이쳐진 이엘의 말이 반 토막으로 나뒹굴었다.

"알아듣게 얘기해. 무슨 말이 앞도 없고 뒤도 없어?"

"하신우가…… 미쳤어. 미치지 않고서야…… 미치지 않고서야 어떻게 그래?"

유민은 그제야 상황을 알아챈 듯 쓰게 웃었다.

"이수안이구나."

유민은 낯선 눈길로 이엘을 바라봤다. 분노에 절은 그의 눈두덩에는 파랗게 핏발이 서 있었다.

"네가 도와줘. 하신우 포기시킬 사람 너밖에 없어."

"내가 왜?"

얼음의 그림자 267

"몰라? 몰라서 물어? 하신우가 운하한테 어떻게 했는지 기억 안 나? 저 좋다고 모든 걸 포기했던 애를…… 자기 손으로 죽였어!"

"사고였어!"

"사고? 사고라고? 그게 어떻게 사고야? 자기 본능하나 누르지 못하고 자기 여자를 물어 죽인 놈이야. 그게 사고야?"

"첫 각성이었어! 자기 본능이 뭔지도 제대로 모르는 그런 상태였다고! 삼촌이야말로 몰라서 그래?"

"그래서, 또 그 꼴을 두고 보자는 거야?"

"아직 일어나지도 않은 일이야!"

"하유민!"

"그리고…… 사람을 사랑하는 건 죄가 아니야. 어떤 경우에도."

유민은 또렷한 눈으로 이엘에게 맞섰다. 분명 소녀의 눈망울이었지만 소녀의 눈매는 아니었다.

"신우 삼촌, 정말 오랫동안 운하 언니한테 속죄해왔어. 그건 누구보다 삼촌이 더 잘 알잖아?"

이엘은 대답하지 않았다. 찰나의 순간이라도 신우를 두둔하고 싶지 않은 마음에서였다.

"신우 삼촌이 그런 말 한 적 있어. 숨을 쉴 때마다 자꾸만 언니 생각이 나서 미칠 것 같다고. 그게 너무 고통스러워서 죽어버리고 싶은데 자긴 죽고 싶어도 죽을 수가 없다고."

"그렇게 미안하다는 자식이 어떻게 다른 여자를 마음에 품어!"

"삼촌이 진짜 화나는 이유가 뭐야? 결국 이수안이 신우 삼촌을 선택해서 아니야? 삼촌이 아니라? 운하 언니가 그랬던 것처럼."

유민은 이엘을 빤히 올려다보며 말끝에 힘을 줬다. 꼬리에 품은 가시에 이엘의 얼굴은 삽시간에 하얗게 굳었다.

"너…… 진짜 못됐구나."

가빠지는 호흡 사이로 이엘의 분노가 새어 나왔다. 그 불규칙한 숨소리마다 마른 절규가 배어 있었다.

"이렇게 살다 보니 그렇게 됐네."

유민이 쓸쓸하게 읊조렸다. 이엘은 제 성미를 이기지 못하고 문을 박차고 나갔다.

"가엾다. 우리 삼촌. 하신우도, 하진우도."

유민은 진심으로 두 삼촌을 연민했다. 실상 정으로 따지면 신우나 이엘이나 매한가지였다. 다만 살갑고 매끈한 신우의 성격이 좀더 유민과 잘 맞아떨어졌을 뿐이다. 거기에 더해 준수에 대한 적개심도 한몫했다. 이엘이 준

얼음의 그림자 269

수와 노선을 함께했던 탓이다. 그때 이후로 준수에 대한 유민의 분노는 이엘에게도 고스란히 전해졌다. 서글픈 수순이었다.

유민은 울적한 마음을 달래려고 정원으로 나섰다. 그녀는 묵직한 휠체어를 타고 언제나처럼 그네로 향했다. 그네에 몸을 옮기던 유민은 이마에 맺힌 땀을 닦아내며 나직이 한숨을 쉬었다. 타인의 도움 없이는 몸뚱이 하나 옴짝거리지 못하는 스스로에 대한 자조였다.

그런 그녀에게 그네는 든든한 날개였다. 팔에 몇 번 힘을 주는 것만으로도 그녀를 날아오르게 했다. 때로는 높게, 때로는 낮게. 기분이 꼬이는 날에는 빙글빙글 돌 수도 있었다. 적어도 그네에 오르는 동안만큼은 그녀 또한 남들과 같았다.

그녀가 그네의 흔들림에 싫증을 느낄 때쯤 신우가 들어섰다. 그는 통증이 오는지 한 손으로 가슴을 싸쥐었다. 온종일 각성에 대한 공포에 조바심쳤으니 무리는 아니었다.

"요즘 많이 늦네?"

"하준수 덕분에."

"응?"

"자세한 건 알 거 없어."

신우는 대답 대신 그녀를 안아 휠체어에 옮겼다. 그녀의 지루함을 읽은 까닭이었다.

"왜? …… 내 아빠라서?"

유민은 공연히 날을 세웠다.

"신경 쓸 거 없어. 알잖아, 내가 하준수를 얼마나 증오하는지."

"그래서……. 네가 누굴 증오하는 게 싫어서. 그것도 다른 사람도 아닌 네 아빠를."

말을 맺는 신우가 이맛살을 찌푸렸다. 심장이 계속 당겨오는 모양이었다.

"변했구나. 사람의 마음…… 뭐 그런 건가?"

유민은 그런 신우를 보며 쓴웃음을 지었다.

"들어가자. 쉬고 싶어."

신우는 부드럽게 휠체어를 밀었다. 더 이상 이야기를 끌고 싶지 않은 마음에서였다.

"정말인가 보네."

"하준수 이 자식……."

신우는 잠시 멈춰 서서 호흡을 가다듬었다. 그사이에도 심박동은 서서히 가속을 더하고 있었다. 신우는 불꽃의 여파라 치부하며 입술을 깨물었다.

"바보가 됐구나. 자기 심장이 왜 뛰는지도 모르는 바

보가 됐어. 아니면 바보가 되고 싶거나."

"하유민!"

"이수안, 마음에 들어온 거…… 아니야?"

"넘겨짚지 마."

"사람이 되고 싶다며. 그러면 단 하루라도 사람의 마음으로 돌아가. 마음만이라도 먼저 인간으로 돌아가보라고! 사람이면 느낄 수 있는 감정들을 죄다 눌러가면서 어떻게 인간으로 돌아가겠다는 거야? 사람이 되고 싶다면서 어쩜 그렇게 한순간도 인간의 마음을 허락하지 않는 거냐고!"

유민은 마치 어른처럼 신우를 나무랐다. 그녀의 속에 들어 있는 80세 노파가 가엾은 청년을 나무라는 형국이었다.

"이 세상 누구도 삼촌이 뱀파이어라고 손가락질하지 않아! 삼촌을 흡혈귀라고 자각시키는 건 매일매일 자기한테 주문을 거는 삼촌 하나뿐이라고!"

그녀가 옳았다. 실상 그가 뱀파이어임을 아는 이는 오직 식구들뿐이었으니까. 그들 중에서 신우가 흡혈인임을 책망하는 이는 아무도 없었다. 그들 스스로도 같은 아픔을 짊어진 탓이었다.

"아주 잠깐이라도 사람이 되어봐. 인간 하신우가 하고

싶은 대로 살아보라고. 마음이 가는 대로, 심장이 시키는 대로. 단 하루만이라도."

*

 현관문이 열리자 민조의 콧노래가 들렸다. 수안은 익숙한 흥얼거림으로 그녀의 들뜬 기분을 알아차렸다.
"생각보다 일찍 왔네?"
 커피를 따르던 수안은 민조 몫까지 챙겨 탁자 위에 올렸다.
"수업이 일찍 끝났어."
 민조는 어깨에 걸친 가방을 아무렇게나 던져놓고는 털썩 의자에 앉았다.
"진짜 들을 만하긴 한 거야?"
"응, 응. 진짜 신기하다니까? 분명히 전기가 왔어."
 민조는 제 손등을 보며 세차게 고개를 끄덕였다. 아직도 신기한 모양이었다.
"넌 오늘 행사 잘 끝난 거야?"
 민조는 커피를 호호 불며 화제를 돌렸다.
"그럭저럭."
"그 사람…… 오늘도 못되게 굴었어?"

"응, 근데 좋았어."

수안은 신우를 떠올리며 부드럽게 웃었다.

"그건 또 무슨 소리냐? 너 사디스트였어?"

민조는 앞뒤가 맞지 않는 수안의 말에 정색했다. 당연한 귀결이었다. 수안도 새삼 제 화법이 우스웠는지 피식 웃었다.

"그냥…… 가까워진 것 같아서. 무언가 나 혼자 상상하던 것들이 구체화되고 있는 느낌이야. 내가 볼 수 있고, 만질 수 있고, 느낄 수 있는 것들로."

수안은 얼결에 뱉은 말에 제 스스로 놀랐다. 막연한 감정이 저도 모르게 또렷해지는 기분이었다.

"나 혼자 산타를 기다렸을 때는 그냥 상상이 전부였어. 내가 좋아하고 싶은 사람의 모습대로 멋대로 정해놓고는 나 혼자 그리워하고 기다리고……."

수안은 생각을 지워내고 마음의 울림에 충실했다. 그러자 흙탕물이 물속으로 가라앉는 양, 이성이 제거된 감정이 오롯이 실체를 드러냈다.

"그런데 이젠 아니야. 내가 바라는 사람이 아니라, 그냥 그 사람이라서 너무 좋아. 그냥 그 사람이라서."

확실히 손에 쥘 수 있는 감정은 강인했다. 그것은 20년이라는 세월 동안 키워온 설익은 몽상을 단숨에 지워버릴 만큼 막강했다. 돌이켜보면 기억에 의존하는 사랑이라는 것은 나약하기 짝이 없는 존재였다. 아마 수안에게 사무치는 외로움이 존재하지 않았다면 진즉에 사라졌을 감정이었는지도 모를 일이었다.

하지만 문제는 여전히 존재했다. 그녀의 허구가 안타까운 시간 차를 두고 실체를 드러낸 까닭이었다. 이제는 산타 또한 손에 닿는 존재였다. 그러나 닿을 수 없는 인연이었다.

수안은 제 방에 들고 나서도 이런저런 생각에 잠을 못 이루며 뒤척였다. 그러다 갑작스레 창문이 열리자 그녀는 벌떡 몸을 일으켰다. 바람결에 전해지는 이엘의 자취를 느낀 탓이었다.

도대체 남의 말은 듣지 않는군.

이엘은 낮은 초음파로 자신의 존재를 알렸다. 수안의 능력을 확인하기 위해서였다. 그러자 수안은 정확히 이엘이 있는 방향으로 돌아봤다.

"하신우, 너한테 독이야."

이엘은 단호한 말투로 말했다.

"남의 말을 안 듣는 건 서로 마찬가지인 것 같네요. 난 분명히 얘기했어요. 상관없다고."

"네가 하신우의 실체를 알고서도 그런 소리를 할까?"

뜻하지 않은 물음에 수안의 얼굴이 굳었다. 그 미묘한 변화에 이엘은 수안을 몰아세웠다.

"대답해! 그 인간이 어떤 놈인지 알고도 좋아할 수 있냐고 묻잖아!"

"그래요. 똑똑히 대답해줄게요."

수안은 다부지게 이엘을 쏘아봤다.

"앞으로 그 사람에 대해 어떤 나쁜 사실을 알게 된다고 해도 내 마음은 변하지 않아요. 그러니까, 이제 그만 날 놔줘요."

"날 기다렸잖아! 날 원했잖아! 날 그리워했잖아!"

이엘은 치미는 감정을 억누르지 못하고 거세게 수안의 양어깨를 잡았다.

"말했잖아요. 조금만 일찍 와주지 그랬냐고. 지금은 너무 늦어버렸어요."

수안은 싸늘히 이엘의 손을 뿌리쳤다.

"그럼 이딴 건 왜 매달아둔 거야? 진창에 구르게 놔두지 뭐 하러 여기 두는 거냐고!"

이엘은 책상 위에 놓인 자신의 음반을 보며 소리쳤다.

"미안하니까. …… 그리고, 고마우니까."

감정이 제거된 수안의 음성이 공기를 갈랐다.

"나한테 당신은, 그저 고맙고, 미안한 존재예요."

차분한 결론이었다. 그리고 명확한 진실이었다. 하지만 애석하게도 참담한 고백을 전하는 그녀의 입술은 그 어느 때보다도 수줍었다. 이엘은 그 애틋한 움직임에 이끌려 그녀의 뺨을 보듬었다. 하지만 야멸친 그녀의 손길은 찰나의 교감조차 거침없이 밀어냈다.

"하지만 미안하다고 사랑할 수는 없어요. 고마워서 사랑할 수 없는 것처럼."

수안은 단호했다. 그것이 이엘의 상처를 봉합하는 길이라 여긴 탓이었다.

"그렇다면 증명해봐."

상처받은 이엘의 목소리는 그 어느 때보다도 싸늘했다.

"네가 그 자식에 대한 진실을 알고서도 같은 마음이라면…… 내가 포기할게."

"그만둬요. 더 이상 이러는 거 어떤 의미도 없어요."

수안은 단호하게 이엘의 도발을 차단했다. 하지만 마음 한구석에는 스스로도 자각하지 못한 미묘한 흔들림이 일었다. 그러나 그녀의 말대로 그것은 사랑과는 별개의 문제였다. 사람이라면 당연히 느낄 수 있는 가책과 연민의 무게였다.

얼음의 그림자 277

"대신 한 가지만 내가 시키는 대로 해. …… 하신우의 반지를 뺏어줘."

"네?"

뜻하지 않은 주문에 수안은 의아함을 보였다.

"하신우가 분신처럼 끼고 다니는 그 반지. 한번 뺏어 달라고."

"내가 그 일을 할 거라고 생각해요?"

"그게 어려우면 아주 잠깐이라도 그 반지를 빼게 해. 날 못 믿겠으면 네가 쥐고 있어. 다시 돌려주면 될 테니까."

"싫어."

"난 할 말 다 했어. 이제 선택은 네가 하는 거야."

"나 이제 당신 장난에 놀아나지 않아요."

수안은 애써 힘주어 말했다. 말려들고 싶지 않은 마음에서였다.

"하신우에 대해 알 수 있는 진짜 기회야. 마지막 기회이기도 하고."

이엘은 마지막 말을 전한 뒤 창틀을 손으로 짚었다. 그러고는 이내 창문 너머로 훌쩍 몸을 날렸다.

"위험해요!"

수안은 놀라서 창밖을 살폈다. 하지만 이엘의 흔적은 없었다. 천장에 매달린 종이비행기만 쓸쓸히 바람에 흔들릴 뿐이었다.

*

 거울을 보며 타이를 풀던 신우의 얼굴에 옅은 미소가 스쳤다. 수안과의 일이 떠오른 탓이었다. 하지만 그는 이내 자신의 온기를 거뒀다.

 그럴 자격…… 있나?

 신우는 단호한 울림으로 말랑말랑한 감정을 질책했다. 그는 턱시도와 타이를 정리한 뒤 셔츠를 벗었다. 그러다 문득 그의 시선이 검은 테두리의 나무 액자에서 멈췄다. 액자 안에는 운하의 고목을 찍은 사진이 있었다. 천사의 날개가 내려앉기 이전의 것이었다.

 딱 하루만이야. 딱 하루만…… 허락해줘.

 신우는 사진을 보며 면죄부를 청했다. 그리고 이내 결연한 표정으로 액자를 집어 들었다. 그러고는 서랍에 넣은 뒤 굳게 옷장을 닫았다.

그는 욕실로 걸음을 옮겨 면도를 시작했다. 칼날이 스치는 동안에도 그는 계속 이런저런 생각에 잠겼다. 그러다 언뜻 스치는 면도칼에 인상을 찡그렸다.

그의 턱을 타고 빨간 핏방울 맺혔다. 하지만 피부는 빠른 속도로 재생되었다. 그의 얼굴은 어느새 말끔해졌다. 그러나 턱에는 여전히 핏방울이 맺혀 있었다.

신우는 그 빨간 핏방울에 매혹되어 저도 모르게 손으로 턱을 쓸어봤다. 손가락에 맺힌 핏방울은 유난히 탐스러웠다. 신우는 그 도톰한 붉은빛에 가볍게 전율했다.

마음이 가는 대로, 심장이 시키는 대로. 단 하루만이라도.

아슬아슬한 유혹의 순간, 유민의 음성이 귓가를 때렸다. 신우는 잠시 주저하다가 조심스레 손가락을 들었다.

단 하루만.

신우는 고민을 접고 핏방울을 입에 넣었다. 그러자 이내 그의 동공이 파랗게 물들었다. 빠르게 스며드는 푸른빛의 가속만큼 심장의 보폭도 가파르게 움직였다.

투둥, 투둥, 투둥, 투둥…….

 신우는 가빠지는 호흡이 감당이 되지 않아 털썩 주저앉았다. 비록 소량의 피였지만 그의 혀끝에 누군가의 피가 달라붙은 것은 운하의 죽음 이후 처음이었다. 그는 심지어 고기도 입에 대지 않았다. 말하자면 피에 대한 내성이 거의 없는 셈이었다. 덕분에 굶주렸던 그의 본능은 무방비 상태로 날뛰었다. 평소의 각성과는 비할 바 없는 움직임이었다. 오래지 않아 극심한 고통이 그의 심장을 파고들었다. 그는 정신을 놓지 않기 위해 벽면의 샤워기를 틀었다. 그러고는 탈진한 듯 웅크려 앉아 눈을 감았다. 지친 눈망울에 눈두덩이 내려앉자 그는 환각에 시달렸다. 운하에 대한 기억이었다. 그는 끝없이 운하에게 용서를 구하고 사죄를 청했다. 그러고는 밀려오는 자책감에 흐느끼기 시작했다. 앙다문 입술 사이로 울음소리가 새어 나왔다. 서글픈 울음은 오래지 않아 통곡으로 변했다. 그는 한참을 소리 내어 울었다. 그러다 그는 자신이 우는 이유가 수안 때문임을 깨달았다. 그는 수안이 그리웠다. 단 한 번이라도 좋으니 마음껏 그녀를 안고 싶었다. 그러나 그것은 불가능한 바람이었다.

 그는 밤새 그렇게 웅크리고 있었다. 싸늘하고 습한 냉

기에 신우의 이성이 서서히 깨어났다. 현실로 돌아온 그가 제일 처음 마주한 것은 거침없이 물줄기를 뿜어내는 샤워기였다. 그는 물과 눈물이 범벅이 된 얼굴로 벽에 머리를 기댔다.

이성이 돌아오자 그는 새삼 허기를 느꼈다. 마침 식사 시간이기도 했다. 신우는 아무 일 없는 양 매무새를 다잡았다.

그가 방황하는 동안에도 가족들은 평소와 다를 바 없는 시간을 보냈다. 일찌감치 방을 나선 이엘은 아침 식사를 하기 전 한 시간 남짓을 거실에서 보냈다. 아침잠이 많은 이엘에게는 드문 일이었다. 뒤늦게 거실을 가로지르던 유민은 그런 이엘을 미심쩍은 눈으로 바라봤다. 이엘은 그런 유민에게 시비를 걸었고 그녀는 언제나처럼 독설로 화답했다. 별다를 바 없는 아침이었다.

그들은 오래지 않아 식탁에서 다시 만났다. 그릇을 달그락거리며 팽팽한 신경전을 보이던 두 사람은 신우의 등장에 일순 조용해졌다.

신우는 가족들의 시선과 상관없이 그림자처럼 스며들어 식사에 집중했다. 그의 안색은 여느 때보다 훨씬 더 창백했다. 핏기가 가신 얼굴은 말갛게 속이 들여다보일 지경이었다. 이엘과 유민은 물론 승윤까지도 그런 그의 상태를 심상치 않은 눈길로 봤다.

신우는 허기진 기색으로 자신의 접시에 집착했다. 덕분에 얼마 지나지 않아 그의 접시는 뽀얀 민낯을 드러냈다. 물끄러미 텅 빈 접시를 응시하던 신우의 눈동자가 서서히 움직였다. 순간 이성이 제거된 그의 눈이 빛났다. 핏물이 흥건한 이엘의 스테이크 접시 때문이었다.

"어제는 어떻게 된 거야?"

승윤의 물음에 신우의 눈빛이 제자리를 찾았다. 이엘은 그런 신우의 낌새를 느끼면서도 침묵으로 관찰했다.

"뭐가?"

"밤에 가보니 방에 없던데?"

"머리가 아파서 나갔다 왔어."

"감기야?"

"그냥 몸이 안 좋아."

형제간에는 소소한 대화가 오갔다. 그사이 이엘이 흘깃 신우의 안색을 살폈다.

"각성은 아니고?"

스테이크를 썰던 이엘이 이죽거렸다.

"왜 또 그래? 한 끼라도 좀 편하게 먹자."

승윤은 민첩하게 신경전을 막아섰다. 하지만 신우는 별로 동요하지 않는 눈치였다. 그의 관심은 여전히 이엘

얼음의 그림자 283

의 접시에 있었다. 기운이 소진된 입술이 파랗게 질려 있었다.

"하준수는?"

신우는 다시 정신을 가다듬고 준수의 행방을 물었다.

"글쎄? 어제부터 안 보이던데?"

승윤은 그제야 사방을 두리번거렸다. 그러고 보니 준수는 지난 밤 집에 돌아오지 않았다. 유민은 이미 그런 준수의 움직임에 촉각을 곤두세우고 있던 참이었다.

"내뺀 거군."

신우가 싸늘한 미소로 일어섰다. 사실 더 이상 그 자리에 앉아 있는 것은 무의미했다. 그는 스테이크에 미련이 남은 듯한 모습으로 식탁을 나섰다. 이엘은 그런 신우에게서 미묘한 불안을 느꼈다.

"것 봐, 그냥 나가잖아. 형, 진짜 몸 안 좋아 보이는데 밥이라도 좀 먹고 가지."

승윤은 찜찜했던지 부지런히 신우의 뒤를 따랐다. 이엘은 식탁에 남아 생각에 잠겼다. 신우는 현관에 선 채 이맛살을 찌푸리고 있었다.

"뭐 해?"

승윤이 다가가 물었다.

"이거 왜 이래?"

신우는 손가락으로 입구에 비치된 '아담' 분사기를 가리켰다.

"뭐가? 안 나와?"

"응."

"이상하다? 어제까지 멀쩡했는데?"

승윤은 갸우뚱거리며 분사기를 살폈다. 신우는 초조한 기색으로 제 손톱을 잡아 뜯었다.

"걱정 마. 갔다 올 때까지 내가 손봐놓을게. 반지 있으니까 괜찮을 거야."

승윤은 믿음직스러운 말로 형을 안심시켰다. 신우는 그런 승윤의 마음이 새삼 고마웠다.

"그럼, 부탁한다."

신우는 승윤의 어깨를 토닥이고는 밖으로 나섰다. 하지만 이미 콧잔등에 얹어진 반지는 그의 불안을 그대로 드러냈다.

*

회사로 향하는 수안의 발걸음은 무거웠다. 이엘 때문이었다. 그는 그녀가 신우의 실체를 알게 되면 분명 마음이 바뀔 것이라고 했다. 하신우의 정체. 그 여섯 글자가 계속 수안의 귓가에 맴돌았다.
 하지만 그럴 리 없었다. 이엘의 말은 언제나 손에 잡히지 않는 것들뿐이었다. 언제나 '왜'인지를 알려주지 않았으니 말이다.

엉터리…….

 수안은 애써 이엘의 말을 부정했다. 하지만 여전히 목에 가시처럼 심장 한구석에 이물감이 남았다. 끝없이 자신을 밀어내던 신우의 독설이 떠오른 탓이었다. 신우는 그가 원하는 것을 얻으면 그녀를 버릴 것이라고 했다. 그러면 그녀는 다시 혼자가 된다고 했다. 물론 수안은 그래도 괜찮다고 했다. 그러나 괜찮을 리가 없었다. 그럴 수 없었다. 다시는…… 홀로 남고 싶지 않았다.
"배고파."
 수안의 걸음을 낯익은 구두가 가로막았다. 그리운 향기도 함께였다. 수안은 미소로 상대를 올려다봤다. 신우 역시 같은 얼굴로 수안을 마주봤다.
"배고프다고."
"아침 안 먹었어요?"
 신우는 가볍게 고개를 끄덕였다.

"난 먹었는데……."

"그래도 같이 가."

신우는 가볍게 수안의 손목을 거머쥐었다. 그녀는 선선히 그의 뒤를 따랐다. 그녀는 기뻤다. 제 손목을 움켜쥔 그의 손가락이, 자신과 보폭을 맞추는 그의 걸음이, 함께 품고 있는 싱그러운 풀 냄새가.

하지만 신우는 좀더 복잡했다. 신우는 수안의 가냘픈 손목에 의지해 송두리째 흔들리고 있는 자신의 오랜 금기들을 다잡고 있었다.

그러나 식당에 들어선 신우는 주저함 없이 스테이크를 시켰다. 그리고 오래지 않아 소원해 마지않던 접시를 마주하게 됐다. 신우는 결연한 표정으로 나이프를 들어 두툼한 고깃덩이를 저몄다. 날카로운 칼끝으로 흥건하게 핏물이 흘렀다.

"진짜 배고팠나 봐요. 아침으로 먹기엔 좀 과해 보이는데."

홍차를 마시던 수안이 물었다. 신우는 물끄러미 정갈하게 피가 고인 접시를 내려다봤다.

"왜 안 먹어요?"

수안이 무심히 물었다. 하지만 음식에 매혹된 신우의 귀에는 아무 소리도 들리지 않는 듯했다.

"비위에 안 맞으면 좀더 익혀달라고 해요."
"아니야, 됐어. 먹을 거야."

신우는 사람을 부르려는 수안의 말을 가로막았다. 그러고는 이내 결심이 선 듯 포크를 꼭 쥐었다.

신우는 조심스레 고기를 입안으로 밀어 넣었다. 그러자 상상으로만 되새겨보던 피비린내가 나른하게 그의 혀에 감겨왔다.

신우는 그 향취를 놓치지 않으려고 느리게 입을 오물거렸다. 선연한 맛은 그의 오감을 유린하며 삽시간에 자취를 감췄다. 신우는 참을 수 없는 갈증을 메우려고 다시 고기를 저몄다. 포크를 놀리는 그의 손놀림에는 다급함이 묻어났다.

"채식주의자인 줄 알았는데 아니었나 봐요? 고기 먹는 거 처음 봐요."

수안은 대수롭지 않은 기색으로 차를 홀짝였다. 그사이 신우는 깔끔하게 접시를 비웠다.

"오늘은 어쩐지 먹고 싶어서."

신우는 겨우겨우 핏물에서 허우적대는 제 혀를 구해 냈다.

"그럼 오늘이 지나면요?"

수안이 애교스럽게 물었다. 힘겨운 사투에 걸맞지 않

는 사랑스러운 미소도 함께였다.

"글쎄……."

신우는 무거운 시선으로 자신의 빈 접시를 바라봤다. 삽시간에 먹어 치운 고깃덩이가 양심의 무게로 내려앉았다. 신우는 그 가책에서 벗어나려고 서둘러 일어섰다. 식사를 마친 두 사람은 근처 숲길을 산책했다.

"피곤해 보이네?"

신우가 말을 걸어왔다. 확실히 그녀는 지쳐 있었다. 이엘 때문에 잠을 뒤척인 까닭이었다.

"요즘 잠을 잘 못 자요."

"왜?"

"잠을 자려고 하면 누가 자꾸 찾아와요."

수안이 쓸쓸히 입을 열었다.

"누가?"

"방해꾼이요."

"불면증인가……."

신우는 나직이 중얼거렸다.

"원래 잠 많이 자는 편 아니에요. 하루에 서너 시간 정도 자니까."

"그걸 잠이라고 자는 거야? 그래서 어떻게 버티려고……."

신우는 저도 모르게 날을 세웠다. 그러자 수안의 입에

서 피식 웃음이 터져 나왔다.

"지금 저 걱정하는 거예요?"

수안은 짓궂은 미소로 신우를 빤히 봤다. 신우는 스스로도 몰랐던 감정에 멈칫했다.

"기분 좋아."

수안은 기분 좋은 공기를 가르며 앞서 걸었다. 신우는 머쓱한 걸음으로 그 뒤를 따랐다.

"저녁에 시간 비워둬."

무뚝뚝한 음성이 수안의 걸음을 잡아 세웠다.

"오늘요?"

"응."

"그럴게요."

수안은 이유를 묻지 않았다. 이유 같은 것은 상관없었다. 그냥 그와 함께 시간을 보낼 수 있다는 사실 하나만으로 충분했다.

신우와 수안은 사이좋게 광장에 들어섰다. 두 사람은 각자가 품은 이유로 기분이 들떠 있었다. 그러나 오래지 않아 상기된 공기 틈으로 무거운 기운이 스며들었다. 광장에 들어서는 준수의 차를 발견한 까닭이었다. 준수의 등장에 신우는 모처럼 깃들었던 온기를 거둬냈다.

신우는 수안을 뒤로하고 준수의 사무실로 들이닥쳤다. 그는 들어서자마자 준수의 멱살을 거머쥐었다. 그 민첩한 몸놀림에 책상 위에 있던 집기들이 요란스레 떨어졌다. 가지런히 놓여 있던 유리 조형물도 산산조각 났다.

"말해! 도대체 무슨 속셈이야!"

위압적인 물음에 준수의 얼굴에 핏기가 가셨다. 그러나 그의 눈에는 두려움이 없었다. 이 정도 상황도 예측하지 못하고 벌인 일은 아니었다.

"말할게. 다 말할 테니까 일단 좀 물러서."

준수는 능청맞게 신우를 얼렀다. 그러나 신우는 더 고압적으로 준수를 몰아붙였다. 그 힘에 밀려 준수는 힘겹게 뒷걸음쳤다.

"난 시키는 대로 한 것뿐이야. 그러니까 형……."

이번에도 준수는 이엘의 핑계를 댔다.

"이수안 때문에 작은형…… 지금 제정신 아니야. 무슨 짓이든 할 기세라고."

"이엘이? 웃기지 마. 이엘이 아무리 삐딱해도 그렇게 비겁한 술수는 안 써. 세상에 우리를 드러내고, 사람들 사이로 몰아넣는 멍청한 짓은 안 한다고!"

"말했잖아. 지금 제정신이 아니라고. 아무래도 이수안한테 무언가 있는 것 같아."

준수는 최대한 냉정을 유지하려 애썼다. 기 싸움에서 밀리면 안 된다는 생각에서였다.

"형한테는 진짜 미안한데 나도 어쩔 수 없었어. 작은형이 무언가를 원하면 거부할 수가 없다고. 그건 형이 더 잘 알잖아."

준수는 노인의 약점을 이용해 동정심을 끌어냈다. 신우는 낮은 한숨을 내쉬며 거머쥔 손을 풀었다. 어릴 때부터 신우는 마음이 약했다. 준수는 누구보다 그 점을 잘 알고 있었다.

"이유가 뭐가 됐든 다시 이딴 짓 벌이면 그땐 각오하는 게 좋을 거야. 후회라는 게 뭔지 뼈저리게 느끼게 해 줄 테니까."

준수는 선한 눈매로 고개를 끄덕였다. 약자의 껍질이었다.

"어제 일에 대해서는 더 이상 묻지 않을게. 네 말을 믿어서가 아니라, 더 이상 물어볼 가치가 없어서야."

신우는 바닥에 흩어진 물건을 무참히 밟고는 문밖으로 나섰다. 준수는 서늘한 눈으로 닫힌 문을 쏘아봤다.

"형이 자꾸 내 실험을 방해하는 한 내가 멈추는 일은 없을 거야."

＊

 작업실에 틀어박힌 신우는 오후 내내 화초를 거뒀다. 그러고는 해가 저물 때까지 이런저런 오일을 비교하며 향 배합에 열중했다. 그는 꼼꼼하게 향의 밀도를 비교해 새로운 향수를 만들어냈다. 기본적인 조합에 약간의 변화를 가미하는 작업이었다. 작업은 하루를 꼬박 보내고서야 끝났다. 투명한 유리병에 일렁이는 부드러운 향기에 신우의 입가에도 미소가 돌았다.

 작업을 마친 신우는 차를 몰아 수안에게로 향했다. 충동적으로 잡은 약속을 이행하기 위해서였다.

 신우는 예정된 시간보다 일찍 수안의 집 앞에 도착했다. 그러나 수안은 이미 한참 전부터 기다렸는지 다리를 옴짝거리며 신우를 기다리고 있었다. 신우는 그런 수안을 보며 저도 모르게 피식 웃었다.

"어디 가는 거예요?"

 그녀는 차에 오르자마자 궁금증을 끄집어냈다.

"미리 알면 재미없잖아. 그냥 즐겨."

 수안은 미소로 끄덕였다. 아침이나 다를 바 없었다. 왜여도 상관없고 어디여도 좋았다. 그와 함께라면.

 두 사람이 도착한 곳은 야외 스케이트장이었다. 수안

은 설레는 걸음으로 텅 빈 빙판에 발을 디뎠다. 그러자 천장에 가득한 조명이 하나둘 불을 밝혔다. 하늘에는 쏟아질 것 같은 별들이 운율을 맞추고 있었다. 몽환적인 정경이었다.

"너무너무 예뻐요."

수안은 저도 모르게 탄식을 내뱉었다.

"다행이네."

"상상도 못 했는데."

수안은 진심으로 감동했다. 그런 그녀의 머리 위로 눈송이처럼 향수가 쏟아져 내렸다. 콧잔등에 내려앉은 매혹적인 향기에 수안의 눈이 동그래졌다.

"이 향수는 뭐예요?"

수안이 물었다

"약."

"약?"

신우는 어깨를 으쓱하며 향수병을 수안에게 건넸다.

"불면증 있다며. 침대에 뿌려두면 푹 잘 수 있을 거야."

수안은 향수를 쥔 신우의 손을 먹먹히 바라봤다.

"무섭다."

그녀는 선뜻 향수를 받아들지 못했다.

"뭐가?"

"너무 행복해서."

담백한 고백이었다. 신우는 그런 그녀의 화법을 대할 때마다 심장이 당겨왔다.

"거기 앉아봐."

신우는 뒤에 있는 의자를 가리켰다. 수안이 선선히 자리에 앉았다. 그러자 신우는 의자 밑에서 하얀 스케이트를 꺼냈다. 그러고는 조용히 무릎을 꿇고 앉아 그녀의 신발을 벗겨냈다.

"진짜 작네."

신우는 처음 보는 생명체를 대하듯 진지한 눈길로 손에 쥔 수안의 발을 봤다.

"그러지 마요. 창피하게."

수안은 무안함에 발을 잡아 빼려 했다. 신우는 짓궂게 웃으며 손수 스케이트를 신겨줬다.

준비를 마친 두 사람은 빙판에 들어섰다. 신우는 머쓱한 손길로 수안을 잡아끌었다. 수안은 자연스레 신우의 주도에 몸을 맡겼다. 덕분에 오래지 않아 두 사람은 하나의 흐름으로 움직일 수 있게 됐다.

"어떻게 여기 올 생각을 다 했어요?"

한참이나 얼음 위를 달리고서야 수안이 물었다.

"여기로 올 수밖에 없었어. 아주, 아주 추운 곳이 필요했으니까."

　신우는 서서히 속도를 줄여 얼음 위에 멈춰 섰다. 수안은 그런 신우의 움직임에 가만히 운을 맞췄다. 그와 그녀는 그렇게 마주 섰다.

"널 안아도 내 심장이 뜨거워지지 않을 곳이."

　신우는 용기를 내어 수안의 양어깨를 잡았다. 이렇게 추운 곳이라면 괜찮을 것 같았다. 싸늘한 공기가 체온을 잡아준다면 심장이 폭주하는 일도, 체온이 오르는 일도 없을 것 같았다. 그렇다면 절대로 그의 본능이 끓어오르는 일은 일어나지 않을 터였다.

"딱 한 번만…… 딱 한 번만 안아보자."

　신우는 제 마음을 허락하며 수안의 어깨를 끌어당겼다.

"당신 따뜻해. 처음으로."

　그녀는 부드럽게 그의 온기에 몸을 맡겼다. 실제로 그의 체온은 다른 때보다 올라가 있었다. 싸늘한 공기가 겨우 중심을 잡으며 아슬아슬하게 각성을 막고 있었다. 신우는 그제야 이제까지 그녀와의 교감에서 각성이 일어나지 않은 이유가 물 때문이었음을 깨달았다. 처음 그녀와 키스를 나누던 순간, 분수대의 물이 온도를 제어하지 않았다면 그는 분명 다른 변화를 겪었을 것이다. 파티 전야, 그가 각성 직전까지 내몰렸던 것은 결국 체온

조절을 염두에 두지 않았기 때문이다.

잠시 후 두 사람은 나란히 의자에 앉았다. 수안은 싸늘한 공기에 살짝 몸을 움츠렸다. 그러자 신우는 재킷을 벗어 수안을 감쌌다.

"안 그래도 돼요."

"난 추운 게 좋아."

"몸이 그렇게 찬데…… 난 걱정이에요."

"그럴 필요 없어. 난 이게 편하니까."

"그럼 나한테 기대요."

"왜?"

"안 그러면 내가 해줄 게 없잖아요."

수안은 어깨에 걸친 신우의 재킷을 톡톡 건드렸다. 신우는 선선히 수안의 어깨에 기댔다.

"생각보다 편하네."

"나 계속 밀어낼 계획이라면 빨리 포기하는 게 좋아요. 나 엄청 독한 사람이니까."

"제대로 만났네. 독한 여자랑 나쁜 남자."

신우는 싱거운 농담을 건네며 가만히 눈을 감았다. 보드랍게 흩어지는 수안의 숨결이 코끝을 간지럽혔다.

"잠깐만 이렇게 자도 될까?"

"피곤하면 들어가요."

"아니야, 편해서 그래……. 이대로 있고 싶어서."

신우는 아쉬움을 드러냈다. 스스로 결박해놓은 자유 때문이었다. 그는 오늘 하루만큼은 자신의 감정에 충실하기로 결심했다. 그러나 시간은 짧고 잔상은 길었다. 그는 결코 놓아버리고 싶지 않은 행복감에 벌써부터 갈증을 느끼고 있었다.

"그래요."

수안은 옅은 미소로 자신에게 의지한 신우의 얼굴을 봤다. 감은 눈은 더없이 평화로웠다. 평소 그를 감싸고 있던 냉기는 어린아이의 공기처럼 포근하기 그지없었다. 그녀는 손가락을 들어 그의 이마를 부드럽게 쓸어내렸다. 그러자 반듯한 이마가 얕은 숨소리에 맞춰 봉긋하게 솟아올랐다. 잠든 모양이었다.

*

승윤은 현관에 부착된 '아담' 분사기를 열었다. 오작동 되는 이유를 찾기 위해서였다. 대수롭지 않은 눈길로 이리저리 살피던 승윤은 동력 장치에서 무언가를 발견하고는 집게로 끄집어냈다.

"뭔데 여기 들어가 있는 거야?"

혼자 구시렁대던 승윤은 돌연 얼굴이 굳어졌다. 집게로 집어낸 것은 이엘의 구슬이었다. 그는 벌떡 일어나 이엘의 방으로 달려갔다.

2층에 들어서자 음산한 파이프오르간 소리가 들려왔다. 승윤은 그 기괴한 엇박자를 꾹꾹 눌러 밟고는 이엘의 방문을 열어젖혔다.

"형이야?"

그의 등장과 상관없이 연주는 기계적으로 재생됐다. 유려한 손놀림은 아슬아슬한 질주로 속도를 더했다.

"형이냐고 묻잖아!"

승윤은 바락바락 악을 썼다. 그러자 이엘은 가차 없이 한 손으로 승윤을 쳐냈다.

"건방 떨지 마."

매서운 가격에 승윤은 한쪽 벽으로 날아갔다. 둔탁한 마찰음과 함께 그의 얼굴에 피가 번졌다. 하지만 승윤은 다부지게 피를 닦아내고는 이엘을 향해 주먹을 날렸다. 바닥에 나동그라진 이엘과 함께 연주도 끝났다.

"묻고 싶은 게 뭐야?"

이엘이 부스스 일어섰다.

"'아담' 분사기…… 망가뜨린 이유가 뭐야?"

승윤이 매섭게 물어왔다.

"글쎄, 네가 무슨 소리를 하는지 잘 모르겠는데?"
이엘은 냉소로 대꾸했다.
"형이 한 짓이잖아! 그 향수 없이 밖으로 나가면 어떻게 되는지 누구보다 형이 잘 알잖아! 사람들의 체취를 감당할 수 없다고! 신우 형한테 무슨 짓을 하려는 거야?"
"난 하신우 털끝 하나 건드린 적 없어."
이엘은 교묘한 말장난으로 응수했다. 승윤은 기가 막혔다.
"유민이가 그러더라. 하신우 그 자식…… 운하에 대한 죄책감 때문에 제 감정 누르며 사는 불쌍한 놈이라고."
"그래서?"
"정말인지 보려는 것뿐이야. '아담'의 힘 없이도 제 본능을 누를 수 있는지 없는지."
이엘은 마지막 말을 끝으로 승윤의 급소를 가격했다. 무방비 상태였던 승윤은 동공을 열며 앞으로 고꾸라졌다.
"미안한데 넌 끼어들지 않는 게 좋겠다."
이엘은 기절한 승윤을 뒤로하고 거리로 나섰다.
그는 언제나처럼 옥상 위를 넘나들며 신우를 찾아 나섰다. 자신의 오감을 총동원해서 신우의 흔적을 쫓았다. 그리고 오래지 않아 스케이트장에 도착했다.
그는 빙판이 내려다보이는 전망대에 선 채로 신우와

수안을 바라봤다. 신우는 수안의 어깨에 기대 고요히 잠들어 있었다. 모처럼 경계심이 누그러진 모습이었다. 그 평화로운 기색에 이엘은 주먹을 그러쥐었다. 그 바람에 쥐고 있던 은빛 구슬이 후드득 떨어졌다.

이엘은 스케이트를 신고 끈을 단단히 동여맸다. 거세게 묶인 스케이트 끈에서 결연함이 묻어났다. 그는 훌쩍 몸을 날려 빙판을 미끄러져 내려갔다. 얼음을 가르는 스케이트 날이 매서웠다.

지금이야. 네가 그 자식에 대한 진실을 알고서도 같은 마음이라면…… 내가 포기할게.

이엘은 수안을 향해 초음파를 보냈다. 수안은 깜짝 놀라 사방을 돌아봤다. 그러자 자신의 주변에서 크게 원을 도는 얼음 안개가 보였다.

"여기…… 있어요?"

수안은 조심스러운 눈길로 사방을 돌아봤다. 곧 얼음 안개가 사라졌다. 그녀를 향한 울림도 고요해졌다. 수안은 망연한 눈길로 잠든 신우를 바라봤다. 그녀의 떨리는 시선은 자연스레 그의 손가락으로 향했다. 수안은 누를 수 없는 충동으로 신우의 반지를 향해 손을 뻗었다. 그러고는 걷잡을 수 없는 호기심에 사로잡혀 그의 반지를 빼냈다. 하지만 목적을 이루자 수안은 덜컥 겁이 났다. 자신이 거대한 비밀의 문을 열었다는 직감 때문이었다.

순간 잠든 신우의 고개가 그녀의 목덜미를 파고들었다. 신우는 반사적으로 눈을 떴다. 거세게 밀려드는 그녀의 체취 때문이었다. 반지에서 놓여난 그는 온전한 뱀파이어 그 자체였다.

"깼어요……?"

수안은 화들짝 놀랐다. 신우는 갑작스러운 몸의 변화에 황급히 손가락을 코에 가져갔다. 하지만 반지가 없었다. 신우는 당황하며 사방을 살폈다. 그러고는 이내 수안의 손에 쥔 반지를 발견했다.

"무슨 짓이야! 이리 내!"

신우가 벌컥 화를 냈다.

"미안해요. 난 그냥……."

수안은 무안함에 말끝을 흐렸다. 신우는 수안의 손에서 반지를 뺏으려고 손을 뻗었다. 순간 매서운 얼음 안개가 두 사람을 감쌌다. 그 바람에 그들은 눈을 질끈 감아야 했다. 거침없이 날아드는 얼음 가루 때문이었다.

얼음 안개는 삽시간에 잦아들었다. 신우는 불길한 낌새로 눈을 떴다. 그러자 자신의 반지를 거머쥔 채 반대편으로 미끄러져 가는 이엘의 모습이 보였다.

"무슨 짓이야!"

고함을 치는 신우의 음성에서 마른 쇳소리가 났다.

"장난이 좀 치고 싶어서."

"그만둬요."

수안이 이엘을 향해 외쳤다.

"약속은 지킬 거야. 반지를 뺏어줬으니 다음에 만나면 네가 원하는 대답, 들려줄게."

이엘은 교묘한 화술로 이간질에 나섰다. 예상대로 신우는 매섭게 수안을 쏘아봤다.

"설명할게요. 난……."

"변명은 됐어."

신우는 싸늘하게 수안의 말을 가로막았다. 그러고는 이내 이엘 쪽으로 미끄러져 갔다. 이엘은 그런 신우를 조롱하며 이리저리 달아났다. 그 얄궂은 행태에 분노한 신우의 눈빛이 서서히 파랗게 물들어갔다. 결국 그는 무서운 가속으로 이엘을 따라잡고는 멱살을 잡았다.

"제어가 안 되나 보네? 상황 파악도 못 하는 걸 보니. 이수안이 저렇게 보고 있는데…… 그렇게 날려도 괜찮겠어?"

이엘은 뒤틀린 빈정거림으로 미약하게 각성이 시작된

신우를 비웃었다. 하지만 신우는 흥분으로 제정신이 아니었다.

"더 이상 위험해지기 전에 돌려줘."
"역시 힘으로는 당할 수 없네."

이엘은 피식 웃었다. 신우는 이엘의 속내를 몰라 불안했다.

"선택해. 반지인지, 이수안인지."
"또 무슨 헛소리야?"
"저 여자를 구할지, 반지를 구할지 결정하라고."

순간 이엘의 양팔이 각자의 방향으로 흩어졌다. 왼손은 반지를, 오른손은 은빛 구슬을 날렸다. 그의 구슬은 정확히 수안을 겨냥하며 맹렬히 질주하고 있었다.

반지를 낚아채려던 신우는 황급히 수안에게로 고개를 돌렸다. 수안은 하얗게 질려서 그대로 굳어 서 있었다. 그녀는 총알처럼 쏟아지는 구슬 앞에 속수무책으로 노출되었다. 신우는 수안 쪽으로 몸을 달리며 이엘을 살폈다. 그러자 매섭게 얼음을 갈아내며 반지를 향해 질주하는 이엘의 모습이 보였다.

나도 알아. 원망해야 하는 건 네가 아니라는걸. 원망해야 한다면 이제껏 너에게 한 발자국도 떼지 못한 나 자

신이어야겠지. 하지만 어쩔 수 없어. 상처를 주는 건 너고 상처를 받는 건 나니까.

 이엘은 반대편에 서서 수안에게로 눈길을 돌렸다. 엄청난 가속으로 수안을 향해 달리는 신우의 모습이 보였다. 그는 수안을 향해 쏟아지는 구슬을 온몸으로 막아내고 있었다.

 결국 나는 날을 세우고, 너에게 칼을 겨누겠지. 사랑한다면서, 그렇게 나는 바보가 되겠지. 네가 영원히 멀어지게 될 거라는 걸 알면서도. 그렇게……

 이엘은 서글픈 눈길로 수안을 바라봤다. 그 순간 미처 막아내지 못한 구슬 하나가 수안의 목덜미를 스쳤다. 구슬이 스친 목덜미에는 붉은 피가 선연했다. 그러자 고통에 찡그리던 신우의 눈빛이 더욱 푸르게 활활 타올랐다. 그는 마치 무언가에 홀린 사람처럼 수안을 향해 다가갔다.

 쨍그랑.

 그 순간 공중에 던져졌던 반지가 얼음 바닥 위로 떨어

졌다. 이엘은 서글픈 눈으로 반지를 향해 미끄러져갔다. 그러고는 이내 날카로운 스케이트 날을 스쳐 반지를 깨버렸다. 그러자 반지 안에서 '아담'의 향기가 쏟아져 나왔다. 속절없는 은매화 꽃잎이 얼음 위로 흩어졌다. 그 나른한 향취는 이내 달콤한 피비린내 사이로 야릇하게 스며들었다. 신우는 그 미묘한 조합에서 거부할 수 없는 단 하나의 체취를 감지했다. 사악한 운명의 서막이었다.

천사 혹은 전사

 신우는 얼음 위에 흩날리는 은매화 꽃잎을 허무하게 바라봤다.
 "괜찮아요?"
 수안은 맥없이 서 있는 신우를 이리저리 살폈다. 찢겨진 신우의 셔츠 틈으로 핏물이 흥건했다. 이엘의 구슬이 스친 자리였다. 수안은 놀라서 상처를 살폈다. 그러다 그녀의 눈동자에 경악이 스쳤다. 삽시간에 아물어가는 상처의 흔적 때문이었다. 수안은 믿기지 않는다는 눈길로 신우의 얼굴을 바라봤다. 그는 망연한 시선으로 그녀를 쏘아보고 있었다.
 "…… 너였어?"

수안은 달라진 신우의 공기에서 섬뜩함을 느꼈다. 핏기가 사라진 신우의 입술은 두려움에 덜덜 떨고 있었다. 공포에 질린 몸뚱이는 저도 모르게 자꾸만 뒷걸음쳤다. 사실 심중으로는 알고 있었다. 그러나 인정하고 싶지 않았다. 신우는 그녀가 천사가 아니기를 바랐다. 그렇다면 그녀의 피는 필요하지 않을 테니까. 마음속으로나마 그녀를 품어보는 것을 허락할 수 있을 테니까. 그러나 그녀는 구원의 피를 가진 여자였다. 그를 사람으로 돌려놓을 수도, 그도 아니라면 다른 무엇으로라도 바꿔놓을 수 있는 존재였다. 그러나 그를 위해서는 그녀가 죽어야 했다.

"네가…… 그 아이였어?"

신우는 손등으로 코를 막으며 뒷걸음쳤다. 그러다 자신의 시선에 닿은 그녀의 목덜미에 돌처럼 굳어 섰다. 구슬이 스친 자리에서 흘러내린 피 때문이었다. 그 강렬한 유혹에 신우의 눈동자에는 격렬한 동요가 일었다.

"내가 묻지 않았나? 저 자식의 정체를 알고도 여전히 사랑할 수 있겠냐고."

맞은편에서 이엘의 외침이 들려왔다. 수안은 멀건 눈으로 이엘을 바라봤다.

"그 자식이 원하는 건, 네 피야."

"그게 무슨……?"

수안은 반쯤 넋이 나가 있었다.

"말 그대로야. 네 몸속에 도는 피를 원한다고."

수안은 그의 말을 이해하지 못했다. 그러자 이엘이 강조하듯 설명을 덧붙였다.

"그 자식은…… 뱀파이어니까."

"미쳤어."

수안은 저도 모르게 웅얼댔다.

"믿기지 않아도 할 수 없어. 사실이니까."

"당신도, 이 사람도, 다 미쳤어."

수안은 그 자리에서 도망치려고 돌아섰다. 그 순간 거친 손길이 그녀의 손목을 잡아챘다. 신우였다. 수안은 당혹감에 신우를 돌아봤다. 그러자 파랗게 물든 동공이 그녀를 쏘아보고 있었다.

"당신 눈이……."

공포가 스민 수안의 눈가에 눈물이 고였다.

"말했잖아. 도망치라고."

신우는 본능에 사로잡힌 완력으로 수안을 거세게 몰아붙였다.

"이러지 마요!"

수안은 완강하게 저항했다. 하지만 신우는 강렬한 끌림을 누르지 못하고 수안의 목덜미를 향해 송곳니를 세

천사 혹은 전사

웠다.

"진즉에…… 달아나지."

신우의 입에서 서글픈 울림이 새어 나왔다. 이성의 끝자락이었다. 그리고 그 말을 마지막으로 그의 판단력은 육체적 요구에 잠식됐다. 그는 본능에 사로잡힌 완력으로 수안을 거세게 몰아붙였다.

하…….

신우는 온몸의 세포를 달구는 피의 향기에 낮은 탄성을 토했다. 그는 코끝에 남은 피의 잔상을 놓지 않으려고 마른침을 삼켰다. 그 애달픈 집착에 각성이 시작된 눈동자는 그 어느 때보다 강렬하게 타올랐다. 그는 화염에 자신의 영혼을 내던졌다. 순간 총알처럼 날아드는 이엘의 구슬이 그의 몸 구석구석을 꿰뚫었다. 그는 극한의 각성과 치명적인 상처의 충격으로 얼음 바닥에 쓰러졌다. 뼛속까지 스며드는 냉기가 그의 몸 구석구석을 집어삼켰다. 그사이 이엘은 충격에 멍해진 수안을 안아 들고 스케이트장을 떠났다.

*

"정신이 들어?"

이엘은 걱정스레 수안의 이마에 손을 가져갔다. 수안은 신경질적으로 그런 이엘의 손을 뿌리쳤다.

"설명해줘요."

수안이 매섭게 이엘을 쏘아봤다.

"어디서부터 어디까지 장난친 건지 설명해달라고요."

"그런 거 없어."

"거짓말."

수안은 단호하게 이엘의 말을 부정했다. 이엘은 수안의 혼란을 느끼며 조용히 침묵했다.

"그냥 거짓말이라고 해줘요. …… 그것도 싫으면 그냥 내가 꿈을 꾼 거라고 해줘요."

수안은 절박한 눈길로 이엘을 올려다봤다. 그는 그런 그녀를 측은히 보다가 무겁게 입을 열었다.

"하신우는 널 천사라고 불렀어. 자기를 구원해줄 피를 가진 아이라고."

이엘의 목소리는 이 세상의 것이 아닌 듯 낯설었다. 수안은 그 망연한 괴리감이 두려웠다.

"나보고 지금 그 말을 믿으라는 거예요? 그 사람이 뱀파이어고, 내가 그 사람이 원하는 피를 가졌다니…… 당신…… 과대망상이에요? 산타 놀이 하나로는 그만 질려 버린 거냐고요!"

이성을 잃은 수안의 입에서 헛웃음이 새어 나왔다. 이엘은 그런 수안을 보며 마음 한구석을 짓누르고 있던 의문을 풀어냈다. 스무 해가 넘도록 그녀의 곁을 배회하며 이엘이 궁금했던 것은 단 하나, 수안이 제 어머니의 죽음에 대해 기억하고 있는지 여부였다. 고작 다섯 살의 나이라고는 하나 그녀는 꽤나 영민했고, 상황은 꽤나 충격적이었다. 그러니 자신이 벌인 살육의 흔적은 수안의 가슴 한구석에 상흔을 남겼을지도 모른다고 여겼다.

그러나 그녀는 당시의 참극을 잊은 모양이었다. 살고자 하는 본능에 의해 저도 모르게 지워버렸을 수도 있다. 이엘의 입장에서는 실로 다행스러운 일이었다. 실은 그녀에게도 그랬다.

"아니면, 나 괴롭히는 데 재미라도 붙은 거예요? 20년 괴롭히다가 도망칠 것 같으니까 방법을 바꾸기라도 한 거냐고요!"

"진정해!"

이엘은 신경질적으로 수안의 어깨를 거머쥐었다. 그녀를 진정시키고 싶은 마음에서였다. 그러자 가녀린 그녀의 뼈마디 사이로 흐느낌이 전해졌다.

"아니라고…… 거짓말이라고…… 한마디만 해줘요."

수안은 고여 있던 눈물을 쏟아냈다.

"사랑……하는구나."

절망에 찬 수안의 눈망울이 이엘의 심장을 헤집었다.

"미안해, 막지 못해서."

이엘은 허탈함에 스르륵 의자에 주저앉았다. 그사이 수안은 바지런히 팔목에 꽂힌 링거를 잡아 뺐다.

"아무래도 내가 직접 가서 물어봐야겠어요. 당신이 하는 말…… 못 믿겠어."

수안은 허깨비 같은 몸을 벌떡 일으켜 세웠다. 기력이 쇠한 몸은 맥없이 휘청거렸다.

"그 몸으로 어딜 가겠다는 거야!"

이엘이 억지로 수안을 침대로 잡아 앉혔다.

"당신 말이 다 사실이라면…… 내가 당신을 왜 믿어야 하죠?"

수안은 서늘한 눈길로 이엘을 바라봤다.

"당신 말대로 신우 씨가 사람이 아니어서 위험하다면…… 당신도 같은 거 아닌가요? 당신도…… 인간의 피를 원하는 거 아닌가요?"

순간 이엘의 눈빛이 흔들렸다. 스스로 간과해왔던 진

실 때문이었다. 그녀가 옳았다. 자신 역시 그녀에게 유해했다.

"그러니 놔줘요. 당신도 나한텐 안전하지 못하니까."
"그 몸으로는 못 가!"
"당신하고 함께 있기 싫어!"
"그럼 내가 나갈게."

이엘은 억지로 수안을 달랬다.

"내가 나갈게. 그러니까 진정하고 쉬어."

이엘은 군말 없이 문을 닫고 나섰다. 수안은 온전히 혼자가 됐다. 그녀는 그제야 묵혀뒀던 울음을 끄집어냈다.

*

승윤은 초조하게 거실을 오갔다. 유민은 손가락을 잡아 뜯으며 연신 현관 쪽을 살폈다. 두 사람 모두 신우를 기다리고 있었다.

기절했던 승윤을 발견한 것은 유민이었다. 유민은 승윤의 흔들어 깨우고는 이엘이 벌인 사건에 대해 들었다. 평소 같았으면 승윤이라도 찾아 나섰을 터였으나 지금은 불가능했다. 이엘에게 가격당한 후유증으로 능력치가 거의 소진된 탓이었다.

"형!"

 부드럽게 '아담'이 분사되는 소리에 승윤이 왈칵 소리를 질렀다. 그러자 안개처럼 내려앉는 향수 너머로 신우의 푸른 눈이 보였다. 승윤은 황급히 형에게 다가갔다. 그러나 핏발이 선 파란 눈동자는 다른 세계의 것처럼 무심했다.

"형……."

 승윤은 걱정스레 신우의 팔을 잡았다. 그러나 그는 껍질에서 빠져나온 알맹이처럼 스르륵 그의 손아귀에서 빠져나갔다. 승윤은 이상한 낌새로 방에 들어서는 신우를 따라나섰다. 그러자 유민의 휠체어가 그를 가로막았다.

"형이 이상해."

 승윤이 얼이 나간 얼굴로 신우가 사라진 2층을 올려다봤다. 그러자 유민은 찬찬히 고개를 가로저었다.

"우리가 할 수 있는 게 없는 것 같아."

 그들은 다시 거실에서 신우를 기다렸다. 혼자만의 시간을 주기 위한 배려였다. 두 사람 중 누구도 그의 시간에 끼어들 재간이 없었다.

 신우가 그들 앞에 모습을 드러낸 것은 그로부터 한 시간 뒤였다. 그는 여분의 반지를 손가락에 끼고 커다란 짐 가방을 밀고 나왔다.

천사 혹은 전사

"형, 어디 가려는 거야?"

다급해진 승윤이 막아섰다.

"걱정 안 시킬 거지?"

이번에는 유민이 나섰다. 그러나 애틋한 조카의 물음에도 그는 여전히 침묵했다. 유민은 그런 제 삼촌의 손을 부드럽게 그러쥐었다.

"약속해. 나 걱정 안 시킬 거지, 삼촌?"

신우는 손바닥을 파고드는 작은 손을 물끄러미 쳐다봤다. 그러고는 맥없이 고개를 끄덕였다. 유민은 가만히 신우의 손을 놓았다. 신우는 어깨에 내려앉는 향기를 뒤로하고 길을 나섰다.

트렁크에 짐 가방을 밀어 넣은 그는 쉼 없이 차를 몰았다. 무섭게 질주하는 그의 차는 존재 자체가 흉기였다. 그는 최대치로 늘어난 능력을 총동원해 빽빽한 차량의 숲을 뚫고 국도에 들어섰다.

차 안에는 그의 속내만큼 아슬아슬한 음악이 신묘한 기교로 내달렸다. 음악에 운을 맞추듯 고삐 풀린 그의 차는 엔진이 터질 정도로 달아오를 때까지 도로를 질주하다가 불현듯 멈춰 섰다. 이엘이 막아선 탓이었다. 요란한 마찰음과 함께 차는 한참을 미끄러졌다. 신우는 신경질적으로 시동을 끄고 차에서 내렸다. 그러고는 성난

짐승처럼 이엘에게 달려들었다.

"이제 후련해? 이렇게 망가뜨리고 나니까 속이 시원하냐고!"

이엘은 어쩐 일인지 반격하지 않고 맥없이 맞았다. 그는 신우의 주먹에 따라 종잇장처럼 이리저리 흔들렸다.

"그럴 줄 알았는데…… 아니네."

잔뜩 부어오른 입술에서 허망한 대답이 새어 나왔다. 주먹을 거둔 신우는 헛웃음을 웃으며 풀썩 주저앉았. 광기 어린 눈에는 서서히 습기가 스몄다. 그리고 오래지 않아 맥없는 웃음소리가 그의 몸뚱이를 집어삼켰다. 공허함이 커질수록 울림 또한 커졌다. 어찌 들으면 웃음 같고 달리 들으면 울음 같은 웅얼거림이 그의 이성을 잠식했다. 그런 신우를 바라보는 이엘의 눈가에도 어느새 연민이 스쳤다.

"어떻게 해야 멈출 거야?"

통곡이 잦아든 자리에 침착한 물음이 끼어들었다.

"내가 이수안의 손을 놓으면 그걸로 끝이라고 생각해?"

신우가 물었다. 이엘은 대답하지 못했다. 끝이 아님을 알고 있었기 때문이다.

"수안이가 천사라는 걸 알면…… 준수는 절대로 그 애를 살려두지 않을 거야."

신우는 실낱같은 이성의 힘을 빌려 앞일을 논의했다.

"그래서 숨겨온 거야. 그런데 형이 끌어들인 거라고."

이엘은 자책감을 묻어둔 채 입을 열었다. 어차피 후회해도 소용없는 일이었다.

"이제 이수안을 숨길 방법은 없어. 갑자기 사라지면 준수부터 의심할 거고…… 무엇보다 이수안이 납득하지 않을 거야."

이엘은 차분히 제 생각을 끄집어냈다. 신우는 묵묵히 들었다. 이엘은 처음부터 수안이 천사라는 것을 알고 있던 것이 틀림없었다. 아이의 어머니를 죽였다는 가책이라면 스무 해 넘도록 그녀를 지켜온 이유는 충분히 설명됐다.

"내가 궁금한 건 하신우 네 생각이야. …… 넌 이수안을 어쩔 생각이야?"

"무슨 뜻이야?"

"그 아일…… 죽일 거야?"

이엘의 말끝에 망설임이 묻어났다. 신우는 실소했다.

"설마…… 아니지? 네가 아무리 돌았어도 그러지는 않을 거지?"

"그게 걱정됐으면 내 앞에 이수안의 정체를 들추지 말았어야지."

신우는 싸늘하게 이엘의 말을 잘랐다.
"네 딴에는…… 날 믿은 거 아니었어? 내가 이수안을 죽이지 않을 거라고."
신우는 도전적인 시선으로 이엘을 쏘아봤다. 이엘은 그런 신우의 시선에 밀려 저도 모르게 고개를 돌렸다.
"그런데 난 약속 못 하겠다."
"하신우, 너……!"
"알잖아. 나, 의지 약한 놈인 거. 운하도…… 죽이고 싶어서 죽인 건 아니었으니까."
신우는 폐부를 뚫는 자학을 뒤로한 채 자신의 차에 올랐다. 그러고는 미련 없이 원래의 방향대로 차를 몰고 떠났다. 홀로 남겨진 이엘은 멍하니 서서 멀어지는 신우의 차를 바라봤다.

*

거실에 있던 유민은 갑작스레 휠체어를 돌렸다. 맞은편에서 걸어 나오는 준수를 발견한 직후였다.
"인사 정도는 하는 게 너도 편치 않겠니?"
준수는 그런 유민을 잡아 세웠다.
"아니요, 이편이 더 좋아요."

유민은 돌아보지도 않고 싸늘하게 대꾸했다.

"언젠가 난 죽을 거야. 그때 가서는…… 아무리 후회해도 지금 시간을 돌이킬 수 없다."

준수가 무겁게 입을 열었다. 일종의 협박이었지만 사실이기도 했다. 그는 이미 100세를 넘겼다. 과학의 힘을 빌렸다지만 더 이상 삶을 영위한다는 것은 확실히 무리였다. 실상 내일 당장 그가 죽는다고 해도 아무도 이상하지 생각하지 않을 일이었다.

"그래요. 당신은 언젠가 죽겠죠. 난 죽을 수도 없는데."

유민은 휠체어를 돌려 독기 서린 눈으로 준수를 쏘아봤다.

"어리광 그만 부려! 너도 알잖아! 내가 그걸 되돌리기 위해 얼마나 노력하는지!"

"그래서…… 어제 사건도 당신이 꾸민 거예요?"

"그게 무슨 소리야?"

"이엘 삼촌이 벌인 짓 말하는 거예요. 결국 당신이 뒤에서 조종한 거 아니냐고요!"

"넌 날 조금도 믿지 않는구나."

"당신은 당신 말고는 누구도 돌아보지 않으니까요."

유민은 다부지게 독설을 쏟아냈다.

"날 사람으로 돌려놓겠다는 것도…… 실은 당신이 아

프기 때문이지, 내가 아파서는 아니잖아요?"

부녀간의 공기가 서늘하게 맞섰다. 그대로 뒀으면 각자의 몸속에 도는 더운 피마저 얼어붙었을지도 모를 일이었다. 그러나 다행스럽게도 적절한 시기에 승윤이 등장했다. 승윤은 여느 때와 다름없이 냉랭한 공기에 요령껏 끼어들었다.

"배고프지? 오늘은 삼촌이 챙겨줄게."

승윤은 신우의 부재를 염두에 두고 살갑게 굴었다.

"입맛 없어."

"그래도 좀 먹어."

"미안해."

유민은 냉랭하게 거절하고는 자기 방으로 들어가버렸다. 준수는 서늘한 안색으로 소파에 몸을 묻었다. 승윤은 그런 준수에게 못마땅한 눈길을 보냈다.

"너 엄청 여유 있어 보인다. 아무리 신우 형하고 별로라지만 좀 그렇다……. 걱정 안 돼?"

"아침부터 왜들 그러는지 모르겠네. 어제 무슨 일 있었어?"

"정말 몰라?"

"형까지 왜 그래? 다른 사람은 몰라도 형은 나 믿는 거 아니었어?"

준수는 버럭 짜증을 냈다. 유민에게 받은 압박이 엉뚱한 곳에서 분출되는 셈이었다.

"미안해, 나도 예민해져서."

승윤은 진심으로 사과했다.

"무슨 일인데?"

"어제 작은형이 '아담' 분사기를 망가뜨렸어."

"…… 그래?"

승윤의 푸념에 준수의 눈빛이 빛났다.

"신우 형 나갈 때도 엄청 불안해하면서 나갔는데…… 사실 반지도 있고 하니까 별일 없으려니 했거든."

"그런데?"

"다녀와서는 한마디도 안 하고 짐 싸서 나가버렸어."

"짐을……?"

"응, 유민이가 그렇게 쫓아다니면서 걱정했는데 끝까지 입을 안 열더라고. 알잖아, 형이 유민이한테 얼마나 끔찍한지."

"그렇지, 그러니 그 녀석이 지 아빠보다 형을 더 따르겠지."

준수는 쓰게 웃었다.

"야, 왜 또 그래. 네가 유민이 생각하는 건 내가 알잖아."

준수는 잠시 골똘해졌다. 신우의 행적에 대한 고민이

었다. 그러나 승윤은 유민의 상처 때문이라 생각하고 상냥하게 위로를 건넸다.

"유민이 녀석은 내가 틈나는 대로 타이르고 있어. 모르는 척해도 그자식도 알 건 다 알아. 아마 네 마음 다 알면서도 그동안 못되게 군 거 때문에 계속 저러는 걸 거야."

"그런…… 걸까."

준수는 쓰게 웃었다. 믿을 수 없지만 믿고 싶은 말이었다.

어쨌거나 정보를 얻은 준수는 신우의 방으로 향했다. 무언가 단서라도 찾으려는 마음에서였다. 그는 주인 없는 방에 들어가 여기저기를 뒤졌다. 하지만 별다른 소득은 없었다. 그럼에도 미련을 버리지 못하고 필사적으로 책장을 훑었다. 그가 찾은 것은 온갖 향료에 대한 기록과 향수의 배합에 대한 자료가 고작이었다.

준수는 지친 기색으로 손에 쥔 책을 책상 위에 던졌다. 그러자 발밑으로 사진 한 장이 툭 떨어졌다. 준수는 허리를 굽혀 사진을 주워들었다. 순간 준수의 얼굴이 벌겋게 상기됐다. 빛바랜 흑백사진 속에는 젊은 날의 준수와 아내의 모습이 걸음마를 채 떼지 못한 유민과 함께 환하게 웃고 있었다.

"사람이 평생을 살아간다는 건 매일매일 누군가에게 죄를 쌓아가는 건가 봐."

준수는 죽은 아내가 그리운 듯 가만히 그림 속 얼굴 쓰다듬었다.

"그렇다면 죽는 건 어때? 당신은 한 세기가 넘도록 죽어 있었으니 이제 그 빚을 다 갚은 건가?"

*

"그러니까 피검사를 해야겠다고요!"

수안은 환자복을 입은 채 간호사와 실랑이 중이었다.

"의사 선생님께서 필요 없다고 하셨다니까요!"

간호사가 짜증스레 대꾸했다.

"내 피가 이상하대요. 멀쩡하지 않다잖아요! 근데 난 못 믿겠어요! 그러니까 검사해서 보여달라고요!"

수안은 신경질적으로 간호사를 몰아세웠다. 그녀는 확실히 얼이 나가 보였다.

"죄송한데요. 저한테 이러지 마시고 의사 선생님께 직접 말씀드리세요. 제가 받은 지시는 환자분 퇴원시키라는 거밖에 없다고요."

"그럼 의사 선생님 불러주세요. 아니, 제가 직접 갈게요."

수안은 고집스레 돌아섰다. 그러자 이엘이 끼어들어 그녀의 양팔을 잡았다.

"이수안, 진정해."

이엘은 완력으로 수안을 잡아끌어 밖으로 나갔다. 힘으로 버티던 수안은 마지못해 끌려 나왔다. 그녀는 온몸의 기운을 다 쏟아낸 듯한 멍한 표정으로 벤치에 앉았다.

"미친 소리라며…… 그런데 믿고 있었던 거야? 내가 하는 말, 아무것도 믿지 않겠다며?"

이엘은 착잡한 표정으로 수안을 내려다봤다.

"나…… 몰라요?"

수안의 말간 눈이 인형처럼 깜박거렸다.

"나…… 스무 해 넘도록 산타를 믿어왔던 사람이에요. 당신이 던진 말 한마디 때문에."

이엘은 먹먹한 눈길로 수안을 바라봤다.

"그 사람…… 어디 있어요?"

"떠났어."

"떠나요?"

수안의 입에서 실소가 새어 나왔다.

"그래."

"도망갔다고요? 나한테 이런 엄청난 폭탄을 던져놓고, 아무런 변명도 없이?"

이엘은 입을 다물었다. 그 순간, 다른 할 말은 존재하지 않았다.

"아무 말이라도 하고 가야 맞잖아요! 거짓말이라도 해야 하잖아요! 어떻게…… 그냥 가버려요?"
"그 자식한테 듣고 싶은 말이 뭐야?"
이엘이 무겁게 입을 열었다.
"아무 말이나요!"
수안은 갑작스레 언성을 높였다.
"최소한 날 위해 아무 말이라도 해야 하는 거잖아요. 날 잃고 싶지 않다면 뭐라도 해야 하는 거 아니에요? 이대로 가버리면, 내가 영영 끝이라고 하면…… 그냥 끝나버리는 거예요? 이렇게 허무하게?"
이엘은 서글픈 눈으로 수안을 바라봤다.
"날 이렇게 팽개쳐버리고…… 어떻게 그래요? 하신우에게 난…… 어떻게 돼도 상관없는…… 그런 사람인 거예요?"
수안은 결국 참았던 울음을 쏟아냈다. 흔한 눈물이었지만 녹여낸 슬픔의 무게는 달랐다. 그녀는 바다가 육지로 파도를 밀어내듯 몰아치는 눈물에 제 설움을 밀어냈다.
"그 사람 왜 그냥 갔어요?"
눈물이 잦아든 수안이 담담하게 물었다.
"내가 특별한 피를 가졌다면서요. 그거…… 그 사람한테 꼭 필요한 거라면서요. 그런데 왜…… 그냥 가버렸어요?"

"믿고 싶은 거야? 널 지켜준 거라고?"

이엘의 무뚝뚝한 대꾸에 수안은 입술을 깨물었다. 이엘은 측은한 눈길로 그런 수안을 바라봤다.

"처량하군."

이엘은 치미는 울분에 마른 한숨을 뱉었다.

"빈정댈 거면 대답하지 마요. 나 지금 뇌가 날아간 것 같으니까."

수안은 야멸치게 쏘아붙였다.

"병실로 돌아가. 내가 뭐라 할 때까지 외출하지 말고. 출근도 하지 말고, 회사 근처에는 얼씬도 하지 마."

이엘은 명령조로 말했다.

"당신은 정말 날 모르는군요. 그렇게 오랫동안 지켜봤다면서. 나, 이렇게 쉽게 물러서지 않아요."

수안은 싸늘하게 대꾸했다.

"오기 부리지 마. 네 목숨이 걸린 일이야! 아직도 모르겠어?"

"내가 죽을 거였다면 어제 신우 씨 손에 죽었어야 맞아요. 그런데 나…… 아직 숨 쉬고 있잖아요?"

당돌한 반문이었다. 이치에 닿는 물음이기도 했다. 이엘은 결국 또 한 번 입을 다물어야 했다.

"나 한 번 죽었다 살아난 사람이에요. 그러니까…… 아무것도 겁나지 않아요."

*

"응? 디테일이네? 여긴 웬일이에요?"

버스에서 내리던 민조는 뜻하지 않은 승윤의 등장에 반색을 했다.

"술 먹고 싶어서."

승윤은 평소답지 않게 착잡했다. 그는 최근에 벌어진 집안일로 마음이 복잡했다.

"술 좋죠. 근데 공짜 아닌데."

"술값은 내가 내요."

"에이, 그거야 기본이고. 보아 하니 수심이 가득한데 상담료는 따로 받아야겠어요."

"하, 치사하네. 좋아요. 뭐로 받게요?"

"강습."

"그거야 해주기로 한 거잖아요."

"나 속성으로 받고 싶단 말이에요."

"좋아요. 뭐 그렇게 합시다. 일단 알코올부터 좀 흡입하고."

"콜!"

 민조는 종종걸음으로 승윤을 따라갔다. 승윤은 주머니에 손을 찔러 넣고 앞서 걸었다. 두 사람은 포장마차에서 술잔을 기울였다. 술기운이 돌자 승윤은 이런저런 고민을 늘어놓았다. 화두는 형제들 간의 불화였다. 뱀파이어라는 정체성을 제거한 대화는 제법 평범한 이들의 그것과 닮아 있었다. 덕분에 승윤은 껍데기뿐인 넋두리에도 제법 홀가분함을 느꼈다.

"그렇죠. 가족들 사이에서 등 터지는 거, 그거 진짜 고달픈 거예요. 나도 당해봐서 안다니까요?"

 취기가 오른 민조가 목소리를 높였다. 그녀 역시 비슷한 상처를 지닌 모양이었다.

"문제는, 나는 누구도 싫지 않다는 거예요. 그런데 서로 그렇게 원수처럼 으르렁거리니까…… 왔다 갔다 하면서 나만 박쥐 같은 신세라고나 할까."

 승윤이 또 한 잔을 비웠다.

"그래도 승윤 씨는 행복한 사람이네요."

"뭐가요?"

"승윤 씨는 미워하는 사람이 없는 거잖아요. 시림이 사람 미워하는 거…… 그게 얼마나 힘든 건데. 그게 남도 아니고 내 식구면…… 얼마나…… 죄스러운데."

민조는 묵직한 말을 뱉고는 소주를 털어 넣었다. 밝고 구김 없어 보이는 그녀였지만 누구에게나 그렇듯 굴곡 있는 사연이 있는 모양이었다.

"와……."

"왜요?"

"내가 여태 민조 씨를 봐온 것 중에 가장 깊이 있는 모습 같아서요."

민조는 어처구니가 없어서 피식 웃었다. 그러나 승윤의 감상은 진심이었다.

"이렇게 하면 될 것 같은데."

"뭐가요?"

"좋아하는 사람 앞에서도, 지금처럼 솔직하면 될 것 같다고요."

"에에? 구질구질하게 무슨."

민조는 손사래를 쳤다.

"지금 예뻐 보여서 그래요."

"진짜?"

"응."

"에이, 술 마셔서 그래요."

민조는 쑥스러움에 고개를 저었다.

"아, 그렇구나."

승윤은 바로 납득해버렸다. 단순함은 그의 장점이자 단점이었다.

 오래지 않아 두 사람은 포장마차를 나섰다. 취기로 흔들리며 걷던 승윤과 민조는 어깨동무를 하다가 같은 방향으로 쓰러졌다. 덕분에 두 사람은 바닥에 어깨를 맞댄 채 얼굴을 마주봤다. 코끝에 엉킨 서로의 숨결에 두 사람은 약속이나 한 듯 서로를 외면했다.

 "합시다."

 먼저 일어난 승윤이 민조에게 손을 내밀었다.

 "뭘요?"

 민조는 승윤의 손을 잡고 일어섰다.

 "수업요."

 "지금?"

 "응."

 "뭐 하게요?"

 "뽀뽀 실습."

 "진짜?"

 "응."

 민조는 잠시 골똘했다. 나름의 고민이 있는 모양이었다.

 "술 냄새 날 텐데."

 한참 만에 민조가 입을 열었다.

"뭐 어때요? 나랑 사랑할 것도 아닌데."

승윤은 여전히 단순했다.

"그건 그렇네요. 눈 감아요?"

민조는 갑자기 코를 쿵쿵거렸다.

"뭐…… 그래요. 감아요."

대수롭지 않은 말투였다. 그 무덤덤한 말투에 민조는 어깨를 으쓱하며 눈을 감았다. 그러자 그녀의 입술에 그의 술기운이 옮아왔다. 그 가벼운 스침에 그녀는 부드럽게 화답했다. 그러자 그는 좀더 밀도 있게 그녀의 입술을 훔쳤다.

"와……."

승윤과 떨어진 민조가 감탄사를 내뱉었다.

"왜요?"

승윤은 기대에 찬 눈으로 민조에게 물었다.

"키스 진짜 못한다."

민조는 낙심한 눈치였다.

"헉…… 말도 안 돼."

뜻하지 않은 반응에 승윤은 당황했다.

"하나도 안 좋잖아. 뭐 책에 보면 초콜릿처럼 달콤하다고 막 그러던데…… 이건 뭐 축축하고 물컹하고."

민조는 실망감을 감추지 않았다. 그 솔직한 감상에 승

윤은 마음이 상했다.

"솔직히 뭐…… 그쪽한테 그런 말 듣고 싶진 않네요."

"뭐가요?"

"그쪽, 되게 이상해요. 왜 이렇게 입술에 힘을 주고 그래요?"

"당연한 거 아니에요? 난 첫 키스인데!"

민조는 발끈했다.

"에에? 진짜요?"

"헉…… 그러고 보니 나 지금 첫 키스를 승윤 씨랑 한 거예요?"

"본의 아니게 뭐…… 내가 뭐 그런 줄 알았어요? 그 나이까지 키스도 안 해보고 뭐 했어요?"

승윤은 새삼스레 머쓱해졌다.

"아, 몰라요! 나 들어갈래요."

"잠깐만요."

"다음에 봐요."

민조는 토라진 얼굴로 집으로 들어가버렸다.

"말도 안 돼. 내가 키스를 얼마나 잘……."

승윤은 끝말을 얼버무리고는 가만히 기억을 더듬었다. 따지고 보면 그 역시 제대로 된 키스를 해본 적이 없었다. 기껏해야 클럽에서 만난 여자들과 의미 없는 교감을

천사 혹은 전사 333

소진하는 게 고작이었다. 돌이켜보면 그는 누군가를 마음에 품어본 적이 없었다. 쓸쓸하지만 안전한 일이었다.

민조는 뾰로통한 얼굴로 현관에 들어섰다. 취중에 첫 키스의 치러냈다는 사실은 생각할수록 분한 일이었다.

"어? 너 왜 그래? 다쳤어?"

씩씩거리던 민조는 금세 방금 전의 일을 잊고 수안에게 다가갔다. 소파에 기댄 수안의 목에는 반창고가 붙어 있었다.

"별거 아니야. 스케이트장에 갔었는데…… 그냥…… 좀 쓸렸어."

수안은 말을 잇기 싫어서 대충 둘러댔다.

"스케이트 날이라도 스쳤으면 큰일 날 뻔했네. 근데 누구랑 갔었는데?"

민조가 걱정스레 물었다.

"마음에…… 멍이 든다."

수안의 입에서 쓸쓸한 울림이 새어 나왔다.

"너 술 마셨어? 뜬금없이 무슨 소리야?"

민조는 이맛살을 찌푸렸다.

"도대체 어디서부터 잘못된 걸까?"

"글쎄, 뭐가?"

"심장이…… 하나여서 다행이야. 하나라도 더 있었다

면, 너무 아파서 견딜 수 없었을 텐데."

수안은 스스로에게 넋두리를 늘어놓고는 자기 방으로 들어가버렸다. 더 이상 민조를 괴롭히고 싶지 않은 마음에서였다.

"내가 화나는 게 뭔지 알아요? 당신이…… 나한테 아무것도 하지 않는다는 거예요."

수안은 신우가 선물한 향수를 꺼내 들고는 허공에 분사했다. 부드럽게 내려앉는 향기가 그녀의 심장을 옥죄었다.

"그런데 난 내가 너무 싫어. 그러면서도 아직까지…… 당신을 믿고 싶은 내가 너무 바보 같아서…… 너무 초라해서."

결국 수안은 뜬눈으로 밤을 새웠다. 모든 일이 믿을 수 없는 것뿐이었다. 뱀파이어라니. 그녀의 입에서 헛웃음이 새어 나왔다.

하지만 그녀를 불안하게 하는 것은 그의 정체가 아니었다. 그런 것은 부차적인 문제였다. 오히려 수안을 괴롭히는 것은 신우에게 자신이 어떤 존재인지 하는 것이었다. 쉽지 않은 여정이었지만 신우 역시 자신을 마음에 품었다고 생각했다. 분명 그녀는 그의 온기를 느꼈다. 하지만 각성한 신우는 완전히 다른 사람이었다. 그의 눈빛은 연인을 향한 것이 아닌 '피가 도는' 생명체를 탐하는 것이었다. 결국 수안을 괴롭히는 것은 신우가 뱀파이어라는 사실이 아닌, 그녀 자신이 단지 '피가 도는' 인간들 중 하나일지도 모른다는 생각이었다.

*

준수와 수안은 나란히 연구실 뒤뜰에 있는 정원을 걸었다. 준수의 흡혈 식물이 키워지는 곳이었다. 피비린내 나는 실험을 위해 존재하는 화초였으나 하얀 꽃들은 순결하기 짝이 없었다.

"나이가 들수록 식물이 좋아지더군요. 꽃을 매만지고 있으면 몸이 정화되는 기분이 들어요. 뭐 그래 봐야 늙어가는 것에 대한 위안일 뿐이겠지만······."

준수는 객쩍은 말을 건네며 적당히 형식적인 자세를 취했다. 수안은 그런 준수를 빤히 보며 멈춰 섰다. 갑작스러운 수안의 시선에 준수는 슬쩍 이맛살을 찌푸렸다. 그러자 세월에 농익은 주름이 각자의 자리에서 똬리를 틀었다.

"왜, 늙어버린 거죠?"

그녀의 입에서 건조한 물음이 새어 나왔다.

"당신 아들은 뱀파이어라면서요. 그런데 회장님은…… 왜 늙어버린 거죠?"

수안은 확신이 없는 질문을 끌어냈다. 그 생경한 언어에 준수의 입가에 냉소가 돌았다.

"알아버렸군요."

"알아버렸다고요……?"

그의 담백한 대답에 그녀는 더욱 혼란스러웠다. 믿기지 않는 가설이 생생한 날것으로 그녀 앞에 던져졌다.

"화를 내야 하는 거 아니에요? 아니면 그냥 웃어버려야 하는 거 아닌가요?"

수안은 감정을 추스르지 못한 채 제 말을 쏟아냈다.

"제대로 못 들으셨어요? 제가 지금 회장님 아들을 뱀파이어라고 했어요. 하신우라는 사람이 인간이 아니라고 말을 하고 있는 거라고요. 그런데…… 알아버렸다고요?"

"정확히 해두죠. 하신우는…… 제 아들이 아닙니다. 제 형이죠."

준수는 명확하게 상황을 정리했다.

"그래요. 난 늙어버렸어요. 왜냐하면 난, 인간이니까. 하지만 형은 영원히 늙지 않아요. 인간이 아니니까."

"말도 안 돼……."

수안은 망연함에 고개를 들었다. 눈물을 삼키기 위해

서였다. 순간, 수안의 목에 붙은 반창고가 준수의 시선을 사로잡았다.

"목이 다친 건…… 혹시……?"

준수의 눈빛에 야릇한 집착이 번졌다.

"그런 거 아니에요. 그냥…… 사고였어요."

수안은 단호하게 말을 맺었다.

"아직도 형을 변호하는 걸 보니 단단히 빠져버린 모양이군요. 사고라 해도 목을 다쳤으면 피가 났을 텐데. 당신의 피를…… 맛보지 않은 건가요?"

준수는 집요하게 사건의 정황을 파헤치려고 했다. 그 음습한 기운에 수안은 저도 모르게 뒷걸음쳤다.

아……!

손끝을 파고드는 통증에 수안은 이맛살을 찌푸렸다. 화초의 잔가지에 손가락을 찔린 것이었다. 그녀는 서늘한 눈길로 손끝에서 떨어지는 붉은 선혈을 바라봤다. 영롱한 붉은 자취는 속절없는 몸짓으로 하얀 꽃잎 위에 안착했다.

준수는 매섭게 눈을 돌려 수안의 핏방울이 빚어낸 화학작용을 살폈다. 의도하지 않은 상황이었다. 그는 놀라운 광경을 목격했다. 화초는 우연히 떨어진 핏방울에 해갈하듯 환호하고 있었다. 꽃은 마치 피의 달콤함을 영원히 소유하려는 듯 제 몸을 잔뜩 움츠렸다. 그러더니 이내 활짝 꽃봉오리를 열며 눈부신 꽃을 피워냈다.

"이건……"

준수는 흥분한 기색으로 화초 가까이 다가갔다. 하지만 요란하게 불어오는 바람이 그의 꽃잎을 가로챘다. 아련한 풀 내음과 함께였다.

"형……."

준수는 갑작스러운 공포에 말을 잇지 못했다. 당장이라도 자신을 집어삼킬 듯한 이엘의 살기와 마주한 까닭이었다.

"가."

이엘은 준수에게 경고의 눈빛을 보내며 수안의 팔을 잡아끌었다.

"무슨 짓이에요?"

"내 말 못 들었어? 눈에 띄지 말라고! 꼼짝 말라고 했잖아!"

"나도 분명히 말했어요! 당신 말 듣지 않을 거라고!"

"이수안!"

"소리치지 마요!"

수안은 솟구치는 감정을 누르지 못하고 격한 반응을 보였다. 이엘은 그런 수안을 쏘아보다 가볍게 급소를 쳤다. 설득이 어렵다고 판단한 까닭이었다. 그 매서운 손놀림에 수안은 풀썩 쓰러졌다. 이엘은 가볍게 수안을 안아 들었다.

"미리 경고하는데, 이수안 가지고 뭘 해보겠다는 생각 하지 마. 털끝이라도 건드리면…… 네 인생은 완전히 박살 날 테니까."

  이엘은 준수를 향한 경고를 뒤로하고 풀쩍 뛰어올랐다. 홀로 남은 준수는 분주한 눈빛으로 꽃잎을 피워낸 빈 잔가지를 살폈다. 이엘의 손아귀에 꺾인 잔가지에서 새로 움튼 꽃망울이 보였다. 순간 싸늘하게 웃는 준수의 입가에 결심이 스쳤다.

*

  수안이 눈을 뜨자 풀숲이 가득한 천장이 그녀를 맞이했다. 신우의 작업실이었다. 수안은 그리움이 담긴 향취를 느끼며 황급히 몸을 일으켰다.

"여기 있어요?"

  수안은 절박한 눈길로 사방을 살폈다. 하지만 돌아오

는 것은 미세한 메아리뿐이었다. 다급해진 수안은 묵직한 걸음을 옮겨 신우를 찾아다녔다. 그러자 불쑥 나타나는 발이 그녀를 막아섰다. 이엘이었다.

"좀더 쉬어."

이엘은 억지로 수안을 의자에 밀어 앉혔다.

"그 사람 어디 있어요?"

"없어. 내가 데려온 거야."

"여긴…… 어디예요?"

"하신우 작업실."

황망한 질문에 무뚝뚝한 대답이 돌아왔다. 하신우라는 이름 석 자에 수안은 새삼스러운 아픔을 느꼈다.

"왜…… 여기예요?"

수안은 맥없는 질문을 던졌다. 혹여 희망적인 이야기라도 전해 들을까 하는 마음에서였다.

"달리 갈 곳이 없었어."

이해할 수 없는 대답에 생경한 수안의 눈길이 닿았다.

"준수가 모르는 곳이 필요해. 그래서 너희 집도, 우리 집도 안 돼."

"왜 그분이 알면 안 된다는 거죠?"

"네가 위험해지니까. 준수는 분명 널 가만두지 않을 거야. 그 녀석…… 인간 회귀 실험에 미쳐 있으니까."

이엘은 준수에게서 잡아챈 꽃잎을 거머쥐었다. 흡혈화초의 화학반응을 목격한 이상 준수는 분명 수안에게 집착을 보일 것이었다.

"이해할 수 없네요. 그분은 자기가…… 인간이라고 했어요. …… 내 입으로 이런 이야기를 하고 있다니 믿기지 않네요."

수안은 현실과 초현실의 사이에 놓인 자신의 저치가 혼란스러웠다.

"그래, 네 말이 맞아. 준수는 우리 집에 사는 유일한 인간이야. 그런데 그 녀석의 아이가…… 아파. 여자아이인데…… 어린 나이에 뱀파이어가 됐어."

수안은 망연한 눈빛으로 이엘의 말을 들었다. 이성으로 받아들일 수 없는 참혹한 가상이 그녀의 심장을 조여왔다.

"그런 자식을 두고 있는 아버지의 마음이니…… 못 할 짓이 없어. 그러니까 절대로 네 정체를 들켜선 안 돼."

수안은 어느새 모든 것을 납득하고 있는 자신을 느꼈다. 하지만 그 어색한 자각도 그녀 안에 움트는 연민을 앗아가지는 못했다.

"굳이 내 피가 아니어도 상관없지 않아요? 만일 내 피가 필요했다면 진즉에 하 회장님 손에 죽었을 거예요.

기회는 많았으니까."

"그때는 네 피가 특별하다는 걸 몰랐어."

"황당한 소리 이제 그만할 수 없어요? 나한테 왜 이러는데요?"

"사실이니까."

"말장난하지 말고 날 납득시켜봐요."

수안은 날이 선 눈빛으로 이엘을 쏘아봤다. 이엘은 무언가 말을 꺼내려다가 입을 다물었다. 이성적인 설명은 그녀를 진정시키는 데 도움이 되지 않는다고 판단했다. 게다가 그 스스로도 정답을 알 수 없었다. 그가 아는 것이라고는 수안이 신우의 초음파를 알아듣는다는 것과 그녀의 피가 준수의 화초에 반응한다는 사실뿐이었다.

*

유민은 열이 오르는지 시름시름 앓았다. 승윤은 걱정스러운 눈빛으로 그런 유민을 간호했다.

"넌 어쩜 그렇게 신우 형 없다고 바로 티를 내냐. 너까지 아프면 어떡해……."

승윤은 바지런히 물수건을 갈아주며 한숨을 토했다. 여물지 않은 유민의 마른 입술에서 서글픈 신음이 새어 나왔다.

"죽지 마……. 나만 두고…… 죽어버리지 마……."

유민은 뼈아픈 악몽에라도 사로잡혔는지 연신 헛소리를 해댔다. 승민은 착잡한 눈길로 그런 유민의 입술을 적셔줬다.

준수가 나타난 것은 그로부터 10분 쯤 뒤였다. 연구실에 틀어박혀 있던 그는 승윤의 연락을 받고 한달음에 달려왔다.

"언제부터 이랬어?"

준수가 다급하게 물었다.

"세 시간쯤 된 것 같아."

승윤이 맥없이 대답했다.

"근데 왜 이제 연락해!"

노기를 띤 준수가 눈에 핏발을 세웠다.

"그냥 감기인 줄 알았지."

승윤은 난감해했다.

"'이브'는 먹여봤어?"

"그게…… 사실 떨어진 지 며칠 돼."

"그게 무슨 소리야?"

"신우 형 때문에 정신이 없어서…… 만든 거 다 떨어졌는데……."

"그럼 아무 피라도 구해다 먹였어야지! 애가 이렇게 되도록 도대체 뭘 한 거야?"

준수는 노발대발하며 고함을 쳤다. 그러자 승윤도 짜증스레 맞받아쳤다.

"야! 나라고 이렇게 두고 싶었겠어? 그렇다고 어떻게 '애플'을 먹여? 그거 금기인 거 몰라?"

"금기! 금기! 금기! 누구 좋자고 하는 금기야? 우리가 하신우를 위해 살아? 우리가 노예야? 우리가 종이냐고! 우린 우리 마음대로 인생을 선택할 권리가 있어!"

"너……."

"형이 못 한다면 내가 해. 내가 구해서 먹일 거야."

준수는 결연하게 주먹을 거머쥐고는 등을 돌렸다. 그러자 애틋한 목소리가 그의 길을 막아섰다.

"목……말라……."

유민은 나오지 않는 목소리를 쥐어짜며 갈증을 호소했다. 준수는 한달음에 딸의 머리맡으로 달려갔다.

"정신이 드니?"

준수는 눈물에 젖은 손으로 딸의 머리칼을 쓸어줬다. 그러자 그토록 고대하던 음성이 화답으로 돌아왔다.

"아빠……."

"그래…… 나…… 나…… 아빠야."

준수는 쏟아지는 눈물을 참지 못하고 울음을 쏟아냈다. 유민은 의식과 무의식의 경계에서 희미하게 웃었다.

"아빠…… 목말라."

습기 없는 신음과 함께 유민의 눈꺼풀이 열렸다. 그러자 서서히 푸른빛으로 물들어가는 그녀의 눈동자가 보였다.

"각성하려나 봐. 너 저리 가 있어!"

사색이 된 승윤이 준수를 잡아끌었다.

"이거 놔!"

"여기서 너만 인간이야! 잊었어?"

"나 사는 데 미련 없어. 내 피를 내서라도 살릴 수 있으면 그렇게 할 거야!"

"정신 차려! 유민이 죽을 병 아니야! 그냥 아픈 거라고!"

승윤은 준수의 마른 어깨를 잡아 흔들었다.

"너 잊었어? 네가 유민이 돌려놔야 해! 사람으로 만들어야 한다고! 네가 유민이 아빠야! 언제까지 신우 형한테 유민이 떠넘길 거야?"

승윤은 준수를 설득하기 위해 최선을 다했다. 그의 진심 어린 호소에 준수의 눈빛이 흔들렸다.

"내가 신우 형 올 때까지 어떻게 해서든 버텨볼 테니까 넌 피해 있어. 여기 있으면 네 안전, 장담 못 해."

승윤은 가까스로 준수를 설득해 밖으로 내보냈다. 초췌한 준수의 어깨가 승윤의 마음을 짓눌렀다.

*

 '애플'이 투여된 유민의 얼굴에는 화색이 돌았다. 링거처럼 설치된 혈액 팩에서는 핏방울이 똑똑 떨어졌다.
 "나중에 네가 말 잘해라. 너 살리려고 한 거니까. 알았지?"
 승윤은 의식이 돌아온 조카에게 초조함을 보였다. 신우에 대한 두려움 때문이었다.
 "응."
 유민은 그런 승윤을 보며 괜한 뭉클함을 느꼈다. 철부지일지언정 분명 삼촌이었고 가족이었다.
 "너 이번엔 삼촌이 살린 거야. 알지?"
 "그래, 고마워."
 유민은 모처럼 어린아이의 웃음을 보였다. 승윤은 그런 유민이 안타까워서 가만히 머리를 쓰다듬었다. 손끝에 닿는 어린아이의 머리카락은 부드러웠다.
 "유민아!"
 뭉클한 시간에 신우의 발자국이 끼어들었다. 승윤의

연락을 받고 돌아온 모양이었다.

"삼촌 왔다."

유민은 애써 기운을 끌어내 몸을 일으켰다.

"벌써 차별 시작되지? 그래도 잊지 마라. 내가 네 생명의 은인인 거."

승윤은 일부러 유민에게 면박을 줬다. 그렇게 해서라도 기력을 찾아주고 싶은 마음에서였다. 유민은 그런 승윤의 마음에 화답하듯 빙긋 웃었다.

"어떻게 된 거야?"

신우가 다급히 물었다.

"'이브' 섭취 못 한 지 사흘도 넘었어. 나야…… 성인의 몸이니까 그럭저럭 버텼는데…… 유민이는…… 알잖아."

승윤은 담담히 상황을 털어놓았다. 신우는 가만히 유민의 머리맡에 앉았다.

"미안해, 유민아. 내가 내 생각만 하고……."

"괜찮아, 덕분에 돌아왔잖아."

유민은 도리어 제가 위로를 건네며 신우의 손등을 토닥였다.

"나…… 자격 없어."

신우는 눈물이 고여 조카의 손을 거머쥐었다.

"그런 말이 어디 있어? 나 삼촌 없으면 못 살아. 어떻게 살아. 삼촌이 내 유일한 희망인데…….."

유민은 애틋한 눈길로 신우를 올려다봤다. 간절한 호소와 함께였다.

"삼촌이…… 하준수 도와주면 안 돼?"

유민은 나약해진 마음에 묵혀뒀던 진심을 끄집어냈다. 그 가련한 반격에 신우는 선뜻 대답하지 못했다.

"나 사람이 되고 싶어. …… 이렇게 사는 거, 이제 너무 힘들어."

유민의 담담한 고백에 신우는 맥없이 고개를 끄덕이고는 복도로 나섰다. 그러자 허깨비처럼 멍하게 서 있는 준수가 그의 앞을 가로막았다.

"도와줘."

절박한 호소와 함께 주름진 손이 그의 발목을 감아왔다. 준수는 바닥에 무릎을 꿇고 신우에게 애원했다.

"날 미워하는 건 괜찮아. 날 증오하는 것도. 하지만…… 유민이는 아니잖아. 형도 유민이 사랑하잖아. 그러니까…… 날 좀 도와줘. 그 녀석 제대로 살 수 있게…… 그렇게 해줘."

준수는 자제심을 잃고 엉엉 울었다. 신우는 몸을 굽혀 늙어버린 동생의 어깨를 가만히 토닥였다. 준수는 그 살가운 연민에 서늘한 속내를 삭였다.

*

 신우는 지친 걸음을 옮겨 작업실로 향했다. 그는 입안에 고인 쓴 침을 삼켰다. 그러자 달콤하게 감겨오던 수안의 피의 향기가 조금 전의 것인 양 생생하게 떠올랐다. 신우는 코끝에 남은 혈흔에 가볍게 몸을 떨었다. 그 짧은 되새김에 묻어뒀던 자괴감이 몰려왔다. 신우는 수안을 향해 보였던 날것의 집착에 모멸감을 느꼈다.
 그는 묵직한 걸음으로 작업실에 들어섰다. 그러자 잔뜩 몸을 웅크리고 앉아 있는 수안이 보였다. 그녀는 이어폰에서 새어 나오는 선율에 이성을 맡기고 있었다.
 "나…… 무섭지 않아."
 그녀는 손끝으로 은매화 꽃잎을 보듬었다.
 "아니, 사실은 나 무서워. 너무너무 무서워."
 수안은 그 여린 꽃잎을 향해 진심 어린 고백을 전했다. 신우는 그런 수안에게 다가가 한쪽 이어폰을 뺐다.
 "죽는 게…… 그렇게 두려운가?"
 수안은 화들짝 놀라 신우를 쳐다봤다. 신우는 수안의 곁에 앉아 제 귀에 한쪽 이어폰을 꽂았다.
 "난 죽고 싶었는데."
 신우는 가감 없이 속내를 드러냈다.

"내가 무서운 건 그런 게 아니에요."

담담한 목소리가 그의 귓가에 감겨왔다. 신우는 먹먹한 눈길로 수안을 바라봤다.

"다시 혼자가 될까 봐…… 무서워요. 당신이 정말로…… 날 두고 사라져버릴까 봐."

수안은 깔끔하게 속내를 전했다. 그 담백한 고백에 신우는 버럭 소리를 질렀다.

"너 바보야? 제정신이야? 내가 네 피를 원한다잖아. 널 죽이려고 한다잖아! 그게 정말 아무렇지도 않아?"

"그래요! 나 바보예요! 난 바보라서 그런 것만 무서워요! 나 혼자 남을까 봐 무섭고! 당신 마음속에 내가 상처로 남는 게 무서워요! 그 여자처럼…… 사랑이 아니라…… 고통으로 남는 게 무섭다고요!"

수안은 지지 않고 앙칼지게 맞섰다.

"그만해!"

신우는 준비 없이 도드라진 상처에 발톱을 세웠다. 수안은 그런 신우의 어깨에 제 머리를 기댔다. 그 묵직한 온기에 신우의 심장이 내려앉았다.

"사실은 나…… 안심했어요. 당신에 대해…… 좀더 알아버려서."

수안은 조금 전의 기운을 거두고 부드럽게 그를 달랬

다. 신우는 묵묵히 수안의 이야기를 들었다. 거부할 수 없는 힘이 느껴진 탓이었다.

"그동안은 당신의 진짜 마음이 뭔지 알 수 없어서 너무 무서웠으니까. 왜 그렇게 나를 밀어내는지, 나를 상처 주는지 알 수 없었으니까. 나를 좋아하는지, 미워하는지, 아니면 아예 관심이 없는지…… 그것조차 알 수 없었으니까."

수안은 고개를 들어 신우의 얼굴을 보듬었다. 그 섬세한 손길에 신우의 굳은 어깨가 힘을 풀었다.

"그런데 이제 나, 무섭지 않아요. 당신의 진짜 얼굴, 봐 버렸으니까."

수안은 부드럽게 신우에게 입을 맞췄다. 그러고는 양손으로 자신의 머리카락을 쓸어 올렸다. 그러자 하얗게 빛나는 목덜미가 탐스러운 자태를 뽐냈다. 그녀는 그에게 스스로의 피를 내어줄 참이었다. 그가 원한다면 그렇게 하고 싶었다. 수안은 그렇게 자신의 사랑을 전했다. 고요하지만 힘 있는 선언이었다.

하나의 심장, 진실의 두 얼굴

"하지 마."

신우는 거칠게 수안의 옷자락을 끌어 올렸다. 강력한 거부의 몸짓이었다. 하지만 그것은 맥없는 방패에 불과했다. 그의 몸속은 이미 그녀를 향한 끌림으로 뜨겁게 끓어오르고 있었다. 덕분에 그가 할 수 있는 것이라고는 반지로 후각을 진정시키는 것이 고작이었다.

"필요한 사람이 되려는 거예요, 당신에게."

수안은 또박또박 제 의사를 전했다. 무서우리만치 침착한 어조였다.

"어린애처럼 굴지 마! 너한텐 이게 다 장난 같아? 정신 차려! 이건 현실이야!"

신우는 핏대를 세우며 악을 썼다. 그는 치밀어 오르는 본능과 사력을 다해 부여잡은 이성 사이에서 방황하고 있었다. '아담'의 향기가 코끝을 간질였지만 별다른 도움이 되지 못했다. 자꾸만 끓어오르는 체온은 이미 각성을 예고하고 있었다.

이제껏 수안을 만나오면서 이토록 강렬하게 그녀를 원한 적은 없었다. 온몸의 세포 하나하나가 그녀의 노예라도 된 것처럼 달아오르고 있었다. 이 순간만큼은 자신이 오로지 그녀의 육체를 숭배하기 위해 존재하는 것 같았다.

"어느 쪽이어도 상관없어요. 당신에게 피를 내주고 죽든, 아니면 떠도는 전설처럼 영원히 당신과 함께 뱀파이어로 살게 되든."

수안은 상상 이상으로 침착했다.

"아무도 확신할 수 없는 일이야!"

"증명하면 되잖아요!"

"증명 따위에 널 희생시키기 싫어!"

고함을 치는 신우의 눈에 핏발이 섰다. 증명. 그랬다. 돌이켜보면 운하가 죽게 된 것도 그 잘난 증명 때문이었다. 운명이 자신의 편임을. 언제나 그랬던 것처럼.

하지만 신이 그에게 보내준 것은 일생의 모든 축복을

뒤엎는 가혹한 저주였다. 신우는 참혹한 과거의 잔상을 떠올리며 발발 떨었다. 그러나 수안은 스스로 내뱉은 말의 무게를 모르는 양 담담했다. 그 믿을 수 없는 천진함이 신우를 맥 빠지게 했다.

"착각하나 본데, 너…… 나한테 아무것도 아니야."

신우는 독설을 뱉었다. 그녀를 포기시키고 싶은 마음에서였다.

"그만해요, 스스로를 괴롭히는 거."

수안은 가만히 신우의 심장에 머리를 기댔다. 담담한 역습이었다.

"당신에게 내가 아무것도 아니었다면…… 정말 그랬다면 당신 이렇게 날 설득하지 않았을 거예요. 아닌가요?"

나무랄 데 없는 정직한 공격이었다. 그 날렵한 가격은 신우의 이성을 무력하게 했다. 속내를 꿰뚫는 그녀의 맑은 눈동자도 몫을 더했다. 허물어진 방어선에 그녀를 향한 끌림은 고삐 풀린 짐승처럼 폭주하기 시작했다. 결국 그는 본능을 제어하지 못하고 거친 숨결로 그녀의 목덜미를 훑어갔다.

매끈한 그의 턱이 그녀의 귓가를 파고들자 공간에는 나른한 공기가 들어찼다. 그 야릇한 울림에 그의 손길은 유연한 놀림으로 그녀의 속살을 파고들었다. 신우는 손끝에 스며드는 나른한 감촉에서 묻어뒀던 감각을 끄집어냈다. 순간 탐욕을 향한 질주는 양 갈래 방향으로 내달렸다. 그의 남자는 그녀를 원했다. 그러나 속내에 든 괴물은 그녀의 피를 원했다. 멈춰야 했다. 여기를 맺음으로 두지 않으면 어디서 끝날지 알 수 없는 노릇이었다.

"난 널 죽일지도 몰라."

신우는 간신히 고해를 끌어냈다.

"그렇지 않아요."

"이 이상의 의지라는 건 없어. 여기서 멈추지 않으면 내 본능, 막을 수 없어."

"난 당신의 본능이 하나뿐이라고 생각하지 않아요."

미소 짓는 수안의 눈가에 초승달이 떴다. 신우는 최대한 자제력을 끌어냈다. 그러나 사각거리며 감겨오는 그녀의 원피스 자락은 그를 더욱 안달하게 했다. 금욕과 탐욕의 경계, 어린아이와 짐승의 간극에서 그는 길을 잃었다. 그러나 방황은 오래가지 않았다.

신우는 거칠게 수안에게 입을 맞추고는 그녀를 감춰두던 얄팍한 옷가지를 끌어내렸다. 수안은 조심스레 그의 셔츠를 열었다. 그러자 단단한 골격에 자리한 매끄러운 가슴팍이 드러났다. 수안은 소년의 얼굴에 가려진 청년의 자태에 새삼 아찔함을 느꼈다. 그러나 감탄은 잠시였다. 그녀를 사로잡은 아름다운 피조물은 이내 욕망에 충실한 날짐승이 되어 그녀를 탐했다.

그는 그녀의 귓가에 더운 날숨을 토했다. 그러고는 촉촉한 입술로 곧게 뻗은 그녀의 목덜미를 달궜다. 어깨로 미끄러진 더운 혀는 보드라운 팔을 지나 깡마른 손가락에 다다랐다. 그는 정성스레 그녀의 손가락을 빨았다. 느릿느릿 감겨오는 그의 입술에 그녀의 세포가 일제히 곤두섰다. 그러나 신우는 서두르지 않았다.

그는 그녀의 허리를 거머쥔 채 봉긋한 가슴에 입을 맞췄다. 그는 유연한 놀림으로 봉우리를 적셔왔다. 그러다 정상에 이르자 노련하게 어르며 언덕 위의 꽃망울을 깨웠다. 곱게 퍼져 있던 분홍 살결이 곧게 날을 세웠다.

그는 안달 난 젖무덤을 손에 맡겨둔 채 그녀의 배꼽을 애무했다. 그러고는 축축한 타액으로 늘씬한 아랫배를 살살 애태웠다. 앙증맞은 골반을 탐닉하는 것도 잊지 않았다.

수안은 새삼 얼굴이 붉어졌다. 그의 나침반이 어디로 향하는지 알고 있는 까닭이었다. 그러나 그녀의 수줍음은 신우를 더욱 자극했다. 그는 집요하게 다리 사이를 파고들며 비밀스레 숨겨진 속살을 찾아냈다. 수치심에

하나의 심장, 진실의 두 얼굴 357

발갛게 달아오른 그녀의 두 뺨은 믿을 수 없을 만큼 요염했다.

"하지 마요."

수안은 민망함에 그의 눈을 손으로 가렸다. 그러나 신우는 거세게 수안의 팔목을 잡고는 단단히 아래로 내리눌렀다. 그녀는 완벽하게 그의 아래로 갇혔다. 그의 인내심도 거기까지였다.

"싫어."

자비는 없었다. 그는 짤막한 탄식과 함께 자신의 뿌리를 그녀의 대지 안에 밀어 넣었다. 여린 살갗을 뚫고 들어서는 거침없는 움직임에 그녀의 입에서는 나른한 비명이 흩어졌다. 그의 동선에 맞춰 흔들리던 얄궂은 울음은 오래지 않아 욕망을 품은 신음으로 옮아갔다. 그러다 달팽이관을 미끄러져가는 뜨거운 날숨에 가냘픈 외마디 곡조를 내뱉었다. 하지만 그녀의 탄식은 이내 제압됐다. 신우는 정염에 젖은 입술로 그녀의 신음을 삼켰다.

그러다 그의 몸이 일순 굳어졌다. 온몸이 저릿해오는 농염한 향기가 그의 이성을 짓밟았다. 신우는 단단한 손가락으로 그녀의 다리 사이를 헤집었다. 그는 손가락을 유린하는 따뜻한 핏물에 그녀의 처녀좌가 함락되었음을 깨달았다. 그의 안에 잠들어 있던 짐승이 깨어나는 순간이었다.

 신우는 깡마른 손가락을 그녀의 몸 안으로 밀어 넣었다. 거침없이 들이닥치는 침략자의 손길에 수안의 입에서 낯선 신음이 새어 나왔다. 신우는 취기에 젖어 손가락을 꺼냈다. 그의 손끝에는 발간 핏물이 홍건했다. 그녀의 처녀좌는 평생을 지켜온 순결을 잃고 눈물을 흘렸을까? 핏물은 체액과 섞여들어 기묘한 향취를 뿜어대고 있었다. 그 매혹적인 향기에 실낱같이 남아 있던 신우의 이성이 무너졌다. 그는 그녀의 피를 원했다. 그녀를 원했다.

 그는 단숨에 그녀의 숲을 짚어 삼켰다. 수줍게 벌어진 웅덩이 사이로 핏물이 흘러나왔다. 그는 굶주린 짐승처럼 그 전리품을 빨아댔다. 그 세찬 압력에 수안은 생경한 울음을 뱉어냈다. 그는 활처럼 휜 그녀의 허리를 감싸 쥐며 탐욕스럽게 혀를 놀려 별의 잔해를 핥아댔다. 수안은 새삼스런 수치심에 몸을 비틀었다. 그러나 신우는 악착같이 사악한 혀를 밀어 넣었다. 그는 기어이 마지막 샘물까지 거둬들이고 다시 그녀와 결합했다.

 수안은 제 안의 우주에서 일어나는 변회를 느끼며 그의 어깨를 끌어안았다. 손끝으로 느껴지는 그의 살갗이 낯설었다. 수안은 왈칵 눈물이 났다. 수줍음과 두려움.

고통과 환희. 익숙함과 생경함. 그 모든 이질적인 감정들이 그와 그녀의 육체처럼 질펀하게 뒤엉켰다. 그사이 그의 입술에서 시큰한 숲의 향미가 옮아왔다. 수안은 제 미각을 조여오는 비릿한 맛에 얄궂은 기분이 들었다. 그와 그녀는 체액을 나눠 마셨다. 이것은 축배일까? 혹은 독배일까? 어쨌거나 그는 그녀의 피를 마셨다. 그가 그토록 바라마지 않던 천사의 피를 말이다. 그렇다면 지금의 그는 과연 무엇일까? 여전히 뱀파이어일까? 아니면 사람일까?

"아직도…… 무서워요?"

열에 달뜬 신우의 귓가에 달콤한 속삭임이 스며들었다. 어떤 일이 있어도 반드시 거머쥐고 싶은 매혹적인 언어였다. 신우는 굳게 입을 다물었다. 한마디라도 달싹거리면 모든 것이 흔적 없이 사라질 것 같은 마음에서였다.

"날 믿어요."

수안의 다부진 손가락이 신우의 손등을 감싸왔다. 신우는 그 담백한 교감에서 그들 사이에 단단하게 뿌리 내린 무형의 힘을 느꼈다.

"내가 당신을 사랑한 건 당신이 인간이어서가 아니에요. 그냥 당신이어서예요."

옅은 바람에도 날아갈 듯 유약한 어조였다. 하지만 언

어가 지닌 힘은 강인했다. 은매화 향에 묻어난 달콤한 고백은 그의 심장에 고인 악마의 피를 말끔히 거둬냈다. 그러자 정갈해진 그의 심장에는 오직 하나의 감정이 들어찼다. 사랑에 대한 갈망이었다. 그러나 매듭 없이 꼬여버린 가책의 실타래는 그 말랑말랑한 감정을 용인하지 않았다. 신우는 새삼 가슴이 뻐근했다.

"그러니까 나 진심으로 원해요. 내 피가 당신 안에서 돌기를. 그렇게 하면 영원히 함께할 수 있을 테니까요. 당신 안에서건, 아니면 당신 곁에서건. 언제까지나, 영원히."

그녀는 그에게 자신의 피를 취해달라고 청하고 있었다. 그녀는 자신을 뱀파이어로 만들어서 언제 끝날지 모르는 그의 삶을 함께하리라 마음먹었다.

"아니, 하지 않을 거야."

신우는 제어할 수 없는 갈망을 억누르며 수안과의 물리적 거리를 넓혔다. 그러자 밀착했던 세포 하나하나가 멀어진 자력에 갈증을 표했다.

"나 너…… 죽일 수 없어."

신우는 가까스로 목소리를 쥐어짰다.

"해보지도 않고 어떻게 알아요? 어떻게 확신하냐고요!"

다부진 반문이 돌아왔다.

"해봤으니까! 해봤다고! 그런데…… 그런데…… 죽어

버렸다고!"

 절규를 쏟아내는 신우의 이마에 핏발이 섰다. 그 격앙된 감정에 그의 세포 하나하나는 봉인된 기억을 끄집어냈다.

 변심. 운하의 마음이 달라졌다. 그녀의 사랑이 옮아갔다. 똑같은 별자리를 지녔으나 다른 심장을 품고 있는 쌍둥이 동생 이엘에게 말이다. 뼈아픈 상처가 슬픔으로 고였다. 덕분에 간신히 누르고 있던 뱀파이어라는 악마의 피는 날카로운 송곳니를 드러내며 그녀의 피를 탐닉했다. 그러나 단순한 탐욕은 아니었다. 그것은 일종의 증명이었다.

 반려. 영혼이 이어진 존재라 했다. 서로의 심장이 이어져 있는 운명의 상대라 했다. 뱀파이어가 자신의 반려를 찾아 상대의 피를 탐하면 두 사람은 영원한 사랑을 이룰 수 있다고 했다. 가지고 싶었다. 변해버린 연인의 마음을. 영원히, 혼자만의 것으로.

 하지만 그녀는 죽었다. 그의 반려가 아니었던 탓이다. 그녀의 영혼이 묶인 이는 그 자신이 아닌 타인이었다. 반려가 아닌 이에게 피를 빼앗긴 육신은 차갑게 식어갔다. 결국 비뚤어진 본능이 차지한 것은 달콤한 그녀의 피와 싸늘한 시신이 전부였다. 이제 그에게 남은 것은 영원한 사랑이 아닌 피에 전 가책뿐이었다.

"운하가 원했던 사람도…… 운명으로 정해졌던 사람도…… 이엘…… 그 자식이었어."

신우는 피맺힌 고백을 토해내며 오열했다. 수안은 걷잡을 수 없이 흔들리는 신우의 어깨를 굳게 보듬었다. 참으로 질긴 여자였다. 밀어내고 또 밀어내도 자꾸만 달라붙었다. 그런데 이제 더는 자신이 없었다. 신우는 수안을 보내고 싶지 않았다.

"만일 내가 당신의 반려라면요? 우리가…… 하나의 심장을 나눠 가진 거라면?"

수안이 물어왔다. 이미 한차례 신우의 울음을 받아낸 뒤였다.

"그런 건 우긴다고 되는 일이 아니야."

"아니요, 난 확신해요. 믿는다고요."

"나도 확신했어, 그 아이가 내 운명이라고."

접점이 없는 실랑이를 뒤로하고 둘 사이에는 잠시 침묵이 흘렀다. 그러다 수안은 다시 반문했다.

"그럼 내가 당신 마음의 소리를 들을 수 있는 이유는 뭐라고 생각해요? 이상하다는 생각, 안 해봤어요?"

반격의 여지를 두지 않는 야무진 물음이었다. 신우는

그 불편한 질문을 끌어안고는 벌떡 일어섰다.

"당신이 마음에 품을 말을 내가 느낄 수 있다는 거, 우리가 하나의 심장으로 이어져 있다면 가능한 일 아닌가요?"

수안은 그럴듯한 결론으로 신우를 잡아 세웠다. 신우는 나약해진 눈빛으로 그런 그녀를 바라봤다. 할 수만 있다면 당장이라도 그녀의 가설에 의지해 기대고 싶었다. 훗날의 일 같은 것은 아무래도 좋았다.

"누구보다도 네 말을 믿고 싶은 건 나야. 누구보다도 네 말을 의심해야 하는 것도 나고."

신우는 분주히 셔츠를 여미고는 자리에서 일어섰다. 무언가 결심이 선 모양이었다.

"어디 가려는 거예요?"

"찾아보려고."

"뭘요?"

"네가…… 내 운명이라는 확신."

수안은 침묵으로 동의했다. 이런저런 말로 우겨보기는 했으나 그에게 시간이 필요하다는 것을 알고 있었다. 사실 그녀 역시 생각을 정리할 필요는 있었다.

두 사람은 다음 날을 기약하며 헤어졌다. 수안은 신우의 작업실에 머물기를 원했고, 그 역시 동의했다. 그곳이 안전할 것 같다는 나름의 결론에서였다.

문밖을 나서던 신우의 발밑으로 무언가 반짝였다. 이엘의 구슬이었다. 그러나 신우는 미처 그것을 발견하지 못했다. 덕분에 그는 이엘이 두 사람의 대화를 들었다는 사실을 알아채지 못했다.

 어쨌거나 신우는 수안을 남겨둔 채 그곳을 나섰다. 그에게는 믿음이 필요했다. 심장의 움직임이 아닌 뇌가 판단한 이성적인 결론 말이다. 신우에게 있어서 감정이라는 것은 신뢰할 수 없는 존재였다. 운하의 목숨을 앗아간 것 또한 손에는 잡히지도 않는 그 감정이라는 놈이었다.

 그는 바람을 가르며 집으로 향했다. 서재에 숨겨둔 고서를 살피기 위해서였다. 신우는 그 낡은 책을 보며 인간으로 돌아갈 수 있는 방법에 대해 고민하곤 했다. 자신을 뱀파이어로 만든 비밀을 되짚어가면 인간으로 돌아갈 수 있는 방법을 찾을 수 있을 것이라는 판단에서였다. 그 내밀한 관찰의 시간은 언제나 희망과 절망을 넘나들었다. 그런 탓에 신우는 오랜 시간 책장을 열지 않았다. 상처라는 것은 아무리 익숙해져도 매번 아픈 법이니까.

 하지만 이번에는 달랐다. 찾고자 하는 것이 달랐던 까닭이나. 그의 관심은 오직 하나, 진실한 반려에 관한 것이었다.

돌이켜보면 그의 마음속에 존재한 반려라는 것은 일종의 도구에 가까웠다. 운하에게 버림받았다는 패배감, 그 치욕스러운 감정을 지워낼 방패였던 셈이다. 그러나 지금은 달랐다. 그는 반려라는 존재를 수안을 지키기 위한 수단 중의 하나로 염두에 두었다. 만일 수안과 자신이 정말로 심장을 나눈 반려라면 기쁜 마음으로 그녀의 피를 거둘 것이었다. 하지만 그렇지 않다면 그녀를 지킬 다른 방법을 찾아야 했다. 내어놓아야 하는 것이 스스로의 목숨이라 해도 상관없었다. 흘려야 할 피가 있다면 기꺼이 내어줘야 했다. 사랑 같은 것은 아무래도 좋았다. 참으로 신기한 일이었다.

 하지만 우주의 흐름과 맞먹는 내적 변화에도 그가 할 수 있는 일이라고는 묵은 책을 끄집어내 전설의 흔적을 되짚어가는 것이 고작이었다. 게다가 책이 기록해둔 반려의 정의는 그의 머릿속에 자리 잡은 지식 이상도 이하도 아니었다. 신우는 허탈함을 느끼며 스르르 주저앉았.

 그때였다. 비릿한 피비린내가 그의 코끝을 자극했다. 이엘이었다. 그의 입술은 이미 누군가의 피를 취했는지 핏빛으로 물들어 있었다.

 "사실……이야?"

 이엘의 목소리는 전에 없이 맑았다. 분노가 앙금처럼

가라앉은 탓이었다. 여느 때라면 주먹부터 날아왔을 테지만 지금은 달랐다. 이엘의 속내에는 단 하나의 물음밖에 없었다.

"운하가…… 좋아하던 사람이…… 정말…… 나였어?"

이엘이 물었다. 순간 신우는 머릿속이 하얘졌다. 신우는 그제야 이엘이 자신의 대화를 엿들었다는 사실을 깨달았다. 신우는 두려움과 모멸감 사이에서 방황했다. 그는 한순간에 오랜 세월 숨겨왔던 가책과 패배감을 동시에 상대해야 했다. 그는 이제껏 그것들로부터 도망치기 위해 애써왔다. 그러나 이제 더 이상은 물러설 곳이 없었다.

"…… 미안해."

짤막한 사과였다. 하지만 그 간결한 세 글자는 그들이 감당할 수 없었던 수많은 것들을 내포하고 있었다. 이엘은 말끝에 묻어난 운명의 장난을 읽어냈다.

"그게…… 다야?"

이엘의 말끝에서 공허한 슬픔이 배어났다.

"인정할 수가 없었어. 그런데 이제야…… 이제야 할 수 있게 됐어. 그 아이 덕분에."

신우는 진심 어린 사죄를 전했다. 그는 수안으로 인해 운하에 대한 자신의 마음이 얼마나 이기적이었는지를 깨달았다.

차이는 분명했다. 운하를 취하는 일이 변질된 사랑이 온전함을 증명하기 위한 선택이었다면 수안을 거부하는 일은 오로지 그녀를 보호하기 위함이었다. 그 아찔한 진실을 깨닫는 순간 신우의 마음속에는 썰물처럼 슬픔이 밀려들었다. 언제나 그렇듯 아픔은 한 가지 색깔이 아니었다. 어이없는 호기에 소진된 옛 연인에 대한 가책, 바스러질까 끌어안을 수 없는 운명에 대한 갈증은 농도 짙은 음영으로 그림자 졌다. 상처의 경중은 없었다. 그저 밀도의 차이만이 존재할 뿐이었다.

"그래서 죽인 거였어? 운하가 날…… 선택해서?"

이엘은 허깨비처럼 부스스 일어서며 신우를 내려다봤다.

"아니야……. 난 그냥…… 믿을 수가 없었어. 도저히…… 믿기지가 않았어."

"믿기지가 않아? 운하의 마음이 떠났다는 게? 아니면 그게…… 나라는 게?"

이엘의 눈가는 광기로 희번덕거렸다. 눌러왔던 슬픔의 비명이었다.

"뭐든지 다 너여야 해? 누구나! 언제나! 다 널 원해야 해? 너만 가져야 해? 너만 바라봐야 해?"

"운하 하나면, 그러면 다 좋다고 생각했어. 아니, 그런 줄 알았어. 그런데, 네 말이 맞아."

신우의 입술에서 메마른 고해가 쏟아졌다. 이엘은 뜻하지 않은 그의 고백에 멍해졌다.

"내가 원한 건 운하의 마음이 아니라…… 그 아이의 마음이 변하지 않았다는 증거…… 그거 하나였어. 그래서…… 만일 내 몸에서 그 아이의 피가 온전히 돈다면…… 그 아이가 내 반려라면…… 그러면 증명되는 거니까. 그 아이가 내 운명이라는 게…… 반쪽이라는 게……."

신우는 결국 말을 맺지 못하고 오열했다. 이엘은 분을 참지 못하고 그런 신우의 얼굴에 주먹을 날렸다. 죽여버리고 싶었다. 할 수만 있다면, 그럴 수만 있다면…….

"그래서 사람이 되고 싶었어. 그러면, 죽을 수 있을 테니까."

신우는 입에 고인 피와 함께 고통스러운 속내를 뱉어냈다.

"아니, 넌 사람이 될 수 없어. 내가…… 그렇게 두지 않을 거야."

이엘은 주저함 없이 저주를 퍼부었다.

"너한테…… 줄 게 있어."

신우는 서랍을 열었다. 그러고는 두툼한 공책을 꺼내 이엘에게 건넸다. 이엘은 직감적으로 그 공책이 운하의 것임을 감지했다. 이엘은 떨리는 손으로 신우가 건넨 공책을 빼앗았다.

"이수안…… 건드리지 마. 똑같이 죽이고 싶지 않다면."

이엘은 피범벅이 된 신우를 뒤로한 채 밖으로 나섰다. 신우는 그제야 온전히 바닥에 등을 맞댈 수 있었다.

송운하…….

신우는 가만히 운하의 이름을 되뇌었다. 송. 운. 하. 짤막한 세 음절은 낯설었다. 그리고 예상치 못한 깨달음이 밀려왔다. 한 세기 동안 이어져온 그의 속죄가 한갓 습관으로 변질되었다는 사실을 말이다. 오랫동안 죽어 있던 감정은 이제 막 달음질을 시작한 심박동 앞에 무력하기 짝이 없었다. 한 세기 가까이 뇌 주름 속 어딘가에 똬리를 틀었던 이름은 마른 고목처럼 죽어간 지 오래였다.

그게…… 나빠?

신우는 가책에 묻어뒀던 민얼굴을 마주 봤다. 그러자

생각지도 않았던 이기심이 고개를 들었다. 그는 박제로 굳어간 이름이 아닌 살아 꿈틀대는 온기를 거머쥐고 싶었다. 걸어야 해서 걸었던 길에, 살아야 해서 살았던 삶에, 이유가 생겼다.

신우는 반듯하게 천장을 마주 봤다. 이게 옳았다. 운명 같은 것은 아무래도 좋았다. 한 사람의 생명을 거둬버렸으니 이제는 구해내야 했다. 필요하다면 무엇을 내던져서라도.

*

승윤의 방에 부드러운 재즈 음악이 흘렀다. 흥겨운 곡을 선호하는 그의 취향에는 드문 선택이었다.

승윤은 사지에 힘을 빼고 베개에 머리를 묻었다. 그는 지쳐 있었다. 사실 무리는 아니었다. 그를 제외한 가족들은 언제나 각자의 이유를 품은 채 날이 서 있었다. 덕분에 마음 약한 승윤은 이리저리 치일 수밖에 없었다.

그는 가만히 천장을 마주하며 스스로의 삶에 집중했다. 언제까지나 타인에게 휘둘릴 수는 없나. 그러다 그는 무심히 제 입술에 손을 가져갔다. 서툰 입맞춤의 흔적이 생생하게 되살아났다. 승윤은 가만히 민조를 떠올렸다. 그러자 저도 모르게 입꼬리가 올라갔다. 양볼도 슬쩍 달아올랐다.

돌이켜보면 승윤에게 있어 이성이란 단순한 유희였을 뿐 교감의 대상은 아니었다. 두 형의 요란한 사랑의 전설을 온몸으로 겪어온 탓이었다.

그는 사랑 따위에 즐거움을 희생하고 싶지 않았다. 일상의 기쁨을 누릴 권리는 인간이건 뱀파이어건 동일하게 주어진 것이었으니 말이다.

물론 100년간 반복되는 젊음은 공허했다. 하지만 괜찮았다. 감정이라는 것은 깊어지면 반드시 마음에 상처를 내고 마니까. 평생 고통받지 않을 수 있다면 영생이라는 것도 나쁘지 않았다.

그런데 그런 안락한 삶에 한 여자가 끼어들었다. 눈길을 주고 나니 마음이 갔다. 마음을 주고 나니 치유가 돼서 돌아왔다.

이 아이, 나를 이해해준다.

언제나 그랬다. 형제들과 어울리지 못한 채 어쩐지 서걱거리는 기분. 그런데 그 아이는 아무도 보듬어주지 않던 그 마음을 알아줬다. 단지 끄덕여주는 것만으로도 외롭지 않았다. 사랑이 아니어도 괜찮았다. 의지할 수 있는 누군가가 생겼으니까. 그리고 조금은 설레기 시작했으니까.

 승윤은 이런저런 생각 끝에 거울을 마주 봤다. 민조를 만날 심산이었다. 돌이켜보면 두 사람은 어설픈 키스를 나눈 뒤로는 만나기는커녕 일절 말을 섞지 못했다. 민조의 속이야 모를 일이었지만 승윤의 입장에서는 어찌해야 할지 감이 서지 않는 탓이었다. 하지만 이런 일로 질질 시간을 끄는 것은 평소 승윤답지 않은 행동이었다.

 그런 이유로 승윤은 일방적으로 약속을 통보하고는 무턱대고 민조의 근무지로 향했다. 사실 강제적이라고는 하지만 민조도 딱히 싫은 눈치는 아니었다.

"무슨 일 있었어요?"

 약속 장소에 도착한 지 10분쯤 뒤에 민조가 나타났다. 그는 승윤의 세심한 고민과는 달리 지나치리만큼 멀쩡했다. 승윤은 그런 민조의 평상심에 괜히 부아가 치밀었다.

"사람이 뭐 그래요? 아무렇지도 않아?"

 승윤은 퉁명스레 입을 열었다.

"뭐가요?"

 민조는 무심한 얼굴로 되물었다.

"아니, 그러니까. 우리 그……."

승윤은 괜히 어물거렸다.

"뭐요? 키스한 거요?"

민조는 심드렁하게 승윤의 말을 잡아챘다.

"와…… 진짜 심장이 돌덩이구나, 돌덩이. 어떻게 그렇게 쉽게 말을 뱉어요?"

"쉽지 않을 건 또 뭐예요? 한 걸 했다 그러는데. 승윤 씨 이제 보니 초보야, 초보. 내가 이런 사람한테 뭘 배운다고."

민조는 주머니에 손을 찔러 넣고는 앞서 걸었다. 승윤은 분한 마음을 담아 따라나섰다.

"그럼 아무렇지도 않다는 거예요?"

승윤은 앞서 달려 민조를 가로막았다. 민조는 갑작스레 이맛살을 찌푸렸다. 승윤의 등 뒤에서 쏟아지는 햇살 탓이었다.

"승윤 씨 여자 몇 명이나 사귀어봤어요?"

취조라도 하듯 매서운 눈길의 민조가 물었다.

"글쎄요……? 그걸 어떻게 다 세어봐요?"

승윤은 호기롭게 대답했다. 일종의 허풍이었다.

"하긴, 뭐 있어야 세어보겠죠."

"없긴 왜 없어요. 차고 넘쳤다니까요?"

"일회성 만남 말고, 진짜 마음 주고 사귄 게 몇 명이나 되냐고요."
 민조는 다시 한 번 핵심을 강조했다. 그러자 승윤의 말문이 막혔다.

마음을 준다.

 의식적으로 피하던 일이었다. 신우와는 다른 의미였지만 승윤에게도 사랑은 불문율이었다. 끝이 보이는 감정이었다. 어쨌거나 하나는 남고 하나는 사라질 터였다. 사라지는 쪽의 아픔은 가늠할 수 없지만 남겨진 자신의 상처는 분명 예측이 가능한 일이었다. 그런 일을 자초한다는 것은 바보 같은 짓이었다.
 "촌스럽게 꼭 마음 같은 거 주고 그래야 해요? 남자건 여자건 그냥 다 똑같은 사람인데, 적당히 친해지다 마는 거지."
 승윤은 반사적으로 구시렁거렸다. 그러나 진심으로 그렇게 생각하는 것은 아니었다. 일종의 변명이었다. 분명 속내에는 그 역시 사랑에 대한 동경이 있었다. 다만 스스로 의식하지 못할 뿐이었다.
 "진짜 교육받아야 할 사람은 따로 있네. 이렇게 여자를 모르니."

민조는 새침하게 승윤을 지나쳐 다시 앞서 걸었다. 그녀의 얼굴은 발갛게 상기돼 있었다. 승윤은 그제야 그녀 역시 애써 담담한 척해왔음을 깨달았다.

"금요일에 데리러 올게요!"

민조의 등 뒤에서 승윤의 외침이 들렸다. 민조는 기다렸다는 듯 가만히 멈춰 섰다. 여전히 시선은 돌리지 않은 채였다.

"이번엔 민조 씨가 가르쳐줘요! 마음을 주는 법!"

승윤은 담백하게 제 속내를 전했다. 민조는 같은 자세로 고개만 두어 번 끄덕이고는 바삐 달려갔다. 승윤은 그런 민조의 뒷모습을 보며 피식 웃었다.

*

정말로…… 정말로…… 나였어? 그래……? 정말 그래?

이엘은 믿기지 않는 현실을 끌어안은 채 황망히 걸었다. 눈물이 시야를 흐렸다. 그는 새삼 제 입에서 새어 나오는 울음이 생경했다. 아니, 제 몸에 기생해 있는 모든 존재들이 낯설었다. 뇌에서 떠도는 생각, 입술을 적시는 짠맛, 어디로 향하는지조차 모를 발걸음도.

이엘이 운하의 목소리를 마지막으로 들은 것은 그녀가 죽기 하루 전이었다. 칠흑 같은 밤하늘, 무수하게 빛나는 별 아래였다.

"왜 보자고 한 거야?"

운하가 물었다. 그날의 만남은 이엘의 청에 의해 이뤄졌다. 사실 이유 같은 것은 없었다. 그저 형의 눈을 피해 그녀를 보고 싶었던 것뿐이었으니까.

"빡빡하네. 이유가 꼭 있어야 하나?"

"너니까."

"나니까……라. 특별 대우네. 좋아해야 하나?"

이엘이 빈정거렸다.

"나 너 싫어해."

운하는 야멸치게 쏘아붙이고는 앞서 걸었다. 그녀의 걸음마다 사부작거리는 풀잎 소리가 흩어졌다.

"난 너 좋아해."

이엘은 운하의 손목을 잡아챘다. 몸에 스민 열병 탓인지 그녀의 눈두덩이 발갛게 달아올라 있었다.

"그래서 싫어. 징그러워, 그 집착."

운하는 그의 손길을 뿌리쳤다.

"이유 같은 거 찾지 마! 싫으면 그냥 싫은 거지! 뭐 때문이다, 이런 거 붙이지 말라고!"

이엘은 바락바락 악을 쓰고는 돌연 운하의 입술을 덮쳤다. 거센 압력이 그녀의 숨결을 앗아갔다. 운하는 세차게 그를 밀쳐내고는 다시 바삐 걸었다.

"나 못 멈춰. 이거 그냥 병이야."

이엘의 일갈에 운하가 멈춰 섰다.

"멍청이."

운하의 말끝에 눈물이 묻어났다. 이엘이 뒤에서 운하를 끌어안았다. 그는 그녀의 목덜미에 입을 맞췄다. 혀끝으로는 안달 난 그녀의 귓불을 어루만졌다. 솜털에 젖어드는 미끈한 타액에 운하는 혼곤해졌다.

"한 번만, 안아보면 안 돼?"

이엘이 속삭였다. 운하는 침묵했다. 긍정의 의미였다. 그 순간 그의 양손이 그녀의 겨드랑이를 파고들며 가슴으로 우아하게 솟은 속살을 거머쥐었다. 얄팍한 옷자락 너머로 분내가 올라왔다. 물오른 여인의 살결에 그의 남자가 굳어 섰다.

"비겁해, 너."

운하가 말했다.

"알아."

이엘은 손바닥 안에 놀잇감을 가두고는 성마른 이로 도톰한 귓바퀴를 물었다. 운하는 얄팍한 비명을 뱉었다.

그러자 그의 다른 손이 빳빳한 치마 속을 헤집었다. 운하는 거세게 몸을 비틀었다. 그러나 이엘은 집요했다. 그는 손과 입술로 그녀의 몸을 유린하며 맹공을 퍼부었다. 결국 꼿꼿하게 버티던 운하의 호흡이 거칠어졌다.

"한 번만 이겨."

운하의 입에서 알 수 없는 말이 새어 나왔다. 이엘은 그녀의 뜻이 무엇인지 궁금했다. 그러나 묻지 못했다. 그녀의 입술이 앙칼지게 들러붙은 탓이었다. 두 개의 입술은 다시 만나지 못할 인연인 양 끈끈하게 엉겼다. 이엘은 운하를 끌어안으며 거세게 제 남자를 밀어 넣었다. 땀으로 밀착된 두 사람의 몸뚱이가 유연하게 엉켜들었다. 자극적인 신음 소리가 풀밭을 뒹굴었다. 그녀의 목덜미에서 놓여난 뱀주인자리 목걸이도 함께였다.

"이미 이겼어. 널…… 가졌으니까."

이엘은 그녀가 뱉어낸 경쟁 상대를 신우로 낙점 지었다. 형과의 승부라면 이제 끝난 일이었다. 운하를 그의 여자로 거두었으니 말이다. 언제나 잔인하게 그를 이겨버리던 형의 여자를 빼앗았다. 그것으로 족했다.

헉헉거리는 이엘의 얼굴에서 연신 땀이 흘렀다. 그는 손끝에 닿은 그녀의 목걸이를 굳게 거머쥐었다. 그러고는 달빛이 뽀얗게 흐려질 때까지 밤새 그녀를 탐했다.

"아니, 틀렸어."
운하가 말했다.
"넌, 아직 날 갖지 못했어."
잔디에 등을 맞댄 그녀가 천천히 일어섰다.
"진짜 날 갖고 싶다면 내일 저녁, 느티나무 아래로 와. 할 말이 있으니까."
운하는 알 수 없는 말만 늘어놓고는 멀어졌다. 그녀는 굳이 자신을 따라붙는 그를 떼어놓았다. 그녀와 나눈 마지막 대화였다.

그런데…… 나였다고……? 형이 아니라…… 형이 아니라…….

이엘은 자괴감에 입술을 깨물었다. 날카롭게 치솟은 송곳니 아래로 피비린내가 풍겨왔다. 이엘은 그 잔인한 향취에서 다시 한 번 운하의 죽음을 떠올렸다. 그러자 피의 농도만큼 짙은 가책이 그의 이성을 집어삼켰다.
운하의 바람대로 이엘은 고목으로 향했다. 온전히 그녀를 소유하기 위해서였다. 그러다 그는 갑작스레 치미는 심장의 고통에 풀썩 바닥에 주저앉았다. 숨이 멎고 정신이 아득해지는 통증이었다. 그는 본능적인 불길함을 등에 짊어진 채 바닥을 기었다. 무릎을 파고드는 돌덩이에 다리에는 피가 맺혔다. 그리고 오래지 않아 더운 피비린내가 훅 끼쳐왔다. 이엘은 그것이 제 몸에서 새어 나온 냄새라 여겼다. 그러나 코끝에 맞닿은 처참한 비극의 주인은 그 자신이 아닌 운하였다.

이엘은 믿을 수 없는 참극에 심장의 고통을 잊었다. 그곳에 있는 것은 분명 신우와 운하였다. 하지만 그의 눈앞에 있는 것은 짐승처럼 울부짖는 괴물과 피에 전 정인의 시신뿐이었다.

순간 이엘은 그녀를 향하던 움직임을 멈췄다. 더는 다가갈 수가 없었다. 슬픔과 두려움이 얽혀든 탓이었다. 그는 운하를 구해내야 한다는 생각과 신우와 맞서야 한다는 공포 사이에서 방황했다. 그러나 그의 육신은 이미 자신의 몸을 뒤로 잡아 빼고 있었다. 살아오는 동안 수없이 세뇌되어온 신우에 대한 패배감 때문이었다.

죽음 따위가 무서운 것은 아니었다. 어차피 정신이 아득해지는 심장의 통증은 죽음과 다를 바 없었으니까. 하지만 본능처럼 자리 잡은 신우에 대한 패배감은 그를 그 자리에서 도망치게 했다. 이엘은 오열했다. 그때나 지금이나 그는 여전히 비겁했다. 그 아이가 자신을 마음에 품은 채 홀로 죽어가는 동안 그는 도망치고 또 도망쳤다. 더군다나 지금의 그는 수안으로 인해 흔들림을 느껴 오던 터였다. 이엘은 그런 제 자신을 용서할 수 없었다.

운명이라면, 처음부터 정해진 거라면, 조금은…… 아주 조금은…… 덜 미안하지 않을까?

동글동글한 운하의 필체에 이엘은 정신이 멍해졌다. 그녀의 일기는 믿기지 않는 이야기들을 줄줄 쏟아내고 있었다. 이엘에게로 옮아가는 감정에 대한 가책, 그것을 모면하기 위한 집착, 실행에 옮기기 위한 계획들이 꼼꼼하게 들어찼다.

사실 운하에게 신우는 유일한 이성이자 첫 남자였다. 두 사람은 어릴 적부터 함께 자라며 사랑을 키워왔다. 운하는 그를 제외한 이성과는 교감해본 적도, 심지어는 마음에 품어본 일도 없었다. 그런데 스스로의 자아를 깨닫기 시작한 이후부터 자꾸만 그녀의 시야에 이엘이 들어왔다. 그러다 보니 어느새 신우에게 느끼는 안락함보다는 이엘에게서 전해지는 설렘이 더 소중해졌다. 운하는 그런 스스로의 감정에 대해 가책을 느꼈다. 그러던 중 운하는 열병에 시달렸다. 신우 형제에게 변이를 일으킨 무오년 독감에 걸린 것이었다. 그러나 그들과는 달리 운하는 불사의 몸을 갖지 못했다. 하루하루 고열에 시들어갈 뿐이었다.

그런 가운데 운하는 반려에 대해 알게 됐다. 뱀파이어의 정체성을 알아가던 신우에게 들은 것이었다. 그녀는 병이 깊어질수록 반려에 대해 집착했다. 그녀는 내심 자신의 병을 증명에 이용하기를 원했다. 죽어가는 자신을 두 형제 중 한 사람이 물어버린다면, 그녀가 궁금해하던 물음에 답을 구할 수 있을 것이라고 여겼다. 더군다나 그리 되면 그녀는 죽지 않아도 됐다. 그녀는 살고 싶었다. 살아서, 영원한 사랑을 하고 싶었다.

"뭐 해?"

준수의 목소리가 끼어들었다. 이엘은 화들짝 놀라 보고 있던 일기장을 덮었다.

"나가."

갑작스레 들어선 준수에게 메마른 음성이 돌아왔다. 준수는 매캐한 피비린내에 젖은 이엘의 눈동자를 가만히 살폈다. 이엘의 동공이 풀려 있었다.

"무슨 일 있어?"

준수는 조심스레 이엘에게로 설음을 옮겼다.

"…… 나가라는 말 안 들려?"

이엘은 화내지 않았다. 맥없이 제 요구를 되풀이할 뿐이었다. 준수는 그런 그에게서 범상치 않은 기색을 느꼈다.

"이수안 때문에 온 거야. 연락이 닿지 않아서…… 무슨 일이 있는 건가 하고."

순간 이엘의 눈에 이채異彩가 돌았다. 이수안이라는 세 글자의 힘이었다.

"네가 이수안을 왜 찾아?"

의구심에 찬 눈길이 준수의 얼굴을 훑었다. 준수는 애써 침착함을 유지하며 담담히 말했다.

"회사 일이야. 잡지사에서 향수 인터뷰 때문에 찾아."

준수는 즉석에서 거짓말을 꾸며댔다. 여느 때 같으면 바로 들통 날 수 있는 허술한 말이었으나 이엘은 그럴 여력이 없이 그저 믿었다.

"네 머릿속에서 이수안…… 지워. 이제 다시는 네 눈앞에 나타날 일 없을 거야."

"그게 무슨 소리야?"

준수는 사소한 단서라도 얻으려고 캐물었다. 그러나 이엘은 다시 입을 꾹 다문 채 무언가를 읽기 시작했다. 꽤나 낡은 공책이었다. 준수는 더 이상 말을 걸지 않고 돌아섰다. 좀처럼 과거의 일을 꺼내지 않는 이엘이 무언가에 집착한다면 그것은 분명 운하의 일일 터였다.

준수는 홀로 골똘해졌다. 어쨌거나 확실한 것은 두 가

지였다. 두 형 사이에 다시 운하로 인한 문제가 불거졌고, 두 사람은 모두 수안의 자취를 지우려고 할 것이라는 사실이었다.

실험실에 돌아온 준수는 화초에 얼굴을 맞대고 골똘했다. 수안의 피가 닿은 화초였다. 준수는 손가락을 들어 꽃이 피었던 자리를 살폈다. 그러다 짜증스레 이맛살을 찌푸렸다. 이엘이 거둬 간 꽃봉오리가 생각났기 때문이다. 분명 수안을 보호하기 위한 행동이었다. 그렇다면 분명 수안에게 무언가 비밀이 있다는 이야기였다.

사실 이엘의 행동이 아니라 해도 수안의 피에는 분명 특별한 힘이 있었다. 그렇지 않고서야 흡혈 식물이 삽시간에 만개하는 일은 일어나지 않았을 테니 말이다. 생각이 거기에 미치자 준수는 안달이 나서 견딜 수 없었다. 무슨 수를 써서라도 수안의 피를 구해야 했다. 하지만 너무 위험했다. 그녀에게 접근한다면 신우도 이엘도 분명 가만히 있지 않을 것이었다.

그렇다면 방법은 하나였다. 신우와 이엘. 두 형제가 서로를 공격하게 하는 것이었다. 여의치 않다면 한쪽을 멀리 보내는 것도 방법이었다. 이쨌거나 요점은 힘을 분산시키는 것이었다. 그리고 하나의 안전장치가 필요했다. 최악의 경우 둘 중 하나를 그 자신의 힘으로 공격해야 할지도 모를 일이었다.

　결심이 선 준수는 조심스레 비밀 금고를 열었다. 그러고는 구석에 있는 날렵한 단도를 꺼냈다. 은으로 된 검이었다. 준수는 검을 손바닥에 올리고 물끄러미 바라봤다. 그리고 수건을 꺼내 정성스레 닦은 뒤 품속에 밀어 넣었다.

*

　수안은 복잡한 눈길로 신우의 작업실을 돌아다녔다. 숲길을 산책하듯 이름 모를 화초 사이로 오가다 이런저런 향료들이 뒤섞인 유리병 앞에 서서 각기 다른 향을 읽었다. 배합이 모두 다른 그 향들은 신기하게도 신우와 닮아 있었다. 수안은 그 낯익은 향기에 불현듯 안도감을 느꼈다.

　하지만 그녀의 눈가에 다시 불안이 일었다. 공기를 가르는 핸드폰 벨 소리 때문이었다. 수안은 궁금증이 제거된 눈길로 액정을 살폈다. 역시 준수였다. 벌써 열두번째 전화였다. 수안은 망설였다. 준수로부터 자신을 보호하려는 이엘의 행동과 이곳에서 기다리겠다고 했던 신우와의 약속 때문이었다. 하지만 수안은 흔들렸다. 그녀

안에는 미처 구하지 못한 진실에 대한 갈망이 있었다. 결국 수안은 다시 한 번 벨이 울린다면 전화를 받아보리라 마음먹었다. 13이라는 숫자에 걸어보는 운명이었다.

 채 1분이 지나지 않아 벨 소리가 울려 퍼졌다. 운명이 그녀의 삶에서 안락함을 거둬가려는 모양이었다.

 수안은 신우의 탁자에 짧은 쪽지를 올려뒀다. 자신의 거취를 알리는 내용이었다. 그녀는 준수와 정한 약속 장소를 적어두고는 가볍게 밖으로 나섰다.

 준수는 그런 수안의 호기심을 적절히 이용할 만큼 노련했다. 준수는 두 형의 과거를 공유하겠다며 수안을 꾀었고, 그의 전략은 유효했다. 수안은 주저함 없이 자신의 은신처를 벗어났다. 준수는 그 기회를 놓치지 않았다. 그는 자신의 약품을 이용해 손쉽게 수안의 이성을 빼앗았고, 그녀가 다시 눈을 떴을 때는 이미 낯선 공간에 감금되어 있었다. 가느다란 몸뚱이는 반듯한 침대에 억류된 상태였다.

 "무슨 짓이에요?"

 수안은 내재된 생존 본능으로 잠시 몸부림쳤다. 하지만 가느다란 발목과 팔목은 쇠사슬에 묶인 채 옴짝달싹하지 못했다.

 "걱정하지 마. 약속은 지킬 테니까."

준수는 야릇한 미소로 수안의 팔에 바늘을 찔러 넣었다. 그러자 얄팍한 고무관 사이로 선홍빛 피가 분주한 움직임을 시작했다.

"애석하게도 네 피가 필요해졌어. 그래서 나도 좀 알아봤지. 공짜는 곤란하니까."

준수는 흐뭇한 눈길로 붉게 차오르는 혈액 팩을 주시했다. 그는 진심으로 만족스러운 눈치였다. 수안은 그런 준수의 표정에서 섬뜩함을 느꼈다.

"이엘이 널 보호해온 이유. 궁금하지 않아?"

준수는 가만히 의자를 당겨 앉았다. 수안은 공포와 호기심의 양립에 혼란을 느꼈다.

"알량한 죄책감 때문이야. 네 엄마를 죽였다는······."

"거짓말."

수안의 입에서 야멸친 부정이 새어 나왔다. 스스로도 자각하지 못한 방어였다. 지금은 아닐지언정 20년간 애틋한 마음으로 품어오던 이였다. 그런 이엘이, 어린 날의 산타가, 자신의 엄마를 죽였다니 믿겨지지가 않았다.

"그렇게 믿고 싶겠지. 하지만 불행하게도 사실이야."

준수는 얄궂은 표정으로 연신 혈액 팩을 살폈다. 수안은 그런 준수에게서 새삼스레 혐오감을 느꼈다.

"내가 그런 거짓말에 넘어갈 것 같아요? 당신은 이미

그럴싸한 포장으로 날 속였어요."

"아니, 속이지 않았어. 난 형들에 대한 이야기를 해주겠다고 했고, 지금 그 약속을 지키고 있는 거야."

준수는 의자에서 일어나더니 다시 분주해졌다. 그는 이런저런 도구들을 꺼내기 시작했다. 실험에 필요한 것들이었다. 그것들이 내는 금속음에 잊고 있던 수안의 불안감이 되살아났다.

"잊었어? 이엘은 뱀파이어야. 형은 단지 피가 필요했을 뿐이야. 불행히도 그 대상이 네 엄마였던 거고."

"하지만…… 난 해치지 않았잖아요. 피가 필요했다면, 난 왜 여태 살려둔 거죠? 앞뒤가 맞지 않잖아요."

수안은 절박한 심정으로 울먹였다. 몸에서 빠져나가는 피 때문은 아니었다. 자신이 살아온 삶이 송두리째 부정될지도 모른다는 공포 때문이었다.

"그게 이엘의 약점이지. 쓸데없이 마음이 약한 거. 그런 면에선 하신우가 독해."

준수는 다시 수안에게 다가와 그녀의 팔을 거머쥐었다. 그러고는 말간 주사액을 찔러 넣었다.

"너무 많은 이야기를 들은 것 같군. 이제 푹 쉬어. 차라리 잠드는 편이 편할 거야."

"이렇게…… 죽일 참인가요?"

하나의 심장, 진실의 두 얼굴 389

"아니, 아직은 아니야. 네 피를 신선하게 보관할 최상의 방법은 네 몸속에 두는 거니까."

수안은 자신을 잠식하는 알 수 없는 힘에 저항하며 악을 썼다. 하지만 날 선 비명은 어느새 의식 너머로 조용히 멀어졌다.

준수는 수안의 의식을 살피기 위해 그녀의 어깨를 흔들었다. 그 운율에 맞춰 마취 액에 취한 그녀의 몸뚱이가 맥없이 흔들렸다. 준수가 그녀의 팔목을 거머쥐자 그의 엄지 아래로 여린 맥박이 팔딱였다. 생명의 움직임이었다. 준수는 그 생생한 촉각에 새삼스레 가책을 느꼈다.

수안이 잠에 취한 사이, 준수는 쉬지 않고 실험에 몰두했다. 반나절 만에 준수는 자신이 원하는 배합을 만들어 냈다. 결과를 확인하기 직전, 그는 몇 번이고 마른침을 삼켰다. 하지만 긴장감은 쉽게 잦아들지 않았다. 준수는 별수 없이 심호흡을 했다. 그러고는 흡혈 화초의 줄기에 주사기를 찔러 넣었다. 수안의 피가 희석된 약품이었다. 준수는 주사기의 압력을 느끼며 입술을 깨물었다. 그리고 초조한 기색으로 손가락을 까딱거렸다. 그의 눈주름이 깊어졌다.

"기뻐할까요?"

초조한 준수의 귓가에 수안의 목소리가 들려왔다. 어

느새 마취에서 깨어난 모양이었다.

"인간이 되고 싶어 한다면서요, 당신 아이."

준수는 수안의 말을 들어 넘기며 짜증스레 주사기를 던졌다. 실험에 실패한 모양이었다.

"좋은 아빠가 되고 싶은 거라면…… 방법이 틀렸어요."

감정 없는 수안의 목소리는 묘하게 준수를 도발해왔다. 물론 결과는 좋지 못했다. 준수는 거친 손길로 수안의 팔목을 거머쥐고는 다시 채혈을 시작했다. 핏줄 사이로 스며드는 고통에 수안은 저도 모르게 얕은 비명을 뱉었다. 하지만 이내 입을 다물었다. 일종의 오기였다.

"당신이 인간 회귀 실험에 미쳐 있는 동안, 정말 외로웠을 거예요. 그 아이."

"닥쳐."

"집착하고 사랑을 착각하지 마요!"

"닥치라고 했지!"

준수는 가차 없이 수안의 뺨을 후려쳤다. 그는 필요 이상으로 흥분했다. 실험의 실패와 그녀의 도발이 뒤엉킨 탓이었다. 수안은 핏발이 선 눈으로 그런 그를 쏘아보았다. 그사이 준수는 그녀의 팔에 주삿바늘을 찔러 넣었다.

"살고 싶다면 이 실험이 성공하길 비는 게 좋을 거야. 안 그러면 네 몸속에 있는 피는 한 방울도 남지 않을 테니까."

준수는 기계적인 놀림으로 혈액 팩을 채워갔다.

"글쎄요."

수안은 맥없는 대답으로 응수했다. 뱀파이어를 인간으로 되돌리는 일. 어쩌면 그녀 자신이 가장 바라는 일인지도 모른다. 신우가 사람이 된다면 그들을 막을 장애는 아무것도 없을 테니 말이다. 하지만 수안의 판단으로는 그다지 승산이 없어 보였다. 그럴 만한 근거는 없었지만 일단 준수의 행태 자체가 미덥지 못했다. 그는 제정신이 아닌 듯했다. 그런 정신 상태로 온전한 실험이 가능할지 솔직히 미지수였다. 물론 그것은 믿음의 문제였다. 만일 신우가 직접 자신의 피를 취하려 했다면 이야기는 달라질 터였다. 그러고 보면 근거와는 상관없는 문제였다.

"실험에 성공한다면, 그다음엔 어떻게 되는 거죠?"

"모두가 바라는 대로 되겠지. 유민이는 사람으로 살아갈 거고, 신우 형은…… 사람으로 죽어갈 거야."

"그게 무슨 뜻이에요?"

"별다른 뜻은 없어. 그저 가치의 문제지. 유민이는 살아가기 위해 인간이 되고 싶어 하고, 형은 죽기 위해 인간이 되려 했던 거니까."

수안은 그제야 신우의 말의 행간에 숨어 있던 고통을

읽어냈다. 그가 인간이 되고자 하는 이유는 영생의 삶을 끊어내기 위해서였다. 그래야 평생 동안 자신을 옭아온 자책감의 그림자에서 놓여날 수 있기 때문이었다. 생각이 거기에 미치자 수안은 갑자기 서러워졌다. 그가 인간으로 돌아간다 해도 온전히 두 사람의 사랑을 지켜갈 수 있을지 불안해졌기 때문이다. 수안은 자신이 무엇을 바라야 하는지 혼란스러웠다. 준수의 실험이 성공해야 하는지 실패해야 하는지, 심지어는 신우가 인간이 되어야 하는지, 혹은 영원히 뱀파이어의 삶을 살아야 하는지도 알 수 없었다. 그러나 번민의 시간은 오래가지 않았다. 준수는 다시 마취제를 놓았고, 그녀는 다시 약에 취해 잠이 들었다.

준수의 입가에 미소가 돌게 된 것은 그로부터 꼬박 하루가 지난 뒤였다. 그는 자신이 원하는 답을 얻었고 실험의 성공을 확신했다. 몇 번이나 반복한 실험은 항상 같은 답을 내놓았다. 이제 임상실험만 남아 있었다.

그러나 준수는 고민했다. 혹시라도 부작용이 발생하면 유민에게는 더할 나위 없는 고통이 될 것이 분명했다. 그렇다면 결론은 하나였다. 다른 이에게 약물을 투여해 보는 수밖에 없었다.

"형!"

준수는 더없이 살가운 어조로 승윤을 불러 세웠다.

"너 얼굴 보기 되게 힘들다? 요즘 뭐 해?"

승윤은 언제나처럼 경계심이 없었다.

"이거."

준수는 대답을 대신하듯 약병을 내밀었다. 수안의 피로 만든 약물이었다.

"이게 뭔데?"

"약."

"무슨?"

"인간으로 돌아가는 약."

"…… 뭐?"

"실험…… 성공했어."

준수는 결연한 표정으로 승윤을 바라봤다. 승윤은 갑작스러운 선언에 멍해졌다.

"그래서 형한테 제일 먼저 가져와서."

준수는 친근한 미소로 승윤의 어깨를 잡았다. 그러자 미묘하게 떨리는 승윤의 어깨가 그의 손바닥을 흔들었다.

"형은…… 원치 않는 거야?"

준수가 물었다.

"글쎄…… 생각해본 적이 없어서."

승윤은 멀거니 눈을 끔벅거렸다. 그의 말을 사실이었다. 이미 100년이나 화두에 오른 문제였지만 그는 어떤 결정도 내리지 못한 상태였다. 가능하지 않은 일이라 여겼기 때문이다. 그런 그의 앞에 놓인 약병은 갑작스러운 선택을 강요했다.

"설마 영원히 이대로 살고 싶은 건 아니겠지? 지금이야 괜찮을 것 같지만 모두가 인간이 되고 나면 형은 혼자 남게 되는 거야. 영원히. 혼자서."

준수는 의뭉스러운 눈초리로 승윤을 얼렀다. 그것은 꽤나 효율적인 전략이었다. 백지에 가까운 승윤의 사고에 끼어든 첫 공포였기 때문이다.

승윤은 잠시 생각에 잠겼다. 따지고 보면 청춘의 혜택이라는 것은 이미 신물 나게 누려왔지만 그중 가장 핵심이 되는 감정은 아직 맛보지 못했다. 사랑. 오랫동안 외면해온 말랑말랑한 감정. 뱀파이어의 삶에서 취해서는 안 되는 금기. 하지만 인간이라면 달랐다. 그도 연애라는 것을 할 수 있었다. 게다가 지금의 그에게는 민조가 있었다. 물론 절절한 사랑은 아니었지만 무언가를 함께 해야 한다면 그 아이와 해보고 싶었다. 그러려면 그 자신이 먼저 인간이 되어야 했다.

"이거면…… 된다는 거야?"

조심스러운 물음에 준수는 조용히 고개를 끄덕였다. 짧은 대답을 뒤로하고 두 사람은 다시 침묵에 잠겼다. 간헐적으로 들리는 마른침 넘기는 소리가 승윤의 착잡함을 대신할 뿐이었다.

"이거…… 일단 가져가도 돼?"

"어쩌려고?"

"결심이 서면…… 그때는 마시는 거지 뭐."

"그래, 좋을 대로 해."

 준수는 선선히 약병을 넘겼다. 승윤은 손바닥에 쥔 유리의 질감에 까닭 모를 선득함을 느꼈다. 그러나 그에게는 사소한 예감 따위를 믿는 감수성 같은 것은 존재하지 않았다. 그는 언제나처럼 가볍게 넘겼고, 이내 제 방으로 사라졌다. 준수는 그런 승윤의 뒷모습을 보며 싸늘히 웃음을 지었다.

 그 뒤로 집 안은 고요해졌다. 거짓말처럼 평화로운 하루였다. 신우는 제 방에 틀어박혀 책을 뒤졌고, 유민은 모처럼 음악을 듣고 있었다. 밝고 명쾌하지만 다소 느리고 어딘지 모르게 아련해지는 음색이었다. 덕분에 집 안에는 어울리지 않는 온화함이 흘렀다. 각자가 부여잡은 처절한 슬픔과, 혹은 추악한 욕망과는 걸맞지 않는 공기였다. 그러나 평화로움은 거기까지였다.

아아아악……!

 날카로운 비명과 함께 집 안에는 잠시 정적이 일었다. 신우는 불안한 마음을 안고 복도로 나섰다. 하지만 이렇다 할 흔적은 보이지 않았다. 곧 그가 옮기는 걸음걸음에 낮고 음울한 신음 소리가 들러붙었다. 너무나 기이한 음이라 주인이 누구인지 가늠하기 힘든 울음소리였다. 신우는 그 소리의 흔적을 쫓아 2층을 살폈다. 하지만 아무것도 발견하지 못했다.

 신우는 계단을 내려와 1층으로 향했다. 거실에 준수가 있었다. 그는 신우에게 등을 돌리고 맥없이 서 있었다. 백발이 성성한 그의 어깨는 오래전 죽어버린 나무처럼 딱딱했다. 신우는 눈살을 찌푸리며 그에게 다가섰다. 준수는 그의 접근을 알아채지 못했다. 그저 멍한 눈으로 제 앞에 주저앉아 절규하는 노인을 내려다볼 뿐이었다.

 "…… 누구야?"

 신우는 범상치 않는 눈으로 고통에 웅크린 노인을 내려다봤다. 노인은 뼈 마디마디가 삭아드는 듯 온몸을 부여잡으며 신음을 토했다. 신우는 당혹감에 준수를 바라봤다.

 "이 사람 누구냐고!"

신우는 준수를 재촉했다. 하지만 붉게 충혈된 준수의 눈동자는 빛을 잃은 채 맥없이 흔들리고 있었다.

"무슨 일이야? 왜 말을 못 해?"

신우는 형언할 수 없는 불안감으로 준수의 어깨를 잡아 흔들었다. 그러나 준수는 그 손아귀의 힘에 따라 맥없이 움직일 뿐 어떤 반응도 보이지 않았다.

"아니지……? 이거…… 이거 거짓말이지?"

그사이 노인은 쭈글쭈글한 제 손을 바라보며 핏발을 세웠다. 그리고 다시 오열하기 시작했다.

"당신…… 누구야?"

신우는 떨리는 목소리로 상대의 눈높이로 내려앉았다. 믿고 싶지 않은 예감과 함께였다. 그러자 노인은 익숙한 눈동자로 신우를 마주 봤다. 절박함에 물든 동공은 쉼 없이 흔들리고 있었다.

"형…… 이거 아니지……? 이거…… 아닌 거지?"

노인은 주름진 손으로 신우의 양어깨를 부여잡았다. 마른 나무 같은 손가락은 마치 갈퀴처럼 거세게 신우의 뼈마디를 파고들었다. 절실함의 표시였다. 하지만 신우는 미처 그 압력을 느끼지 못했다. 정신이 아득해질 만큼 강한 충격 때문이었다.

"너…… 승윤이야?"

신우는 간신이 입을 열어 황당한 가설을 확인했다. 아니, 가설이기를 바랐다. 하얗게 삭아버린 머리칼이, 삽시간에 주름진 이마가, 맥없이 주저앉은 눈썹이, 그토록 빛나던 젊음을 거머쥔 채 살아왔던 제 동생의 것이라 믿기 어려웠다. 노인은 맥없는 울음으로 대답을 대신했다. 손에는 붉은 잔여물이 남은 유리병을 꼭 움켜쥔 채였다.

고목의 환생, 그리고

 승윤은 망연한 눈으로 거울을 바라봤다. 움푹 내려앉은 눈두덩은 참담했다. 그러나 얼굴을 뒤덮고 있는 주름에 비하면 그것은 아무것도 아니었다. 승윤은 검버섯이 내려앉은 손가락으로 낯선 이목구비를 매만졌다. 손끝에 닿는 깔끄러운 감촉이 그의 마음에 생채기를 냈다. 승윤은 다리에 힘이 풀려 털썩 주저앉았다.
 "…… 아무 말이나 해줘."
 비썩 마른 입술에서 쇳소리가 새어 나왔다. 절망에 잠긴 노인의 음성이 형제들을 가격했다. 승윤은 어떤 이야기라도 듣고 싶었다. 그는 극한의 공포에 휩싸여 있었다. 승윤은 늙어버렸다. 환각이 아니라면 분명 그것은 사실이었다. 한 세기 동안 미뤄둔 육신의 나이를 한꺼번에 받아들인 셈이었다. 만약 그것이 그간에 누려온 빛나는 젊음 때문에 갚아나가야 할 빚이었다면 어쩔 수 없는 일이었다. 그러나 그는 준비하지 못했다. 더군다나 아름다움이라고는 찾아볼 수 없는 몸뚱이가 뱀파이어의 것이라면 상황은 최악이었다. 노인의 가죽을 뒤집어쓴 채 영생을 짊어지는 비극만은 맞고 싶지 않았다. 그러니 차라리 자신이 인간이라고, 고통의 시간이 길지 않을 것이라는 위로가 필요했다. 그러나 준수를 포함한 그 누구도 그가 원하는 답을 해줄 수 없었다. 한 세기 전에 그러했듯 그들 누구도 승윤의 정체가 무엇인지 알지 못했으니 말이다.

그사이 유민의 휠체어가 끼어들었다. 유민은 바닥에 주저앉은 노인을 낯선 시선으로 빤히 봤다.

"누구야?"

유민이 신우에게 물었다. 신우는 대꾸 없이 승윤을 안아 일으켰다. 품 안에 들어온 동생의 몸은 벗어놓은 껍질처럼 가벼웠다. 가슴팍에 기대오는 앙상한 뼈마디에 신우는 억장이 무너졌다. 심상치 않은 신우의 기색에 유민은 준수를 돌아봤다. 그러나 준수는 어느새 자취를 감췄다.

"설마……."

유민은 막내 삼촌이냐는 물음을 삼켰다. 누구도 그녀의 말머리에 꼬리를 달지 않았다. 가혹한 긍정. 유민의 목구멍에 울음이 치밀었다. 그사이 신우는 승윤을 둘러업고 밖으로 나섰다. 그의 방으로 데려다줄 참이었다. 2층으로 오르는 동안 형제는 말이 없었다. 신우는 묵묵히 낯익은 침대에 승윤을 뉘었다.

"겁내지 마. 무슨 일이 있어도, 형이, 지켜줄게."

신우의 목소리는 어느 때보다 굳건했다. 승윤은 선선히 고개를 끄덕였다. 그도 알고 있었다. 확신에 찬 신우의 기색이야 말로 불안함의 반증임을. 그러나 승윤은 애써 그를 믿었다. 달리 도리가 없었다. 실낱같은 희망이라도 쥐고 있지 않으면 당장이라도 쇠약한 몸이 흐무러져버릴 것 같았다. 승윤은 애써 낙천적인 제 성품을 끄집어냈다. 지금이야말로 천성의 힘에 기대야 할 순간이었다.

사실 뱀파이어가 된 이후에도 승윤은 평온했다. 불편한 일은 염두에 두지 않는 습관 덕분이었다. 큰 재앙은 더 쉽게 지워내곤 했다. 기억하면 자꾸만 아파지는 탓이었다. 그 덕에 종종 잊곤 했다. 자신이 인간이 아니라는 사실을.

 승윤이 누리고자 하는 행복은 언제나 집 밖에 있었다. 거리를 나서면 그는 언제나 유쾌하고 근사하며 잘난 스물일곱 청춘이었다. 그런 이유로 이따금씩 승윤은 가족들을 밀어내곤 했다. 승윤에게 있어서 가족이란 마주하고 싶지 않은 거울 같은 존재였으니까. 그러면서도 그들을 외면할 수는 없었다. 다른 쪽으로 몸을 돌려봐도 그의 뿌리는 결국 그들에게 닿아 있었으니 말이다.

 덕분에 마음 약한 승윤은 언제나 식구들을 배회했다. 하지만 그 노력은 가족들에게 스며들지 못했다. 사실 인간이 아니기 한참 전부터 그는 언제나 그렇게 겉돌아왔다. 특히 같은 뱀파이어임에도 두 형들과는 좀처럼 공감대를 형성하지 못했다. 그럴 때는 스트레스를 풀 듯 동생 준수에게 장난을 걸었다. 그러면서도 언제나 준수를 챙겨주는 것은 승윤의 몫이었다. 외모는 노인이지만 어쨌거나 그 녀석이 막내니까.

 그런데 승윤이 간과한 것이 있었다. 그가 청춘의 활기에 취해 있는 사이 준수는 철없는 형을 잔인하게 이용할 만큼의 연륜이 되었다는 것을 말이다. 준수는 동생이기 이전에 인간이었다. 인간이 아닌 존재는 열등했다. 그 위험한 진실을 한 세기가 지난 지금에서야 깨달았다.

"사람이 되고 싶었어."

승윤은 맥없는 넋두리를 뱉어내다가 흠칫 놀랐다. 목소리에서 전해지는 세월의 무게는 타인의 것처럼 낯설었다. 신우는 그런 승윤의 기색을 놓치지 않았다. 신우는 가만히 동생을 보듬어 안았다.

"준수가…… 준 거니?"

승윤은 말없이 고개를 끄덕였다. 예상할 수 있는 긍정이었으나 그 답은 여전히 충격이었다. 신우는 어찌할 바를 몰랐다. 승윤은 동생이었다. 그러나 준수 역시 그의 아우였다. 참담한 노릇이었다.

신우는 그로부터 한참을 멍하게 있었다. 그러다 돌연 벌떡 일어섰다. 준수의 약품을 살펴야 한다는 생각에서였다. 신우는 승윤의 방을 나서 1층으로 뛰어 내려갔다. 신우의 발 옆으로 깨진 약병이 굴러다녔다. 무심히 약병을 보던 신우의 눈빛이 흔들렸다. 그는 떨리는 손길로 약병을 집어 들었다. 그 움직임에 약병에 남아 있던 체취가 흔들렸다. 수안의 것이었다. 분노로 움켜쥔 주먹에 약병이 부서졌다. 조각난 유리병이 그의 손을 할퀴었다. 신우는 손바닥에 흥건한 피를 거머쥐고는 밖으로 달렸다.

*

 이엘은 도서관을 나서던 참이었다. 그는 승윤에게 닥친 비극은 까맣게 모르고 엇갈린 자신의 사랑에 대해 골몰하고 있었다.

 반려.

 그는 책자에 쓰인 짤막한 단어를 수없이 되뇌었다. 책에 의하면 반려란 뱀파이어에 의해 선택된 운명의 상대를 이른다. 하지만 뱀파이어가 자신의 진짜 반려를 확인할 수 있는 방법은 오로지 흡혈뿐. 만일 상대가 진짜 자신의 반려라면 서로에게 연결된 심장을 공유하며 생과 사를 함께하게 된다고 한다. 하지만 상대가 진짜 반려가 아닐 경우 그저 비참한 죽음을 맞이하게 될 뿐이라는 것이 전해지는 내용이다.
 뱀파이어의 반려로 선택된 자는 흡혈을 당하더라도 자신의 입술에는 피를 적시지 않고 살아갈 수 있다. 서로의 심장 소리를 들을 수 있으며, 둘 중 한 사람이 죽게 되면 함께 삶을 마감한다. 서로의 심장이 연결되었기 때문이다. 만일 이 내용이 사실이라면 운하는 그의 운명이 아닌 탓에 희생된 셈이다.

 이엘은 혼란스러웠다. 한순간, 어쩌면 운하가 자신의 반려일지도 모른다고 생각했다. 그러나 운하는 죽었다. 그는 살아 있는데 말이다. 만약 전설대로라면 그녀의 목숨이 저무는 순간 자신도 죽었어야 했다. 그렇다면 운하는 운명의 상대가 아니었던 것일까? 그렇다면 수안은, 누구의 반려인 것일까?

 순간 이엘은 알 수 없는 욕망에 사로잡혔다. 어쩌면 수안이야말로 자신의 반려일지도 모른다는 귀결 때문이었다. 이엘은 문득 자신이 훔친 수안의 입술을 떠올렸다. 혀끝에 감겨오던 비릿한 피의 향취도 함께 말이다.

 만일 신우의 믿음대로라면 이엘은 지금쯤은 인간이 되어 있어야 한다. 적은 양이지만 그녀의 피를 넘겼으니 말이다. 그러나 이엘은 여전히 뱀파이어였다. 그렇다면 '천사'가 지닌 특별한 피는 인간을 만들 수 없다는 이야기였다. 그러나 수안이 반려라면 말이 된다. 그녀가 그들의 초음파에 끼어들 수 있었던 이유도 설명이 됐다.

 돌이켜보면 처음부터 수안을 지켜온 이는 이엘이었다. 지금 수안의 마음이 신우에게 있다고는 하나 그것으로 두 사람이 서로의 운명이라는 증명은 될 수 없었다. 그런 논리라면 과거 신우와 운하 역시 비극을 맞이하지 않앉을 테니 말이다. 생각이 거기에 미치자 이엘은 당장이라도 수안을 만나지 않고는 견딜 수가 없었다.

이엘은 그길로 신우의 작업실로 달려갔다. 그러나 작업실은 텅 비어 있었다. 이엘은 조심스러운 눈길로 공간을 둘러봤다. 그러고는 오래지 않아 수안이 남겨둔 메모를 봤다. 준수를 만나러 간다는 내용이었다. 이엘은 쪽지를 구겨 쥐고는 준수의 실험실로 달려갔다. 그녀가 위험했다.

이엘은 건물과 건물을 넘나들며 준수의 실험실로 향했다. 두 번은 용납할 수 없었다. 이번만큼은 그가 사랑하는 이를 지켜주고 싶었다. 다시는 비겁자가 되고 싶지 않았다.

실험실에 도착한 그는 주위를 경계하며 실내를 돌아봤다. 그러다가 철문으로 닫힌 창고가 밖에서 잠겨 있는 것을 발견했다. 이엘은 그 안에 수안이 있음을 직감하고는 발로 문을 걷어찼다. 요란한 파열음과 함께 거대한 철문이 쓰러졌다.

뽀얀 먼지 사이로 수안의 놀란 눈이 보였다. 그녀는 오래된 신우의 흑백사진을 손에 쥐고 있었다. 이엘은 새삼 처음 보는 사람인 양 수안을 훑어봤다. 단아한 곡선의 앞이마로부터 우아하게 솟아오른 콧날은 입술까지 유려한 각을 이루고 있었다. 살며시 내려앉은 눈두덩에서는 경건함마저 느껴졌다. 그 기운에는 한 번쯤 깨뜨려보고 싶은 창백한 결벽이 있었다.

이엘은 저도 모르게 한 발 두 발 수안에게 다가갔다. 그녀와의 간격이 좁혀지자 새삼 그의 송곳니가 솟았다. 본능의 힘이었다. 이상한 일이었다. 수안과 이엘의 인연은 이미 스무 해를 넘겼다. 이엘은 그 오랜 시간 동안 단 한 번도 그녀에게 이상한 기운을 느낀 적이 없었다. 하지만 지금은 달랐다. 제어할 수 없는 욕망과 탐욕이 속내에서 치밀었다.

그는 제 본능을 누르지 못했다. 그는 파랗게 달아오른 눈동자와 제멋대로 솟아오른 송곳니의 폭주를 다스리지 않았다. 오히려 그 힘에 자신의 목적을 정당화했다. 걸음은 빨라졌다. 등에서는 식은땀이 났다. 갑작스레 오른 체온이 그것을 증명했다. 이제 반 발짝이면 그녀의 어깨는 핏빛으로 물들게 될 것이다. 그는 증명하고 싶었다. 그녀가, 자신의 반려임을. 다시는 놓지 않을 운명의 상대임을. 그 모양새는 흡사 한 세기 전, 제 연인의 피를 탐하던 쌍둥이 형의 그것과 닮아 있었다.

별을 멀리서 보면 다 하얀색 같아요. 하지만 가까이서

보면 어떤 별은 빨갛게 타오르고, 다른 별을 파랗게 물이 오르죠.

 담담한 수안의 목소리가 족쇄처럼 조여왔다. 이엘은 갑작스러운 오한에 걸음을 멈췄다. 삽시간에 잦아든 송곳니와 식어버린 체온 때문이었다. 그러나 이엘은 애써 당혹감을 지웠다.
 "사람도, 그렇겠죠?"
 수안은 사뿐히 일어서 싸늘한 냉소를 보였다. 낯선 미소. 이엘은 그녀의 기운에 새삼 모골이 송연해졌다. 이제껏 그녀는 한결같이 그를 밀어냈다. 그러나 적어도 마음 한구석에 품은 온기만큼은 느낄 수 있었다. 그러나 지금의 그녀는 달랐다. 이엘은 수안에게서 적개심을 읽었다.
 "아, 당신은 사람이 아니니까."
 수안은 교묘하게 비틀어진 말로 이엘의 속내를 긁어댔다.
 "돌려 말하지 마."
 "이제까지 날 돌봐준 이유가 뭐예요?"
 그녀의 맑은 눈이 갑자기 폐부를 찔러댔다. 고해의 독촉. 이엘은 저도 모르게 마른 입술을 달싹였다. 그녀는 알고 있는 모양이었다. 그가, 그녀의, 어미를, 죽였음을.

"미안해."

이엘은 가감 없는 자백을 택했다. 그러나 실토의 방식은 더없이 깔끔했다. 그는 굳이 자신의 행위를 스스로의 입으로 뱉어내고 싶지 않았다.

수안은 걷잡을 수 없는 분노에 스르륵 주저앉았다. 그 가련한 움직임에 이엘은 새삼스러운 가책을 느꼈다. 고작 증명을 위해 이 아이를 희생시키려 했다. 신우를 이겨보겠다는 하찮은 열망에 이 여자를 지옥으로 몰아넣으려 했다. 하지만 그녀는 이미 지옥에 있었다.

"이제 난 뭘 해야 하죠?"

수안이 물었다.

"달아나."

이엘이 답했다.

"어디로요? 누구에게로요?"

이엘은 답하지 못했다. 누구라고 해야 할까. 그토록 증오에 마지않는 신우에게 그녀를 보내야 할까? 아니면 그녀의 혈육을 죽인 자신을 믿어달라고 해야 할까.

"마지막이야."

이엘은 한참 만에 입을 열었다. 수안은 행간의 의미를 몰라 빤히 그를 봤다.

"여기만 벗어나자. 안전해지면 네가 가고 싶은 곳으로 가."

"싫어."

"동의 따위는 구하지 않을 거야."

이엘은 노련하게 그녀의 급소를 가격했다. 수안은 무방비 상태로 정신을 잃었다. 이엘은 풀썩 쓰러지는 수안을 끌어안았다. 쌕쌕거리며 내뿜는 그녀의 날숨이 달콤했다. 그것은 밀어였다. 무슨 일이 있어도 자신의 편이 되어달라는. 순간 이엘은 결심했다. 무슨 일이 있어도 이 여자를 끝까지 지켜주겠노라고. 반려가 아니어도 상관없었다. 운명 같은 것은 아무래도 좋았다. 운하에게 속죄해야 한다면 그 또한 몫을 다할 터였다. 어쨌거나 지금은 수안을 살려야 했다. 그 단 하나의 사명을 되새기며 이엘은 수안을 안아 들었다. 팔뚝에 기대오는 무게가 가벼웠다. 그는 당장이라도 날아갈 것 같은 그녀의 몸을 안은 채 맹렬히 달렸다.

*

뽀얗게 올라오는 입김 사이로 진녹색 숲길이 열렸다. 빽빽한 전나무 숲은 촉촉한 흙 땅에 발을 딛고 청량한 날숨을 뿜었다. 그 고즈넉한 길을 따라 순례자 같은 발자국이 이어졌다. 분명 현실의 것임에도 거짓말처럼 이어지는 아름다움은 발자국의 주인공과 쌍둥이처럼 닮아 있었다.

 사람들은 천사라면 순백의 날개만 떠올리지. 원래는 하늘의 전사인데 말이야. 왜 그런 줄 알아?

 나른한 물음 끝에 섬뜩한 칼날이 묻어났다. 본능적으로 위험을 감지한 수안의 목이 빳빳하게 굳었다. 그리고 오래지 않아 마디가 굵은 나무 기둥 위로 붉은 핏방울이 흩어졌다.

 눈부신 빛이 피에 전 날개를 가리고 있으니까.

 수안은 소리를 지르려고 안간힘을 썼다. 하지만 공포는 끄집어내려 발버둥 칠수록 점점 더 그녀의 목을 조여 올 뿐이었다. 숨이 가빠질수록 정신은 아득해졌다. 그녀는 저물어가는 이성의 끝자락에서 날카로운 절규를 끄집어냈다. 악몽으로부터의 탈출이었다.
 수안은 식은땀을 흘리며 잠에서 깨어났다. 그러나 꿈

의 잔상은 여전히 그녀의 목을 죄고 있었다. 지워질 즈음이면 한 번씩 찾아드는 지독한 악몽이었다.

이제까지 수안은 이따금씩 찾아드는 악몽의 정체를 몰라 괴로워했다. 그러나 지금의 수안은 어렴풋이 꿈의 실체를 짐작했다. 예상대로라면 그것은 그녀의 엄마가 숨을 거둘 당시의 상황일 것이다. 그렇다면 그 사악한 속삭임은 그녀의 무의식에 잠자고 있던 이엘의 목소리임이 분명했다.

생각에 골몰하던 수안은 등짝에 감겨오는 깔끄러운 질감에 의지해 이성을 끌어냈다. 그녀의 앞에는 눈부신 은빛 정원이 펼쳐져 있었다. 눈에 덮인 하얀 언덕 너머로 눈송이가 내려앉은 전나무 숲이 보였다. 수안은 그 매혹적인 풍경에서 알 수 없는 익숙함과 까닭 모를 공포를 느꼈다. 그녀는 주춤하며 등 뒤에 선 나무에 기댔다. 그러다 새삼스러운 눈길로 나무를 올려다봤다. 한겨울이 무색하게 나무는 깃털처럼 뽀얀 꽃을 피워내고 있었다. 운하의 고목이었다.

"정신이 들어?"

이엘이 물어왔다. 그는 그녀를 나무에 맡겨둔 채 덮을 것들을 챙겨 왔다. 그러고 보니 몹시 추운 날씨였다.

"제가 이곳에 온 적이 있나요?"

"물론."

주저함 없는 대답이 그녀에게 돌아왔다. 수안은 스르륵 일어서 나무를 올려다봤다.

"100년 전에 죽어버린 나무인데, 20여 년 전에 갑자기 꽃을 피웠지."

이엘은 가당치 않은 동화를 풀어냈다. 수안도 이제는 알고 있었다. 그 허무맹랑한 전설이 진실임을 말이다.

"어째서죠?"

"너 때문에."

"네?"

"네 피가 뿌리에 닿는 순간, 나무는 꽃을 피웠어."

호방하게 뻗은 꽃무리의 모양새에서 수안은 생각했다. 천사라는 이름과 그 모든 상황에 대해. 신우는 그때부터 수안의 피에 집착을 보였을 터였다.

"왜 여기로 온 거죠?"

"하신우가…… 찾아낼 수 있을 테니까."

결국 이엘은 그녀를 신우에게 보내기로 마음먹은 모양이었다.

"나는 당신에게 무슨 말을 해야 할지 모르겠어요."

수안은 담담히 진심을 끄집어냈다. 사실이었다. 그녀는 이제껏 자신을 지켜온 산타에게 감사를 표해야 할지,

제 어미를 죽인 이엘에게 분노를 표해야 할지 알 수 없었다.

"나에게 넌 이 나무랑 같아. 그러니까 애쓰지 마. 다 알 수 있으니까."

차가운 칼바람에 이엘의 목소리가 실려 왔다. 그 날카로운 일갈에 수안의 뺨에는 눈물이 떨어졌다. 이엘은 가만히 엄지를 들어 그녀의 눈물을 거둬냈다.

"이걸로, 너랑은 안녕이야."

이엘은 작별을 고했다. 수안은 선선히 고개를 끄덕였다.

타앙!

순간 이엘의 어깨로 날렵한 총알이 날아왔다. 이엘은 본능적으로 날아오는 총알을 피했다. 상대는 준수였다.

"꺼져."

이엘은 날카롭게 송곳니를 세우고는 수안을 막아섰다. 순간 준수는 사력을 다해 수안의 어깨를 거칠게 잡아챘다. 그 바람에 얄팍한 그녀의 블라우스가 처참하게 찢겨나갔다. 너덜거리는 하얀 색 옷감 사이로 뽀얀 속살이 드러났다. 수안은 무안함에 제 어깨를 감싸 쥐었다.

"진짜 죽고 싶기라도 한 거야?"

이엘은 거세게 준수의 멱살을 쥐었다. 그러나 준수의 눈에는 공포의 흔적이 없었다. 여느 때와는 다른 기색이었다. 이엘은 분노에 사로잡혀서도 그런 준수에게 이상한 기운을 느꼈다.

"차라리, 그게 나을지도."

준수의 입에서 혼잣말이 새어 나왔다. 이엘은 이맛살을 찌푸리며 준수를 노려봤다. 지금 그의 마음속에는 준수의 마음 따위를 살필 여력이 없었다. 우선 수안을 보호해야 했다. 이엘은 준수의 멱살을 풀고는 다시 수안의 팔목을 잡았다. 그러나 준수는 그녀의 다른 팔을 거머쥐었다.

"인간이 될 수 있어."

준수는 퀭한 눈으로 이엘을 바라봤다. 이엘은 문득 섬뜩함을 느꼈다. 확실히 지금의 준수는 정상이 아닌 듯했다.

"이제 그딴 헛소리는 집어치워."

"헛소리 아냐. 승윤이 형이…… 증명해준걸."

준수는 미친 사람처럼 키득거렸다.

"무슨 소리야?"

"막내 형이, 인간이 됐어. 저 여자 덕분에."

공허하던 준수의 동공에 돌연 살기가 들어찼다. 수안은 자신에게 꽂히는 준수의 눈에서 증오를 읽었다.

 수안을 찾아 헤매는 동안 신우는 천사와의 첫 만남을 떠올렸다. 그날은 봄날치고는 바람이 유난히 세찼다. 그의 아침은 차분했지만 이엘은 분주했다. 신우는 반나절 뒤에야 그가 사냥을 떠났다는 것을 알게 됐다. 유민의 고변을 접한 덕분이었다.

 신우는 언제나 이엘과 준수가 벌이는 살육에 대해 단속해왔다. 그러나 어느 정도 허용이 필요하다는 것은 인정하고 있었다. 그 때문에 그가 놓치고 있는 부분까지 악착같이 파고들지는 않았다. 그러나 이번만큼은 넘어갈 수 없었다. 준수가 자신의 실험을 위해 어린 소녀의 피를 모으고 있다는 사실을 알게 됐기 때문이다. 유민이나 그 자신을 인간으로 돌려놓기 위함이었지만 아직 삶을 꾸려보지도 못한 어린아이의 생명을 빼앗는 일만큼은 용납할 수 없었다.

 신우는 기록과 감각에 의지해 이엘을 찾아 나섰다. 그리고 운하를 묻어둔 느티나무 부근에서 그의 흔적을 찾아낼 수 있었다. 그러나 신우를 맞이한 것은 이미 펏물에 잠긴 한 여자의 시신이었다. 신우는 참담한 심정으로 멀거니 주검을 바라봤다.

고목의 환생, 그리고

그는 얼마간 망연자실 서 있었다. 그러다 다시 바람이 불자 이내 이맛살을 찌푸렸다. 피의 향이 얽혀든 탓이었다. 피의 주인은 하나가 아니었다.

신우는 동공을 파랗게 물들여 각성을 끌어냈다. 새로운 피의 향은 아직 뜨거웠다. 살아 있다는 증거였다. 서두르면 이엘의 손에서 구해낼 수 있을 것이었다.

향의 발원지는 운하의 나무였다. 이엘은 작은 소녀의 몸뚱이를 내리누른 채 송곳니를 세우고 있었다.

신우는 거센 공격으로 이엘을 저지했다. 이엘은 매서운 기세로 그 공격을 차곡차곡 갚아나갔다. 그들은 한동안 초인적인 주먹을 주고받으며 힘겨루기에 골몰했다. 그사이 소녀는 멍한 눈으로 고목에 기대 저물어갔다. 무채색의 나무는 그녀의 핏물에 젖어 제 몸을 붉게 물들이고 있었다.

충격 때문인지 피를 많이 흘린 탓인지는 알 수 없었지만 그녀의 숨소리는 서서히 소멸되고 있었다. 죽음의 전조였다. 그 섬뜩한 진공 앞에서 신우는 제 심장이 당겨옴을 느꼈다. 그리고 거듭되는 통증에 풀썩 주저앉았다.

"아이는 보내줘."

헉헉거리던 신우가 말했다. 그는 기운이 다 소진된 상태였다. 더군다나 지금의 그에게는 죽음이라는 가당치 않은 공포가 스며들고 있었다. 까닭 없는 일이었다. 어쨌거나 이 상황에서 이엘이 맹공이라도 퍼붓는다면 도저히 당해낼 재간이 없을 터였다. 그러나 어쩐지 이엘은 멍한 눈으로 굳어 서 있었다. 아이를 보는 모양이었다. 그러다 이엘은 이내 죽어 있는 여자의 시신으로 눈길을 돌렸다. 신우는 그제야 죽은 여자가 아이의 엄마라는 사실을 깨달았다. 짐작대로라면 이엘은 가책을 느끼고 있을 것이었다.

생각에 골몰한 사이 신우는 제 심장이 더욱 격하게 당겨옴을 느꼈다. 신우는 거세지는 가슴의 통증을 느끼며 수안을 끌어안았다. 그리고 손가락에 낀 반지로 제 팔목에 생채기를 냈다. 그의 팔뚝에서 더운 피가 솟아올랐다. 신우는 주저함 없이 아이의 입술을 제 피로 적셨다.

그때였다. 주체할 수 없이 달콤한 향기가 그의 콧등에 내려앉았다. 순간 신우의 입술은 견딜 수 없는 갈증으로 바싹 말랐다. 수안에게서 새어 나오는 피의 향기가 변하고 있었기 때문이다.

그러나 진짜 놀라운 일은 그 후에 벌어졌다. 오래지 않아 창백하던 아이의 뺨에 빛기가 돌았다. 그러고는 맥없이 감고 있던 눈을 떴다. 눈두덩 아래 덮여 있던 영민한 눈동자는 고요하게 신우를 향했다. 초승달처럼 저문 웃음과 함께였다. 그러자 신우는 아이를 둘러업고 달리기 시작했다. 그것은 순전히 본능의 힘이었다. 그의 이성은 아이가 누구인지, 왜 자신이 아이의 피에 취했는지에 대해 자각하지 못했다. 단지 아이를 지켜야 한다는 생각뿐이었다. 신우는 본능에 힘에 의해 바람 사이로 내쳐 달렸다.

신우가 질주를 멈춘 곳은 한적한 바닷가였다. 그는 가쁜 숨을 몰아쉬며 하늘을 올려다봤다. 눈동자에 일렁이던 푸른빛도 어느덧 잠잠해졌다. 그는 구원을 청하듯 하늘을 올려다봤다. 칠흑 같은 밤바다에는 당장이라도 쏟아져 내릴 듯 별이 빛나고 있었다. 신우는 자신이 아는 별을 찾아 시선을 옮겼다. 낯선 별이 보이면 아는 별을 출발점으로 두라는 운하의 말을 기억해낸 덕분이었다. 그리고 오래지 않아 그는 처녀자리를 찾는 열쇠인 스피카를 발견했다.

스피카는 처녀자리에서 가장 밝은 별이었다. 스피카는 아름다운 백색의 자태를 띠고 있으며 밤하늘에서 열여섯번째로 밝은 별이었다. 그럼에도 불구하고 처녀자리는 찾아내기 쉬운 별자리가 아니었다. 이에 운하가 알려준 방법은 스피카를 하단에 두고 뻗어 있는 Y자 형태를 찾아보라는 것이었다. 공교롭게도 그 Y자의 중심은 정확히 처녀자리의 목덜미에 닿아 있었다.

신우는 문득 처녀자리의 전설을 떠올렸다. 처녀자리의 별 중에서 가장 아름답게 빛나는 스피카는 '보리 이삭'이라는 뜻을 지녔다. 이에 고대인들은 처녀자리가 농사와 밀접한 관련이 있다고 믿어왔다. 고대의 신화 또한 페르세포네라는 아름다운 여인에게 주목했다. 그녀는 대지의 여신 데메테르의 딸이었다.

생각에 골똘하던 신우의 등에 생기 있는 숨결이 닿았다. 소녀의 의식이 돌아온 모양이었다.

"태양이 지나는 자리에 있는 별자리가 몇 개인지 알아?"

여전히 하늘을 올려다보던 신우가 물었다. 아이를 어르기 위함이었다. 그러나 꼬마는 별자리를 이해하기에는 너무 어려 보였다. 이제 겨우 네다섯 살쯤 되어 보이는 얼굴이었다. 더군다나 그녀는 여전히 충격에서 벗어나지 못했다.

"열두 개잖아요."

수안이 여물지 않은 말투로 입을 열었다. 아이의 목소리는 한참 전부터 깨어 있었던 양 또렷했다. 어린아이에게는 좀처럼 느껴지지 않는 다부신 기색이었다. 신우는 새삼 신기함을 느끼며 걸었다. 아이를 업은 등짝 너머로 따뜻한 온기가 밀려왔다. 하늘에 뿌려진 대지의 씨앗이

고목의 환생, 그리고 421

그의 걸음에 따라붙기 시작했다.

"아니야, 열세 개야. 아직 사람들은 몰라주지만, 분명히 그 길에는 열세번째 별자리, 뱀주인자리가 있어."

"뱀주인자리요?"

"그래, 뱀주인자리. 날씨가 지금보다 조금 더 더워지면 볼 수 있는 별자리야."

"처음 들어봐요."

"대부분 그래. 하지만 넌 이제 들었잖아."

아이는 대답 대신 고개를 끄덕였다. 그리고 맥없는 머리를 다시 신우의 등에 뉘었다. 상대를 무장 해제시키는 온기가 가만히 감겨왔다. 신우는 그 기운에 마음이 녹아 그답지 않게 이런저런 이야기를 늘어놓았다.

"그 별자리는 말이야, 나랑 많이 닮았어."

"왜요?"

"사람은 누구나 자기가 타고난 별자리를 닮아."

"진짜요?"

"당연하지. 태양이라는 별에 얼마나 가깝고 먼가에 따라 사람의 생활이 달라지잖아. 그 환경을 출발점으로 각자의 운명도 달라지고. 다른 별들도 마찬가지야. 그 사람이 태어날 때 얼마나 가깝고 먼가에 따라 여러 가지 재밌는 일들을 만들어내지."

아이는 골똘한지 잠시 조용했다. 그러다 이내 물음을 던졌다.

"그럼 아저씨 별자리는 뱀주인자리예요?"

"응."

"어떻게 생겼는데요?"

수안의 물음에 신우는 걸음을 멈췄다. 그러고는 평평한 바위 위에 아이를 내려놓았다. 아이는 이제 무사해 보였다. 그러나 그녀의 몰골은 참담하기 짝이 없었다. 한때나마 눈부셨을 하얀 레이스 원피스는 살기 어린 붉은 기운에 빛을 잃었다. 순간 신우의 속내에서 뜨거운 무언가가 올라왔다. 이전에는 한 번도 느껴본 적 없는 극한의 슬픔이었다. 심지어 운하가 의식을 잃었을 때조차 찾아들지 않은 깊이의 동요였다.

신우는 그 감정이 낯설어 불쑥 일어섰다. 그러고는 작은 조개를 집어 들어 모래 위에 그림을 그렸다. 뱀주인자리의 형상이었다. 그는 꼼꼼하게 자신의 탄생 별자리를 그리고는 아이를 돌아봤다. 그사이 아이는 잠들어 있었다. 그는 빤히 아이를 내려다봤다. 핏기가 도는 그녀의 입술에 안도했다. 그러나 오래지 않아 그는 몸을 숨겨야 했다. 멀리서 인기척이 들린 탓이었다. 상대는 인근 성당의 수녀였다. 신우는 한 줌 바람이 되어 자리를 떠났다. 다시 이어질지 모를 기이한 인연을 뒤로한 채.

*

 준수의 작업실은 텅 비어 있었다. 다만 전쟁의 잔해만큼은 고스란히 확인할 수 있었다. 신우는 처참하게 부서진 철문을 지그시 눌러 밟고는 실험실 안으로 들어섰다. 그의 걸음마다 삐거덕거리는 음산한 소리가 달라붙었다. 그는 코끝을 사로잡는 달콤한 피비린내에 수안이 이곳에 머물렀음을 알아챘다. 그렇다면 그녀는 이엘과 함께 도주한 것이 분명했다. 이엘이 아니라면 이처럼 참혹하게 철문을 부숴버릴 수는 없을 것이었다.

 신우는 극한의 집중을 끌어냈다. 그러자 이엘의 행보가 고스란히 그려졌다. 누가 뭐래도 그들은 쌍둥이였다. 늘 으르렁거릴지언정 결정적인 순간이면 같은 판단을 하고야 마는 그들이었다. 신우는 이엘이 운하의 나무에 갔을 것이라고 짐작했다.

 연말을 앞둔 거리는 생기가 넘쳤다. 신우는 그 활기찬 풍경을 발밑에 두고 건물과 건물 사이를 넘나들었다. 기이하게 울어대는 칼바람이 그의 뺨을 때렸다. 그러나 아파오는 것은 심장이었다. 이상스레 심장의 당김은 시간이

갈수록 거세졌다. 그러더니 급기야 숨이 쉬어지지 않았다. 삽시간에 온몸으로 퍼져드는 공포, 죽음의 전조였다.

무서워…….

수안의 목소리가 전해진 것은 그때였다. 신우는 오한을 느끼며 사방을 두리번거렸다. 그러나 그녀가 있을 리 만무했다. 그가 선 곳은 낯선 고층 빌딩의 옥상이었다.
신우는 헛소리를 들었다고 생각하며 몸을 잡아 세웠다. 순간 낯익은 음성이 다시 한 번 그의 귓가에 감겨왔다.

이대로…… 죽고 싶지 않아.

신우는 그제야 수안이 초음파를 보내왔음을 깨달았다. 놀라운 일이었다. 신우가 아무리 초인적인 능력을 지녔다지만 이제껏 수안의 마음속을 읽어낸 적은 없었다. 그런데 지금은 가능할 수 없는 물리적 거리를 뚫고 그녀의 속내를 들을 수 있었다. 신우는 잠시 멍했다. 그리고 이내 달렸다. 망설일 여유가 없었다. 이유 같은 것은 아무래도 좋았다. 그녀가 그를 원했다. 그도 그녀를 원했다. 그러니 지금은 무조건 달려야 했다.

당신 손이 아니면, 절대 죽지 않을 거야.

 수안은 굳은 결의로 입술을 깨물었다. 그녀의 눈앞에 두 남자의 활극이 펼쳐졌다. 백발의 노인과 건장한 청년. 그림상으로는 도저히 대적이 되지 않을 것 같은 상황이었다. 그러나 실제로 밀리고 있는 이는 이엘이었다. 심정적 열세 탓이었다. 이엘은 두 사람을 지켜야 했고, 준수는 하나만 지키면 됐다. 이엘은 수안과 준수, 누구도 희생되지 않기를 바랐다. 그러나 준수는 달랐다. 수안의 목숨 따위 그에게는 바닥을 구르는 먼지 한 줌과 다름없었다.
 "아니라고 했잖아."
 완강히 버티는 이엘의 이마에 핏발이 섰다. 그는 하얗게 질린 머릿속에서 대안을 찾아내려고 애썼다. 그러나 조바심이 극에 달할수록 수안을 지켜야 한다는 본능만 날을 세울 뿐 이성적인 방법은 떠오르지 않았다.
 "그렇다면 증거를 대봐. 내 앞에서 그 여자의 목을 물어보라고. 그렇다면 믿어주지."
 준수가 이죽거렸다.
 "닥쳐!"
 "또 모르잖아. 그때처럼 살아나서 제 발로 걸어 나갈

지도."

"설령 천사라 해도 지금 죽여서는 안 돼. 유민이, 저대로 둘 참이야?"

"저 여자 살리겠다고 유민이 이름 팔지 마."

이엘은 여전히 수안을 감싸 안은 채 준수를 설득했다. 그러나 수안은 핏발 선 그의 눈가에서 불안을 읽어냈다. 확실히 그랬다. 이엘은 준수가 결코 물러서지 않으리라는 것을 알고 있었다.

"그럼 날 죽여."

이엘은 담담하게 최후의 열쇠를 끄집어냈다. 순간 준수의 안색에서 핏기가 가셨다. 이미 승윤에게 참극을 안기고 온 그였다. 그런데 이제 또 다른 형제가 목숨을 내놓겠다고 한다. 하잘것없는 여자 하나 때문에.

"호기 부리지 마."

준수의 목소리가 떨렸다.

"난 널 죽이지 않을 거야. 넌, 내 동생이니까."

이엘이 담담히 말했다.

"그러니까 저 여자를 내놔! 그럼 우리 둘 다 서로를 죽이지 않아도 되잖아!"

준수는 악을 쓰며 설득했다.

"싫어."

이엘은 굳건했다. 이엘을 감싸던 바람이 향을 품고 되돌아오는 사이, 준수는 갈등했다. 그러나 결론을 내리는 데는 오래 걸리지 않았다. 언제 맺을지 모를 목숨이었다. 만일 그가 죽는다면 유민의 행복도 함께 마침표를 찍게 될 것이었다. 여물지 않은 몸뚱이를 품은 채 언제 끝날지도 모르는 비참한 삶을 살아내야 할 테니 말이다.

결심이 굳자 준수의 손길은 주저함 없이 품속의 총으로 향했다. 그는 언젠가는 자신이 뱀파이어인 형들을 제거해야 할지 모른다고 생각해왔다. 그런 이유로 그들에게 치명타를 입힐 무기를 준비해뒀다. 은으로 만든 탄피였다. 손톱 길이 정도의 작고 단단한 탄피는 민첩하게 그들의 심장을 파고들어 회복 불능의 상처를 입히게 될 것이다. 어쩌면 그들의 숨통을 단숨에 끊어놓을지도 모른다.

"미안해, 형……."

준수는 낮은 웅얼거림과 함께 방아쇠를 당겼다. 목표물은 수안이었다. 이는 꽤나 적절한 선택이었다. 만일 이엘에게 총을 쏘면 탄피는 무력하게 바닥을 나뒹굴 것이다. 그의 초인적인 능력이라면 날아오는 총알 하나쯤 피하는 것이 일도 아닐 테니 말이다. 그러나 수안에게라면 달랐다. 아무리 이엘의 능력이 인간의 범주를 넘어섰다고 해도 날아드는 총알로부터 그녀를 보호하는 것은 무리였다.

준수는 수안의 어깨를 노려 방아쇠를 당겼다. 치명타는 곤란했다. 그녀의 심장이 멎으면 천사의 피는 유한한 것이 된다. 그렇다면 언제 끝날지도 모를 실험에 가장 큰 장애가 될 것이었다.

타앙……!

귓전을 때리는 총성에 수안은 질끈 눈을 감았다. 그녀는 이미 자신을 향해 달려드는 살의를 읽어냈다. 그러나 방어에 나설 틈도 없이 가슴팍 어딘가에 참을 수 없는 통증이 밀려왔다. 심장을 꿰뚫은 것일까? 살아생전 이토록 생생한 아픔은 느껴본 적이 없었다. 제어할 수 없는 뻐근함에 수안은 풀썩 주저앉았다. 갑자기 온몸의 호흡이 멈춰버렸다. 수안은 이성을 잠식해오는 공포에 눈을 뜨지 못했다. 창백한 입술 위로 짠 내가 흩어졌다.

그때였다. 그녀의 몸에 익숙한 풀 내음이 휘감겼다. 수안은 왈칵 눈물을 쏟아내며 눈을 떴다. 겁에 질린 그녀의 눈망울에 날렵한 신우의 턱이 걸렸다. 수안은 떨리는 손가락을 들어 그의 얼굴을 쓰다듬었다. 말끔해 보이는

고목의 환생, 그리고 429

그의 턱은 깔끄러웠다.

언제나 그랬다. 자꾸만 귓가를 파고드는 시린 바람 소리. 귀 기울여보면 바람 소리 끝에는 가슴 저린 노랫말이 묻어났다. 그 소리를 찾아 끝없이, 자꾸만 자꾸만 걷다 보면 언제 날아들었는지 모를 바람처럼 신우가 서 있었다.

지금도 마찬가지였다. 눈 한 번 뜨고 감을 찰나의 순간, 믿을 수 없이 가까운 곳에, 그가 서 있다. 숨 한 번 달싹이면 맞닿을 것 같은 작은 틈새를 사이에 두고. 화염에 사로잡힌 신우의 파란 눈동자가 자신과 마주하고 있었다.

"진즉 와주지……."

수안의 울음 끝에 원망이 묻어났다. 신우는 그녀의 투정을 밀어둔 채 수안을 안아 들었다. 그는 수안의 무게를 지탱하며 팔에 힘을 주고는 풀썩 나무 위로 뛰어올랐다. 그의 발치로 후드득 하얀 꽃잎이 흩어졌다. 신우는 성긴 그물처럼 얽힌 굵은 가지에 몸을 의지하고 그녀를 꼭 끌어안았다. 그러고는 돌연 더운 입맞춤을 건넸다. 신우의 입술은 불덩이처럼 뜨거웠다. 한 번도 맞닿은 적 없는 체온에 수안은 화들짝 놀랐다. 각성의 징후일까? 그녀의 물음표와 상관없이 그의 타액이 그녀의 눈물을 덮쳐왔다. 그러더니 뜨거운 숨을 토하고는 스르륵 그녀의 어깨로 무너졌다. 수안은 그제야 자신을 향하던 탄환이 그의 몸을 꿰뚫었음을 깨달았다.

"싫어……."

 수안은 신우를 끌어안았다. 그의 몸은 뼈대 없는 껍데기처럼 그녀의 가슴팍으로 무너졌다. 핼쑥한 등에서 흥건하게 피가 묻어났다. 총알이 신우의 등을 정확히 관통한 모양이었다. 수안은 그 생생한 감촉에 몸서리쳤다. 끈끈하게 달라붙는 핏물이 그녀의 숨통을 조여왔다.

"이런 식일 줄은 몰랐는데."

 신우가 웅얼댔다.

"…… 죽지 말아요."

 수안은 북받치는 울음을 밀어내며 간신히 제 바람을 끄집어냈다.

"그래도 괜찮아. 처음부터…… 죽고 싶었으니까."

 신우는 간신히 뒷말을 삼켰다. 지금은 살고 싶지만, 이라는.

"싫어……."

 수안은 앙다문 입술 사이로 신음 같은 다짐을 뱉어냈다. 신우는 창백하게 질린 그녀의 뺨을 어르며 망연히 꽃무리에 기댔다. 나무에 내려앉은 천사의 날개가 그를

고목의 환생, 그리고 431

감싸 안고 있었다.

"약속했어. 여기에 함께 묻히겠다고."

신우는 애써 입꼬리를 올렸다. 웃고 싶었다. 이 아이에게는 그런 모습으로 남기를 바랐다. 그러나 그의 의지와 상관없이 맥없는 눈꺼풀이 자꾸만 주저앉았다. 간신히 끌어올린 입매는 속절없이 저물었다.

"아니, 안 보내요. 그 여자 곁으로는 보내지 않을 거야."

울음을 누르는 수안의 어깨가 가늘게 떨렸다. 신우는 제 몸의 기운이 흩어지는 것을 느꼈다. 조금은 무섭지만 어쩐지 편안해지는 기분이었다. 죽음의 징조. 그토록 원했던 순간. 하지만 이 아이를 만난 후부터 다른 꿈을 꿨다. 물론 그는 여전히 인간이 되고 싶었다. 그러나 그 속내에는 다른 소망이 있었다. 한 사람의 떳떳한 남자가 되어, 수안을 지켜주겠다는. 영원히 변치 않는 단 하나의 사람이 되어, 그녀 곁에 있어주겠다는.

"아담이 에덴에서 쫓겨나던 날, 신께서 말씀하셨지. 낙원에 있는 보물 중 세 가지를 가져갈 수 있도록 허락하겠다고."

신우는 가만히 수안의 뺨을 어루만졌다. 살아 있다는 것이 이런 거구나. 한 세기를 살면서도 알지 못했다. 삶이라는 것이 이토록 생생하다는 것을 말이다.

"그래서 아담은 선택했어. 과일의 왕인 대추야자, 음식의 왕인 밀, 그리고 향료의 왕인 은매화를."

신우는 겨우겨우 말을 뱉어내고는 낮은 숨을 뱉었다. 끝까지 몰랐으면 차라리 좋았을 터였다. 차가운 땅에 무심한 몸 하나 뉘면 끝날 일이었다. 그런데 하필이면 지금, 이렇게나 살고 싶어지다니.

"그러니 은매화 향기는 잊어. 네가 남은 곳이 낙원이 될 수 있도록."

그러나 그는 더 이상 그녀를 지켜낼 여력이 없었다. 그녀는 이제 그가 없는 삶을 살게 될 것이다. 그렇다면 아픈 기억은 거둬가는 것이 옳았다.

"당신 없는 낙원 같은 건…… 세상에 없어."

수안은 단정적으로 말하고는 그의 머리칼을 매만졌다. 신우는 잔잔하게 파고드는 그녀의 온기에 안도감을 느꼈다. 이제껏 한 번도 맛보지 못한 금단의 기운이 그의 심장에 스며들었다. 죽음이라는 단절의 시간과는 어울리지 않는 달콤한 감흥이었다.

타앙……!

갑작스러운 총성에 수안의 몸이 아래로 푹 꺼졌다. 나

고목의 환생, 그리고

무 위로 쏘아 올린 총알 때문이었다. 수안은 총알이 박힌 어깨를 감싸 쥐며 빠른 속도로 추락했다. 그러고는 풀썩, 얼음장 같은 눈밭에 등을 맞대며 떨어졌다. 고통은 느껴지지 않았다. 대신 극한의 한기가 온몸을 조여 왔다. 수안은 망연한 눈길로 나무를 올려다봤다. 수안은 제 머리 위로 떨어진 꽃잎이 붉게 물들었음을 깨달았다. 신우의 피였다.

수안은 그를 구해야겠다는 생각에 벌떡 일어났다. 그러나 상황은 녹록치 않았다. 나무 아래에서는 그녀를 노리는 준수와 그것을 막으려는 이엘의 싸움이 한창이었다. 수안이 추락하자 이엘은 주저함 없이 그녀를 감싸 안았다. 그사이 준수는 다시 총을 장전했다.

"비켜."

준수가 명령조로 말했다. 그러나 수안은 그 껍질 안에 들어 있는 애원의 목소리를 들었다. 아무리 냉혈한이라고 하나 준수 역시 가족을 품을 줄 아는 사람이었다. 인간이었다. 단지, 그 온화함이 타인에게까지 닿지 않을 뿐이었다.

"너야말로 꺼져."

이엘은 이를 꽉 깨물며 수안을 제 등 뒤로 숨겼다. 이엘 역시 처음에는 신우와 같은 생각이었다. 수안도, 준수도 다치지 않게 하려면 도주가 최선이었다. 그러나 바람만큼이나 빠른 탄환을 피해 도주하는 일은 일종의 모험이었다. 이는 신우가 증명했다. 신우는 자신의 몸을 던져 수안에게 날아드는 총탄을 막았다. 미련한 짓이었다. 결국은 그녀를 지켜내지 못했으니 말이다.

그렇다면 그는 다른 방법을 택해야 했다. 답이 있다면 준수의 총을 빼앗고 도주하는 것뿐이었다. 그러나 그 일에는 공모자가 필요했다. 말하자면 신우의 협조를 구해야 하는 셈이었다.

그대로 죽어버릴 참이야?

이엘은 신우에게 초음파를 보냈다.

그 아이, 부탁해.

이성이 흐려진 것일까? 한참 만에 돌아온 신우의 호흡에는 맥이 없었다. 짤막한 당부의 말에 수안은 가슴이 미어졌다.

여전히 비겁하구나. 너란 자식은.

고목의 환생, 그리고 435

이엘은 적개심을 보였다. 실상은 일종의 도발이었다. 그러나 신우는 더 이상 답이 없었다. 수안은 불안한 눈길로 나무를 올려다봤다. 핏물이 녹여낸 노을에 나무는 이미 절반이 넘는 꽃을 물들이고 있었다. 그는 죽어버린 것일까? 그럴 리 없었다. 다시는 혼자 두지 않겠다고 했다. 더 이상은 외롭게 두지 않겠다고 했다. 그러니, 절대로, 그럴 리는.

"원하는 걸 줄게요."

성마른 수안의 외침이 준수를 향해 날아들었다.

"닥쳐."

이엘이 저지했다.

"누구도 날 막을 수 없어."

수안은 지지 않고 맞섰다. 수안은 이엘의 손길을 뿌리치고 저벅저벅 앞으로 나갔다. 준수는 그런 수안을 보며 비죽 웃었다.

"당신이 날 죽일 수 없다는 거, 잘 알아요. 왜냐하면, 따뜻한 내 피가 필요할 테니까."

"영리하군."

"조건이 있어요."

"들어보지."

"저 사람, 살려내요."

수안은 나무 위를 올려다봤다. 피에 절은 꽃무리의 형상은 참혹하기 짝이 없었다.

"불가능해."

준수가 답했다. 사실이었다. 상대는 신우였다. 그는 뱀파이어였다. 죽이는 방법조차 확실하지 않은 존재였다. 그런 그를 살려내라니, 가당치도 않은 일이었다.

"그럼 협상은 이걸로 끝이에요."

수안은 그들을 등진 채 저벅저벅 걸었다. 준수는 잽싸게 그녀를 겨눴다. 이번에는 다리였다. 도망치지 못하게 하려는 심산이었다.

타앙……!

총성이 허공을 갈랐다. 수안은 반사적으로 뒤를 돌아봤다. 순간 그녀는 땅으로 추락하는 붉은 날개의 천사를 봤다. 신우였다. 그는 가까스로 배어낸 꽃무리의 가지를 등에 짊어진 채 총성의 주인을 덮치고 있었.

준수는 제 가슴을 적셔오는 신우의 피에 덜컥 겁이 났다. 믿기지 않을 만큼 따뜻한 피였다. 그 말캉한 온기는 새삼스레 생명에 대한 자각을 불러일으켰다. 영원히 끝나지 않을 것이라 믿었던 삶의 소멸이 생생한 날것으로

고목의 환생, 그리고

그의 앞에 던져졌다.

"내가 멈춰줄게."

피에 절은 날개 속에서 신우가 중얼댔다. 그는 땅에 등을 맞댄 준수를 감싸 안고 있었다. 준수의 외투 위로 끈끈한 신우의 피가 엉겨 붙었다.

"아니, 멈추지 않아."

그러나 여기서 물러설 수는 없었다. 이렇게 멈출 것이라면 이제까지의 무수한 영혼들을 희생시키지도 않았을 터였다.

"항상 궁금했어. 형에게도 남들처럼 더운 피가 흐르고 있을지 말이야."

준수는 애써 독설을 꺼내며 이죽거렸다. 그러지 않고서는 견딜 수가 없었다. 그는 제 다짐이 흔들릴세라 신우의 머리에 총을 겨눴다. 그러나 딸각거리는 빈 총소리만이 날개 안에서 바스락거릴 뿐이었다. 결국 준수는 품 속의 은검을 꺼내 마지막 일격을 가하기로 마음먹었다. 그는 발갛게 달아오른 날개를 털어내고 신우의 심장을 향해 칼을 휘둘렀다. 그러나 그의 목적은 맥없이 땅에 뒹굴었다. 이번에는 이엘의 공격이었다. 이엘은 그를 기절시켜서 상황을 모면하리라 마음먹었다. 어쨌거나 준수를 다치게 할 수는 없었다. 그러나 그의 자비심은 헛된 것이었다.

으윽……!

준수는 쥐고 있던 은검을 이엘의 심장에 꽂아 넣었다. 반사적인 행동이었다. 그러나 정교한 일격이었다. 이엘은 마른 비명을 토해내고는 바닥에 쓰러졌다. 차가운 눈뭉치 너머로 고목의 뿌리가 만져졌다. 이엘은 새삼 운하가 그리웠다. 이대로 땅에 묻힌다면 다시 그 아이를 만날 수 있을까? 그 말랑말랑한 감흥에 이엘은 전의를 잃었다. 훗날의 일은 아무래도 좋았다. 지금은 그저 잠들고 싶었다.

가슴에서 쏟아낸 붉은 피가 얄팍한 얼음 위를 미끄러졌다. 그리움에 사무친 이엘의 손가락이 고목의 몸뚱이를 더듬었다. 그 애틋한 조우에 나무의 몸집이 붉게 물들었다. 이엘은 지친 기색으로 눈을 감았다. 눈두덩 안은 고요하고 평온했다.

이엘은 주검처럼 꿈쩍 안고 누워 있었다. 그사이 이엘의 피는 고목의 뿌리를 잠식하더니 이내 밑동까지 솟아올랐다. 순간 고목에서 걷잡을 수 없이 커다란 불길이 치솟았다. 이엘은 자신을 덮쳐오는 더운 열기에서 운하의 숨결을 느꼈다. 그는 사력을 다해 나무를 끌어안았다. 그대로 그녀와 함께 잠들고 싶었다.

"저 등신……."

준수가 중얼댔다. 속내에 봉인돼 있던 인간의 마음이 깨어나는 순간이었다. 준수는 극한의 기운을 끌어모아 이엘을 향해 달려갔다. 그를 구해내기 위해서였다. 그러나 때늦은 회계에 대한 응징이었을까? 나무를 불태우던 불길은 거침없이 그들을 휘감았다. 준수는 기괴한 비명을 질러대며 몸부림쳤다. 곧 뜨거운 화마가 그들을 집어삼켰다.

신우는 빙판에 뺨을 맞댄 채 그 모든 참극을 지켜봤다. 그는 영혼을 잠식하는 오싹한 절규로부터 달아나기 위해 눈을 감았다. 그렇게 얼마나 지났을까. 무서울 만치 담담한 고요가 찾아왔다. 그리고 그 정결한 공기에 타박거리는 걸음이 섞여들었다. 그는 발소리의 주인이 그리워서 다시 눈을 뜨려 했다. 그러나 검은 눈두덩은 그의 사랑에 굳건한 장막을 쳤다. 그에게는 종잇장처럼 얄팍한 눈꺼풀조차 들어 올릴 여력이 없었다. 결국 신우는 칠흑 같은 어둠 속에 갇혀버렸다. 그의 콧잔등에 소금 냄새가 내려앉았다. 살짝 벌어진 입술 위로 짭짤한 습기가 도드라졌다. 눈물의 향이었다.

"너에게서, 바다 냄새가 나."

신우가 힘겹게 입을 열었다. 수안은 차마 말을 끄집어내지 못한 채 오열했다. 수안의 귓가로 낯익은 울음이 전해졌다. 신우는 촉수에 닿는 온기에 의지해 그녀의 뺨을 더듬었다. 그러고는 양볼에 흐르는 더운 눈물을 닦아냈다. 신우는 손끝에 남아 있는 촉촉한 질감을 거머쥐었다. 그러나 그러쥔 손은 이내 힘이 풀렸다. 맥없이 떨어지는 그의 손가락 사이로 은매화 꽃잎이 흩날렸다.

에필로그

 그날의 바람은 애태우는 법을 알았다. 늦여름, 새벽이슬을 훔쳐 온 풀 내음은 시공을 넘어 낯선 겨울바람의 여정에 제 몸을 묻었다. 수안은 옷깃을 파고드는 얄궂은 바람에서 신우의 흔적을 되새겼다. 세포 마디마디마다 아련한 향기가 도드라졌다. 그사이 야무진 바람이 그녀의 손가락 사이를 누볐다. 그러자 수안의 손끝에서 고운 가루가 흩어졌다. 망자의 흔적이었다.

 운하의 고목은 완벽하게 사라졌다. 불길은 한 시간이나 나무를 집어삼키고는 검붉은 재만 남겨둔 채 자취를 감췄다. 탐욕에 젖은 영혼도 함께였다.

 수안은 보드라운 유골을 신우의 정원에 뿌렸다. 죽은

자의 뜻이라는 것은 알 수 없는 일이지만 그녀는 그도 그것을 원할 것이라 여겼다.

승윤은 작은 묘목을 들고 정원으로 들어섰다. 서향나무였다. 본래는 수향나무라 불리었으나 상서로운 향기라 하여 서향나무라 제 이름을 갈아입은 나무였다. 이 나무는 진한 향기가 천리까지 간다고 하여 '천리향'이라 불리기도 했다. 승윤은 수안의 발아래 묘목을 뉘어놓고는 멀거니 유해가 흩어진 자리를 바라봤다. 그러다 수안과 시선이 마주치자 애써 미소를 보이고는 정원을 나섰다. 그다운 처세였다

수안은 무심히 승윤을 바라봤다. 그 눈빛에는 까닭 모를 가책이 담겨 있었다. 어쨌거나 자신의 피로 인해 젊음을 잃은 남자였다. 직접 본 바는 없으나 얼마 전까지만 해도 빛나는 아름다움을 지녔다고 들었다. 수안은 새삼 그가 가여웠다.

수안은 승윤이 두고 간 묘목을 살폈다. 서향나무를 고른 것은 수안이었다. '불멸'이라는 꽃말 때문이었다. 수안은 한갓 꽃말에 기댈 만큼 충분히 절박했다.

수안은 잿더미가 섞인 흙을 한 줌 주워 들었다. 적당히 습기를 먹은 흙더미는 듬직한 찰기를 지니고 있었다. 그 살가운 촉감에 수안은 새삼 그의 부재를 느꼈다.

그는 뱀파이어였다. 불사의 존재. 그렇다면 어떤 일이 있어도 죽어서는 안 되는 것이었다. 화마가 덮치건, 총알이 몸을 꿰뚫건, 무조건 살아남아야 했다. 이깟 흙더미로 세상에 흩어져버리는 것은 반칙이었다.

수안은 결국 누르고 있던 울음을 쏟아냈다. 그리고 보니 우연일까? 오늘 아침 달력에서 확인한 날짜는 12월 15일. 이날의 탄생화는 서향나무였다.

이젠 쉴 수 있을까?

가랑비에 젖은 숲의 향기가 나른하게 어깨를 감싸왔다. 수안은 탄력 있게 물이 오른 여름 벌판의 기운에 가만히 눈물을 묻었다. 쓸쓸하게 뻗은 검은 속눈썹이 유해가 흩어진 흙더미에 꽂혔다. 신우였다.

오래 앓고 난 뒤끝인지 신우는 예전보다 수척했다. 서늘한 눈매는 날카로운 각을 더했고 예민한 광대뼈는 더욱 도드라졌다. 가족을 잃은 상실감 또한 몫을 더했을 것이었다. 수안은 그런 신우가 안쓰러워서 가만히 손을 그러쥐었다. 그의 손은 언제나처럼 싸늘했다. 그러나 냉기를 타고 올라오는 익숙한 체취에 수안은 안도했다. 적어도 그는 살아 있었다.

은이 남긴 후유증은 대단했다. 어지간하면 수초 남짓, 치명적인 경우라 해도 몇 분이면 낫곤 하던 신우의 상처는 열흘을 꼬박 지나고서야 모습을 감췄다.

"실감이 안 나."

 신우는 참담한 눈으로 아련하게 흩어진 준수의 육신을 봤다. 어쩌면 이엘의 것도 함께일지도 모르는 일이었다. 정황상으로는 그랬다. 수안의 눈물 또한 그를 위해 존재하는 것이었다. 그러나 그렇게는 믿고 싶지 않았다. 그 자신이 살아났듯, 이엘 또한 그럴 것이라 여겼다. 아니, 그래야 했다.

 그토록 오랜 시간 으르렁거렸음에도 준수의 죽음은 그에게 상상 이상의 상실감을 줬다. 한 세기 동안 무수한 생명이 저무는 것을 지켜본 그였다. 그럼에도 가족의 죽음에는 전혀 내성이 생기지 않았다.

 부옇게 흐려지는 준수의 흔적 너머로 매끈한 바퀴가 사라졌다. 유민이었다. 수안은 그녀를 잡으려 했지만 신우가 만류했다. 원하는 만큼 충분히 혼자인 편이 나을 것이라 여겼기 때문이다.

 준수가 숨을 거둔 뒤 유민은 부쩍 말수가 줄었다. 그러나 특별히 슬픔을 드러내지는 않았다. 그저 더 이상 그네를 타지 않는 것으로 애도를 대신할 뿐이었다.

"결국 난, 인간이 될 수 없는 걸까?"

신우가 중얼댔다. 그는 분명 수안의 피를 마셨다. 비록 그녀의 목덜미를 물고 흡혈한 것은 아니지만 처녀좌의 잔해는 분명 그의 혀끝에 녹아났다. 말하자면 천사의 피를 마신 셈이었다.

그러나 그는 끝내 인간으로 변하지 않았다. 좀더 지켜봐야 할 일이지만 승윤 또한 뱀파이어의 징후를 고스란히 가지고 있었다. 말하자면 수안의 피는 누구도 바꿔놓지 못했다.

신우는 새삼 골똘해졌다. 짐작대로라면 수안이 천사의 몸이 된 것은 스무 해 전, 그의 피를 마시고 난 직후가 틀림없었다. 끈끈하게 섞여든 그와 그녀의 피가, 서로의 심장을 얽어매고, 거부할 수 없는 자력으로 서로를 끌어당기고 있음이 분명했다. 예전에는 수안 홀로 신우의 초음파를 읽어냈지만 지금은 달랐다. 신우 역시 수안의 신호를 읽어냈다. 정확히는 수안의 혈흔을 취한 이후였.

"어릴 때 들었어요. 이 지구에 사는 모든 존재는 우주의 먼지라고."

여전히 그에게 기댄 채 그녀가 입을 열었다.

"우주의 먼지……?"

"수십억 년 전 어디선가 죽어간 별의 잔해가 떨어져

만들어낸 생명체들이니까요."

"…… 그런 건가."

신우는 까닭 모를 허전함에 수안을 바짝 끌어당겼다. 그의 목 언저리로 숨결이 뿜어대는 아지랑이가 피고 졌다.

"우리는 지금도 어떤 별이 남기고 간 몸뚱이의 힘으로 살아가고 있어요. 그러고는 언젠가 다시 우주의 먼지로 돌아갈 거예요."

그녀가 옳았다. 지금 살아 있는 모든 존재들은 결국에 흙과 먼지가 되어 지구라는 땅 안에 녹아든다. 언젠가는 그녀와도 그렇게 단단한 한 몸으로 섞여들 터였다.

"그러니 당신이 사람이건, 뱀파이어건 상관없어요. 나한테 중요한 건 하나의 별과 별로 만난 당신과 내가 서로의 중력에 끌리고 있다는 거니까."

"좀더 빛나는 별이 있을지도 몰라. 너한테는."

신우는 이미 소멸되었을지도 모를 이성의 끝자락을 붙들고 양심선언을 했다. 그는 자신의 온전치 못함이 마음 아팠다. 이처럼 순수한 마음이, 청량한 미소가, 맑은 눈망울이 피에 얼룩진 자신의 삶으로 인해 더럽혀질까 두려웠다.

"사람들은 북극성이 길잡이별이라 당연히 1등성인 줄 알지만, 사실 북극성은 2등성이에요."

수안은 상심한 그의 어깨를 마주 안았다. 그녀의 가슴팍에 파닥파닥 뛰는 그의 심장이 닿았다. 그것으로 족했다. 눈물겹도록 충분했다.

"무조건 완벽하다고 사람들을 이끌어주는 게 아니에요. 어떤 존재는 그냥 그 자리에 있어주는 것만으로도 힘이 되곤 하니까요. 지금, 당신처럼."

그녀의 말에 마침표가 찍힐 때쯤, 신우는 제 앞에 선 소우주에 감사했다. 그녀는 흡사 천 년의 질곡을 짊어지고도 강인한 날숨을 뿜어대는 나무 같았다. 이제 고작 백 년을 살았다고 징징대는 그를 어르는 어미 같기도 했다. 신우는 문득 생각했다. 수안의 영혼이야말로 영생의 삶을 살고 있는 것이 아닐까 하고 말이다.

"뭘 믿고 내가 길잡이별이라 확신하는지 궁금해지네."

신우는 바람 빠지는 소리로 싱겁게 웃었다.

"그거 알아요? 내 별자리가 처녀자리라는 거."

수안은 초승달처럼 저문 웃음으로 신우를 마주 봤다.

"처녀자리의 주인은 지옥의 왕, 하데스의 아내인 페르세포네예요."

"그래, 대지의 신 데메테르의 딸이기도 하지."

"그러면 페르세포네가 지옥을 떠나지 못한 이유도 뭔지 알겠군요."

"지옥의 석류를 먹었기 때문이라고 말하고 싶은 건가? 너도 내 피를 마셨으니 달아날 수 없을 거라고?"

신우는 자신만이 기억하는 수안과의 일화를 입에 올렸다. 그는 굳이 그녀의 어린 시절, 자신이 그녀를 살려냈음을 말하지 않았다.

"아니요, 난 그렇게 생각하지 않아요."

수안은 그의 말을 한갓 은유로 여기는 모양이었다. 그러나 그와는 무관하게 결의에 찬 모습이었다.

"사랑했기 때문이에요. 페르세포네에겐 하데스가 운명의 별이었을 테니까요."

수안은 마치 페르세포네의 현신처럼 빙긋 웃었다.

오랜 신화는 페르세포네가 지옥에 머물 동안 땅의 어미가 슬픔에 젖어 겨울이 찾아온다고 전했다. 이에 사람들은 지옥의 왕 하데스의 아내로 살아야 했던 페르세포네를 동정하곤 했다. 하지만 수안의 생각은 달랐다. 페르세포네의 겨울은 내밀한 사랑을 위한 안식의 기간일 터였다. 수안 또한 마찬가지였다. 세상은 지옥이라 여길지 모를 그의 삶에 '영원한 사랑'이라는 비밀의 씨앗을 묻어둘 참이었다.

"민조 씨는 잘 지내죠?"

거름을 들고 들어서던 승윤이 물었다. 심상한 어조였다.

"항상 그렇죠 뭐. 비슷비슷한 영화 보고 책 보고. 예전에는 이상한 살인 사건 많이 쫓아다니더니 그거 못 해서 심심한가 봐요."

"네."

승윤은 고개를 끄덕이고는 묘목을 매만졌다. 삽시간에 그의 머릿속에는 많은 화두가 오르내렸다. 여전히 평온한 민조의 일상과 형제들의 부재가 그러했다. 그는 맞물리지 않을 듯 이어진 두 사람에게서 안도와 허전함을 동시에 느꼈다.

민조의 삶은 그가 없음에도 여전히 즐거운 모양이었다. 승윤은 민조가 상처받지 않았음에 감사하는 한편 자신의 존재가 미약했음에 서운해했다. 또한 민조의 취미를 없애버린 이엘에게도 비슷한 감정을 느꼈다. 그가 더 이상 살인하지 않음에 안심했고 생사를 알 수 없음에 쓸쓸해했다.

"그런데 민조 이야기 자주 물어보시네요?"

수안이 무심히 물었다.

"사랑하나 보죠."

승윤이 객쩍게 웃고는 밖으로 나섰다. 더 이상은 태연한 기색으로 그 자리에 서 있을 수 없었다.

그사이 신우는 정원에 커다란 구멍을 팠다. 묘목을 심

기 위해서였다. 준비를 마친 신우는 서향나무를 보며 묘한 미소를 지었다.

"왜 웃는 거예요?"

수안이 물었다.

"신기해서."

"뭐가요?"

"너."

수안은 영문을 몰라 갸웃했다.

"오늘 생일이거든. 그 녀석과 나."

수안은 그제야 신우의 뜻을 이해했다. '불멸'의 신화를 짊어진 두 사람의 생일은 서향나무의 전설에 닿아 있었던 것이다. 순간 수안은 확신했다. 눈에 닿지 않는 어딘가를 향해 이엘의 은빛 구슬이 허공을 가르고 있을 것이라고 말이다.

신우는 살갑게 묘목을 쓰다듬는 수안을 바라봤다. 그의 하나뿐인 반려. 운명의 상대. 그의 유일한 사랑을. 물론 전설을 확인한 것은 아니었다. 신우는 여전히 뱀파이어였고, 수안은 여전히 인간이었다. 끝이 보이는 사랑, 그 출발점에 선 셈이었다. 그러나 신우는 알고 있었다. 유한한 그녀의 삶이 끝나는 날, 그의 목숨 또한 천수를 다하리라는 것을.

작가의 말

 노트북을 덮을 때면 갈증이 났다. '향'에 대한 갈망이었다. 향수를 뿌려도 해갈은 오래가지 않았다. 그런 면에서 '향'은 유한했다. 적어도 물리적 거리는 그랬다. 그러나 정신적 거리를 가늠해보면 '향'은 무한했다. '향'에 집중하는 시간만큼은 책장 안에 숨어 있던 모든 이들이 내게로 달려와 주었으니 말이다.

 '뱀파이어'라는 존재를 이야기의 시작점으로 정했을 때, 가장 먼저 떠오른 것은 후각이었다. 그들의 본능을 자극하는 미약이 '향'이라는 판단에서였다. 살갗을 달구는 햇빛 냄새, 머릿결이 뿜어내는 초목의 날숨, 맥박과 함께 퍼져가는 향수와 목덜미 어딘가에서 미끄러지는 나른한 체취가 모두 뒤엉키면 그들은 기어이 상대의 피를 훔쳐낼 것이라 여겼다. 본능이라는 단어쯤으로 귀결될 욕망의 도화선으로 '향'을 선택한 셈이었다. 그런데 코끝에서 날아오른 이야기는 공감각적인 여정을 택했다. 모골이 송연해지는 싸늘한 손길, 격렬하게 요동치는 심박동, 쌉쌀하게 감겨오는 피의 맛과 아련하게 흩날리는 꽃잎까지 더해지며 소설은 제 몸집을 불렸다. 그 길목 어딘가에서 생각했다. 누군가의 '향'이 맡고 싶어 안달 나는 이야기로 맺고 싶다고.

누군가 물어올지도 모른다. 고작 '향'이라는 감각 하나를 끌어내려, '영원'이나 '운명' 같은 거창한 명제를 끌어들인 거냐고. 그렇다면 나는 자신 있게 말할 수 있다. 거대한 '우주'의 소용돌이 속에는 언제나, 지극히 미약하고, 소소한 시작점이 존재했음을 말이다.

책장을 넘기는 손가락 끝에 아련한 초목의 향기가 묻어난다면 분명 이는 '뱀파이어'라는 마성의 존재 덕분일 것이라 생각한다. 무심히 올려다본 밤하늘, 초연하게 반짝이는 별을 마주한 순간 나른한 숲의 향기가 벼오른다면 이 또한 그들의 공이다. 혹은 우연히 스쳐간 누군가의 어깨에서 묻어됐던 오랜 인연을 끄집어낸다 해도 마찬가지일 것이다.

 지면을 빌려 작품의 체취를 불어넣은 두 개의 향수, 굳건하게 버텨준 네 개의 의자, 외로움을 달래준 세 곡의 음악과 이 작품을 포기하지 않도록 힘을 준 단 한 사람에게 감사를 표한다. 그리고 이쯤해서 고백하고자 한다. 왜 '뱀파이어'였는지 묻는다면 단지 '운명'이었다고밖에 답할 수 없음을 말이다.

2013년 12월
신아인

뱀주인자리

© 신아인, 2013

1쇄 인쇄일 | 2013년 11월 26일
1쇄 발행일 | 2013년 12월 17일

지은이 | 신아인
펴낸이 | 정은영
책임편집 | 박소이
편　집 | 최민석 이수지
마케팅 | 박제연 전연교
제　작 | 이재욱

펴낸곳 | 네오북스
출판등록 | 2013년 04월 19일 제2013-000123호
주　소 | 121-840 서울시 마포구 서교동 396-33
전　화 | 편집부 (02)324-2347, 경영지원부 (02)325-6047
팩　스 | 편집부 (02)324-2348, 경영지원부 (02)2648-1311
E-mail | neofiction@jamobook.com
Home page | www.jamo21.net

ISBN 979-11-85327-05-1(03810)

이 책의 판권은 지은이와 네오북스에 있습니다.
이 책 내용의 전부 또는 일부를 사용하려면 반드시 양측의 서면 동의를 받아야 합니다.

이 도서의 국립중앙도서관 출판시도서목록(CIP)은 서지정보유통지원시스템 홈페이지
(http://seoji.nl.go.kr)와 국가자료공동목록시스템(http://www.nl.go.kr/kolisnet)에서
이용하실 수 있습니다.(CIP제어번호: CI2013025305)